FISCHER

JEN WILLIAMS

DIE TOTENBRAUT

THRILLER

Aus dem Englischen
von Irene Eisenhut

FISCHER

Deutsche Erstausgabe

Erschienen bei FISCHER Taschenbuch
Frankfurt am Main, Januar 2024

Die Originalausgabe erschien 2023 unter dem Titel
»Games for Dead Girls« bei Harper Collins, London.

Redaktion: Silke Reutler

Satz: Fotosatz Amann, Memmingen
Druck und Bindung: CPI books GmbH, Leck
Printed in Germany
ISBN 978-3-596-00193-4

Für alle, die mit mir im Wohnwagen waren

PROLOG

Vor sechs Monaten

Auf dem feuchten Sand saß eine Möwe, grau, gedrungen und gut genährt.

Jedes Mal, wenn sie mit ihrer Familie den Urlaub an der Küste verbrachte, war Cheryl überrascht, wie groß und trotzig diese Vögel aus der Nähe aussahen. Und dieser hier warf ihr obendrein auch noch einen finsteren Blick zu. Seine winzigen, gelben Augen funkelten wütend. Die Möwe hackte mit ihrem Schnabel auf einem Zigarettenstummel herum, den jemand am Strand liegen gelassen hatte. Cheryl schaltete die Kamera ihres Handys ein, doch bis sie sie auf den Vogel gerichtet hatte, hatte der die Kippe schon fallen gelassen und hüpfte weg.

»Mist. Dann eben nicht.«

Sie bemerkte eine kleine Schar von Vögeln einige Meter weiter weg an einem Strandabschnitt, der fast menschenleer war. Wie die meisten anderen Strandbesucher, hatte sich auch Cheryls Familie heute mit ihren Handtüchern und Picknicktaschen näher an dem kleinen Jahrmarkt niedergelassen, der sich über die Wellenbrecher aus Beton erstreckte. Dort standen auch Holzbuden, an denen es Eis und frisch gebackene Donuts zu kaufen gab. Auf Cheryl, die schon jetzt ihrer quengeligen Cousins und Cousinen überdrüssig war, hatte der ruhige Strandabschnitt verlockend gewirkt. Nur Sand, Kieselsteine und das beständige graubraune Meer.

Sie schien nicht die Einzige zu sein, die die Stille bevorzugte.

Etwas weiter vorn stand ein bunter Windschutz, die rosa-blauen Ränder leicht zerfleddert, der in der steifen, vom Meer her wehenden Brise hin und her flatterte. Ein großer Mann schlug gerade mit einem Hammer die Stangen rhythmisch in den feuchten Sand. Cheryl war sofort davon fasziniert. Er war größer als ihr Vater, also mindestens ein Meter fünfundneunzig, und alt, Anfang bis Ende sechzig, nach seinem eisengrauen Haar und seinem zerfurchten Gesicht zu urteilen. Er trug ein sauberes, langärmeliges weißes Hemd, das vorne und an den Handgelenken ordentlich zugeknöpft war, eine beigefarbene Hose und braune Ledersandalen. Ein seltsames Outfit für den Strand. Sie schlenderte näher, um einen genaueren Blick zu werfen.

Trotz seines Alters – er kam Cheryl, die gerade erst fünfzehn geworden war, unglaublich alt vor – schlug der Mann die Stangen fest und entschlossen in den Boden, und sie konnte die enorme Kraft in seinen sehnigen Armen spüren. Als er sie bemerkte, hielt er inne.

»Was suchst du hier, Mädchen?«

Cheryl zuckte zusammen. Die Stimme, die gerade zu ihr gesprochen hatte, kam nicht von dem Mann, sondern von irgendjemand hinter dem Windschutz. Cheryl machte einen Schritt nach vorne und spähte neugierig dahinter. Wie es aussah, war diese Familie äußerst bedacht darauf, den Wind zu meiden. Der große Mann hatte eigentlich eine Art Festung gebaut, mit Wänden rundherum und einer kleinen Öffnung vorn mit Blick aufs Meer. Sie nahm flüchtig zwei altmodische, gestreifte Liegestühle wahr, mehrere feinsäuberlich ausgebreitete Handtücher, einen großen, klassischen Picknickkorb und eine lange, dunkelblaue Plane, die um etwas Sperriges gewickelt war – doch ihr Interesse galt der Frau, die auf dem Handtuch lag, das ihr am nächsten war. Sie war es, die gesprochen hatte.

»Nichts, tut mir leid. Ich bin nur rumgelaufen«, antwortete

Cheryl, schob sich eine lose Haarsträhne hinters Ohr und ließ das Handy zurück in die Gesäßtasche ihrer Jeans gleiten. »Der Strand hier ist so schön«, sagte sie.

Die Frau bewegte sich auf ihrem Handtuch. Sie trug einen blau-weiß geblümten Badeanzug im Vintage-Stil, und ihre langen Beine waren so braun gebrannt, dass sie fast ledrig wirkten. Ihre Fußnägel waren rot lackiert, und sie rieb ihre Oberschenkel mit einer ölig aussehenden Sonnenmilch ein. Cheryl sah so gut wie nichts von ihrem Gesicht, weil ein riesiger Sonnenhut es fast vollständig verdeckte.

»Dieser Strand ist schön für junge Leute.« Ihre Stimme klang ebenfalls ledrig. »Deshalb kommen wir ja hierher, stimmt's, mein Schatz?«, sagte sie zu dem Mann mit dem Hammer gerichtet.

Cheryl blinzelte. Weder sie noch er konnten für »junge Leute« gehalten werden, beim besten Willen nicht.

»Meiner Familie scheint er zu gefallen«, erwiderte Cheryl, hauptsächlich um die Stille auszufüllen. »Wir kommen jedes Jahr hierher.«

Die Frau hob den Kopf, so dass das Mädchen einen kurzen Blick auf die untere Hälfte ihres Gesichts erhaschen konnte, auf dem sich ein atemberaubendes Lächeln ausgebreitet hatte. Lippenstift, so rot wie vergiftete Äpfel in einem Disney-Film, und ein spitzes, unversöhnliches Kinn. Ihre Haut sah seltsam aus, irgendwie straffgezogen, und dann lehnte sich die Frau auch schon wieder zurück, um sich die Beine weiter einzucremen.

»Der Strand, die Sonne«, fuhr die Frau fort. »Das Meer. Zuckerwatte, Hotdogs, Eiscreme. Es gibt doch nichts Schöneres. Jeder sollte einmal an die Küste fahren, findest du nicht auch?«

»Hm, ja«, erwiderte Cheryl, obwohl sie eher der Meinung war, dass jeder einmal nach Disney World fahren sollte und nicht in ein mieses Kaff an der Südostküste Englands. Doch die Frau schien von der Idee begeistert zu sein.

»Selbst böse Mädchen dürfen an den Strand.«

Die Art, wie die Frau »böse Mädchen« gesagt hatte, ließ Cheryl die Stirn runzeln, aber ihre Aufmerksamkeit galt jetzt der Plane. Sie schien zu zucken, als hätte der Wind sie plötzlich erfasst. Dabei lag sie geschützt hinter dem Windschutz.

»Wie bitte?«, fragte Cheryl abgelenkt.

Die Frau klappte den Verschluss ihrer Sonnenmilch zu, und Cheryl bemerkte erst jetzt die offene Schachtel neben ihrem Bein, die ein bisschen aussah wie eine größere, nicht ganz so ordentliche Version des Nähsets, das ihre Mutter in ihrer Bastelkiste aufbewahrte. Neben einer großen Schere mit orangefarbenen Plastikgriffen lagen mehrere Rollen mit schwarzem und gelbem Garn und ein rostig aussehender Fingerhut. Seltsam, so etwas mit an den Strand zu nehmen, fand Cheryl, aber vielleicht entspannte sich die Frau ja beim Sticken oder einer anderen Art von Handarbeit.

»Du hältst dich bestimmt schon zu alt für den Strand«, sagte die Frau und blickte wieder lächelnd auf. Cheryl ertappte sich dabei, dass sie zurücklächelte. »Zu alt, um Sandburgen zu bauen und Krabben zu fischen, oder, meine Süße?

»Ja, schon.« Cheryl zuckte mit den Achseln. »Meine Cousins und Cousinen haben noch immer Spaß daran, aber …«

»Wie alt bist du?«

»Fünfzehn.«

»Da beschäftigst du dich lieber mit deinem Handy und schaust dir Sachen für Erwachsene an, stimmt's?«

Cheryl stutzte leicht. Sie hatte das Gefühl, ihren Vater zu hören, der sich regelmäßig darüber beschwerte, wie viel Zeit sie an ihrem Handy verbrachte, aber die Frau kicherte in sich hinein, als würde sie Cheryl und ihre Eigenarten mögen.

»Du hast keine Ahnung, wie jung du bist. Das ist einer der Vorzüge der Jugend – man weiß nicht einmal, dass man Sand in den

Händen hat, geschweige denn, dass er einem durch die Finger rinnt.«

»Okay.« Cheryl sah hinüber zu dem großen Mann, der noch immer nichts gesagt hatte. Er schaute auf den Strand, als hätte er diese Unterhaltung schon oft gehört. »Ich sollte jetzt besser wieder zurück zu meiner Familie gehen, sie werden bestimmt schon ihre Sandwiches essen wollen …«

Plötzlich begann die Plane, sich hin und her zu bewegen, so heftig, dass Cheryl unwillkürlich einen Satz nach hinten machte. Ein gedämpftes Stöhnen erklang.

»Hey! Was …?«

»Siehst du?« Die Frau blickte auf, die roten Lippen missmutig verzogen. Cheryl konnte zum ersten Mal ihr gesamtes Gesicht sehen, und das Blut in ihren Adern schien zu gefrieren. »Siehst du, wie mir meine Großzügigkeit gedankt wird? Mit Unfug! Mit Unsinn! Mit Ungehorsam!«

Cheryl bemerkte zu spät, dass der große Mann nicht mehr neben dem Windschutz stand. Sie konnte noch einen kurzen Blick auf die weiter zappelnde und stöhnende Plane werfen, ehe sich zwei starke Arme um sie schlossen und sie strampelnd hochgehoben wurde.

1. KAPITEL

Heute

Als das alte Schild des Campingplatzes vor mir auftauchte – comicartige große braune Buchstaben und ausgerechnet ein comicartiger bunter Papagei, als ob Papageien an der kühlen Südostküste Englands heimisch wären –, war das wie ein Tritt in die Magengrube. Der kalte Schweiß brach mir auf Stirn und Rücken aus, und ich musste an die Seite fahren. Katie, sicher angeschnallt auf dem Rücksitz, beugte sich so weit vor, dass ich den Sicherheitsgurt klicken hörte.

»Was ist denn los, Tante Charlie?«

»Alles in Ordnung, ich muss nur kurz … nachdenken.«

Mir war sofort klar, wie dumm das klingen musste, denn wir standen nur etwa hundert Meter entfernt von der Abzweigung zum Campingplatz, der unser Ziel war. Dichte Hecken säumten die Straße, hinter denen sich, verdeckt durch Laub, Wohnwagen an Wohnwagen reihte. Die trübe winterliche Sonne verschwand rasch vom Himmel, schon bald würde es völlig dunkel sein. Auch wenn es überhaupt keinen Grund gab, dass ich so kurz vor dem Campingplatz angehalten hatte, standen wir hier.

Ich drehte mich um und lächelte Katie an. Das Mädchen war immer ernst und der Blick, den sie mir zuwarf, fast schon feindselig, als ob ich der schlimmste Mensch auf der Welt sei. In dem düsteren Licht sah ihre Haut fast schon unnatürlich weiß aus, während die Stelle auf ihrer Nase mit den vielen Sommersprossen grau erschien. Ihr Haar, dunkelbraun und vorn zu einem strengen Pony geschnitten, fiel ihr locker über die Schultern und war leicht fettig, was mich stutzig machte. Denn fettiges Haar bedeutete, dass sie bald ein pubertierender Teenager sein würde. Ein Umstand, der mich irgendwie beunruhigte.

»He, das wird lustig«, sagte ich in dem für Erwachsenen typischen Tonfall, wenn sie sich selbst noch von einer Sache überzeugen mussten. »Nur wir beide, ein paar Wochen. Du kannst tun, was du willst – spielen, malen, an den Strand gehen. Alles, worauf du Lust hast. Und ich werde weiter für mein Buch recherchieren. Wenn du möchtest, kannst du mir dabei helfen.«

»Ich weiß«, sagte sie ausdruckslos. »Das hast du schon einmal gesagt.« Sie scharrte mit den Füßen im Fußraum, die in übergroßen bunten Turnschuhen mit regenbogenfarbenen Schnürsenkeln steckten. Sie trug eine ausgefranste Bermuda-Shorts und ein schlabbriges T-Shirt. Zum ersten Mal verspürte ich kurz Besorgnis. Das war nicht die passende Kleidung für Januar, auch wenn es im Auto warm war und der Wohnwagen über ein Heizgerät verfügte. »Können wir jetzt weiterfahren?«

Ich nickte, und meine aufgesetzte Fröhlichkeit versickerte im Autositz. Ein paar Sekunden lang saß ich wie erstarrt da, nicht bereit, diesen letzten Schritt zu machen. Das war keine gute Idee, oder? Doch dann dachte ich an den Brief, und ich ließ wortlos den Motor an.

Ich bog in die von hohen Nadelbäumen gesäumte Einfahrt, und die Reifen knirschten auf dem Kies. Die Laternen waren noch nicht alle angegangen, also orientierte ich mich hauptsächlich an der blassen Straßenmarkierung. Langsam rollten wir an den kleinen gedrungenen Gebäuden mit dem Lebensmittelladen und dem Fernseh- und Heizungsgeräteverleih vorbei. Daneben stand eine Telefonzelle, eine alte rote, aber ich bezweifelte, dass sich da noch ein funktionierendes Telefon drin befand. Ein Spielplatz – ein Klettergerüst, das aussah wie ein Baugerippe, Schaukeln, eine Rutsche voller Laub, der Boden bedeckt mit Mulch – und die Duschanlagen schlossen sich an. Dann die ersten Wohnwagen, lange, kapselförmige, fein säuberlich aufgereihte, unbewegliche Dinger.

Bei ihrem Anblick erwachte etwas in mir. Sie sahen genauso aus wie damals. Auf den ersten Blick erschienen sie identisch, aber wenn man genauer hinschaute, konnte man kleine Unterschiede erkennen – was für ein kleines Kind, das den ganzen Tag auf dem Gelände herumtollte, äußerst wichtig war, um wieder nach Hause zu finden.

»Was hast du gesagt?«, fragte Katie plötzlich. »Du hast doch was gesagt.«

»Nichts«, antwortete ich, den Blick noch immer auf die Straße gerichtet. »Ich habe nur laut gedacht.«

»Ich habe Hunger«, verkündete sie. »Essen wir zu Abend, wenn wir da sind?«

Ich nickte und schaute sie im Rückspiegel an. »Klar. Spaghetti mit Tomatensauce? Toast? Das ist doch das richtige Essen für heute Abend, oder?«

Sie lächelte und schaute nicht mehr ganz so frostig drein.

Mein Blick wanderte zurück zu den Wohnwagen, deren feine Unterschiede mir sofort auffielen. Die Muster an den Seiten zum Beispiel, farbige Streifen und Rechtecke – braun, ockerfarben, gelb, olivgrün, rostrot – alle sehr dezent und geschmackvoll auf cremefarbenem Untergrund. Oder die unterschiedlichen Formen, einige Wagen waren eckig, andere an den Kanten abgerundet. Manche hatten die Größe eines Bungalows, und die ausgefallensten Exemplare verfügten über Holztreppen, die zu ihren weiß gestrichenen und mit Blumen dekorierten Türen führten. Diese hatten auf ihren Dächern oft noch alte Satellitenschüsseln, in meiner Kindheit das ultimative Zeichen von Luxus.

Während wir im Schneckentempo weiterfuhren und die Scheinwerfer ein sanftes Licht in die rasch dunkler werdende Nacht warfen, sah ich, dass sich vielleicht doch einige Dinge verändert hatten. Rostflecken hier und da, Unkraut um einige Wohnwagen herum, Fenster, in denen Vorhänge oder Gardinen fehlten oder die mit Pappe abgedeckt waren. Ich wandte den Blick ab und sagte mir, dass ich mich besser darauf konzentrieren sollte, uns dorthin zu bringen, wo wir untergebracht waren. Mir würde später noch genügend Zeit bleiben, um mich umzusehen.

Wir bogen um ein paar Ecken, und endlich leuchteten alle Straßenlampen hell auf. Auf einmal wollte ich nur noch nach drinnen, raus aus dem alten Auto, weg von dem Benzin- und Ledergestank.

»Schau mal, wir sind da.«

Natürlich war es nicht *der* Wohnwagen. Den gab es schon lange nicht mehr, aus den unterschiedlichsten Gründen. Obwohl dieser hier relativ neu und in der Dämmerung grau, länglich und kastenförmig aussah, machte er trotzdem einen ziemlich billigen Eindruck. Ich konnte schneeweiße Gardinen in den Fenstern erkennen, und um den Wohnwagen herum war wohl in den letzten Wochen gefegt worden. Das stimmte mich zuversichtlicher, also parkte ich das Auto und stieg aus, Katie folgte dicht hinter mir. Ich bückte mich zur blauen Gasflasche, zog den Schlüssel darunter hervor, trat auf die leicht wackelige Metalltreppe und öffnete die Tür. Katie sauste an mir vorbei hinein und machte laute *BRRRR*-Geräusche.

»Ja, schon gut, lass uns die Heizung anmachen, damit es hier warm wird. Ich kümmere mich ums Abendessen, okay?«

Katie nickte und ließ sich auf eine der beiden schmalen Sitzbänke in der Essnische fallen. Ich schaltete die elektrische Heizung ein, wartete, bis die grauen Heizspiralen tieforange glühten, und fing dann an, einige unserer Taschen auszupacken. Im Nu fühlte sich der Wohnwagen so an, wie ich ihn aus meiner Kindheit in Erinnerung hatte – ein kleiner, gemütlicher Raum voll warmem gelbem Licht, in dem es nach Toast roch. Ich zog die Vorhänge vor den finsteren Fenstern zu. Schließlich setzte ich mich gegenüber von Katie an den schmalen Tisch in der Nische. Genüsslich verdrückten wir unser Abendessen. Zur Feier des Tages hatte ich die Spaghetti mit Käse überbacken.

»Schmeckt besser so, oder?«, sagte ich, mein Blick auf Katie gerichtet, deren Kopf über das Essen gebeugt war und die nur kurz aufsah, um einen Schluck von ihrem Kakao zu trinken. Sie antwortete mit einem Achselzucken.

Später schaltete ich den kleinen Fernseher ein und gab ihr die Fernbedienung. Sie zappte durch die Kanäle, das kleine Gesicht konzentriert, bis sie sich schließlich für eine Reality-TV-Show entschied, irgendetwas mit vielen schrecklichen Tattoos. Ich fragte mich kurz, ob das die richtige Sendung für ein Mädchen war, aber der Gedanke, dass ausgerechnet ich mich als Moralapostel aufspielte, erschien mir so lachhaft, dass ich genau das tat – ich lachte leise in mich hinein. Katie schaute mich an, sichtlich genervt.

»Was ist?«

»Nichts«, antwortete ich und deutete auf den Fernseher. »Ich hoffe nur, dass du keine Albträume davon bekommst.«

Sie schnaubte daraufhin, schien aber gleichzeitig das Interesse am Fernsehen zu verlieren. Als ich mich zu ihr auf das Sofa setzte, wandte sie sich zu mir und zog die Beine an, so dass ihre Füße mein Bein berührten.

»Dieses Buch da«, begann sie. »Was musst du dafür alles wissen? Wie recherchierst du das?«

»Nun, in dem Buch geht es um Volkssagen. Genauer gesagt, um Volkssagen aus dieser Gegend. Weißt du, was Sagen sind?«

Sie verdrehte die Augen und stieß mich mit dem Fuß. »*Logo*. Geschichten und so.«

»Nicht schlecht, du kleine Schlaubergerin.«

»O Gott, du bist so *alt*.«

Ich lachte. »Ja, Geschichten und so. Als ich so alt war wie du, mochte ich so etwas sehr, und vor allem mochte ich die Geschichten über diesen Ort.« Mein Lächeln fühlte sich mit einem Mal kalt und falsch an, also griff ich nach Katies Fuß und drückte ihn. Sie kreischte und verpasste mir wieder einen Stoß mit dem Fuß. »Deshalb wollte ich all diese Geschichten schon immer zusammentragen. Ich werde also einige Zeit hier in Hithechurch verbringen, um mit den Menschen hier über die Sagen aus der Gegend zu reden. Vielleicht werde ich auch noch ein paar andere Orte besuchen und alles aufschreiben, was die Leute mir erzählen. Und dann werde ich all diese Geschichten zu einem Buch zusammenfügen. Wahrscheinlich wird das ein dünnes Buch.«

»Du läufst also nur rum und redest mit Leuten?«

»Die meiste Zeit schon, ja.«

Katie verdrehte die Augen. »Ich verstehe nicht, warum du dafür hierherkommen musstest und das nicht einfach alles im Internet machen kannst, so wie ein normaler Mensch.«

»Weil das nicht dasselbe ist«, antwortete ich lächelnd. »Die Vergangenheit ist wichtig, Katie. Ich möchte in sie eintauchen. Dieser Ort hier ist wichtig. Also, für mich.« Ich konnte sie offensichtlich nicht überzeugen, also drückte ich wieder ihren Fuß. »Du musst aber nicht immer mitkommen. Dir wird doch nicht langweilig werden, oder?«

Katie verzog das Gesicht und dachte nach. Schließlich zuckte sie mit den Achseln. »Ich habe massenhaft Bücher dabei. Und ich will am Strand Muscheln sammeln gehen – ich habe mir sogar extra eins dafür in der Bücherei ausgeliehen.«

»Gut. Hier ist zwar gerade nicht viel los, und kalt ist es auch, aber ich freue mich, dass du mir Gesellschaft leistest. Wir werden viel Spaß haben, oder? Außerdem sind Ferien doch besser als Schule, stimmt's?«

Katie wandte sich wieder ihrer Fernsehsendung zu. Ich trat zur Tür und öffnete sie einen Spalt. Die kalte Nachtluft drang herein. Katie motzte, aber ich öffnete sie noch etwas weiter, weil ich auf einmal das Bedürfnis hatte, in der Dunkelheit zu atmen. Ich konnte durch das Licht, das durch unsere Wohnwagentür nach draußen drang, die grauen Umrisse des Wohnwagens gegenüber erkennen, die Baumreihe rechts blieb weiter im Dunkeln. Alles war still. Meine Hand glitt wie von selbst in meine Hosentasche, und ich zog den Brief heraus. Ich hatte ihn in den vergangenen Wochen so oft auseinander- und wieder zusammengefaltet, dass sich das Papier inzwischen abgegriffen anfühlte. Ich faltete ihn erneut auseinander und hielt ihn ins Licht, obwohl ich genau wusste, was drinstand.

WENN SIE SIE AUFHALTEN WOLLEN, FINDEN SIE DAS, WAS SIE ZUSAMMEN VERGRABEN HABEN. ES WIRD SIE VERNICHTEN.

Die Handschrift war einfach und prägnant, die Buchstaben in zackigen Bewegungen aufs Papier gebracht. Der Brief war in einem schlichten braunen Umschlag angekommen. Anonym, ohne Absender, ohne Unterschrift. Auch die Schrift kannte ich nicht. Alles äußerst beunruhigend. Ein perfektes kleines Rätsel.

In meiner Phantasie verfolgten mich unzählige Augenpaare. Feinde, die mir irgendwo außer Sichtweite auflauerten. Ich faltete den Brief zusammen und steckte ihn wieder weg, obwohl ich das Gefühl hatte, dass er mir ein Loch ins Bein brannte.

Wer bist du?, fragte ich mich nicht zum ersten Mal. *Und wie viel weißt du über mich?*

Ich trat wieder hinein, machte die Tür zu und schloss sie mit dem Schlüssel ab, der innen steckte. Katie blickte auf. Vielleicht fragte sie sich, was ich da machte, aber sie stellte keine Fragen. Wortlos setzte ich mich neben sie auf das Sofa, den Blick auf den lächerlich kleinen Bildschirm des Fernsehers gerichtet. Erschöpfung legte sich über mich wie ein schwerer Mantel.

2. KAPITEL

Juli 1988

Das misstönende Geklimper, das aus den vielen verschiedenen Spielautomaten und Videospielen in der Spielhalle dudelte, war fast laut genug, um den Alarm zu übertönen, der losging. Fast.

Charlie trat einen Schritt vom Automaten zurück, dem sie gerade einen so kräftigen Tritt verpasst hatte, dass ihr Fuß davon pochte. Ihr Gewinn, für den sie gerade drei Pfund ihres Feriengelds ausgegeben hatte, steckte noch immer fest, aber ein paar Münzen hatten sich ihren Weg in die Ablage gebahnt. Schnell sammelte sie das Geld ein und steckte es in ihre Taschen.

»He, was machst du da?«

Es war die Stimme der Frau in der Wechselkasse. Obwohl Charlie und ihre Familie erst seit ein paar Tagen hier in Urlaub waren, hatte sie die Angestellte bereits als potenzielle Gefahrenquelle erkannt. Sie saß fast immer auf einem gepolsterten Sitz neben dem Schalter und schaute, wer rein- oder rausging, die wachsamen Augen misstrauisch zusammengekniffen. Ihre Fingerkuppen waren dunkelgrau verfärbt von all den Münzen, die tagtäglich durch ihre Hände wanderten.

»Nichts«, antwortete Charlie.

»Warum ist dann der Alarm losgegangen?« Die Frau hatte die Arme vor der Brust verschränkt. »Wo sind deine Eltern? Du solltest nicht ohne Begleitung hier drin sein.«

»Da war ein Mann, dick, mit Bart. Er hat gegen den Automaten getreten und ist dann weggelaufen. Ich weiß nicht, warum.«

»Blödsinn. Du kannst nicht einfach hier reinspazieren und Ärger machen! Zeig gefälligst Respekt, du kleines …«

»Was ist hier los?«

Charlies älterer Cousin, Darren, trat zu ihr, und sie spürte eine Welle der Erleichterung, denn er war mit seinen siebzehn Jahren praktisch ein Erwachsener. Darren würde die Sache schon richten.

»Diese alte Schachtel schreit mich an.«

»Ist das deine kleine Schwester, junger Mann?«, fragte die Frau und richtete sich zu ihrer vollen Größe auf, wobei sie immer noch einen ganzen Kopf kleiner war als Darren. »Du solltest sie besser an der kurzen Leine halten!«

»Ja, schon gut.« Darren legte eine Hand auf Charlies Schulter und zog sie zu sich heran, weg von dem Automaten. »Regen Sie sich ab.«

»Was fällt dir ein, so mit mir zu reden! Raus hier, alle beide, und kommt ja nicht wieder. Weder ihr noch sonst jemand von eurer Sippe.«

Darren nickte, als ob das eine Anweisung war, die er täglich zu hören bekam, und schob Charlie zum Ausgang.

»Bravo, *Charlotte.*«

Sie traten aus der düsteren Spielhalle hinaus. Draußen herrschte eine drückende Hitze. Charlie stand ein paar Sekunden lang auf den Zehenspitzen, während ihre Augen sich erst einmal an das helle Tageslicht gewöhnen mussten.

»Ich war das nicht. Da waren ein paar ältere Jugendliche, die haben an allen Automaten herumgefummelt. Sie müssen mit dieser blöden Kuh verwandt sein, denn sie hat sie einfach machen lassen, bis was kaputtgegangen ist, und dann musste sie einen Sündenbock finden.«

Darren warf ihr diesen abschätzigen Blick zu, den die meisten in Charlies Familie aufsetzten, wenn sie ihnen mal wieder eine besonders haarsträubende Lügengeschichte auftischte. Eine hochgewachsene Gestalt trat aus der Spielhalle und starrte die beiden an, die Arme vor der Brust verschränkt. Charlie hatte den Mann schon vorhin bemerkt. Er reparierte die Automaten, wenn etwas mit ihnen nicht stimmte. Sie hatte Angst vor ihm. Sein Hemd war fleckig, und sein fettiges, aus der Stirn gestrichenes Haar reichte ihm fast bis zum Kragen.

»Los, lass uns gehen.« Darren griff nach Charlies Arm und schob sie weiter die Straße entlang, weg von dem großen Mann. »Wenn wir jetzt nicht mehr in die Spielhalle gehen dürfen, wird deine Mum ganz schön sauer sein.«

»Ich kann nichts dafür!«, protestierte Charlie erneut, doch sie war bereits abgelenkt. Hithechurch war ein kleiner Ort an der Küste. Im Sommer war dort immer viel los, aber heute wimmelte er von Menschen, und die Hauptstraße war für den Verkehr gesperrt. Ein merkwürdiger Festzug kam ihnen entgegen – eine Reihe von Reitern, um sie herum lauter Urlauber.

»Was ist das?«

»Woher soll ich das wissen? Irgendein Volksfest.« Darren sah sich bereits um, wahrscheinlich nach einem anderen Familienmitglied, bei dem er Charlie loswerden konnte.

Der Zug kam näher, angeführt von einem riesigen schwarzen Pferd mit einer weißen Blesse. Eine seltsame, ungepflegte Gestalt saß darauf, gekleidet in braunen und gelben Lumpen, beide Arme ausgestreckt, die Hände herunterbaumelnd. Das Unheimlichste an der Gestalt war jedoch ihr Gesicht. Charlie kniff unwillkürlich die Augen zusammen, ihr drehte sich der Magen um.

Die junge Frau – sie waren jetzt nahe genug, um die Gestalt zu erkennen – trug eine Maske, elfenbeinfarben, mit dreieckigen, schwarz umrandeten, ausgefransten Aussparungen für Augen und Nase, und statt eines Lochs für den Mund war da ein langer, gerader Strich mit dicken Nähten. Das Haar war strohgelb und hing zottelig bis zu den Schultern.

»Was ist das?«, fragte Charlie.

Sie hatte nicht geglaubt, dass überhaupt jemand ihre Frage, über all den Trubel hinweg, gehört hatte, aber Darren, der neben ihr stand, schnalzte missbilligend mit der Zunge.

»Eine Vogelscheuche, du Dummkopf.« Flugblätter wurden verteilt. Darren nahm eins von einer vorbeigehenden Frau entgegen und gab es Charlie. »Dieser Festzug hat irgendetwas mit einer alten Geschichte zu tun, die hier in der Gegend passiert ist.«

»Was denn für eine Geschichte?« Charlie schaute auf das Flugblatt, aber sie konnte ihren Blick nicht lange von der Vogelscheuche abwenden, so fasziniert war sie von ihr. »Geschichten *passieren* nicht. Nirgendwo. Geschichten werden erfunden.«

»Du weißt, was ich meine.«

Die Männer und Frauen, die hinter der Vogelscheuche herritten, waren sofort zu erkennen. Sie waren wie Piraten gekleidet, mit Seidenhemden, Augenklappen, Entermessern und aufgeklebten Bärten. Sie interagierten mit der Menge, lachten, riefen den Kindern irgendetwas zu und schwenkten Plastikschwerter. Ihnen folgte eine kleine Marschkapelle, die eine flotte Melodie spielte. Charlie blickte der davonreitenden Vogelscheuche hinterher und bemerkte, dass in den Ärmeln ihrer zerlumpten Jacke ein Stock steckte. So blieben die Arme der Frau gerade gestreckt.

»Komm jetzt«, rief Darren ungeduldig. »Ich bringe dich zurück zum Campingplatz.«

Charlie rührte sich erst nicht. Die Menge war größtenteils an ihnen vorbeigezogen und hinterließ eine Spur aus zerknitterten Flugblättern und Bonbonpapieren auf der Straße. Eine Frau am Ende des Zugs kam auf Charlie zu und drückte ihr etwas in die Hand.

»Eine schöne Piratenwoche!«, wünschte sie ihr strahlend und beeilte sich, die anderen wieder einzuholen. Charlie schaute auf ihre Hand, in der eine winzige Vogelscheuche aus Filz steckte. Erst da stellte sie fest, dass ein paar dieser Figürchen auch auf der Straße gelandet waren. Die Frau hatte sie an alle Kinder verteilt. Normalerweise hätte Charlie über so ein Geschenk die Nase gerümpft – es war ja eindeutig für kleine Kinder bestimmt, und sie war schon elf und damit viel zu alt für so etwas. Doch das seltsame kleine weiße Gesicht mit den dicken schwarzen Nähten faszinierte sie sofort.

»Komm jetzt«, rief Darren erneut und zerrte an ihrer Bluse. »Oder ich lass dich hier stehen.«

Sie gingen zurück zum Campingplatz. Für den Weg dorthin brauchten sie etwa fünfzehn Minuten, und er führte entlang einer langen, mit Gras- und Getreidefeldern gesäumten Landstraße, die nachts nicht beleuchtet war. Charlie trottete ihrem Cousin hinterher und behielt seine rote kurze Hose im Blick, während sie das Flugblatt las.

DIE GESCHICHTE VON SUSAN CARTWRIGHT

Die kleine Susan Cartwright lebte 1842 mit ihrem Vater in einer Fischerhütte in Hithechurch. Das Leben der beiden war hart und von Entbehrungen und Hunger geprägt. Ihr Überleben hing oft von den Launen des Meeres ab. Um Essen auf den Tisch zu bekommen, wurde Susans Vater Strandräuber – in dunklen, stürmischen Nächten stellte er Lichter auf, die vorbeifahrende Schiffe in die Irre führten, so dass sie vor der felsigen Küste auf Grund liefen und Susans Vater und seine Brüder die Ladung für sich einforderten. Als die kleine Susan alt genug war, um zu helfen, wurde auch sie in das Familiengeschäft einbezogen. Ihre Aufgabe war es, ihren Esel, an des-

sen zusammengeflicktem Sattel Laternen hingen, abends die Strandwege entlangzuführen.

Eines Nachts entging ein Piratenschiff nur knapp seinem Schicksal, an der berühmten Hithechurch Jawbone zu zerschellen. Als die Piraten begriffen, was passiert war, gingen sie an Land, um nach den Lichtern zu suchen, die ihnen fast das Leben gekostet hätten. Susans Familie ergriff die Flucht und ließ sie mit ihrem Esel zurück. Verzweifelt flüchtete sie auf die Felder, auf denen sie eine alte, zerlumpte Vogelscheuche entdeckte. Sie stellte sich neben sie, zog sich den Jutesack über den Kopf, und die Piraten liefen an ihr vorbei. Sie stöberten Susans Vater und ihre Onkel auf und nahmen blutige Rache, aber die tapfere Susan Cartwright überlebte.

Charlie stolperte über einen Stein auf der Straße und blickte auf, aber sie dachte noch immer an Susan Cartwright auf dem Feld. Eine stockfinstere Nacht, ein grauer Mond, und Piraten, die einem die Kehle durchschneiden wollen …

»Warum grinst du so?«

Darren hatte sich umgedreht und sah sie an. Weiter vorn ragte das Schild des Campingplatzes aus einer Reihe von Büschen heraus.

»Deshalb!«, antwortete sie und wedelte mit dem Flugblatt. »Das ist völlig verrückt. Diese Vogelscheuchenfrau hat dabei geholfen, dass Schiffe auf Grund gelaufen sind, damit sie das Zeug von Bord klauen konnten, aber anscheinend …« Sie betrachtete die fröhliche rote Schrift auf der Rückseite. »Anscheinend gibt es jedes Jahr einen Festtag ihr zu Ehren. Sie war eine Diebin!«

»Und eine Mörderin«, fügte Darren vergnügt hinzu. »Ich glaube kaum, dass alle von diesen sinkenden Schiffen lebend runtergekommen sind.«

»Wow.« Charlie zog die kleine Filzfigur aus ihrer Tasche und betrachtete die Vogelscheuche mit ihrem zusammengeflickten Gesicht noch einmal. Susan Cartwright war eine Diebin, Verbrecherin und Mörderin, und trotzdem wurde sie als Spielzeug an Kinder verteilt. In Wirklichkeit war Charlie begeistert. Zu Hause versuchte sie ständig, an die Horrorfilme heranzukommen, die ihre älteren Cousins und Cousinen sehen durften. In der Videothek trieb sie sich in der Horrorabteilung herum, schaute sich die Hüllen von VHS-Kassetten an mit Geisterhäusern oder mordlüsternen Clowns darauf, die Titel geschrieben wie mit triefendem Blut. In der Bibliothek war sie stets auf der Suche nach Büchern über unerklärliche Phänomene, wie Geister, Yetis oder spontane menschliche Selbstentzündungen, und gelegentlich probierte sie auch, sich ein Stephen-King-Buch auszuleihen. In ihrem Rucksack steckte ein eselsohriges Exemplar von *The Usborne Book of True Ghost Stories*, ein Kinderbuch über wahre Geistergeschichten, das sie trotz der Einwände ihrer Mutter schließlich vom Schulbuchklub bekommen hatte. Aber auf diesem Flugblatt hier, das Erwachsene tatsächlich an Kinder auf der Straße verteilten, war eine richtig grausige Geschichte mit Piraten, Mord und einer schaurigen Verkleidung. »Großartig.«

»Du weißt, wie du von hier aus zum Wohnwagen kommst, oder?«

Charlie riss ihren Blick von der Vogelscheuche los. Sie hatten inzwischen den Campingplatz erreicht, und eine Gruppe von Jungs in Darrens Alter stand neben dem Klettergerüst, die ihn auf keinen Fall in Gesellschaft seiner elfjährigen Cousine sehen sollten. Sie nickte zerstreut, und er lief hinüber zu ihnen. Seine schlaksige Gestalt bewegte sich überraschend anmutig über das struppige Gras. Charlie schlenderte in die andere Richtung zu dem Wohnwagen, der gerammelt voll war mit Mitgliedern ihrer Familie.

Die Geschichte von Susan, der Vogelscheuche, ließ sie nicht

los. Leise herumschleichende Piraten spukten in ihrem Kopf herum, sie hörte die markerschütternden Schreie von Susans Vater, dem die Kehle mit der rostigen Schneide eines Entermessers aufgeschlitzt wurde. Und so bemerkte sie erst, als eine laut zugeschlagene Autotür sie aufschreckte, dass sie zum falschen Wohnwagen gelaufen war. Er ähnelte zwar farblich dem ihrer Familie – auch er war braun und gelb –, aber ein breiter weißer Streifen verlief über seine Mitte, und ein hellbraunes, leicht rostiges Auto parkte daneben, das sie nicht kannte, auf der Heckscheibe ein Stück silbernes Klebeband.

»Emily, hol deine Tasche. Sofort.« Der Mann, der gerade eben die Autotür zugeschlagen hatte, war stämmig und breitschultrig. Sein braunes, nach hinten gegeltes Haar glänzte im Sonnenlicht. Er machte einen verärgerten Eindruck, und seine Wangen waren gerötet, als hätte er Fieber. Um den Hals trug er eine dünne goldene Kette mit einem kleinen goldenen Kreuz daran.

Ein Mädchen, etwas so alt wie Charlie, tauchte auf der anderen Seite des Wagens auf, in den Armen eine schwere Reisetasche, so groß, dass ihr Kinn darauf lag. Sie hatte schwarzes, sehr kurzes Haar und trug Turnschuhe, die auseinanderzufallen schienen. Eine große, schlanke Frau in einem gelben Sommerkleid folgte einen Schritt hinter ihr. Sie sah zwar nicht sonderlich alt aus, aber ihr schwarzes Haar war mit grauen Strähnen durchzogen.

»Emily, was machst du da?« Das Mädchen bewegte sich zur Tür des Wohnwagens hin, aber offensichtlich nicht schnell genug für ihren Vater. Er stürmte zu ihr hinüber und packte sie so fest an ihrem dünnen Arm, dass sie fast stolperte. Charlie hörte, wie die Frau etwas murmelte, einen schwachen Protest, von dem der Vater aber keine Notiz nahm. Erneut zerrte er am Arm des Mädchens, und Charlie zuckte zusammen, als ihr die Reisetasche aus den Armen glitt und deren Inhalt sich auf dem Boden ergoss.

»*Verdammt* nochmal«, stieß der Mann wütend aus, sprang sichtlich angewidert weg und stapfte die kleine Treppe hinauf zur Tür des Wohnwagens. Mit ruckartigen Bewegungen schloss er sie auf und trat hinein. Charlie erfasste kurz die blanke Wut angesichts dieser himmelschreienden Ungerechtigkeit. Immerhin hatte das Mädchen wegen ihm die Tasche fallen gelassen, und jetzt gab er ihr die Schuld. Die Frau murmelte erneut etwas, aber statt dem Mädchen beim Einsammeln der Sachen zu helfen, ging sie an ihr vorbei in den Wohnwagen hinein. Seufzend kniete sich das Mädchen auf den Boden, um ein Paar alte, abgewetzte Badesandalen, zusammengefaltete Unterwäsche und Socken aufzuheben.

Zögernd machte Charlie einen kleinen Schritt nach vorn, um ihr zu helfen oder ihr zumindest zu zeigen, dass sie das Verhalten der Erwachsenen ihr gegenüber schäbig fand und mit ihr fühlte. Aber ihre Bewegung ließ das Mädchen jäh aufblicken. Sie hatte große, dunkelgrüne Augen. Genau diese Farbe hatte das Meer, auf dem sich die Piraten in Charlies Vorstellung herumtrieben.

Sie schaute Charlie finster an. »Was guckst du so?«

3. KAPITEL

Heute

Als ich am nächsten Morgen in einem fremden Bett aufwachte, musste ich mich erst einmal kurz orientieren, ehe ich in das winzige Bad schlurfte. Beim Zähneputzen bemerkte ich, dass mein Haaransatz deutlich zu sehen war – mehr als ein Zentimeter meines roten Haars lugte unter dem dunklen Braunschwarz hervor. Ich zog mich an und steckte anschließend den Kopf in Katies Zimmer, um mich zu vergewissern, dass sie noch schlief. Dann fuhr ich die kurze Strecke in die Stadt, um in der kleinen Drogerie auf der Hauptstraße eine Packung Haarfärbemittel zu kaufen, mit der ich kurze Zeit später zum Wohnwagen zurückkehrte. Katie war in der Zwischenzeit aufgestanden und saß am Tisch, vor sich ein aufgeschlagenes Malbuch. Ich ließ sie weitermalen und ging erneut ins Bad. Die Farbe, für die ich mich entschieden hatte, war ein anderes Dunkelbraun, das hoffentlich nicht nur einigermaßen dem Farbton entsprach, den ich vorher benutzt hatte, sondern auch zu meinem sommersprossigen Gesicht passte. Ich trug das übelriechende Zeug auf, wickelte Frischhaltefolie um den Kopf und ging zurück ins Wohnzimmer, damit die Farbe einwirkte. Katie blickte von ihrem Malbuch auf und rümpfte die Nase.

»Du färbst dein Haar schon wieder?«, fragte sie und hielt die Seite mit dem Daumen fest.

»Nur den Ansatz«, antwortete ich, bemüht um einen lockeren Tonfall. »Willst du ein Specksandwich?«

»Warum machst du das?«

»Specksandwichs sind köstlich.«

Sie stieß einen dieser langen, leidenden Seufzer aus, die ganz typisch sind für Zehnjährige, denen die Erwachsenen auf die Nerven gehen. »Ich meine dein Haar.«

Ich wandte mich zum Herd um und schaltete den Ofen ein. »Einer der wenigen Vorteile, die das Erwachsensein mit sich bringt, ist, dass man jederzeit seine Haarfarbe ändern darf.«

Ich erinnerte mich an Katies Haar bei einer früheren Gelegenheit, daran, wie fein es gewesen war und wie ich ihr einen Grashalm herausgezupft hatte und wir beide darüber gelacht hatten. Ich zog ein Messer aus einer Schublade und stach damit in die Verpackung des Specks.

Als wir die Sandwiches aufgegessen hatten, war die Einwirkzeit des Färbemittels rum, und ich ging ins Bad, um mir die Haare über dem Waschbecken auszuwaschen. Durch das tropfende Wasser sah ich die Farbe im Abfluss verschwinden, und der Ton erinnerte mich noch mehr an Blut als vorher. Blut, das von einer rostigen Klinge tropfte. Blut, das im Sand versickerte. Ich ging ins Schlafzimmer und rubbelte mir das Haar mit einem Handtuch trocken, das ich von zu Hause mitgebracht hatte, ehe ich es föhnte. Als ich damit fertig war, stand ich vor dem langen Spiegel, der in den schmalen Kleiderschrank eingelassen war, und mir gefror das Blut in den Adern. Mit meinem kurzen, dunklen Haar sah ich genauso aus wie …

»Was machst du heute?«, fragte Katie, die in der Schlafzimmertür aufgetaucht war und sich an den Rahmen lehnte, als sei es eine Riesenanstrengung, gerade zu stehen.

»Kommt drauf an. Was würdest du denn gern tun?«, fragte ich lächelnd zurück und ignorierte den Geist im Spiegel. »An den Strand gehen? Dir ein paar Süßigkeiten im Laden kaufen? Ich finde, dass wir uns erst etwas eingelebt haben sollten, bevor ich mich in die Recherche stürze.«

Katie wandte sich ab und beugte die Knie, so dass sie ein paar Zentimeter an dem Rahmen hinunterglitt. »Ich will gar nicht raus. Ist zu kalt.«

»Bist du dir sicher? Du könntest hier auf den Spielplatz gehen, die Schaukeln sind bestimmt alle leer.«

Mein Vorschlag wurde mit einem fast schon angriffslustigen Blick bestraft, also wendete ich mich wieder dem Spiegel zu. Auf dem Nachttisch lag eine Schere, die ich aus der Küchenschublade geholt hatte. Ich griff danach und schnippelte an meinem Pony herum, das seit dem letzten Friseurbesuch etwas gewachsen war. Die fast schwarzen Haarschnipsel flatterten wie die Federn eines dunklen Vogels auf den Teppich.

»Du musst nicht rausgehen«, sagte ich zum Spiegel. »Ich werde ein paar Sachen in dem Laden besorgen. Irgendwelche Wünsche?«, fragte ich.

Doch Katie war schon wieder ins Wohnzimmer verschwunden.

Draußen war es kalt und grau, ich konnte Katie also wirklich keinen Vorwurf machen, dass sie lieber drinnen geblieben war. Der Laden, ein kleines, kastenförmiges Gebäude in der Nähe des Eingangs vom Campingplatz, hatte Grundnahrungsmittel, Zeitungen und Gasflaschen in seinem Sortiment. Ich hatte fast schon damit gerechnet, dass er im Januar geschlossen war, aber auf meinem Weg zur Drogerie heute Morgen hatte ich jemanden drinnen herumlaufen sehen. Als ich den Laden betrat, befand sich ein großer Mann hinter der Theke und füllte gerade pfeifend ein Fach mit Schokoriegeln auf. Ich ging an ihm vorbei zu den Regalen und tat so, als würde ich mich für die Waschmittel interessieren, aber in Wahrheit fühlte ich mich matt und seltsam leicht, als könnte ich jeden Moment davonschweben. Der Laden sah fast so aus wie damals, selbst die sich von den Wänden ablösenden, blassen Plakate mit den Touristenattraktionen hingen noch da, und die mit Eiscreme gefüllte Tiefkühltruhe brummte vor sich hin. Ich fühlte mich schlagartig in die Vergangenheit zurückversetzt. Panik stieg in mir auf, aber ich zwang sie nieder. Ich griff nach einer Packung Frühstücksflocken und einer Tüte Milch.

»Nur das hier, bitte.«

Der Mann hinter dem Ladentisch lächelte und drückte dann auf der alten Kasse herum, als hätte er nie zuvor eine gesehen.

»Tut mir leid, unsere andere Kasse hat den Geist aufgegeben, deshalb haben wir sie durch dieses antike Teil hier ersetzen müssen. Ich habe keinen blassen Schimmer, wie das Ding funktioniert.« Er sprach mit einem leichten walisischen Akzent, was mich neugierig aufblicken ließ. Der Mann war schlank, hatte schmale Hüften und trug einen schwarzen Pullover. Die Ärmel waren bis zu den Ellenbogen hochgezogen und offenbarten straffe, muskulöse Arme mit leuchtenden Tattoos. Ich konnte Totenköpfe, Raben und spärlich bekleidete Frauen erkennen, alle miteinander verschlungen in einem Netz aus Tinte. Seine Augenbrauen waren buschig und dunkel, und er zog sie verwegen nach oben, während er sich mit der Kasse abmühte. »Eigentlich sollte so ein vorsintflutliches Gerät wie das hier doch einfach zu bedienen sein, oder?«

Ich beugte mich über den Ladentisch, um einen besseren Blick auf die Kasse werfen zu können, als würde ich mich damit auskennen.

»Wie wär's damit, den Preis einzugeben und dann auf Artikel zu drücken?«

Er nahm eine Packung Frosties in die Hand, schaute auf den Preis und tippte ihn ein. Grinsend bongte er den Rest.

»Jetzt Zwischensumme«, sagte ich, verlegen und stolz zugleich.

»Ah, Sie sind meine Rettung, ja, das sind Sie wirklich.« Er suchte kurz hinter dem Ladentisch herum, bis er eine dünne Plastiktüte fand, die bestimmt schon kaputt sein würde, bevor ich den Wohnwagen erreichte, und begann, meinen Einkauf hineinzupacken. »Übernachten Sie hier auf dem Campingplatz?«

»Ja, ich bin mit meiner Nichte Katie für ein paar Wochen hier. Meine Schwester macht gerade eine schwere Zeit durch, also gönne ich ihr eine Pause von dem kleinen Gremlin. Und Katie tut ein Urlaub auch gut.«

»Das Wetter ist zwar mies, aber dafür ist es ruhig hier. Ich bin übrigens Joseph. Joseph Bevan.« Zu meinem Entsetzen streckte er mir die Hand entgegen über den Tresen. Ich zögerte, aber nach einem Moment schüttelte ich sie. Seine Haut war warm, und ich hatte das Gefühl, als würde mich ein Blitzschlag durchfahren.

»Hi.« Ich hatte nicht damit gerechnet, dass ich mich jetzt schon jemandem vorstellen musste. »Ich bin Sarah. Sarah Hewitt.« Da ich nicht so recht wusste, was ich sagen sollte, holte ich mein Portemonnaie heraus und reichte ihm eine 5-Pfund-Note. Die Geldschublade der Kasse sprang krachend auf, und er wich einen Schritt zurück, um nicht getroffen zu werden, dabei murmelte er leise »Mist«. »Ich recherchiere für ein Buch.«

Seine Augenbrauen schnellten wieder nach oben. »Echt? Toll.«

Ich lachte nervös. »So spannend ist es gar nicht. Nur ein persönliches Projekt über die Sagen hier aus dem Süden Englands. Über die aus dem Norden oder dem Westen gibt's jede Menge Informationen, aber über die von hier …« Ich zuckte mit den Achseln. »Ich hatte einfach das Gefühl, dass es vielleicht etwas Interessantes zu erforschen gibt.«

»Darüber würde ich gern mehr erfahren. Egal, was es ist, solange dadurch ein bisschen Leben hier in die Bude kommt.« Er richtete sich auf, als spürte er, dass er womöglich etwas Falsches gesagt hatte. »Aber ich bin mir ganz sicher, dass Sie hier auf viel

Interessantes stoßen werden. Sie sollten mit Stan reden. Er ist ein Freund meines Onkels und bekannt dafür, im Pub wilde Geschichten zu erzählen. Sie wissen schon, was ich meine.«

Ich klammerte mich an meine Einkäufe und nickte. Das war ein ungewöhnlich langes Gespräch für mich, und ich hatte das Gefühl, die Kontrolle zu verlieren, wie eine Achterbahn, die zu schnell fuhr und von den Gleisen abkam.

»Gehört Ihrem Onkel der Laden?«

»Ja, aber er ist nie hier, wissen Sie.« Joseph reichte mir mein Wechselgeld und lehnte sich mit verschränkten Armen an die Wand, als würde er sich auf eine längere Unterhaltung einstellen. »Ich bin hier Mädchen für alles, passe auf den Campingplatz auf, mache die verdammten Duschkabinen sauber und so.« Er lachte, und ich stimmte in sein Lachen ein. Meine Finger und Wangen kribbelten noch immer von dem Blitzschlag. »Wenn es irgendein Problem mit Ihrem Wohnwagen geben sollte, sagen Sie mir Bescheid, ja? Eigentlich …« Er griff unter den Ladentisch und holte einen Zettel hervor, auf dem eine Nummer gekritzelt war. »Das ist meine Handynummer, für den Notfall, falls irgendwas mit dem Wohnwagen ist.«

»Oh, das ist wirklich nicht nötig …«, sagte ich und schaute auf das Stück Papier in meiner Hand. Das Gefühl von Panik wurde immer größer.

»Sie würden mir einen Gefallen tun, ehrlich, Sarah. Im Moment ist es hier so ruhig, dass ich fast verrückt werde. Ich würde mich sogar über eine verstopfte Toilette freuen, so schlimm ist es. Oh, und wenn Sie mit Stan reden wollen, er ist für gewöhnlich im Pub, im *Smuggler's Cove*. Ich bin mir sicher, dass er Sie gern vollquatschen wird.« Joseph lächelte. Er hatte braune Augen. Ich steckte die Nummer in die Tasche.

»Tja, dann vielen Dank. Sollte ich Probleme mit der Toilette haben, sag ich Ihnen Bescheid.« *Wie bitte?*

Beschämt und verzweifelt ging ich in Richtung Tür. Ich musste hier raus, bevor ich noch etwas Schlimmeres von mir gab, doch da fiel mein Blick auf die Tageszeitungen in einem Ständer vor dem Fenster. Eine Schlagzeile in großen schwarzen Buchstaben leuchtete mir entgegen, als sei sie extra für mich dort platziert worden.

MÄDCHEN VOM STRAND BLEIBT AUCH NACH SECHS MONATEN WEITER VERMISST

Wie von selbst griff meine Hand nach der Zeitung, einem Lokalblatt namens *The Lighthouse*, dessen Verbreitungsgebiet mehrere nahe gelegene Küstenstädte umfasste. Angst erfasste mich, wie ein lähmendes Gift, und ich begann den Artikel zu lesen.

Sechs Monate nach dem Verschwinden von Cheryl Yates am Strand von Folkesholme wendet sich die Polizei heute erneut an die Bevölkerung und bittet um ihre Mitarbeit. Cheryl, 15, verbrachte mit ihrer Familie die Ferien hier und wurde zuletzt am Strand in Richtung Hithechurch gesehen. Laut ihrem Vater, Antony Yates, 47, war Cheryl glücklich, sowohl zu Hause als auch in der Schule, so dass sie keinen Grund hatte, wegzulaufen. Die Polizei stuft das Verschwinden als verdächtig ein. Frühere Hinweise aus der Bevölkerung führten dazu, dass Besitzer von blauen Lieferwagen in der Gegend gebeten wurden, sich bei der ermittelnden Behörde zu melden, und im September letzten Jahres wurde das Mobiltelefon von Cheryl sichergestellt, zu dem die Polizei jedoch keine weiteren Angaben machte. Cheryls Mutter, Sharon Yates, 45, hat die ermittelten Beamten zuletzt beschuldigt, das Verschwinden nicht ernst genug zu nehmen, und erklärte gegenüber dieser Zei-

tung: »Wäre Cheryl ein oder zwei Jahre jünger, würden sie den Ort auseinandernehmen.« Hithechurch selbst blickt auf eine Geschichte zurück von …

Mein Blick wanderte vom Artikel zum Foto des vermissten Mädchens, auf dem sie ein weißes Schulhemd und goldene Creolen trug. Ihr Gesicht umrahmte blondes Haar, sie sah glücklich aus. Der Pose nach zu urteilen, stammte das Bild von ihrem Instagram-Account. Joseph hatte mittlerweile bemerkt, worauf ich schaute, aber in meinen Ohren rauschte es so sehr, dass ich ihn nur leise hörte, als er erneut zu sprechen begann.

»… üble Angelegenheit, viele Gerüchte, doch die Polizei scheint auf dem Schlauch zu stehen. Niemand spricht es offen aus, aber der Stadtrat ist besorgt, dass sich diese Sache auf die Touristenzahlen im kommenden Sommer auswirkt. Diese verdammten Aasgeier.«

Ich nickte gedankenverloren. Mein Blick wanderte ans Ende der Seite, wo ich die Überschrift eines weiteren, kürzeren Artikels las: **UMSTRITTENES BUCH WIRD WOMÖGLICH ALS SERIE VERFILMT.** Ich blinzelte. Meine Angst machte schlagartig der unfassbaren Wut Platz, die in mir hochstieg.

»Danke«, sagte ich, steckte die Zeitung zurück in den Ständer und verließ den Laden, ohne Joseph noch einmal anzusehen. Der Himmel hatte sich verdunkelt, und ein eisiger Regen prasselte auf mich herab. Es war gerade erst einmal Mittag, und trotzdem hatte ich das Gefühl, als ob das Tageslicht nicht seine Energie an diesen kalten, unliebsamen Januartag verschwenden wollte und sich bereits woandershin verflüchtigte. Ich schlich zurück zum Wohnwagen, meine Finger wurden weiß, als sich die Schlaufen der Plastiktüte um sie wickelten, und gerade als ich an der Tür des Wohnwagens angekommen war, piepste mein Handy in der Tasche. Ich griff hastig danach und fürchtete mich bereits vor dem, was ich auf dem Display sehen würde. Wer könnte mir eine Nachricht schicken?

Ich lehnte mich mit der Schulter an die Tür und entsperrte das Telefon. Eine Bildnachricht leuchtete auf, ein beängstigend klares Foto von der Hauptstraße in Hithechurch in einem schwachen, winterlichen Morgenlicht. Es zeigte eine Frau mit kurzen, wirren Haaren, die auf die Tür der Drogerie zuging, den Arm erhoben, um sie zu öffnen. Aus dem Blickwinkel war ein Teil ihres Gesichts zu erkennen. Sie sah blass und ernst aus und hielt den Kopf gesenkt, als wollte sie den direkten Blickkontakt mit jemandem drinnen vermeiden. Ich sah müde aus. Kein Wunder.

Unter dem Foto stand eine Nachricht.

Warum verschwenden Sie Ihre Zeit?

Ich starrte auf das Bild und die kurze, eisige Botschaft. Dann hörte ich Katie aus dem Inneren des Wohnwagens nach mir rufen, und ich steckte das Handy zurück in meine Tasche. Meine Hand zitterte nur leicht.

In jener Nacht wachte ich mit klopfendem Herzen auf und lag zusammengerollt in der Mitte des Doppelbetts. Ein paar Sekunden verharrte ich in dieser Position, wie erstarrt. Der Atem stockte mir, während ich versuchte, herauszufinden, was mich aus dem Tiefschlaf gerissen hatte. Und da hörte ich es wieder. Mehrere laute Schläge gegen die Außenseite des Wohnwagens, ein blechernes *bumm-bumm-bumm*, gefolgt von schrillem Gelächter, das Geräusch von kleinen schnellen Schritten. All das war ungemein vertraut, aber auch äußerst beunruhigend. Wie oft waren meine Cousins, Cousinen und ich um den Wohnwagen herumgelaufen, hatten dagegen geklopft und uns gegenseitig laut zugerufen? Aber nie um drei Uhr morgens.

Ich setzte mich auf und zog die Knie an mein Kinn. Dann drang das Geräusch von der anderen Seite des Wohnwagens herüber – noch mehr Schläge, noch mehr Lachen. Ich dachte an Katie, die in ihrem kleinen Zimmer schlief, und runzelte die Stirn. Meine Angst schlug in Verärgerung um. Ich glitt aus dem Bett und zuckte zusammen, als ich die Kälte außerhalb der warmen Bettdecke spürte. Leise schlich ich mich aus meinem Zimmer. Katies Tür stand ein paar Zentimeter offen. Ich blieb stehen und horchte, ob sie schon wach war. Sollte sie den Krach bisher nicht mitbekommen haben, wollte ich sie nicht durch mein Herumtappen wecken. Wieder erklang Gelächter, und ich hörte eine Unterhaltung im Flüsterton.

Ich steckte meinen Kopf zur Tür hinein. Katie schlief tief und fest, wie ich erkennen konnte, das dunkle Haar auf dem Kissen. Im Gegensatz zu mir schlief sie mit ausgebreiteten Armen, zurückgelegtem Kopf und offenem Mund. Nach einem Moment hörte ich das zarte Geräusch ihres Schnarchens und lächelte.

Dann folgte ein weiterer lauter Schlag, diesmal ganz in der Nähe meines Kopfs, dass ich fast zu Tode erschrak. Wütend stürmte ich ins Wohnzimmer und riss die Vorhänge auf. Ich konnte niemanden sehen, aber ein Schatten huschte über das mit Reif überzogene Gras – da rannte jemand davon, und gleich darauf erklang wieder in der Ferne dieses Lachen.

»Verdammte Kinder«, murmelte ich, wütend darüber, dass mein Herz wieder so schnell pochte. »Haben nichts als Unsinn im Kopf.«

Aber als ich die Vorhänge wieder zuzog, dachte ich an die Nachricht mit dem Foto. Und an den Brief mit seinem sehr konkreten Ratschlag. Vielleicht war ich ja doch nicht ganz allein hier draußen.

4. KAPITEL

Juli 1988

Als Charlie das zaghafte Klopfen an der Wohnwagentür hörte, flitzte sie durch das winzige Wohnzimmer, um sie zu öffnen, bevor es jemand anderes tun konnte. Vor ihr stand Emily, das Mädchen, das sie am Vortag kennengelernt hatte, und sie sah sehr unsicher aus. Ihr Haar war ordentlich gekämmt, sie trug die abgewetzten Badesandalen, rosa Shorts und ein T-Shirt, das ihr fast bis zu den Knien reichte. Vorsichtig spähte sie in den Wohnwagen, doch Charlie drehte bereits den Kopf nach hinten.

»Ich gehe ein bisschen raus, Mum, bis später!«, rief sie über ihre Schulter hinweg.

»Immer mit der Ruhe, junge Dame.«

Widerwillig blieb Charlie in der Tür stehen, während ihre Mutter sich vom Esstisch erhob, an dem auch noch Charlies Großmutter und zwei Tanten bei einer Runde Kniffel dicht gedrängt saßen. Sie unterbrachen bereitwillig ihr Spiel, zündeten sich Zigaretten an, und Rauch stieg in dünnen Fahnen an die Decke. Charlies Tante Marj nahm die Gelegenheit wahr, um aufzustehen und den Kessel aufzusetzen.

»Mum, ich gehe nur auf den Spielplatz schaukeln, okay?«

»Ach ja?« Charlies Mutter war eine groß gewachsene Frau mit breiten Hüften. Während Charlies Haar ein kaum zu bändigendes Durcheinander von orangeroten Locken war, fiel das Haar ihrer Mutter in sanften Wellen und war eher tiefrot als karottenfarben. »Und wer ist das?«

»Das ist meine Freundin Emily«, murmelte Charlie und deutete kurz auf das andere Mädchen. Emily sah ihrerseits verwirrt aus. Auf dem schmalen Sofa im Wohnzimmer saß auf der einen Seite Charlies Großvater und schlief fest mit einer Zeitung auf dem Schoß, während Darren auf der anderen Seite lümmelte, ein elektronisches Puzzlespiel vor der Nase. Carol, Charlies ältere Schwester, war gerade dabei, sich sorgfältig Wimperntusche aufzutragen, und blickte dafür auf einen kleinen Handspiegel. »Ich habe sie gestern kennengelernt.«

»Emily. Aha.« Der Gesichtsausdruck ihrer Mutter wurde weicher. »Na dann, ab mit euch«, sagte sie und machte eine entsprechende Handbewegung mit ihrer Zigarette. »Aber ihr seid vor Einbruch der Dunkelheit wieder hier. Und du kannst Jenny mitnehmen.«

»Was?« Charlie begann sofort rückwärts zur Tür zu gehen und schob Emily vor sich her. »Jenny wird nicht mitkommen wollen, du kannst sie doch nicht so einfach …«

Aber ihre Mutter rief bereits nach hinten in das Schlafzimmer, und Jenny, eine von Charlies Cousinen tauchte augenblicklich auf. Sie war zwölf, sah aber jünger aus, hatte eine dicke Brille auf der Nase und war ständig erkältet. Sie hielt eine ihrer »My-Little-Pony«-Figuren in der Hand, mit denen sie im Schlafzimmer gespielt hatte, und der Ärmel ihres Shirts war ausgebeult von den vielen zusammengeknüllten Taschentüchern.

»*Mum* …«

»Ab mit euch. Und haltet euch von Ärger fern.«

Auch heute war wieder ein heißer Sommertag, aber eine kühle, leicht nach Salz riechende Brise machte das Wetter erträglicher. Die drei Mädchen bummelten in der für Kinder typischen Weise zum Spielpatz. Jenny lief hinten, auf ihren großen Brillengläsern spiegelten sich die Sonnenstrahlen, während Charlie und Emily vorneweg latschten und sich eine Packung Kaubonbons teilten.

»Du hast eine große Familie«, sagte Emily. Sie hatte eine leise, kratzige Stimme, als hätte sie stundenlang geschrien oder noch nie zuvor gesprochen.

»Ja. Wir wohnen zu zehnt in dem Wohnwagen. Ich, Mum, Grandma, Granddad«, Charlie zählte sie mit den Fingern auf, »meine Schwester Carol, und dann noch Darren, Jenny, Tante Marj, Tante Beverly und Onkel David.«

Emily war beeindruckt. »Wie passt ihr da alle rein?«

»Das ist aber noch nicht einmal die Hälfte meiner Familie!« Charlie biss in ein weiteres Kaubonbon. »Manchmal kommt auch noch mein Onkel mit seinen Kindern für ein paar Tage vorbei. Sie schlafen dann auf Luftmatratzen im Wohnzimmer! Ich habe aber noch mehr Cousins und Cousinen«, fügte sie hinzu und kam so richtig in Fahrt. »Und wenn sie zu Besuch sind, schlafen sie in den Schränken und auf dem Dach.«

»Das stimmt nicht«, sagte Jenny, die hinter ihnen hertrottete. »Das hast du erfunden.«

Charlie warf ihrer Cousine einen vorwurfsvollen Blick zu, aber Emily schien das egal zu sein.

»Ich habe keine Cousins und Cousinen«, erklärte sie. »Es gibt nur mich.«

»Keine Brüder oder Schwestern?«

»Nur mich«, antwortete sie und rieb sich die dünnen Arme, als wäre ihr kalt. Charlie entdeckte einen großen lila Bluterguss unter ihrem ausgebeulten T-Shirt. »Und meinen Dad. Und Mum.«

»He, willst du aufs Klettergerüst?« Der kleine Spielplatz war gerade in Sichtweite gekommen, und auf dem Gebilde in der Mitte, das aus roten und gelben Metallrohren bestand, turnten keine Kinder herum. »Wir können uns ganz oben draufsetzen.

Emily nickte. Die beiden rannten über die Wiese und begannen am Gerüst hochzuklettern. Jenny folgte langsam und schnäuzte sich die Nase. Als sie das Gerüst erreichte, blieb sie stehen und schaute nach oben.

»Ich will da nicht rauf«, sagte sie. Ihre Nase war rot.

»Musst du ja nicht!« Charlie stieg die Rohre hinauf, ihre Turnschuhe rutschten auf dem Metall. Emily war ein paar Sprossen über ihr. »Dann geh und spring ins Meer!«

Die Mädchen lachten und setzten sich auf die obersten Sprossen, von wo aus sie den gesamten Spielplatz und die Duschanlagen überblicken konnten. Selbst die Wohnwagen erschienen von hier aus ein bisschen kleiner. Charlie sah hinunter zu Jenny, die sich auf den staubigen Boden unter dem Klettergerüst gesetzt hatte und mit ihrem Plastikpony spielte. Warme, sommerliche Geräusche drangen zu ihnen herüber: das Kinderlachen auf den Schaukeln, das Surren eines Rasenmähers, das Kreischen der Möwen.

»O sieh mal«, Emily legte ihre Hand auf das rote Rohr zwischen ihnen. Eine braune Gartenkreuzspinne von der Größe eines Pennys spazierte gerade darüber. Charlie schreckte zurück, aber Emily ließ sie auf ihren Handrücken krabbeln und hob sie zu sich.

»Hast du keine Angst vor Spinnen?«

»Nein, eigentlich nicht. Sie tun einem ja nichts.« Emily legte sie so weit wie möglich von Charlie entfernt ab. »Wir haben beim Hochklettern wahrscheinlich ihr Netz zerstört, und jetzt muss sie sich ein neues spinnen.«

»Hm.« Charlie unterdrückte einen Schauer und fragte sich, ob ihre Haut nun von winzigen unsichtbaren Spinnenfäden überzogen war. »Eine Freundin meiner Mutter war einmal in Spanien in Urlaub. Bei ihrer Rückkehr hatte sie diesen wirklich schmerzhaften Fleck auf der Wange, der sich immer schlimmer entzündete und größer wurde, bis er eines Tages aufplatzte und Hunderte von winzigen Babyspinnen hinauskrabbelten.«

Emily sah sie fassungslos an. »Ist die Geschichte wahr?«

Charlie nickte vergnügt. »Ja, ist sie. Die ist gut, oder?« Sie hatte sie in einem ihrer absoluten Lieblingsbücher aus der Bibliothek gelesen, *Scary, Gross and True! Spine Tingling Tales* – ein Buch voller schauriger Gruselgeschichten, das es aus Sicht ihrer Mutter nicht geben müsste. Sobald im Titel eines Buchs behautet wurde, dass es um wahre Geschichten ging, war es genau das richtige für Charlie.

»Kennst du noch andere Geschichten?«

Charlie grinste.

Während sie in der nächsten halben Stunde das Gerüst hinauf- und hinunterkletterten, mit den Händen an den Streben baumelten oder sich über die Sprossen schwangen, erzählte Charlie viele ihrer Lieblingsgruselgeschichten, von der alten Dame, die ihren Pudel nach einem verregneten Spaziergang in die Mikrowelle steckte, um ihn zu trocknen, bis hin zu Bloody Mary, der Geschichte des Geistermädchens, das in einem Spiegel erschien, wenn man sie herbeirief. Da wurde Emily ganz still.

»Ja.« Charlie war in ihrem Element. Sie schwang die Beine hin und her. Einer ihrer Turnschuhe hatte sich gelockert. »In der Mädchentoilette in meiner Schule. Sie hasst die Schule, weil sie dort umgebracht wurde. Das Ganze wurde vertuscht, und sie hat nie Gerechtigkeit erfahren.«

»Gerechtigkeit«, murmelte Emily.

»Wenn du also nachts auf die Toilette gehst und dreizehnmal ›Bloody Mary‹ in den Spiegel sagst, erscheint sie darin. Blutüberströmt. Und wenn du dich wegdrehst, weil du Angst hast, greift eine blutige Hand unter der Toilettentür nach dir und zerrt dich in die Hölle, wenn sie dich erwischt.« Charlie nickte zufrieden über dieses Detail, das sie selbst hinzugefügt hatte.

»Das ist alles völliger Unsinn«, rief Jenny. Sie war aufgestanden, ihr blasses, rundes Gesicht nach oben gewandt. Ihre Unterlippe zitterte, woran Charlie mit einer Mischung aus Schuldgefühl und Freude erkannte, dass die Geschichten ihrer Cousine Angst eingejagt hatten. »Sie erfindet die ganze Zeit Geschichten. Hör dir bloß keine an, sie sind alle nicht wahr.«

»Ach, halt die Klappe, Jenny«, wies Charlie ihre Cousine zurecht und streifte den Turnschuh, der sich gelockert hatte, mit dem anderen Fuß ab, so dass er hinunterfiel. Er landete genau auf Jennys Gesicht, die aufschrie und laut schluchzend über den Spielplatz davonrannte.

»O Mist. Komm.« Charlie begann von dem Gerüst hinabzusteigen. »Sie wird zu ihrer Mutter laufen und es ihr erzählen, das tut sie immer.«

»Werden sie dich holen kommen?«, fragte Emily in einem Ton, dass Charlie zu ihr nach oben schaute. Emily wirkte angespannt, die schmalen Schultern waren bis zu den Ohren gezogen.

»Was? Nein. Na ja, Tante Beverly kommt vielleicht her, um mich zusammenzustauchen, weshalb es wahrscheinlich besser ist, wenn wir von hier verschwinden.«

Sie kletterten hinunter, und nachdem Charlie ihren Schuh aufgehoben hatte, liefen sie in die entgegengesetzte Richtung zu Jenny über den Spielplatz davon. Nach wenigen Sekunden waren die zwei zwischen Wohnwagen und Autos verschwunden.

»Was ist mit Bloody Mary passiert?«

»Was?«

»Das Mädchen im Spiegel. Ist sie je da rausgekommen? Hat sie die Person, die sie umgebracht hat, erwischt?«

Charlie überlegte kurz. Normalerweise hatten die Leute kein Interesse daran, mehr von ihren Geschichten zu hören. Und so war sie es nicht gewohnt, sie auf ihre Schlüssigkeit hin zu prüfen.

»Nein, sie ist immer noch im Spiegel. Wer immer sie umgebracht hat, ist nie wieder in der Schule gewesen, also kann sie die Person auch nicht erwischen.«

»Wer war es? Wer hat sie getötet?«

»Ähm, ein Lehrer, aber er ist danach abgehauen.«

Emily nickte bedächtig, als sei es ziemlich normal und zu erwarten, dass Lehrer Kinder ermordeten.

»Wie schade. Wenn ich ein Geist mit übernatürlichen Kräften wäre, würde die Person, die mir weh getan hat, nie davonkommen.

»He, schau dir das mal an. Da leben ja nur Verrückte.«

Sie hatten eins der Wahrzeichen des Campingplatzes erreicht. Einen alten, riesigen Wohnwagen, der von Charlies Mutter und ihren Tanten *Die Ranch* genannt wurde. An jeder Ecke befand sich ein Anbau – ein Schuppen, zwei Pavillons, ein Zelt und ein kleiner, verwildert aussehender Gemüsegarten –, so dass er doppelt so viel Platz einnahm wie all die anderen drum herum. Obwohl offenkundig viel Arbeit in das Gelände gesteckt worden war, sah es dennoch heruntergekommen aus. Der Wohnwagen hatte Rostflecken, und der Stoff der Pavillons war von der Sonne ausgebleicht. Jemand hatte überall Wimpel aufgehängt, die an einigen Stellen zerrissen waren, wodurch ein zerlumpter, schmuddeliger Eindruck entstand. Mehrere Fenster waren mit Pappe abgedeckt.

»Was ist das?«, fragte Emily.

»In dieser Bruchbude *wohnen* Menschen, nicht nur in den Ferien, sondern das ganze Jahr über«, antwortete Charlie. Während sie die Ranch musterten, glaubte Charlie, ein Gesicht hinter einer der Gardinen auszumachen, das sie aber nicht erkennen konnte, weil es im Innern des Wohnwagens zu düster war. »Dort gehen ständig Leute ein und aus.« Charlies Familie hatte den Bewohnern der Ranch alle möglichen schlimmen Namen verpasst, die Charlie aber in unmittelbarer Nähe des Wohnwagens nicht laut aussprechen wollte. In diesem Augenblick fiel ein dunkler Schatten auf sie und Emily. Charlie zuckte zusammen, überzeugt davon, dass einer von der Ranch sich herangeschlichen hatte aus Wut darüber, dass die beiden das Gelände beglotzten, aber es war der Mann, der Emily am Tag zuvor zum Wohnwagen gezerrt hatte.

»Dad!«, Emily wich die Farbe aus dem Gesicht, als hätte man sie ihr herausgeprügelt. »Ich wollte nur …«

»Zurück in den Wohnwagen. Sofort«, befahl er und sah zwischen den beiden hin und her. Sein Gesicht war so rot wie frischer Speck aus der Packung, auf den Wangenknochen zwei bleiche weiße Flecken. Charlie spürte, wie ihr Nacken nervös zu kribbeln begann. »Was macht ihr überhaupt hier draußen?«

»Wir haben nur einen Spaziergang gemacht«, antwortete Charlie und fragte sich, noch während sie sprach, was hier gerade vor sich ging.

»Einen *Spaziergang*«, wiederholte Emilys Vater und klang genauso skeptisch wie der Rest von Charlies Familie, wenn sie eine Geschichte erzählte. »Du solltest nicht unbeaufsichtigt draußen herumlaufen, Emily. Wonach suchst du, hm? Wen suchst du?«

Diese Fragen verwirrten Charlie nur noch mehr. »Äh … nichts? Wir haben nur gespielt …«

»Glaub mir, Dad, wir sind wirklich nur zum Spielplatz gegangen und dann hierher. Wir haben nichts gemacht. Ich habe mit niemandem geredet, ich schwöre.«

»Was habe ich dir gesagt, Emily?« Ihr Vater drehte sich weg, die Hände in die Hüften gestemmt. Er schaute sich um und strich sich dann das lange Haar aus den Augen. »Was habe ich *gesagt*?«

»Dad, ehrlich …«

Er packte sie so schnell, dass Charlie es erst richtig begriff, als er Emily schon weggezerrt hatte. Das Mädchen stolperte, ihre Füße konnten mit dem Tempo ihres Vaters nicht mithalten. Charlie erhaschte noch einen letzten Blick auf das Gesicht ihrer neuen Freundin, die Mundwinkel waren nach unten gezogen, die

Augen zusammengekniffen. Und dann bog sie um einen Wohnwagen und war verschwunden.

Charlie stand da und kämpfte gegen ihre Tränen an. Sie verstand nicht wirklich, was gerade passiert war, aber sie war zutiefst verängstigt. Als sie sich wieder unter Kontrolle hatte, ging sie langsam zu ihrem eigenen Wohnwagen zurück, um den unvermeidbaren Zorn ihrer Tante Beverly über sich ergehen zu lassen.

5. KAPITEL

1949

Dereks erste beziehungsweise deutlichste Erinnerung an das Haus in London war der Schutthaufen am Ende des Gartens, der einmal das Haus der Nachbarn gewesen war. Der Krieg lag da schon vier Jahre zurück, und obwohl Derek im Jahr vor den Feierlichkeiten und Straßenfesten geboren worden war, spürte er die Anwesenheit des Kriegs noch immer sehr deutlich – es war, als wäre eine sehr laute Person auf dem Weg woandershin durch sein Zimmer gelaufen; ihre Rufe hallten noch immer nach, und er konnte noch immer ihr Rasierwasser und ihren Zigarettenqualm riechen.

Blumen und Gras waren durch den Schutt gewachsen, als ihr Garten ihn allmählich in Besitz genommen hatte, und Derek fand Gefallen daran, zwischen den zerbrochenen Ziegelsteinen nach Gegenständen zu suchen, nach Hinweisen auf die Identität der vermissten Nachbarn. Er wusste, dass sich beim Einschlag der Bombe mehrere Familienmitglieder in dem Haus befunden hatten, denn sein Kindermädchen sprach noch immer in gedämpftem Ton darüber. Die Nachbarn hatten nicht mehr in die Luftschutzkeller gehen wollen, seit sich ihr jüngstes Kind dort Flöhe eingefangen hatte. *Dummköpfe*, murmelte Doktor Grafton hinter seiner Zeitung, und das war meist alles, was er zu diesem Thema zu sagen hatte.

Aber die Geister des Kriegs lebten auch in ihrem Haus, auch wenn es sich um einen fernen, älteren Krieg handelte. Einen, den Derek vor allem als den Krieg seines Vaters ansah, und in dem

Doktor Grafton zu seinem Beruf gekommen war. In seinem Arbeitszimmer bewahrte er ein Archiv mit den gesamten Arbeiten und Forschungen aus seiner beruflichen Laufbahn auf. Manchmal zeigte er es auch Derek, was für diesen jedes Mal eine verwirrende Mischung aus aufregend und furchtbar war.

Sein Vater war ein distanzierter, beherrschter Mann, der es dem Kindermädchen, der Köchin und dem Hauslehrer überließ, seinen kleinen und mittlerweile einzigen verbliebenen Sohn zu versorgen. Er richtete nur selten das Wort an ihn, geschweige denn, dass er viel Zeit mit ihm verbrachte. Ein Besuch im Arbeitszimmer des Vaters war immer etwas Besonderes. Aber auch Beängstigendes.

»Komm, setz dich hierher, mein Junge«, sagte Doktor Grafton und ließ Derek auf den Stuhl an seinem Schreibtisch klettern, der sorgfältig mit mehreren Kissen gepolstert war, damit der Junge über die Tischplatte sehen konnte. »Es ist wichtig, dass du weißt, womit ich mein Geld verdiene. Verstehst du das?«

Derek nickte, und Dr. Grafton holte Kartons und Mappen hervor, deren Inhalt er durchforstete. Er legte körnige Fotos und vergilbte Papierbögen auf die Schreibtischunterlage, während er sprach.

»Im Ersten Weltkrieg waren wir mit neuen, schrecklichen Waffen konfrontiert. Maschinengewehren. Giftgas. Schwere Artillerie. Der Feind feuerte Granaten ab, die mit Schrapnellen gefüllt waren, und wenn sie explodierten, schleuderten sie heiße Metallstücke in alle Richtungen. Oft auch direkt in die Gesichter der Männer in den Schützengräben.«

Fotos von jungen Männern wanderten über den Schreibtisch. Derek versuchte, seinen Blick nur auf ihre Augen zu richten und nicht auf ihre schlimm zugerichteten Gesichter.

»Meine Kollegen und ich sahen uns mit einer noch nie dagewesenen Anzahl von Gesichtsverletzungen konfrontiert, die so schlimm waren, dass die Männer kein normales Leben mehr führen konnten. Also mussten wir neue Wege beschreiten, um ihre Gesichter wiederherzustellen.«

Dr. Grafton öffnete daraufhin eine weitere Kiste, und Derek schaute auf noch mehr Gesichter. Ihren Anblick konnte er ertragen, wenngleich sie ein seltsames Gefühl in ihm auslösten. Diese Gesichter waren geschwollen, wulstig, glatt oder mit festem Narbengewebe überzogen. Männer mit schiefen Nasen, Männer mit tiefen Dellen auf der Stirn, Männer mit zugekniffenen oder hängenden Augenlidern.

»Schau, Derek, wenn die heißen Metallstücke in die Haut eindrangen, hinterließen sie riesige, klaffende Wunden.« Je länger Dr. Grafton über sein Fachgebiet sprach, umso lebendiger wurde seine Stimme. Derek sehnte sich nach diesen Momenten. »Hätten wir die Wunde einfach nur an den Rändern zusammengenäht, wäre das Gesicht zu fest zusammengezogen worden.« Oft fuhr Dr. Grafton dabei mit einem Finger über die Wange oder Stirn seines Sohns, um zu veranschaulichen, wo das heiße Metall die Haut aufgerissen hatte, was Derek zum Kichern brachte. »Also nahmen wir einen Hautlappen von hier«, noch ein Streichen mit dem Finger, »und zogen ihn über die Wunde. Auf diese Weise konnten wir den Männern zumindest teilweise ihr ursprüngliches Erscheinungsbild zurückgeben. Verstehst du, warum das so wichtig war, mein Junge?«

An diesem Punkt geriet Derek normalerweise in Panik. Er wollte seinem Vater die richtige Antwort geben, aber die Gesichter aus dem Archiv beobachteten ihn zu genau. Derek zappelte nervös auf seinem Sitz herum, und Doktor Grafton seufzte.

»Hör mir zu, mein Sohn. Diese Arbeit war *bahnbrechend.* Sie bekamen mit ihren Gesichtern ihr Leben wieder zurück und konnten heimkehren, zu ihren Müttern, ihren Frauen, ihren Familien. Sie wurden willkommen geheißen.« An dieser Stelle hielt Dr. Grafton oft inne, und die Augen hinter der Nickelbrille blickten in die

Ferne. »Oder zumindest nicht abgewiesen oder gemieden, als wären sie Monster.« Er wandte sich wieder dem Jungen zu und schüttelte ihn kurz. »Der Arztberuf an der Front ähnelte oft dem eines Metzgers, aber *wir* haben ihn zu etwas anderem gemacht. Zu etwas *Höherem*. Das verstehst du doch, oder, mein Junge? Du wirst einmal Chirurg werden, so wie dein alter Herr, nicht wahr?«

Derek nickte energisch, froh, sich endlich einmal der richtigen Antwort sicher zu sein, und manchmal – sehr selten, weshalb er diese Liebkosung umso mehr schätzte – küsste Doktor Grafton seinen kleinen Sohn auf die Schläfe.

Nachts jedoch, wenn das Kindermädchen ihn in sein kleines Bettchen gesteckt hatte und alle Lichter aus waren, suchten ihn die Gesichter aus dem Archiv heim. Er sah sie zwischen seinen ordentlich zusammengelegten Kleidern auf der vom Mond beschienenen Anrichte oder in einer Ecke in der Decke. Noch schlimmer aber war, dass er sie auch dann noch sah, wenn er die Augen schloss. Und da bewegten sie sich sogar, redeten und riefen seinen Namen, während ihre Gesichter sich verformten oder wie glühende Metallstücke zersprangen. Oft, wenn Doktor Grafton ihm tagsüber das Archiv gezeigt hatte, wachte Derek am nächsten Morgen mit dem beißenden Geruch von Urin in der Nase auf. Und dann war es nur noch eine Frage der Zeit, bis auch das Kindermädchen es herausfand.

Wenn sie ihn mit eiskaltem Wasser abwusch, und er nackt und zitternd an der Hintertür stand, sah sein Vater oft dabei zu. Doktor Grafton wirkte dann distanziert, und obwohl Derek weinte und die Hand nach ihm ausstreckte, ergriff er sie nicht und sagte auch nichts Tröstliches zu ihm. Erst wenn der Junge gründlich eingeseift, gewaschen und abgetrocknet war, sprach er. Und seine Worte waren immer dieselben:

»Du musst stärker sein als das. Mach mir keine Schande, mein Junge.«

6. KAPITEL

Heute

»Alles in Ordnung? Brauchst du etwas?«

Katie lag auf dem Sofa, die Nase in ein Buch gesteckt, und sah bei meiner Frage kaum auf.

»Darf ich das Heizgerät voll aufdrehen?«

»Klar doch, du Dummerchen.« Ich schaltete es hoch, dann schaute ich sie an, die Händen in die Hüften gestemmt. Ich hatte das Gefühl, als würde ich mich nicht genügend um sie kümmern. »Und du willst wirklich nicht mit nach draußen gehen? Ich mache einen Spaziergang über den Campingplatz.«

Sie zog die Beine an. »Nein. Will ich nicht. Ich will nur lesen. Ich lese *gern.*«

Das stimmte. Ich war ja genauso eine Leseratte gewesen wie sie als Kind. »Na gut. Dann schließ die Tür ab, und mach nicht auf, wenn jemand klopft.«

Ich wusste nicht, warum ich das gesagt hatte – Katie war ja nicht blöd –, und sie verdrehte die Augen, als ich ging. Daran war der Zeitungsartikel schuld, sagte ich mir. Dieses vermisste Mädchen hatte mich nervös gemacht.

Ich stapfte zum Kofferraum meines Autos und holte den Spaten und die Schaufel heraus, die ich mitgebracht hatte. Obwohl der Regen nachgelassen hatte, war es dennoch kalt, und ich zog die Kapuze über den Kopf, als ich losmarschierte, in den trüben Nachmittag hinein.

Die Nachricht auf meinem Handy hatte mich auch verunsichert. Bis jetzt hatte ich das Gefühl gehabt, Hithechurch auf Abstand zu halten, als wäre ich nicht wirklich *hier*, jedenfalls in keiner Weise, die von Bedeutung war. Ich bewegte mich am Rand meiner eigenen Geschichte entlang, ohne sie direkt anzuschauen. Und Katie half mir dabei, mich abzulenken. Denn wie kann man über die eigene Vergangenheit nachdenken, wenn man sich um ein quengeliges Kind kümmern muss? Die Fragen kreisten trotzdem ständig in meinem Kopf herum: Wer hatte mir den Brief geschickt? Und was noch entscheidender war: Wer war hier und machte Fotos von mir? Dahinter konnte nur ein und dieselbe Person stecken. *Kannte* sie mich? Aus meiner Sicht gab es auf diese Fragen keine vernünftigen Antworten, weshalb ich beschlossen hatte, die Nachricht zu ignorieren. Die Person würde vielleicht davon ausgehen, dass sie die Nachricht an die falsche Nummer geschickt hatte, wenn ich nicht reagierte. Und wenn ich mich auf keine Kommunikation einließ, konnte mir doch nichts passieren. Oder?

Am nördlichen Rand des Campingplatzes schloss sich ein größeres Waldstück an, das wohl zum Spaziergehen der Urlauber gedacht war. Aber selbst in meiner Kindheit war es dafür zu verwuchert gewesen. In dem Wald war es damals immer ruhig gewesen, und als ich ihn erreichte, fand ich ihn in etwa so vor, wie ich ihn in Erinnerung hatte, nur dunkler, wilder und triefend nass. Ich zögerte kurz, den Spaten in der Hand, die Schaufel in der Tasche.

»Es wird nicht lange dauern«, sagte ich laut und drehte mich zu den Wohnwagen um. In meiner Phantasie lugten Gesichter zwischen den Gardinen hervor und beobachteten mich, aber alles war still, nirgendwo bewegte sich etwas. Die Wolkendecke über mir riss auf, und Sonnenlicht fiel auf mein Gesicht, fast warm, wie ein Gespenst des Sommers oder ein Vorbote davon. »Bring's hinter dich.«

Ich trat über die Waldgrenze und ließ mich von meinen Füßen dorthin tragen, wo ich hinmusste. Obwohl alles überwuchert war, konnte ich die vertrauten Pfade erkennen, und nach etwa fünfzehn Minuten erreichte ich eine Lichtung, eine von mehreren im Wald. Sie war viel kleiner, als ich sie in Erinnerung hatte, und so stand ich kurz verwirrt da. *Ich bin einfach nur größer als früher*, sagte ich mir, *und die Bäume ringsherum sind über die Jahre hinweg gewachsen*. Mehr nicht. Daran ist nichts seltsam. Der harzige Geruch des Walds stieg mir in die Nase und rief tausend Erinnerungen wach, mit denen ich mich noch nicht auseinandersetzen wollte. Also holte ich ein altes, ramponiertes Tagebuch aus meiner Tasche, um mich abzulenken. Es war das Tagebuch eines kleinen Mädchens, rosa, jede Seite mit dem blassen Wasserzeichen eines Kätzchens. Ich schlug es an der entsprechenden Seite auf und blickte auf sie hinunter.

Elf Schritte nach Osten von der großen Kastanie aus. Sieben Schritte nach Norden. Das X markiert die Stelle!

Darunter hatte ich eine grobe Karte mit Kugelschreiber gezeichnet. Daneben ein Gesicht, Mund und Augen zugenäht.

Ich betrachtete meine Handschrift von früher. Eigentlich brauchte ich die Anweisung nicht zu lesen – schließlich hatte ich viele Jahre Zeit gehabt, mir die Worte einzuprägen –, aber ich hatte das Gefühl, dass diese Dinge … richtig gemacht werden mussten. Die große Kastanie stand noch immer da, nur viel größer und prächtiger als in meiner Erinnerung, selbst jetzt im Januar – *Charlie, die Kastanie*, dachte ich, und mir wurde leicht übel –, und es dauerte auch nicht lange, bis ich die große Eiche und die Weißbirke entdeckte. Ich ging zu der Kastanie und lehnte mich mit dem Rücken an ihren Stamm. Und dann, für eine flackernde, unbeständige Sekunde war ich wieder *dort*. Meine Finger strichen über die raue Rinde, die Haut auf meinen Armen spannte vom Sonnenbrand. Jemand war bei mir: ein schrilles Lachen, ein nach Pfefferminzbonbon riechender Atem …

»*Nein*. Bring's einfach hinter dich. Los jetzt, verdammt nochmal.«

Ich schüttelte den Kopf, ging elf Schritte nach Osten und anschließend sieben nach Norden und hielt mir dabei vor Augen, dass ich damals viel kleiner war. Kleine Beine, kleine Schritte. Als ich die Stelle erreicht hatte, starrte ich auf den Boden, eine Mischung aus Gras, Matsch und Laub. War das die richtige Stelle? Ich hatte fast damit gerechnet, dass es mich rufen würde, ein Leuchtfeuer, das mich in die Vergangenheit führte, aber da war nichts.

Ich stieß den Spaten in den Boden, hob ein quadratisches Stück Gras heraus und sah einen blassbraunen Wurm in der Erde verschwinden. Dann griff ich nach der Schaufel, um mich durch Schlamm zu arbeiten, der ärgerlicherweise voller Steine war. War der Boden früher auch schon so gewesen? Wie konnte er steiniger geworden sein? Wie tief hatte ich mit elf gegraben, als meine Arme noch ganz dünn waren? Schweiß brach mir im Nacken aus, obwohl die Januarluft eisig war. Neben mir türmte sich allmählich ein kleiner Haufen Erde mit Gras und Steinen auf.

»Mist.«

Ich erwartete, es zu sehen, aber da war nichts, nur noch mehr Schlamm und noch mehr Steine. Also begann ich, etwas weiter links Erde auszuheben, und verbreiterte das Loch, für den Fall, dass ich die Stelle um ein paar Zentimeter verfehlt hatte. Immer noch nichts. Während ich grub, wanderten meine Gedanken fast zwangsläufig zu Cheryl Yates, dem vermissten Mädchen auf der Titelseite von *The Lighthouse*, der örtlichen Zeitung. Ich hatte schon immer eine leicht morbide Phantasie – manche würden sagen, das wäre eine kolossale Untertreibung –, und mir kam in den Sinn, dass ich hier gerade an einem Ort herumwühlte, an dem jemand eine Leiche versteckt haben könnte. Wäre das nicht typisch für mich, ein totes Mädchen im Wald zu finden, während ich etwas völlig anderes suchte? Das war ein schrecklicher Gedanke, und ich hatte sofort ein schlechtes Gewissen, weil ich mir Cheryl Yates schon als Leiche vorstellte.

»Ich schätze, deshalb bin ich so beliebt«, murmelte ich zu dem ausgehobenen Loch. »Wegen meines sonnigen Gemüts und meiner grenzenlosen Großzügigkeit.«

Ich hörte auf zu graben, wo ich war, versuchte es noch einmal an einer anderen Stelle und durchwühlte die Erde auf einer Breite von etwa einem Meter, aber nichts tauchte darin auf. Ich ging in die Hocke.

War ich einfach nur an der falschen Stelle? Das konnte durchaus möglich sein, immerhin war ich jahrzehntelang nicht mehr hier gewesen. Vielleicht betrachtete ich alles aus der falschen Richtung. Ich drehte mich um, um mich noch einmal an der Kastanie zu orientieren, und da sah ich sie.

Ich fiel nach hinten in den Schlamm und gab ein ersticktes Geräusch von mir. Das Gras unter meinen Händen war nass, aber ich spürte es kaum. Meine Finger waren taub und kribbelten.

Nein, nein, nein, sagte ich zu mir selbst. *Sie war* damals *nicht real, und sie ist es auch* jetzt *nicht.*

Aber da stand sie, an die Kastanie gelehnt, halb verborgen in ihrem Schatten. Ihr Haar, lang und verfilzt, fiel ihr bis auf die Schultern und hatte sich in den Knöpfen ihrer schmutzigen Strickjacke verheddert. Sehr viel mehr war durch die Düsterkeit nicht zu erkennen, aber ich konnte einen Teil ihres Gesichts ausmachen, und das war eigentlich alles, was ich brauchte. Ich saß noch immer auf der Erde und beugte den Oberkörper nach vorn, ein Geräusch zwischen einem Lachen und einem Schluchzen steckte in meiner Kehle fest.

Nein, nein, nein.

Was tut man, wenn man mit dem eindeutigen, unumstößlichen Beweis konfrontiert wird, dass das eigene Hirn krank ist?

Ich griff nach der Schaufel, stand auf und hielt sie wie eine Waffe.

»Du bist nicht real!«

Die Worte hallten auf die andere Seite der Lichtung zu der zerlumpten Frau, die sich zu erschrecken schien, als hätte sie mir nicht zugetraut, dass ich sprechen kann. Die Luft um sie herum flirrte wie ein Hitzeschleier. Dann trat sie in den Schatten der Kastanie zurück und war verschwunden.

»Du bist nicht … du bist nicht real.«

»Charlie?«

Mein Herz zog sich krampfhaft zusammen, aber es war nur Katie, die ein paar Meter hinter mir stand. Sie trug ihren glänzenden blauen Regenmantel und hatte sich das Haar zurückgebunden.

»Verflucht.« An meiner Jeans klebten Erdklumpen, die ich schnell abwischte. »Was machst du denn hier? Ich dachte, du wolltest im Wohnwagen bleiben.«

»Mir ist langweilig«, antwortete sie, obwohl sie nicht gelangweilt aussah. Eher besorgt. »Können wir in die Stadt fahren?«

»Katie, du solltest nicht allein im Wald herumlaufen …« Nur hatten *wir* das in ihrem Alter natürlich auch getan. Ständig. »Hier könnte sonst wer sein.« Eine Sekunde lang kroch wieder diese seltsame Mischung aus Weinen und Lachen meine Kehle hinauf. Ich schluckte sie hinunter. »Okay. Was möchtest du machen?«

»Ein Eis essen gehen«, antwortete Katie, ihr Ton bestimmt. »Ich will ein Eis zum Mittagessen.«

Ich rieb meine schlammigen Hände aneinander und wischte den Dreck ab. Der Gedanke, aus diesem Wald herauszukommen, war plötzlich unwiderstehlich. Außerdem hatte ich mich eindeutig mit der Stelle vertan, an der ich graben musste. Ich musste noch mal genau nachdenken.

»Du willst ein Eis, du bekommst ein Eis.« Ich hielt ihr die Hand hin. »Hilf mir, das Zeug zurückzutragen, ja? Und ich muss mir andere Klamotten anziehen.«

7. KAPITEL

Heute

In meiner Kindheit war die Eisdiele in Hithechurch einer der meistbesuchten Läden der Stadt, drinnen immer überfüllt mit Urlaubern und davor immer eine lange Schlange von Leuten, die sich ein Eis auf die Hand holten. Als wir dort ankamen, rechnete ich schon fast damit, dass sie geschlossen sein würde, denn der Winter war absolute Nebensaison. Aber die Tür stand offen, und eine Frau in einer Schürze versuchte, mit einem Wischmopp hineingewehtes Laub hinauszubefördern. Sie warf mir und Katie einen verärgerten Blick zu, ehe sie den Mopp mürrisch hinter der Theke abstellte.

»Kann ich Ihnen helfen?«

»Einen Bananensplit und einen kleinen Eisbecher mit einer Kugel gesalzenem Karamelleis, einer Kugel Schokoeis und einer Waffel.«

Sie warf mir einen seltsamen Blick zu. Ich lächelte, schaute weg, zupfte an meinem frisch gefärbten Haar und fragte mich, ob sie den scharfen Geruch des Färbemittels wahrnahm.

»Nehmen Sie Platz«, sagte sie. »Ich bringe Ihnen die Sachen.«

Katie marschierte zu dem Tisch, der von der Theke am weitesten entfernt war. Nachdem die Frau uns das Eis gebracht hatte, beugte sich Katie über ihren Teller mit Bananen, Eis und Schlagsahne und begann, genüsslich zu essen. Ich nahm einen Löffel von dem gesalzenen Karamelleis. Es schmeckte köstlich.

»Was hast du da gemacht? fragte Katie, ohne aufzublicken, die Stimme sehr leise. »In dem Wald?«

Sie hatte unsere Begegnung dort mit keinem Wort erwähnt, als wir hierhergegangen waren, dass ich schon gehofft hatte, die Sache würde nicht mehr zur Sprache kommen.

»Mich ein wenig umgesehen, mehr nicht. Für dich ist das jetzt bestimmt schockierend, aber alte Leute wie ich gehen gern ab und zu an die frische Luft. Das tut einem gut.«

»Ach ja?«, sagte sie verschmitzt. Und ich musste wieder denken, dass sie schon bald eine Teenagerin sein würde. Nicht mehr lange und aus ihrem Mund würde nichts anderes mehr herauskommen als eine sarkastische Bemerkung nach der anderen.

»Ja, ja, schon gut.« Mir wurde bewusst, dass Zucker genau das war, was ich gerade brauchte. In dem Zusammenhang fiel mir meine Mutter ein. Sie machte uns früher immer einen Tee mit viel Zucker, wenn wir uns über etwas erschrocken hatten. Ich legte meinen Löffel hin. »Dafür sind wir doch hier, oder? Um dich für eine kleine Weile auf andere Gedanken zu bringen.«

»Mmm.« Sie klang nicht überzeugt.

»Ist doch schön hier, oder? So direkt am Meer? Trallalala und all das.«

»Ich verstehe nicht, warum ich überhaupt hier sein muss.«

Seufzend lehnte ich mich zurück und klopfte mit dem Löffel gegen den Eisbecher. Ich wünschte mir so sehr, dass sie Spaß hatte, aber dazu kann man Kinder nun einmal nicht zwingen.

»Darüber haben wir doch schon gesprochen, oder?«

Sie antwortete mir mit einem Achselzucken und zerdrückte ihre Banane mit dem Löffel.

»Katie?«

»Können wir ein paar Süßigkeiten in dem Laden kaufen, bevor wir zurückgehen?«

»Süßigkeiten?«, sagte ich und zog die Augenbrauen hoch, während ich auf den halb vertilgten Bananensplit starrte. »Hast du nicht schon genug Süßkram gehabt?«

Sie zuckte erneut mit den Achseln, während sie mich immer noch nicht ansah. Ich beschloss, das nicht weiter zu diskutieren. Das Kind war im Urlaub, und nicht viele Menschen sind so leicht umzustimmen wie eine Tante mit einem schlechten Gewissen. Nachdem wir unser Eis aufgegessen hatten, ging ich mit ihr zum Süßwarengeschäft. Sie stürmte sofort hinein, um sich all die großen Gläser mit Brausepulver und Bonbons anzuschauen. Ich wollte ihr gerade in den Laden folgen, als mir ein Plakat auffiel, das am Fenster klebte, in der Mitte ein Foto von Cheryl Yates, darüber in Großbuchstaben das Wort *VERMISST*, darunter eine kurze Bildunterschrift: »Cheryl Yates, 15 Jahre, vermisst seit dem 8. Juli. Zuletzt gesehen am Strand von Folkesholme. Sollten Sie Cheryl begegnet sein oder über andere Informationen verfügen, melden Sie sich bitte unter …« Es folgten eine Telefonnummer und eine E-Mail-Adresse. Das Foto von Cheryl unterschied sich von dem in der Zeitung, und ich fragte mich, wer es ausgewählt hatte, ob die Eltern in einem Familienalbum gestöbert oder die Dateien auf ihrem Computer durchforstet hatten.

»Hallo, Sarah.« Ich zuckte zusammen, drehte mich um und schaute in das lächelnde Gesicht von Joseph, dem Mann vom Campingladen. »Was macht die Toilette?«

Er zog bei der Frage eine Augenbraue hoch, um mir zu signalisieren, dass sie scherzhaft gemeint war. Ich lachte, leicht überrascht.

»Funktioniert noch einwandfrei. Wir sind nur in die Stadt gegangen, um ein Eis zu essen.«

Er trug eine schwarze Regenjacke und eine dunkle Jeans mit Farbflecken darauf. Sein an den Seiten kurz geschnittenes und oben lang gelassenes dunkles Haar war durch den Wind verstrubbelt, und seine Wangen waren rot von der Kälte.

»Ah, recht haben Sie. Gute Entscheidung.« Er hob eine Plastiktüte hoch, in der sich anscheinend Werkzeuge und Flickmaterial befanden. »Ich werde gleich einen Zaun reparieren, den der Wind umgerissen hat. Wissen Sie, es gibt einen Schrein für sie am oberen Ende vom Strand.« Als er meinen verwirrten Gesichtsausdruck sah, deutete er mit dem Kopf auf das Plakat im Schaufenster des Süßwarenladens. »Für Cheryl Yates. Sie ist, ähm, nicht weit von hier verschwunden, und die Leute können da Blumen, Notizen und all so was hinterlassen. Das Ganze ist furchtbar traurig.« Seine lebhaften Augenbrauen nahmen einen düsteren Ausdruck an.

»Da ist ein Schrein für sie? Aber man weiß doch noch gar nicht …. Vielleicht ist sie ja nur weggelaufen.«

»O ja, natürlich«, erwiderte er verlegen und fuhr sich mit der Hand durchs Haar. »Wahrscheinlich ist die Stelle eher dazu gedacht, dass die Leute ihre Anteilnahme zeigen können. In Folkesholme gibt's noch eine weitere. Hören Sie, ähm …« Er blickte wieder verschämt, und mir fiel auf, dass dieser schlaksige Kerl sehr viel Charme besaß. »Sollten Sie sich abends langweilen, können Sie gern bei mir im Laden vorbeischauen, ich bin eigentlich immer da. Im hinteren Teil gibt's eine kleine Küche mit einem Herd, auf dem ich mir manchmal Bohnen in Tomatensauce mache, wenn's draußen kalt ist.« Er grinste plötzlich und lachte über sich selbst. »Ich bin zwar ein miserabler Koch, aber die Bohnen auf die Ofenkartoffeln zu schaufeln, bekomme ich gerade noch so hin. Sie sind herzlich willkommen, Sie und Ihre Nichte.«

Ich blinzelte. Katie hatte ich völlig vergessen.

»Danke. Vielleicht kommen wir auf Ihr Angebot zurück.«

Er strahlte. »Haben Sie schon mit Stan gesprochen? Ich habe ihm erzählt, dass eine Schriftstellerin hier in Hithechurch ist, die unbedingt mit ihm sprechen will. Wahrscheinlich ist er schon ganz gespannt auf Sie.«

»Steht oben auf meiner Liste«, antwortete ich und spürte, wie mich bei dem Gedanken, dass Joseph mich den Leuten gegenüber als Schriftstellerin bezeichnete, leichte Panik beschlich. Ich kam mir vor wie eine Hochstaplerin.

Dann ging er weiter, den Oberkörper leicht gebeugt, um sich gegen den kalten Wind zu stemmen, der plötzlich über die Straße wehte, und ich trat in den Süßwarenladen. In meiner Kindheit war der eine richtige Confiserie gewesen, mit einer langen Holztheke voller Bonbonieren und bunten Reihen von Schokoriegeln. Wie ich sehen konnte, war aus dem Geschäft mittlerweile ein Zeitschriftenladen geworden, wo neben Süßigkeiten auch Alkohol und Zigaretten hinter dem Tresen standen, was mich aus irgendeinem Grund traurig machte. Ich entdeckte Katie weiter hinten, hinter einer Kühltruhe, außer Sichtweite der Verkäuferin, was von Vorteil war, denn sie hatte eine Packung Pfefferminzbonbons geöffnet und mit den winzigen weißen Ringen ein Muster auf dem Boden gelegt.

»Was machst du da?«, zischte ich.

Sie blickte zu mir auf, die Wut in meiner Stimme schien ihr egal zu sein.

»Ich spiele nur«, antwortete sie.

Ich griff nach ihrem Arm, zog sie hoch und schob sie aus dem Laden, ohne einen Blick zum Tresen zu werfen. Draußen ließ ich sie los und atmete ein paar Mal tief durch, um mich zu beruhigen.

»Hey«, sagte ich schließlich. Katie stand da und starrte die Straße hinunter ins Leere. »Hey, ich versteh schon. Lass uns an den Strand gehen, ja? Der Wind wird all unseren Kummer fortjagen, okay? Du kannst herumlaufen, siehst das Meer. Wir schnappen frische Luft. Das tut uns gut.«

Katie sah mich an, als würde ich gerade den Verstand verlieren.

»Es ist schweinekalt«, entgegnete sie.

»Dann ist die Luft am frischesten. Komm.«

Wir überquerten die Straße und gingen den kleinen Hügel hinauf bis zu der Betontreppe an der alten Spielhalle. Von dort aus spazierten wir auf die Promenade, auf deren gesamter Länge sich der Strand von Hithechurch erstreckte. Ein trostloser Anblick, musste ich zugeben. Der Himmel war mit blassgrauen Wolken verhangen, und das Meer hatte die Farbe von Stahl. Selbst der Sand, dunkel von den jüngsten Regenfällen, sah nicht besonders einladend aus. Der Strandabschnitt war fast völlig leer, abgesehen von einer Gestalt in der Ferne, die ihren Hund spazieren führte. Das aufgewühlte Meer spülte immer wieder ans Ufer, und weiter oben an der Küste ragten die Hithechurch Jawbone aus dem Wasser – vier verwitterte Felsen, die in dem wässrigen Licht äußerst unscheinbar aussahen.

»Na los«, ich gab Katie einen kleinen Schubs in Richtung der Stufen, die hinunter zum Strand führten. »Geh und renn ein bisschen rum. Dann fühlst du dich gleich besser.«

Ich rechnete schon fast damit, dass sie wieder protestieren würde, aber stattdessen tappte sie die Stufen hinunter und schien dann lockerer zu werden, als würde langsam die Anspannung aus ihr weichen. Unten angekommen, hüpfte sie zum Meer, und ihr braunes Haar flatterte wild im böigen Wind. Mir fiel zu spät ein, dass ich ihr vielleicht besser hätte sagen sollen, sich vom Wasser fernzuhalten, aber sie war ja schließlich nicht dumm.

Ich ließ meinen Blick in die andere Richtung schweifen und entdeckte die großen grünen Steine, die die Stelle markierten, an der sich früher der ins Meer mündende Abwasserkanal befunden hatte. Mir stellten sich die Nackenhaare auf. So etwas gibt es heute fast gar nicht mehr, ein Tunnel, der Abwasser ins Meer leitet. Und mit Abwasser meine ich Fäkalien. Zumindest war das früher so. Der Tunnel war natürlich schon in meiner Kindheit zugeschüttet worden und mit Zement und Sand abgedeckt, so dass nur ein paar der alten Steinblöcke übrig geblieben waren, wie Grabsteine.

Ich zwang mich, den Blick davon abzuwenden, und ging die Promenade entlang. Es waren die breiten beigen Pflastersteine von früher, stellte ich fest. Auf einer der überdachten schmiedeeisernen Bänke, an denen ich vorbeikam, entdeckte ich den »Schrein«, von dem Joseph gesprochen hatte. Auch Cheryls Suchplakat war aufgestellt worden, und die Leute hatten rundherum Blumen, Stofftiere und Karten hingelegt. Ich blieb stehen und las ein paar der Nachrichten: Menschen, die für sie beteten und darum baten, dass sie heimkehrte. Durch den Regen und den Wind, die unter das Schutzdach gedrungen waren, wirkte alles etwas ramponiert, das Papier war feucht und wellig, die Blumenblätter abgefallen. Doch einige Sträuße waren noch frisch, und ich fragte mich, ob Cheryls Familie noch in der Gegend war. Sie waren hierhergekommen, um Urlaub zu machen. Wie traurig musste es da sein, ohne ein Familienmitglied nach Hause zurückzukehren …

Eine riesige Welle der Traurigkeit erfasste mich, und ich sackte auf den Teil der Bank, der nicht mit Blumengrüßen bedeckt war. Ich dachte daran, was mir beim Graben im Wald durch den Kopf gegangen war – dass ich vielleicht zufällig Cheryls Leiche entdecken würde. Eine schreckliche Vorstellung, aber jetzt fragte ich mich, ob ich nicht doch irgendwie helfen konnte. Immerhin war ich hier und schnüffelte bereits herum. Könnte ich mich nicht da auch nach Cheryl Yates erkundigen? Ich gab mich kurz einem Tagtraum hin und stellte mir vor, wie ich auf eine versteckte Spur stieß, auf etwas, auf das ich die Polizei hinweisen konnte – natürlich anonym –, die daraufhin Cheryl finden würde, heil und unversehrt. Dies wäre eine kleine gute Tat, etwas *Gutes* in einem von schmerzhaften Fehlern geprägten Leben.

Ich hob den Kopf, um nach Katies kleiner Gestalt Ausschau zu halten, hielt aber in der Bewegung inne, weil mich etwas auf der Bank stutzig machte. Zwischen den Blumen und den zerfledderten Nachrichten lag eine Schere – ein großes, altes silbernes Exemplar. Ich runzelte die Stirn. Vielleicht war sie versehentlich dort liegengelassen worden. Möglicherweise sollten frische Blumen damit geschnitten werden. Mit einem Mal kam mir die Nähe des Schreins bedrückend vor, und ich stand auf. Auf der Promenade kam ein Spaziergänger auf mich zu, und aus irgendeinem Grund wollte ich nicht dabei gesehen werden, wie ich diese traurigen Notizen las. Sie zerrissen mir das Herz.

Denn was immer ich auch Joseph über das weggelaufene Mädchen gesagt hatte und wie sehr ich mir auch in meinen hoffnungsvollen Tagträumen wünschte, dass sie lebend gefunden werden würde, wusste ich doch, wie so etwas normalerweise endete. Cheryl Yates, das unschuldige Mädchen mit ihren Creolen und ihren Hoffnungen auf die Zukunft, war tot. Und das wahrscheinlich schon seit geraumer Zeit.

Mir wurde schlagartig kalt, und mein Bedürfnis, mit jemandem zu sprechen – mit wem auch immer – plötzlich übermächtig. Ich fischte mein Handy aus der Tasche und öffnete die Bildnachricht. Wer auch immer die Person war, die sie mir geschickt hatte, wusste eine Menge über mich. Vielleicht war dies der einzige Mensch, mit dem ich reden konnte. Ich tippte eine kurze Nachricht und drückte auf »Senden«, bevor ich es mir noch einmal anders überlegen konnte.

Wer sind Sie? Was wollen Sie von mir?

8. KAPITEL

Juli 1988

Das heiße Wetter hielt sich.

Jede noch so kleine mit Wasser gefüllte Felsmulde, in die Charlie ihre Füße steckte, war eine kühle Wohltat. Sie tauchte die Zehen in sie hinein und beobachtete, wie sich kleine Sandwolken dazwischen auftürmten. Krabben liefen herum, aber nur winzige – ihr Fang lohnte sich nur da, wo der Abwasserkanal ins Meer mündete. Dorthin waren ihre Schwester, ihr Cousin und ihre Cousine spaziert, um ihr Glück zu versuchen. Ausgerüstet mit einem Eimer und einem Netz, schlichen Charlie und Emily um die Felsbecken herum, doch bisher hatten sie nur ein paar winzige durchsichtige Garnelen gefangen, was aber egal war, denn Meeresbewohner interessierten Emily sowieso nicht.

»Erzähl mir noch eine«, sagte sie zu Charlie.

Charlie richtete sich auf. Sie hatte noch nie jemanden kennengelernt, der so begierig nach ihren Geschichten war, und zu ihrer Verwunderung stellte sie fest, dass sie ihr langsam ausgingen.

»Habe ich dir schon die von dem Mann erzählt, der einen Haken als Hand hatte?«

»Ja.«

»Hmm. Und die von dem Mörder, bei dem sich herausstellte, dass die Anrufe aus dem Haus kamen?«

»Auch schon.«

Emily war morgens schweigsam gewesen, als sie an die Tür des Wohnwagens geklopft hatte, die Augen nur ein bisschen mehr gerötet, als sie hätten sein sollen. Unten am Strand, nur in Gesellschaft von Charlie, hatte sich ihre Stimmung dann aufgehellt. Sie trug einen neongelben Badeanzug und wieder die weiten rosa Shorts. Alte blaue Flecken, gelb und grün, schimmerten auf ihren Armen und Beinen.

»Okay. Wie wäre es dann mit …« Charlie stieg aus der Mulde eines Felsens, der mit glattem grünen Seegras überzogen war. Auf der Suche nach Inspiration ließ sie ihren Blick über den Strand schweifen und entdeckte in der Ferne die braunen und schwarzen Silhouetten von Eseln, auf deren Rücken Kinder ritten. Ihr fielen die Pferde ein und die Reiter mit ihren Plastikschwertern, die sie mit Darren auf der Hauptstraße gesehen hatte. »Oh! Ich hab noch eine. Und die ist richtig gut, denn sie ist hier in der Gegend passiert.«

»Wirklich?«

»Ja! In Hithechurch. Also …« Und dann erzählte sie mehr oder weniger die Geschichte von Susan Cartwright, die sie vom Flugblatt her kannte – und schon längst auswendig gelernt hatte –, doch als sie an die Stelle kam, an der Susan sich im Feld versteckte, beschloss sie, die Details zu ändern. Jahre später würde Charlie sich immer wieder an diesen Moment erinnern und sich fragen, warum sie das getan hatte. Denn hätte sie die Geschichte so gelassen, wie sie war, hätte vielleicht alles, was danach kam, vermieden werden können. Aber wann immer sie an diesen Tag dachte, konnte sie keine finsteren Absichten erkennen. Sie hatte sich nur etwas dösig gefühlt, typisch für einen so glühend heißen Tag, einen beginnenden Sonnenbrand auf den Schultern gespürt und sich darüber gefreut, eine Geschichte mit einer Freundin zu teilen. »Der einzige Ort, den Susan fand, um sich zu verstecken, war ein Feld, und sie stellte sich mit ausgestreckten Armen zu dieser Vogelscheuche.« Charlie nahm die gleiche Körperhaltung an, und der Eimer baumelte an ihren Fingern. »Sie hoffte, dass die Piraten die Umrisse der Vogelscheuche sehen und nicht näher hinschauen würden. Aber unglücklicherweise wurde sie von ihnen entdeckt. Der Captain, er hieß Captain Bloodbeard, fand die Verkleidung als Vogelscheuche ziemlich witzig und ließ ihren Mund und ihre Augen vom Schiffsarzt zunähen. Dann zogen sie ihr den alten Mantel der Vogelscheuche an und banden sie an den Pfosten. Schließlich stülpten sie ihr noch den Sack mit dem Gesicht der Vogelscheuche über den Kopf und schnitten ihr den Bauch auf.«

Emily wurde leicht blass. »Und, ist sie gestorben?«

»Natürlich«, antwortete Charlie ganz fröhlich. Sie trat zur nächsten Wasserlache, in der sie eine Krabbe entdeckt hatte, die so groß war wie ihr Daumen. »Ihre Gedärme lagen überall auf dem Boden herum, wie Wurstkringel. Aber die Dorfbewohner fanden sie ewig lange nicht, weil sie in dem Kostüm der Vogelscheuche steckte. Tatsächlich erst, als einer von ihnen bemerkte, dass die Krähen im Scharen zu dem Feld flogen – sie fraßen nämlich ihre Eingeweide auf. Schau, ich fang jetzt die Krabbe hier.«

Emily schaute nicht auf das Wasserbecken, sondern starrte auf das Meer, auf ihrem Gesicht ein seltsamer Ausdruck.

»Das ist nicht fair«, erklärte sie. »Sie hat doch nur das getan, was ihr Vater von ihr wollte. Es war seine Schuld, und sie … Das ist nicht fair.«

»Ist es nicht«, stimmte Charlie ihr zu und schüttelte einige Sandklumpen aus ihrem Netz. Die Krabbe war in einer Felsspalte verschwunden. »Aber so sind sie nun einmal, die Erwachsenen, nicht wahr? Gemein und hinterhältig.«

»Nacht für Nacht hat sie diesen Esel ganz allein durch die Dunkelheit geführt. Hat nur das getan, was sie hat tun sollen, und am Ende wird sie nicht einmal von ihrem Vater gerettet.«

Charlie blickte auf. Emily starrte noch immer aufs Meer. Irgendwann war ihr der Eimer aus der Hand geglitten. Erst da bemerkte Charlie, dass sie ihre Freundin vielleicht aus der Fassung gebracht haben könnte.

»Stimmt. Aber die Sache ist doch, dass Susan hier am Strand herumspukt, oben bei den Felsen. Sie wird Stitch Face Sue genannt, weil sie diese vielen großen Nähte im Gesicht hat, aber die über den Augen hat sie mit einer Schere weggeschnitten. Und jetzt schleicht sie mit ihrer Schere durch Hithechurch, um nach bösen Menschen Ausschau zu halten und ihnen den Bauch aufzuschlitzen, wenn sie etwas Schlimmes tun.«

»Wirklich?«, fragte Emily, das Gesicht zu Charlie gewandt. Auf ihrer Stirn hatten sich ein paar Schweißperlen gebildet.

»Ja. Aber nur bösen Menschen«, antwortete Charlie. Dann kam ihr ein Geistesblitz. »Wie zum Beispiel Vätern, die gemein zu ihren Töchtern sind. Die hasst sie besonders.«

Emily lächelte plötzlich verschämt, und Charlie, die mittlerweile auf einen Felsbrocken gestiegen war, grinste zurück.

»Und das ist hier passiert?«

»Aber ja doch. Ich habe ein Flugblatt dazu, diese Geschichte ist eine historische *Tatsache.*« Charlie drehte sich um und blickte den Strand hinauf. »Siehst du die Wege da oben bei den Büschen? Über die hat Stitch Face Sue Nacht für Nacht ihren Esel geführt. Und an dem Sattel hingen die verhängnisvollen Laternen, die man auch heute noch manchmal abends vom Strand aus sehen kann. Sie versuchen immer noch, die Schiffe in die Irre zu führen, damit sie untergehen.«

»Können wir da hingehen und uns das ansehen?«

Charlie trat von dem Felsbrocken herunter und zuckte mit den Achseln. Nachdem sie ihre Eimer und Netze bei Charlies Grandma abgeladen hatten, die in ihrem Liegestuhl vor sich hin döste, machten sie sich auf den Weg. Sie stiegen die Treppe in der Ufermauer hinauf und gingen einen Grünstreifen entlang bis zu der Böschung aus Gras und Kies, die parallel zum Strand verlief.

Eine trockene Sandschicht überzog die Wege, in denen hier und da große, flache graue Steine eingelassen waren. Überall wuchs hohes gelbes und grünes Gras, und Büsche mit langen, dünnen, zäh aussehenden Blättern drohten die Steine zu überwuchern. Die Mädchen hatten von dort aus einen guten Blick auf den Strand und das Meer, in dem sich an der Stelle, wo die Wellen sich brachen, viele Menschen tummelten, und Charlie glaubte sogar, ihre Schwester und ihren Cousin Darren zu erkennen. Sie mühten sich ab, auf einem aufblasbaren Killerwal über die Wellen zu reiten.

»War es hier?«

Charlie blinzelte. Sie hatte Stitch Face Sue ganz vergessen. »O ja. Genau hier. Schau.« Sie entdeckte eine rundliche Vertiefung in der Erde. »Siehst du das da? Findest du nicht auch, dass das wie der Hufabdruck eines Esels aussieht?«

Sie gingen in die Hocke, um die Sache von nahem zu betrachten, und kamen beide zu dem Schluss, dass es sich tatsächlich um den Hufabdruck eines Esels handelte. Emily drückte ihre Finger nachdenklich darauf.

»Nacht für Nacht hast sie das getan, was ihr gesagt wurde, obwohl sie wusste, dass es falsch war. Was hätte sie denn tun sollen? Sich weigern und ihrem Vater nicht gehorchen?«

»Und dann wurde sie dafür auch noch umgebracht«, sagte Charlie, riss einen Büschel Gras aus der Erde und verstreute es auf dem Weg. »Stitch Face Sue, etwas Gras für dich«, sang sie leicht schräg. »Tut mir leid, dass dein Leben so kacke war.« Sie lachte, und Emily lächelte ein wenig, aber sie sah verwirrt aus.

»Was machst du da?«

»Ach, weißt du«, sagte Charlie und zuckte mit den Achseln. »Geister mögen es, wenn man ihnen ein Opfer bringt.«

Emily richtete sich auf, kramte in den Taschen ihrer Shorts, bis sie eine offene Packung Pfefferminzbonbons fand. Sie nahm ein

Bonbon, legte es vorsichtig auf den steinernen Teil des Weges und schaute dann nervös Charlie an.

»Glaubst du, das reicht?«

Sie gingen den Weg noch ein Stück weiter. Hin und wieder kamen ihnen andere Urlauber entgegen, die diese Route als eine Art Abkürzung nutzten, aber je weiter sie liefen, umso ruhiger wurde es. Charlie bekam langsam Hunger und wollte gerade vorschlagen, dass sie wieder zum Strand zurückgingen, um ein paar Sandwichs zu essen, als Emily stehen blieb, die Hand schützend über die Augen legte und die Böschung hinaufsah.

»Das Feld, auf dem sie sich als Vogelscheuche versteckt hat … müsste das nicht ganz in der Nähe sein?«

»Ja«, antwortete Charlie. »Schon. Sie hatte im Dunkeln ja nicht weit laufen können, denn die Piraten waren ihr dicht auf den Fersen.« Charlie kraxelte die Böschung hinauf. »Komm, es muss gleich hier oben sein!«

Sie hatten wieder neue Energie und kletterten lachend den Hang hinauf, bis sie oben auf einen niedrigen Holzzaun stießen. Sie waren den zur Stadt parallel verlaufenden Strand so weit entlanggegangen, dass sie jenen Teil von Hithechurch erreicht hatten, der in Ackerland überging. Und tatsächlich befand sich auf der anderen Seite des Zauns ein Feld mit saftig grünem Gras und einzelnen braunen Haufen, von denen Charlie vermutete, dass es Kuhfladen waren. Man brauchte keine große Phantasie, um sich vorzustellen, dass dort einmal vor etwa hundert Jahren Weizen, Gerste oder ein anderes Getreide angebaut worden war und dass die zerlumpte Gestalt einer Vogelscheuche darauf gestanden hatte.

»Das ist es«, sagte Charlie in dem überzeugten Ton einer versierten Lügnerin. »Das ist das Feld, auf dem die Piraten sie eingeholt und entdeckt haben. Schau, gleich da drüben.«

Ungefähr mittig auf dem Feld standen drei Felsbrocken, die

wie betrunken aneinanderlehnten. Die Mädchen liefen hinüber, ein bisschen außer Atem.

»Diese Felsen markieren die Stelle«, erklärte Charlie im Brustton der Überzeugung. »Die Dorfbewohner haben ihre Leiche an einem geheimen Ort begraben, weil sie sich für Sue und ihre Familie schämten, denn sie waren ja Verbrecher, aber einige haben Sue gemocht und diese Felsbrocken als eine Art Gedenken hier aufgestellt. Genau an der Stelle, an der die Piraten ihr den Bauch aufgeschlitzt haben.«

Emily sah feierlich aus. Gemeinsam inspizierten sie die Felsbrocken, unter denen ein paar weggeworfene Bierdosen lagen. Auf einem war seitlich ein Graffiti gesprüht, schwarze und rote Formen, die fast wie Buchstaben aussahen. Charlie war erfreut, es verlieh diesem Ort eine mystische Note. Sie beugte sich nach unten, um die Erde rund um die Felsbrocken genauer in Augenschein zu nehmen.

»So viel Blut ist hier geflossen. Man kann es noch immer riechen, finde ich.«

Sie knieten zusammen auf dem Boden, und zum ersten Mal schob sich an diesem Tag eine Wolke vor die Sonne.

»Stell dir vor, du versteckt dich hier, mitten in der Nacht.« Charlie malte sich aus, wie die Piraten sich mit ihren rostigen Entermessern näherten, sie hörte sie atmen, sie hörte ihre leisen Schritte. »Stell dir vor, dich will jemand *umbringen.*«

Plötzlich schien die Luft schlagartig kälter zu werden. Man brauchte keine große Phantasie, um sich diesen Ort mitten in der Nacht vorzustellen.

»Stell dir vor«, fuhr Charlie fort, »wie die Nadel deine *Augenlider durchsticht.* Wie das Schwert in deinen Bauch dringt und dich aufschlitzt.« Besorgt blickte sie auf ihre Freundin, weil sie befürchtete, sie wieder aus der Fassung gebracht zu haben, aber Emily sah sie nicht an. Den Blick war auf den Boden gerichtet, strich sie mit ihren Händen über die Erde, als wollte sie das Blut, das dort vor so vielen Jahren vergossen worden war, ertasten.

»Charlie«, sagte sie, »ich hab da was, das ich dir zeigen möchte.«

9. KAPITEL

Heute

Das kühle Strandwetter schien Katies Laune gut zu bekommen, und nachdem sie den vielen Zucker durchs Herumlaufen verbrannt hatte, schlug ich vor, dem Pub, *Smuggler's Cove*, einen Besuch abzustatten. Dieses Mal stimmte sie bereitwillig zu. Ihre Wangen waren vom Wind gerötet und die Haare zu einem wirren Knäuel verheddert.

Ich kannte das Lokal noch nicht – so etwas Schickes und Aufregendes hatte es zu meiner Zeit als Kind hier nicht gegeben. Es lag an der Ecke zur Hauptstraße und hatte eine große farbenfrohe Markise, auf der sich Palmen im Wind wiegten und Schatztruhen im goldenen Sand lagen, ein für mein Empfinden etwas zu rosiges Bild für die Südostküste Englands. Drinnen war es düster, und ich dachte schon, ich hätte mich in dem Laden getäuscht, denn das Erste, was ich sah, war eine Bar mit einer Batterie von Schnapsflaschen entlang einem schmutzig aussehenden Spiegel, über der ein Fischernetz mit Plastikhummern hing. Na toll, noch keine drei Tage hier, und schon hatte ich Katie in eine zwielichtige Kneipe mitgenommen. Aber nachdem sich meine Augen an die Dunkelheit gewöhnt hatten, sah ich den Raum auf der anderen Seite der Theke. Er war größer, besser beleuchtet und mit allen möglichen Spielgeräten ausgestattet, an denen man Lose gewinnen und sie gegen Preise eintauschen konnte. Noch weiter hinten entdeckte ich sogar eine Miniatur-Bowlingbahn.

»Oh«, stieß Katie aus und drückte meine Hand einmal. »Darf ich spielen gehen?«

»Na, dann los.« Ich kramte eine Fünf-Pfund-Note aus meiner Tasche und drückte sie ihr in die Hand. Wenn ich so viel Geld in ihrem Alter zum Verspielen bekommen hätte, wäre ich übergeschnappt. »Geh und schau, was du gewinnen kannst.«

In dem Lokal war nicht viel los, nur ein paar Erwachsene saßen an der Bar herum. Aber ich verstand, wie es hier lief – man brachte seine Kinder abends mit, und während die sich in Rufweite an den Automaten vergnügten, konnte man seinen wohlverdienten Drink zu sich nehmen. Ich trat an die klebrige Theke und lächelte dem Barkeeper zu, der um die zwanzig war.

»Ich suche Stan, ist er hier?«

»O ja«, antwortete er und wirkte sichtlich erleichtert, als hätte er befürchtet, dass ich gleich einen richtig komplizierten Cocktail bestellen würde. »Er sitzt drüben am Preistisch«, erklärte er und deutete mit dem Kopf auf den schmalen Bereich neben der Bowlingbahn.

Ich schlenderte hinüber und tat kurz so, als würden mich die Preise interessieren. Er hatte neben großen Kuscheltieren auch verschiedene Plastikschwerter und eine ganze Reihe von Plastikschlüsselanhängern im Angebot – alles Dinge, die ich als Kind heiß begehrt hätte. Hinter dem Tisch saß ein älterer Mann mit einer Zeitung auf den Knien, die er aber schnell zusammenfaltete, als er mich sah, und dann mit einem freundlichen Lächeln im Gesicht aufstand. Er war klein, die Schultern leicht gebeugt, und trug einen sehr gepflegten himmelblauen dreiteiligen Anzug, darunter ein kanariengelbes Hemd. Seine Haut war sonnengebräunt, und er hatte einen schwarzen Ziegenbart – das Wort, das mir sofort zu ihm einfiel, war »flott«.

»Stan? Joseph hat gesagt, dass ich mich mal mit Ihnen unterhalten sollte. Das ist doch in Ordnung, oder?«

Seine Augenbrauen wanderten noch oben, und er strahlte noch mehr.

»Sarah! Sehr gern. Ich habe Sie schon erwartet. Hier ist seit Wochen nichts los – gähnende Leere wie im Kopf eines Politikers.« Er deutete mit der Hand auf einen kleinen Campingstuhl neben seinem. »Wollen Sie sich zu mir setzen? Ich habe Tee da, aber wenn Sie möchten, kann ich Ihnen auch etwas Stärkeres holen gehen. Sie sind heute mein Gast. Joe hat mir gesagt, dass Sie ein kleines Mädchen bei sich haben.«

»Sie ist schon an den Spielgeräten.« Ich starrte kurz auf den Klappstuhl, seltsamerweise verspürte ich Panik. Die Vorstellung, mit einem anderen Menschen auf so engem Raum zusammenzusitzen, löste ein komisches Gefühl in mir aus. Ich dachte an die Bildnachricht, zugeschickt von jemandem, der mich offensichtlich beim Betreten der Drogerie beobachtet hatte. Aber dann wischte Stan imaginären Staub vom Sitz des Stuhls, und ich konnte sein Angebot unmöglich ablehnen. »Danke, eine Tasse Tee wäre wundervoll. Heute ist es verdammt kalt draußen.«

Ich setzte mich, und Stan winkte hinüber zur Bar. »Jerry! Zwei Becher frischen Tee bitte, wenn du Zeit hast!« Er nahm auch Platz und hielt dabei die Hosenbeine auf Höhe der Knie mit Daumen und Zeigefinger, damit sie keine Falten warfen. »Das bekommt er hin, so weit habe ich ihn schon angelernt, Sie werden sehen.«

»Seit wann gibt es den Laden? Ich kenne ihn nicht aus der Zeit, als ich damals mit meinen Eltern hier in Ferien war.«

»Ach, den gibt es seit ungefähr fünf Jahren«, antwortete Stan und zupfte an seinem Ziegenbart. »Im Sommer ist hier viel los. Nein, im Sommer ist hier die Hölle los, um ehrlich zu sein, und ich würde diesen Job für kein Geld der Welt machen wollen. Aber im Winter ist er eine nette Abwechslung für mich, ich habe einen warmen Platz zum Sitzen und in der Regel auch jemanden zum Quatschen«, sagte er und grinste mich an. »Sie schreiben also ein Buch!«

»Ja, ich hoffe nur, Joseph hat nicht zu dick aufgetragen.« Ich schaute hinüber zu dem Bereich, in den Katie verschwunden war. Das Gedudel eines Videospiels drang herüber. »Es ist ein kleines, persönliches Projekt. Ich bin auf der Suche nach alten Geschichten über Hithechurch und die Umgebung, Sie wissen schon – so was wie die geheimnisvollen schwarzen Hunde, die es im Norden gibt, oder Mönche, die in einer Klosterruine herumspuken. Joseph meinte, dass ich mich da an Sie wenden sollte.«

Stan fühlte sich sichtlich geschmeichelt. Der Barkeeper kam mit zwei randvoll gefüllten Bechern Tee heran. Nachdem er sie vorsichtig auf die Tischplatte abgestellt hatte, verschwand er wieder hinter seinem Tresen.

»Zucker?«, fragte Stan, griff unter den Tisch und holte ein schmales Tablett mit ein paar Plastikschälchen hervor – kleine Packungen mit Zucker und Süßstoff, mehrere Portionsdosen Milch und eine Sammlung von zerkratzten Teelöffeln.

»Zwei Stück bitte.«

Als wir unseren Tee gesüßt und uns in den Stühlen zurückgelehnt hatten, stieg plötzlich ein Gefühl der Unwirklichkeit in mir auf. Ich saß hier, in einer Spielhalle, und trank Tee mit einem alten Mann, den ich nicht kannte, als ob es völlig normal wäre, seinen Tag so zu verbringen. Sah so das Leben einer Schriftstellerin aus? Dieser Gedanke ließ mich ein Notizbuch und einen Stift aus meiner Tasche hervorholen, ich musste in meiner Rolle ja glaubwürdig erscheinen.

»Sie haben doch nichts dagegen, wenn ich mir Notizen mache, oder?«

Diese Frage schien ihm nur noch mehr zu schmeicheln.

»An welcher Art von Geschichten sind Sie interessiert?«, fragte Stan. »Ich befürchte, dass viele von denen, die ich kenne, für ein Buch nicht geeignet sind …«

»An allen, die Sie mir erzählen möchten«, antwortete ich lächelnd.

»Nun ja, Sie haben vielleicht mitbekommen, dass wir hier mittlerweile Sittiche haben. Laute grüne Schreihälse, die sogar den Möwen das Leben schwermachen.«

»Ja, habe ich.«

»Sie sind den ganzen Weg von London hierhergekommen. In den sechziger Jahren ist ein Paar von ihnen aus der Wohnung von Jimi Hendrix ausgebüxt. Jahrzehnte später tummeln sich im Süden Englands lauter laute grüne Vögel.«

Ich lächelte wieder und machte mir eine Notiz, aber mir wurde schwer ums Herz. Natürlich hatte ich von dieser modernen Legende gehört, aber das war eigentlich nicht die Art von Geschichte, an der ich interessiert war. Als ob Stan meine Gedanken gelesen hätte, beugte er sich vor und tippte mir aufs Knie.

»Aber noch früher hat es hier Piraten gegeben. Und Schmuggler. Passt zur Südküste, denn sie hat ja jede Menge Höhlen, allesamt hervorragend dafür geeignet, um *Beute* zu verstecken.« Er lachte, das Wort gefiel ihm. Ich saß ganz still da und spürte Kälte, die sich wie ein Leichentuch über mich legte. Aber Stan schien es nicht zu bemerken. »Heutzutage mag keiner mehr so gern über Piraten sprechen, was der Tourismusverband hier sehr schade findet. Mit Geschichten über Schmuggler kommt man gerade noch so durch …« Er deutete auf die aufblasbaren Palmen, rechts und links der Bar.

»Irgendwelche Geister?«, fragte ich.

»O ja«, antwortete er und nahm einen Schluck von seinem Tee. »In den öffentlichen Toiletten auf der Hauptstraße soll es spuken. Wussten Sie das?«

Ich musste unwillkürlich lachen. »Wirklich?«

»In den vierziger und fünfziger Jahren lebte eine bekannte Familie hier in der Gegend, deren Geschäfte, na ja, sagen wir mal, nicht ganz astrein waren. Irgendjemand kam ihnen in die Quere – verpfiff sie bei der Polizei, soweit ich weiß –, und das war es dann für ihn.« Er senkte die Stimme, stellte ich überrascht fest, als hätte er Angst, dass jemand unser Gespräch belauschen könnte. »Diese Familie war im Baugewerbe tätig, zumindest dem Anschein nach, und errichtete auch diese Toiletten. Die Leiche des Verräters soll angeblich im Fundament begraben worden sein.

»Wow. Und Leute haben seinen Geist gesehen?«

»Nicht direkt, aber Besucher haben von Toiletten berichtet, deren Spülung losgeht, auch wenn niemand in der Kabine ist. Außerdem ist es da drinnen kalt. Sehr kalt.«

Ich lachte wieder. »Ich hätte nicht gedacht, dass Hithechurch der Schauplatz für einen Mord im Stil der Sopranos sein könnte.«

»Oh, hier passiert eine Menge finsteres Zeug, glauben Sie mir«, erwiderte Stan und schien in sich zusammenzusacken. Er schaute in seine Teetasse und runzelte leicht die Stirn. »Die Menschen halten Küstenstädte für harmlos, aber sie sehen sie ja auch immer nur, wenn die Sonne scheint.«

Er verstummte, und eine kurze Stille trat ein, in der ich das Gedudel des Spiels hören konnte, mit dem Katie gerade zugange war.

Ich räusperte mich. Die Zeit war gekommen, ein bisschen nachzubohren. »Zum Beispiel?«

»Hmm, na ja«, antwortete er und wurde wieder etwas fröhlicher. »Die Geschichte mit der Schönheitskönigin?« Als ich nickte, fuhr er fort. »Rosa hieß sie, eine sehr schöne junge Frau, die nach Amerika gehen und ihr Glück in Hollywood versuchen wollte. Sie arbeitete auf dem Jahrmarkt und sparte ihr ganzes Geld, um an Schönheitswettbewerben hier überall an der Küste teilzunehmen. Aber ihre Mutter hasste das, hasste den Gedanken, dass ihre Tochter sich selbst zur Schau stellte.« Stan beugte sich etwas vor, um sich meiner Aufmerksamkeit ganz sicher zu sein.

»Die Zeiten damals waren noch anders, und ihre Mutter, na ja, sie gehörte einer anderen Generation an, einer strengeren Generation. Sie hatte kein Verständnis für so was.«

»Was ist aus Rosa geworden?«

»Eine der Attraktionen auf dem Jahrmarkt ist ein Geisterhaus, Sie haben es bestimmt schon gesehen. Es ist vollgestopft mit Gruselfiguren, Zerrspiegeln und all so einem Zeug.« Ich nickte. »Rosa hatte dieses Haus sauber zu halten, keine leichte Aufgabe mit den vielen schiefen Böden und Plastikspinnweben überall. Ihre Mutter soll sich angeblich eines Nachts hineingeschlichen haben, weil sie wusste, dass Rosa am nächsten Morgen das Haus putzen würde, um eine der schiefen Treppen mit Fett einzuschmieren, von oben bis unten. Als Rosa am anderen Tag in der Dunkelheit auf die Treppe trat, stürzte sie natürlich die ganzen Stufen hinunter.«

»Ist sie gestorben? Hat sie sich das Genick gebrochen?«, hakte ich nach, denn ich wusste, wie diese Art von Geschichten funktionierte. Stan warf mir einen etwas merkwürdigen Blick zu, ehe er fortfuhr.

»Nein. Aber sie hat danach wie eine Einsiedlerin gelebt.«

»Wow«, sage ich noch einmal und musste fast lachen. »Das ist wirklich finster. Da haben sie recht. Und gibt es irgendwelche Beweise dafür, dass das alles wirklich so passiert ist? War Rosa eine reale Person?«

Allein die Andeutung, dass die Geschichte möglicherweise erfunden sein könnte, ließ Stan beleidigt schauen. »Ihre Mutter war hier sehr bekannt, immerhin hat ihre Familie den Jahrmarkt errichtet. Aber Rosa habe ich nie getroffen. Ihre Zukunft als Hollywood-Star hatte sich mit diesem Sturz erledigt.«

»Oje, was für eine traurige Geschichte«, sagte ich und machte mir ein paar Notizen, um überzeugend zu wirken.

»Ach ja! Was die Geister angeht«, rief er und klopfte mit dem

Finger auf die Tischplatte. »Das hätte ich fast vergessen. Da gibt's noch diese Frau, die Graue Frau. Sie taucht immer wieder auf. Diese Geschichte ist wohl mehr nach Ihrem Geschmack, könnte ich mir vorstellen.«

Meine Finger fühlten sich plötzlich taub an, und ich ließ den Stift auf meinem Schoß ruhen. »Die Graue Frau.«

»Ja, ich kann gar nicht glauben, dass ich sie fast vergessen hätte«, sagte er. »Sie ist schon überall in Hithechurch gesehen worden, immer nachts oder in der Dämmerung. Sie hat langes, zerzaustes Haar, das ihr ins Gesicht hängt, und trägt zerlumpte Kleider, wie eine Landstreicherin. Ich glaube, das letzte Mal, dass sie gesichtet wurde, ist nur ein paar Jahre her. Die Leute schwören Stein und Bein, dass sie sie nachts im Wald oder auch unten am Strand gesehen haben. Und anscheinend *stöhnt* sie vor sich hin. Ein schreckliches, dumpfes Geräusch.«

Stan sah zufrieden mit sich aus und deutete mit dem Kopf auf mein Notizbuch.

»Das ist doch eine gute Geschichte, oder? Gerüchten nach soll sie eins der Mädchen sein, die in den letzten Jahren verschwunden sind.«

Ich blickte auf, mein Magen zog sich zusammen. »Wie Cheryl Yates?«

Stan presste die Lippen aufeinander und wandte das Gesicht leicht ab. »Das arme Mädchen. Aber ich wage zu behaupten, dass sie wieder auftaucht. Sie ist höchstwahrscheinlich von zu Hause ausgerissen.«

»Hoffentlich«, bemerkte ich und dachte an den Schrein auf der Promenade. »Wissen Sie, ob ihre Familie letzten Sommer hier im *Smuggler's Cove* war? Können Sie sich an sie erinnern?«

»O ja, schon. Auch wenn es hier im Sommer so hektisch zugeht, dass ich in der Hochsaison eine Aushilfe beschäftige, Jack. Trotzdem habe ich sie oft genug selbst gesehen. Die meiste Zeit war sie mit ihrem Handy beschäftigt, wie all die jungen Leute heutzutage, aber sie kam mit einigen jüngeren Cousins und Cousinen hierher, die unbedingt einen unserer Drachen gewinnen wollten.« Stan deutete auf die Auslage über uns, an der mehrere knallbunte Drachen hingen, die langen Schwänze ordentlich gefaltet und verpackt. »Deshalb erinnere ich mich an sie. Sie wurden richtig gut an der Kegelbahnmaschine und kamen mit einem Arm voller Lose an.«

»Erinnern Sie sich an die Eltern?«

Stan zog eine Augenbraue hoch, als hätte ich etwas Absurdes angedeutet. »Junge Dame, mir ist schon klar, dass die Eltern heutzutage immer zuerst verdächtigt werden, aber nicht die beiden. Sie sind mir aus dem Sommer selbst nicht in Erinnerung geblieben, aber nachdem ihre Tochter verschwunden war, habe ich sie überall in der Stadt gesehen. Sie haben jeden angesprochen, der ihnen über den Weg gelaufen ist, und nach ihrem Mädchen gefragt. Sie waren verzweifelt.« Er schüttelte traurig den Kopf. »Eine echte Tragödie. Außerdem… Na ja.«

Er nippte an seinem Tee, als würde er eine Kunstpause machen, um die Spannung zu erhöhen.

»Was?«

Er seufzte. »Wie schon gesagt, kann es hier ziemlich finster sein. Ich bin mir sicher, dass Sie das bei all Ihren Recherchen und Nachforschungen noch selbst herausfinden werden.«

Ich speicherte das als etwas ab, worüber ich später noch einmal nachdenken würde. »Ihre Aushilfe, die im Sommer hier arbeitet, dieser Jack, ist er da? Kann ich mit ihm sprechen?«

Stan sah mich verwundert an. »Jack ist ein junger Kerl. Er kennt keine Geschichten von früher.«

»Vielleicht nicht, aber ich würde gerne die Sichtweisen aller Generationen zusammentragen«, erklärte ich und lächelte angestrengt, um mein offensichtlich schwaches Argument zu überspielen. »Nur um mir ein umfassendes Bild von diesem Ort zu machen.«

Er zuckte mit den Achseln. »Jacks Mutter veranstaltet montags- und mittwochsmorgens ein Kaffeekränzchen in der Kirche für die Senioren von Hithechurch. Jack muss oft mitkommen, um zu helfen – wahrscheinlich werden Sie ihn dort antreffen.«

In dem Augenblick summte mein Handy, und mir fiel mit Schrecken ein, dass ich auf die anonyme Textnachricht geantwortet hatte. Eigentlich wollte ich nicht nachschauen, aber meine hinterlistigen Finger tippten auf das Display und öffneten die Nachricht.

Treffen Sie mich im Happy Harvest. Morgen, 14 Uhr. Fragen Sie nach Watkins. Kommen Sie allein.

»Alles in Ordnung?«, fragte Stan und sah mich besorgt an. Ich zwang mich zu lächeln.

»Sie haben mir wirklich sehr geholfen, aber ich muss mich jetzt leider verabschieden. Mittagessenzeit. Katie wird bestimmt Hunger haben.«

»O ja. Na dann. Aber Sie kommen doch wieder, oder? Ich habe hier so wenig zu tun.« Stan stand auf und griff nach einem großen Stofftier, das für mich aussah wie ein riesiger gelber Hamster mit roten Backen. »Bitte, nehmen Sie den hier für Ihre Nichte mit. Ich bin es leid, ihn anzusehen.«

Draußen war es trüb und bewölkt, aber Katie schien bessere Laune zu haben. Ich gab ihr das Stofftier, als wir die Straße zurückgingen.

»Hier. Viel Spaß mit deinem leuchtend gelben Hamster.«

»O mein Gott, Charlie, das ist ein Pokémon. Weißt du denn gar nichts?«

»Anscheinend nicht.«

Auf der anderen Straßenseite stand ein Lieferwagen vor dem Jahrmarkt geparkt. Ein großer Mann mit drahtigen Armen lud gerade Kisten ein, und mir lief ein Schauer über den Rücken, als ich ihn sah.

Der Mann vom Jahrmarkt, dachte ich. *Der Mann, der mich an jenem Tag fast aus der Spielhalle gejagt hatte.*

Trotz der Kälte trug er ein offenes Poloshirt, und ich konnte sein Gesicht im Profil erkennen, so wie damals, vor vielen Jahren am Strand. Auf einmal hatte ich das Gefühl, als käme ich nicht von der Stelle. Ich befürchtete, dass er sich gleich umdrehen, uns sehen und ich dastehen würde, wie erstarrt.

Er ist es, dachte ich. *Er war dort.*

Und dann zupfte Katie mich am Ärmel.

»Mir ist kalt«, sagte sie. »Können wir nach Hause gehen?«

Ich lächelte sie an und beschleunigte meinen Schritt, den Blick weiter abgewandt von dem Lieferwagen auf der anderen Seite.

»Komm, bevor wir uns den Hintern abfrieren.«

10. KAPITEL

Heute

Das Restaurant Happy Harvest lag ein paar Meilen außerhalb von Folkesholme, ein breites einstöckiges Gebäude mit einem fröhlichen roten Ziegeldach, vor dem ein alter, weiß gestrichener Mähdrescher stand, an den die Speisekarte genagelt war. Ich führte Katie hinein, die sich interessiert umsah, und entdeckte in einer Ecke den für die Kinder offensichtlich vorbehaltenen Spielbereich, in dem für Januar erstaunlich viel los war. Eine Gruppe von Kaffee trinkenden Müttern hatte ihre Kleinen dort mit Malheften und leicht klebrigen Spielzeugen abgeladen. Katie schaute äußerst skeptisch, aber nachdem ich ihr einen »All-you-can-eat-Eiscreme-Pass« gekauft hatte, ließ sie sich mit einem Buch in der Ecke nieder, während sie den anderen Kindern, die alle ein paar Jahre jünger waren als sie, einen schrägen Seitenblick zuwarf.

»Wir bleiben nicht lange«, versicherte ich ihr. »Okay?« Katie zuckte mit den Achseln.

Als ich mich in den Restaurantbereich begab, bemerkte mich schon bald ein Kellner, der mich offenkundig davon abhalten wollte, herumzulaufen.

»Ich bin hier verabredet«, erklärte ich und hoffte, dass ich ihm die Person nicht zeigen musste, denn ich hatte ja keine Ahnung, wie sie aussah, und kannte nicht einmal ihr Geschlecht. »Es müsste ein Tisch auf den Namen Watkins reserviert sein.«

Zu meiner Erleichterung führte er mich sofort in den ruhigeren Teil des Restaurants, weit weg von den Latte-Macchiato-Müttern, und deutete mit dem Kopf auf einen schmalen Tisch in der hinteren Ecke, an dem eine Person saß, das Gesicht von mir abgewandt. Der Frisur und der Jacke nach zu urteilen, eine Frau. Ich zwang mich, den Kellner freundlich anzulächeln.

»Oh, da ist sie ja – vielen Dank.«

Er eilte davon, und ich nahm mir einen Augenblick Zeit, um mich zu sammeln. Ich ging mit diesem Treffen ein enormes Risiko ein. Denn eigentlich wusste ich nichts über diese Person, genau genommen nur, dass sie wusste, wer ich war, nämlich Charlie, und nicht Sarah. Und sie wusste offensichtlich auch, wo ich lebte, und kannte meine Handynummer – Informationen, die ich kaum weitergab. All das deutete darauf hin, dass sie in der Lage war, mir schrecklich viel Ärger zu machen.

Aber was sollte ich tun? Mich umdrehen und gehen, ohne etwas in Erfahrung zu bringen?

Ich holte tief Luft, marschierte schnurstracks zu dem Tisch und stellte mich hinter den zweiten Stuhl. Dann lächelte ich erneut, dieses Mal energischer.

»Hallo. Ich glaube, Sie warten auf mich.«

Die Frau auf dem Stuhl schreckte fürchterlich zusammen und sah mich mit einem gehetzten Blick an. Sie war ein paar Jahre älter als ich, vielleicht sieben- oder achtundvierzig, hatte dunkles Haar, eine altmodische, krause Dauerwelle und trug eine schildpattfarbene Brille mit großen, klobigen Gläsern. Das korallenrote Rouge, das sie auf ihre Wangenknochen aufgetragen hatte, schien nur zu betonen, wie blass sie war. Sie schaute zu, wie ich mich hinsetzte, und nippte dabei nervös an einem Glas Wasser.

Wir saßen erst einmal schweigend da, bis ich mich schließlich räusperte.

»Ich nehme an, dass Sie wissen … wer ich bin, oder?«

Die Frau nickte einmal. Eine seltsame Bewegung, wie ein Vogel.

»Und Sie sind …?«

Die Frau verzog das Gesicht. »Meinen Namen verrate ich Ihnen lieber nicht«, antwortete sie so leise, dass ich mich etwas nach vorn beugen musste, um sie zu verstehen.

»Das ist ja ein starkes Stück«, sagte ich. Als sie nichts darauf erwiderte, seufzte ich. »Sie heißen Watkins, richtig? Jedenfalls haben Sie auf diesen Namen den Tisch reserviert.«

Ich hielt es eigentlich nicht für möglich, aber die Frau schien noch eine Spur blasser zu werden und rutschte nervös auf ihrem Sitz herum.

»Hören Sie«, begann sie. »Ich will mich nicht einmischen, sondern nur dafür sorgen, dass … dass am Ende nicht die falsche Person gut aus dieser Sache rauskommt.«

»Okay, Watkins. Woher haben Sie meine Adresse und meine Handynummer?«

Die Frau wandte den Blick ab. »Möchten Sie wissen, warum ich Ihnen geschrieben habe, oder nicht?«

In dem Augenblick erschien erneut der Kellner, und ich bestellte Toast und Kaffee. Watkins schüttelte den Kopf und trank noch einmal von ihrem Wasser. Nachdem er gegangen war, schien sie plötzlich lockerer zu werden, als seien die Schnüre, die sie zusammenhielten, durchtrennt worden.

»Ich arbeite für *Pine Cone Press*. Wahrscheinlich haben Sie von dem Verlag noch nie etwas gehört.«

»Bestimmt nicht, wenn …«

Watkins schaute mir direkt ins Gesicht. »Wenn der nicht einen hochkarätigen Buchvertrag mit der Frau abgeschlossen hätte, die früher als Emily Haynes bekannt war.«

Ich lehnte mich etwas zurück. Ihr Name löste noch immer großes Unbehagen in mir aus.

»Gibt es da nicht Gesetze, die so etwas verbieten? Also, aus dem Leid anderer Menschen Profit zu schlagen, meine ich?«

»Eigentlich schon«, antwortete Watkins und blickte in ihr Wasserglas, das sie mit beiden Händen umklammert hielt. »Aber man ist sehr klug vorgegangen. Sie hat eine Literaturagentin. Sie haben sich mit dem Verleger zusammengesetzt und alles ausgehandelt. Der Erlös wird an eine Opferrechtsorganisation gehen. Sämtliche Details wurden mit Psychologen und Anwälten besprochen und geklärt, weshalb Sie sich meiner Meinung nach einen Gang zum Anwalt sparen können – in diesem Vertrag wurde alles haarklein geregelt. Ihn anzufechten, würde Sie ein Vermögen kosten. Das Buch hat sich zu einem Prestigeobjekt entwickelt, in das *Pine Cone* so viel Arbeit gesteckt hat, dass alle anderen Bücher praktisch auf Eis liegen. Wir sind ja nur ein kleiner, unabhängiger Verlag, der für ein Projekt dieser Größenordnung eigentlich gar nicht über die nötigen Ressourcen verfügt. Aber …«

Der Kellner trat erneut an unseren Tisch und stellte meinen Kaffee und meinen Toast ab. Nachdem er gegangen war, biss ich in die Ecke einer Scheibe, aber ich hatte überhaupt keinen Appetit. Natürlich konnte ich zu keinem Anwalt gehen, ich besaß ja kaum Geld.

»Aber?«, hakte ich nach.

»Die Vorbestellungen sind bereits durch die Decke gegangen. Die Leute *wollen* dieses Buch unbedingt lesen. Und das ist schon die halbe Miete.«

»Aasgeier«, murmelte ich, obwohl ich mich tief im Innern schämte. Denn war das nicht genau die Art von Buch, die ich als Kind verschlungen hätte? »Wenn Sie schon da arbeiten, warum haben Sie es dann nicht verhindert?«

Watkins schüttelte den Kopf. »Ich bin nur Lektoratsassistentin. Bei Dingen wie diesen, habe ich nichts zu sagen. Weshalb ich … mit Ihnen sprechen wollte. Wenn jemand Emily Haynes stoppen kann, dann Sie.«

Jetzt war ich diejenige, die nervös auf ihrem Stuhl herumrutschte. Auf gar keinen Fall wollte ich etwas mit Emily zu tun haben. Allein die Vorstellung ließ mich innerlich frieren.

»Nichts wäre mir lieber«, erwiderte ich. »Aber Sie irren sich. Ich bin die letzte Person, die sich da einmischen sollte. Wie viel Mitgefühl, glauben Sie, werden die Menschen mir wohl entgegenbringen?«

»Genau darum geht es ja«, antwortete Watkins und beugte sich über den Tisch, dass ihr Messer und ihre Gabel gegen den leeren Beilagenteller klirrten. »Aus dem Grund wollte ich mit Ihnen sprechen. Denn Emily *vernichtet* Sie in diesem Buch. Sie erzählt ihre Seite der Geschichte, und Sie sind darin das Monster.«

Ich saß bewegungslos da. »Was? Aber sie hat doch …«

»Das ist völlig egal. Das ist ihr Buch, und Sie werden darin in jeder Hinsicht als die Böse dargestellt. Alle möglichen Leute werden es lesen. Und eine Doku-Serie ist auch geplant. Begreifen Sie denn nicht, was das für Sie bedeutet?«

Einen langen Moment konnte ich gar nichts sagen. Mir war durchaus bewusst, dass dieses Buch verheerende Folgen für mich haben würde. Aber die Tatsache, dass es jemand laut aussprach, machte es nur noch schlimmer. Ich war wütend. Mir war übel. Wie konnte es sein, dass Emily erzählen durfte, was in jenem Sommer passiert war? Ausgerechnet sie?

»Ich verstehe nicht, warum Sie das stören sollte«, sagte ich schließlich. »Die meisten Leute würden sagen, dass ich genau das verdient habe.«

Watkins runzelte die Stirn und schüttelte leicht den Kopf. »Das Ganze ist falsch. Wir hätten diesen Buchvertrag nicht machen dürfen. *Das* ist es, was mich stört. Deshalb habe ich Ihnen geschrieben. Wenn aber kurz vor der Veröffentlichung des Buchs etwas Schreckliches über sie ans Licht käme, nun … dann müssten die Anwälte wohl noch einmal eingeschaltet werden.«

»Was? Etwas Schrecklicheres als das, was sowieso schon alle wissen?« Ich konnte den Sarkasmus in meiner Stimme nicht ganz zurückhalten. Watkins zuckte zusammen.

»Da haben Sie recht, aber sehen Sie, all das ist *alt*, die Leute können sich sagen, dass es schon lange her ist. Wenn Sie aber etwas Neues herausfinden würden …«

»Aha. Da wir gerade vom Herausfinden reden, woher wissen Sie … was wir vergraben haben?«

Die Frau schob die Brille etwas hoch. Sie konnte sich kaum dazu durchringen, mir in die Augen zu schauen.

»Ich weiß nicht genau, was es ist. Und ich *will* es auch gar nicht wissen. Ich habe nur mitbekommen, wie Emilys Agentin mit den Leuten von unserer Rechtsabteilung darüber gesprochen hat, und deshalb weiß ich, dass ein plötzlicher Fund ihnen sehr viel Ärger bereiten würde.«

Von der anderen Seite des Restaurants drang plötzlich schallendes Gelächter herüber. Die Latte-Macchiato-Mütter schienen sich bei ihrem morgendlichen Kaffeekränzchen köstlich zu amüsieren. Ich fragte mich, was sie wohl denken würden, wenn sie wüssten, dass Charlotte Watts nur wenige Tische weit von ihnen entfernt saß. Ich begann, unwillkürlich zu frösteln. Ich trank einen Schluck von meinem Kaffee und schmeckte ihn fast gar nicht. Mit einem Mal hatte ich das Gefühl, als würden mir die Worte ausgehen.

»Sie … Sie sind also dabei? Sie suchen nach der vergrabenen Sache?«, fragte Watkins und blickte mich durch ihre dicken Brillengläser an. Als ich nichts darauf erwiderte, beugte sie sich vor und zwang mich, sie anzusehen. »Ich kann Ihnen das Manuskript zeigen.«

»Was? Haben Sie es bei sich?«

Watkins schüttelte den Kopf. »Nein, habe ich nicht, aber ich kann einen Vorabdruck besorgen. Wenn wir uns noch einmal treffen, kann ich Ihnen zeigen, was sie geschrieben hat. Vielleicht begreifen Sie dann, wie wichtig es ist, dass Sie weitersuchen.«

»In Ordnung.« Ich griff nach meinen Kaffee und trank schnell noch ein paar Schlucke. Dann setzte ich die Tasse ab und stand auf. Ich hatte plötzlich das dringende Bedürfnis, in den Teil der Welt zurückkehren, der nicht wusste, wer ich war. »Das können Sie doch übernehmen, oder? Es schließt ja nicht jeder so einen Buchvertrag ab, und ich bin gerade knapp bei Kasse.«

11. KAPITEL

1954

Mit zehn hatte Derek Grafton seine Angst vor den Gesichtern des Archivs überwunden.

Eigentlich waren sie sogar so etwas wie Freunde für ihn geworden oder zumindest Kollegen. Menschen, die er im Rahmen seiner »Arbeit« täglich traf. Derek durfte inzwischen das Arbeitszimmer von Doktor Grafton besuchen, wann immer er wollte – solange dieser dort nicht gerade selbst arbeitete –, und er verbrachte viel Zeit damit, sich in die Aufzeichnungen seines Vaters zu vertiefen, um die Musik von Nadel und Faden und die Sprache von Haut, Muskeln und Knochen kennenzulernen. Doktor Grafton holte andere Kartons hervor. Kartons, die Wachsmodelle von Männern enthielten, deren Haut abgelöst worden war und das rote Muskelfleisch darunter offenbarte. Sie wiesen Tätowierungen auf mit Anweisungen darüber, welche Hautlappen wohin versetzt und wie ein Stück Haut von Hals und Brust zur Wiederherstellung von Kinn und Kieferpartie verwendet werden konnte. Sein Vater hatte einem dieser Wachsmodelle einen Spitznamen gegeben, »Harry«. Er war Derek ans Herz gewachsen, auch wenn die Haut von seinem gesamten Gesicht abgelöst worden war.

In der Schule strengte Derek sich an. Seine Lehrer lobten ihn in den höchsten Tönen und bezeichneten ihn als einen aufmerksamen und nachdenklichen Schüler, der sich besonders für Mathematik und die naturwissenschaftlichen Fächer begeisterte. In ihrer Bedeutung nicht ganz so wichtig, aber trotzdem lobenswert, waren ebenfalls seine künstlerischen Fähigkeiten – Derek hatte ein besonders gutes Auge für das anatomische Zeichnen und konnte wissenschaftliche Darstellungen auf einem hohen Niveau nachbilden. Als das Kindermädchen am Ende des Schulhalbjahres mit seinen Lehrern sprach, wartete Derek draußen vor dem Klassenzimmer, das Ohr dicht an die Tür gepresst.

»Er ist ein helles Köpfchen und wird bestimmt einmal Arzt. Vielleicht sogar Chirurg«, sagte sein Mathematiklehrer. »So wie sein Vater. Ein gescheiter Bursche wie er wird alles machen können, was er sich vornimmt.«

Draußen auf dem Flur wurde Derek rot vor Stolz.

In dem sich anschließenden langen, heißen Sommer wusste Derek nicht wirklich etwas mit sich anzufangen. Sein Vater arbeitete an einem Artikel für eine Londoner Zeitschrift und hatte deshalb keine Zeit für ihre üblichen gemeinsamen Studien. Das Kindermädchen hatte einen Tag frei, und die Köchin wollte nicht, dass er in ihrer Küche herumlief, also ging Derek nach draußen.

Der Teil von London, in dem er wohnte, war weitgehend wiederaufgebaut worden. Aber es gab noch immer Gebiete, in denen er jene Art von Schutt finden konnte, die ihn schon als Kind fasziniert hatte. Dicht nebeneinanderstehende, halb verfallene, zugewucherte Häuser und Fabriken, die durch Unkraut und auch kleine Bäume in Abenteuerplätze verwandelt worden waren. Er kannte eine Gruppe von Jungs in seinem Alter, mit denen er sich dort zusammen herumtrieb. Sie stocherten mit Stöcken im Schutt herum, zerbrachen Glas und stöberten nach Materialien, um Verstecke zu bauen. Die anderen Jungs nannten ihn wegen seiner ruhigen, fleißigen Art halb liebevoll »Doc«.

An diesem Tag liefen sie weiter als üblich und stießen auf ein

Stück Brachland. Dort hatten einmal mehrere Gebäude gestanden, deren Schutt jedoch zum größten Teil schon weggeräumt worden war. Nur am Rand des Geländes war ein kaputtes Gebäude stehen geblieben. Das Haus bestand nur noch aus einem Gerippe, eine Seite war weggerissen und das Innere dadurch freigelegt. Derek konnte Tapetenreste erkennen, die im Wind flatterten, und unter seinen Füßen lagen blaue und weiße Tonscherben. Wahrscheinlich Teller.

»He, Doc, meinst du, wir könnten da rauf, in den obersten Stock?«, fragte Tommy, ein Junge, der etwa ein Jahr jünger war als Derek. Sein Gesicht war stets schmutzig, und seine Manieren hätte das Kindermädchen als »ungehobelt« bezeichnet, aber er schätzte Derek sehr und zog ihn oft zu Rate, ehe er irgendeinen Plan ausführte.

»Die Treppen sind alle kaputt«, stellte Sid fest, ein großer Junge mit rattenähnlichen Gesichtszügen, der sich gerade eine Zigarette drehte. »Das wäre ein Riesenakt.«

»Aber man könnte von da aus meilenweit sehen«, wandte Tommy ein. Das Gebäude, beziehungsweise zumindest das, was davon übrig geblieben war, hatte drei Stockwerke. »Und ich wette, dass dort oben bisher noch keiner war. In dem Zimmer könnte alles Mögliche drin sein.«

»Das bezweifle ich«, entgegnete Derek nachdenklich. »Das steht da schon seit Jahren. Und ich vermute, dass es nicht einmal durch eine Bombe beschädigt wurde.« Er ließ den Blick über das kaputte Brachland schweifen. »Das Gelände wird nur geräumt, um mehr Häuser darauf zu bauen. Neue Häuser. Das hier haben sie bloß noch nicht geschafft.«

»Ha«, stieß Tommy aus. »Dann ist das doch ein Glücksfall für uns, oder? Wahrscheinlich ist das unsere letzte Chance, es zu erkunden. Kommt, lasst uns wenigstens einen Blick drauf werfen.«

Sie wagten sich in die Bauruine, in der es nach nassem Putz roch, und zogen abwechselnd an der mittlerweile angezündeten Zigarette. Nur noch wenige Möbel und Einrichtungsgegenstände standen herum, und die Wände wiesen helle Stellen auf, an denen einmal Bilder gehangen hatten. Derek entdeckte einen weggeworfenen eisernen Schürhaken. Die Treppe befand sich hinten und war unter der Last des Schutts und der Feuchtigkeit gefährlich abgesackt. Trotzdem konnte er einen Weg nach oben erkennen. Er grinste.

»Scheiß drauf«, sagte Sid. »Ich bleibe hier und kümmere mich um die Kippen.«

Tommy machte sich gnadenlos über ihn lustig, aber Sid war nicht umzustimmen, und so arbeiteten sich schließlich nur Derek und Tommy langsam die kaputte Treppe hinauf – Derek ging voran und prüfte mit seinem Gewicht jede Stufe auf ihre Standfestigkeit. Sie erreichten den ersten Stock, dessen Wände blassgrün gestrichen waren, und dann den zweiten. Derek blieb stehen und blickte über die Brache hinweg auf die dicht gedrängten Häuserreihen in der Ferne. Dünne Rauchschwaden stiegen träge durch die schmutzige Londoner Luft auf.

»Komm schon, Doc«, rief Tommy von hinten. »Wir haben nicht den ganzen Tag Zeit.«

Der nächste Treppenabschnitt war sehr viel gefährlicher. Zahlreiche Stufen waren herausgebrochen, so dass Tommy und Derek große, riskante Schritte machen mussten, um die Zwischenräume zu überwinden. Mehr als einmal sah Derek dabei die zerbrochenen Dielen unten in der Tiefe. Der Aufstieg war so gefährlich, dass er ihre ganze Konzentration erforderte, und Derek völlig überrascht war, als sie oben angelangt waren und auf den dritten Stock blickten.

Tommy spazierte über den durchweichten Teppich, die Daumen in die Hosentaschen gehakt.

»Wie geht's dir da unten, du Weichei?«, brüllte er zu Sid. »Soll meine Schwester kommen und dir das Händchen halten?«

Sid schrie eine Tirade von Schimpfwörtern zurück, und Tommy trat an den Rand. Der Boden nahm da, wo die Holzdielen weggebrochen waren, ein abruptes Ende. Dahinter war nichts mehr, nur noch ein schwindelerregender Abgrund. Derek trat ebenfalls an den Rand, noch immer lächelnd, aber mit einem leicht beklommenen Gefühl in der Brust.

»Pass auf, Tommy«, sagte er. »Hier oben gibt's nicht mehr viel, was uns trägt.«

»Jetzt fang du nicht auch noch an«, knurrte Tommy und beugte sich nach vorn, um über die Kante zu schauen. Sids Gesicht war nach oben gerichtet, ein weißer Fleck auf den Trümmern. »Wetten, dass ich ihn von hier aus anspucken kann? Pass auf.«

Derek lachte und machte einen Schritt nach vorn. Für den Bruchteil einer Sekunde nahm er noch wahr, wie sich der Boden unter ihm bewegte – sogar kippte – und dann hörte er einen panischen Schrei von Tommy, direkt in seinem Ohr. Im nächsten Augenblick stand die Welt auf dem Kopf, und er blickte verwirrt auf ein Stück schimmelnde Tapete, bevor das schreckliche Gefühl einsetzte, ins Leere zu fallen. Ein gleißender Schmerz spaltete seinen Kopf in zwei Hälften, und alles wurde rot.

Für Sid schien Derek wie eine Stoffpuppe herunterzufallen. Er machte dabei mindestens eine Drehung in der Luft, bevor er auf dem Boden aufschlug. Der Junge ließ die Zigarette fallen und rannte los, sämtliche Farbe war ihm aus dem Gesicht gewichen. Als er bei Doc ankam, machte dieser eigentlich gar keinen so schlechten Eindruck – er lag lediglich auf dem Rücken, die Augen geschlossen, der Mund leicht geöffnet. Sid sah nicht einmal irgendwo Blut.

»*Jesus, Maria und Josef* … du hast mir einen ganz schönen Schrecken eingejagt, das kann ich dir sagen, Doc.« Er kniete sich neben den Jungen und rüttelte an seinem Arm. Tommy jagte die Treppe in einem viel zu gewagten Tempo hinunter. »Komm schon, ich kann dich atmen sehen, hör auf mit dem Blödsinn und mach die Augen auf.«

Keuchend trat Tommy zu ihm.

»Geht's ihm gut, Sid?«

Sid rüttelte erneut an Docs Arm, der aber noch immer nicht die Augen öffnete oder sprach. »Mist. Er ist nur kurz bewusstlos, mehr nicht. Komm, hilf mir, ihn aufzurichten, dann können wir ihn zu mir nach Hause tragen. Am besten bleibt er eine Weile aus der Sonne.«

Die beiden Jungen packten ihn – Sid griff nach Dereks Schultern, Tommy nach seinen Knöcheln –, doch als sie ihn hochhoben, fiel sein Kopf merkwürdig zur Seite. Erst da bemerkte Sid, dass ein dünnes, verrostete Stück Rohr aus Docs Hinterkopf ragte, direkt hinter seinem Ohr, und er stieß einen kurzen Schrei aus, während er den Jungen fallen ließ. Doch da war das Rohr schon von selbst hinausgeglitten, und ein Schwall hellroten Bluts drang aus der offenen Wunde und breitete sich rasch auf dem schmutzigen Schotter aus. So viel Blut hatten die beiden Jungs noch nie zuvor gesehen. Gelähmt vor Schreck standen sie mehrere Sekunden lang da und schauten zu, wie all das, was Derek zu Doc gemacht hatte, in den Geröllboden der Brache sickerte.

12. KAPITEL

Juli 1988

»Ich habe dich schon einmal belogen. Also, was meine Familie angeht, meine ich.«

Charlie zog die Augenbrauen hoch und fragte sich, was jetzt wohl kommen würde. Emily hatte sie zu ihrem Wohnwagen mitgenommen, und sie bemerkte sofort, wie anders es dort war als bei ihr. In ihrer Unterkunft schwirrten immer Familienmitglieder herum, die ganze Zeit war es laut, in der Küche wurde ständig etwas zu essen vorbereitet, und der Kessel dampfte ununterbrochen. In der Sitzecke lagen Brausetütchen, Bonbonpapier und die Rätselhefte ihrer Großmutter herum, und an der Tür stapelten sich die Schuhe von allen. Überall standen halb ausgetrunkene Teetassen herum.

In Emilys Wohnwagen hingegen war es ordentlich, kalt und still. Die Spüle und der Herd glänzten tadellos. Der entscheidende Unterschied war jedoch, dass ihre Eltern nicht da waren.

»Wie meinst du das, belogen?«

»Komm. Hier.« Emily führte sie in das hintere Schlafzimmer, in dem ein schmales Doppelbett stand und an der Seite ein Klappbett, über das mehrere bunte Laken und Decken geworfen waren. Emilys Tasche lag daneben, die Charlie vom Tag ihrer Ankunft her kannte.

»Du schläfst hier?«, fragte Charlie verwundert und runzelte leicht die Stirn, denn in dem Wohnwagen gab es ein weiteres Schlafzimmer, und auch die Sofas im Wohnzimmer konnten zu

Betten umfunktioniert werden. »In demselben Zimmer wie deine Eltern?«

Emily zuckte mit den Achseln, als ob das egal wäre, setzte sich stattdessen auf das große Bett und hob ihre Tasche auf den Schoß. Charlie setzte sich neben sie. Aus einem Reißverschlussfach der Tasche zog sie einen alten, ramponiert aussehenden braunen Umschlag.

»Ich habe auch eine Schwester.«

Sie drehte den Umschlag um, und mehrere Fotografien glitten heraus, die sie Charlie gab. Auf allen war ein Mädchen zu sehen, das ungefähr so alt war wie Charlies Schwester, sechzehn oder siebzehn. Sie sah aus wie eine ältere Version von Emily, denn auch sie hatte helle Haut und rabenschwarzes Haar, nur waren ihre Augen blau. Auf den meisten Fotos lächelte sie und posierte oft mit Emily, deren Gesicht neben ihrer Schwester strahlte, wie Charlie es noch nie gesehen hatte. Sie trugen auf einem der Bilder die gleichen Baseballkappen mit ihren Namen darauf. Auf der Mütze der Schwester stand »Louise«.

»Sie ist fünf Jahre älter als ich«, sagte Emily ernst, nahm die Fotografien von Charlie zurück und sah sie durch. »Sie mag Musik und Tanzen. Früher hat sie immer mit mir getanzt, die ganze Zeit. Das war unsere Lieblingsbeschäftigung. Louise kaufte sich eine Single, und wenn sie damit nach Hause kam, vergewisserte sie sich, dass auch ich da war, damit wir sie uns zusammen anhören konnten.«

»Wo ist sie? Warum ist sie nicht mit dir hier in den Ferien?«

Emily hatte eine Reihe anderer Fotos hervorgeholt, die ein kleineres quadratisches Format hatten und um die ein breiter weißer Rand verlief. Später erfuhr Charlie, dass es Polaroids waren – Sofortbilder, die nicht entwickelt werden mussten. Emily reichte ihr das erste Exemplar, ihre Miene völlig ausdruckslos.

Auf dem Bild war eine ganz andere Louise zu sehen. Sie lächelte nicht, und ihr weißes Gesicht und ihre nackten weißen Arme schienen vor dem dunklen Hintergrund fast zu leuchten. Ein Bluterguss überzog ihren Wangenknochen, und ihre Lippe war aufgeplatzt. Ein weiteres Polaroid zeigte eine ähnliche Szene. Darauf hielt sie einen Arm hoch, der an einer Stelle knallrot war und verbrüht zu sein schien. Auf dem nächsten Bild wiesen ihren Oberschenkel Brandmale auf, und auf dem danach hatte sie ein blaues Auge.

Charlie runzelte die Stirn. Sie sehnte sich nach ihrer Mum.

»Emily …«

»Louise hat mich gezwungen, die zu machen. Sie wären unsere Versicherung, hat sie gesagt.«

»Wer hat ihr das angetan?«

Emily blickte auf die Fotografien. Charlie hörte das Geschrei von Kindern draußen. Wahrscheinlich spielten sie gerade Verstecken. Sie erschienen ihr total weit weg.

»Mein Vater wird immer so wütend. Und das wegen irgendwelcher Kleinigkeiten. Bei meiner Schwester waren es die Frisur, die Kleider, die Freunde in der Schule. Und dann das Essen, das sie abends machte, oder ihre Wäsche im Korb oder ihre Schuhe im Flur. Da war immer irgendwas. Sie schrien sich ständig an, sie brüllten, ganz schlimm, und dann …«

Emily schienen die Worte auszugehen.

»Dein Vater ist ein echtes Arschloch«, sagte Charlie hitzig.

»Es war schrecklich, aber trotzdem okay, weil Louise da war. Verstehst du? Ich hatte Lou, und sie hatte mich. Zusammen konnten wir alles ertragen. Doch eines Tages kam ich von der Schule nach Hause, und Dad sagte, dass Lou ihre Sachen gepackt hätte und gegangen wäre. Sie war weggelaufen. Ich hatte niemanden mehr.«

»Aber du hast doch noch deine Mum. Was ist mit ihr?«

Emily schüttelte den Kopf, ein zaghaftes Lächeln auf dem

Gesicht, das sie für einen kurzen Augenblick noch mehr wie ihre ältere Schwester aussehen ließ.

»Mum? Mum will nichts davon wissen. Wenn Dad und Lou sich stritten, fand sie immer einen Grund, um am anderen Ende des Hauses, im Garten oder bei den Nachbarn zu sein. Solange sie nichts davon mitbekam, war es ihr egal.«

»Wo ist deine Schwester hin?«

»Ich weiß es nicht«, antwortete Emily, griff nach dem Kragen ihres T-Shirts und drehte ihn herum, eine merkwürdige, nervöse Geste. »Sie hat nie angerufen oder sich sonst irgendwie gemeldet. Außerdem glaube ich nicht, dass sie weglaufen würde, ohne mich mitzunehmen, denn warum sollte sie mich *damit* zurücklassen?« Sie holte zittrig Luft. »Das würde Lou nicht tun. Sie würde mich nicht einfach … im Stich lassen.«

»Hm«, sagte Charlie und dachte angestrengt nach. Der Kummer ihrer Freundin überforderte sie, und sie wusste nicht weiter. »Hör mal, wenn dein Vater deiner Schwester weh getan hat, dann musst du das jemandem erzählen.« Sie hielt inne. »Meiner Mum zum Beispiel!«, rief sie und spürte sofort Optimismus in sich aufsteigen. Ihre Mum würde helfen. Das tat sie immer. Sie war vernünftig und ließ sich nichts bieten, auch nicht von Emilys Vater. Doch Emily wurde auf diesen Vorschlag hin nur noch blasser. Sie griff nach Charlies Arm und drückte ihn fest.

»Nein!«, entgegnete sie. »Das kann ich nicht, und du auch nicht, okay? Das musst du mir versprechen, Charlie. Jetzt sofort. Versprich mir, dass du niemandem etwas sagen wirst!«

»Aber … wenn du doch glaubst, dass …«

»Nein«, fiel ihr Emily ins Wort. »Ich habe dir vertraut, Charlie. Ich habe dir vertraut.« Emilys Augen hatten sich mit Tränen gefüllt. »Wenn wir ihn verraten …« Sie gab ein kehliges Geräusch von sich, wie ein gefangenes Tier. »Versprichst du's mir? Bitte?«

Charlie schluckte und schaute auf die Fotos des Mädchens.

Wut schimmerte in ihren Augen. Es war schwer zu glauben, dass Louise weggelaufen war und ihre kleine Schwester, die nun der Wut ihres Vaters allein ausgesetzt war, zurückgelassen hatte. Und wenn sie nicht weggelaufen war, was war dann mit ihr passiert?

»Ich verspreche es dir«, antwortete Charlie, wenngleich sie dabei kein gutes Gefühl hatte. »Ich werde nichts sagen.«

13. KAPITEL

Heute

Ich bin eigentlich keine Frühaufsteherin, aber am nächsten Morgen erhob ich mich mit dem ersten Licht, das durch den Vorhang schien, wusch mich, zog mich schnell an und stülpte mir eine rote Strickmütze über das frisch gefärbte Haar. Katie war bereits auf den Beinen und aß eine Schüssel Müsli, die sie auf ihrem Schoß balancierte. Im Fernsehen lief eine Zeichentrickserie.

»Was hast du vor?«, fragte sie.

»Ich mache nur einen Morgenspaziergang und schnappe ein bisschen frische Luft.«

»Kann ich mitkommen?«

Ich zog mir gerade die Jacke über und hielt in der Bewegung inne. »Willst du das denn?«

Sie sah mich nachdenklich an. »Den Wald mag ich nicht.«

»Woher weißt du, dass ich dorthin gehe?«

Im Fernsehen schrie eine Katze in einem Zeichentrickfilm auf, als ihr eine Maus ein Buch auf die Pfoten knallte. Katie rührte in ihrem Müsli herum. »Der Wald ist *langweilig*«, sagte sie.

Letztendlich ging ich allein und trat mit einem Spaten unter dem Arm aus dem Wohnwagen.

Bring's einfach hinter dich, dachte ich.

Auf dem Weg zum Wald kam ich an dem Wohnwagen mit den vielen Anbauten vorbei, den wir früher *Die Ranch* genannt hatten. Er war größer als all die anderen Wohnwagen – sogar noch größer als in meiner Erinnerung –, davor ein buntes Sammelsurium aus Schuppen, Pavillons, Wäscheleinen, Gemüsegarten, Zaun, Maschendraht und Wimpeln. Darum herum parkten verbeulte Autos und ein Lieferwagen, und ich musste unwillkürlich an die Wagenburgen aus den alten Westernfilmen denken. Ich fragte mich, ob ich so etwas in mein Buch aufnehmen könnte – meine Familie hatte sicherlich alle möglichen Geschichten über die Ranch auf Lager, und auf ihre eigene Art waren sie auch so was wie eine moderne Legende, und moderne Legenden waren ja nur eine Generation oder so von den Volkssagen entfernt.

Die Morgendämmerung tauchte alles in ein silbrig-violettes Licht – die Wohnwagen, das Laub und den Tau auf dem Gras. Um mich herum war es fast völlig still, selbst der frühmorgendliche Chor von Vögeln zwitscherte nicht, und je näher ich dem Wald kam, desto unwirklicher kam mir alles vor.

Ich bahnte mir meinen Weg unter den schweigsamen Bäumen hindurch zur Lichtung. Dort angekommen, holte ich wieder mein Tagebuch heraus, schaute nach dem Eintrag und zählte wieder die Schritte. Dann hob ich wieder ein Loch aus, türmte daneben einen kleinen Haufen aus Erde und Steinen auf und fand wieder nichts. Mit zusammengebissenen Zähnen dachte ich an das seltsame Treffen mit der Frau, die sich Watkins nannte, dachte an Emilys Buch und daran, dass das, was wir vergraben hatten, das Einzige war, was seine Veröffentlichung verhindern konnte.

Okay, sagte ich zu mir. *Der Eintrag in deinem Tagebuch ist nicht richtig, mehr nicht. Du wirst einfach nur länger brauchen, als du gedacht hast.*

Ich startete einen zweiten Versuch und dann einen dritten. Beim sechsten spürte ich Panik in mir aufsteigen. Der Morgen begann sich allmählich wie ein Albtraum anzufühlen. Ich hielt inne und schaute auf die Löcher, die ich gegraben hatte, hässliche braune störende Flecken in der Grasdecke. Grub ich womöglich nicht tief genug? Oder war das hier die völlig falsche Lichtung?

Ich glaubte beides nicht, beschloss aber, noch ein Loch zu graben und dann zum Wohnwagen zurückzugehen und zu frühstücken. Vielleicht konnte ja ein gefüllter Magen dieses grässliche Gefühl der Unwirklichkeit verdrängen, das mich schon den ganzen Tag begleitete.

Statt die Schritte abzuzählen, suchte ich einfach irgendeine Stelle aus. Der Spaten drang mühelos in den Boden ein, und einen Augenblick lang keimte Hoffnung in mir auf. Aber wieder nichts. Ich stellte mir gerade vor, wie ich Katie und mir ein Frühstück mit allem Drum und Dran zubereitete, und zog dabei den Spaten heraus, als ich lange braune Strähnen an dem Metall kleben sah. Mir lief es eiskalt den Rücken hinunter, und ich zog den Spaten noch ein Stück weiter hinaus.

Haare. Da waren Haare im Boden. Ich ließ den Spaten fallen.

»Nein«, stieß ich aus. »Nein, nein.« Ich dachte sofort an Cheryl, an die Plakate und an den einsamen Schrein oben am Strand. Doch dann sah ich, was da wirklich in der Erde vergraben war. Ich kniete mich hin und zog den Kopf einer Plastikpuppe heraus. Ihre Augen waren voller Schlamm und das angemalte Gesicht war zum größten Teil abgeschabt, aber ich konnte trotzdem noch mühelos erkennen, was es war. »Sie hat *blondes* Haar«, sagte ich mit fester Stimme, um meine Angst zu vertreiben. »Cheryl ist blond. Das weißt du doch. Und das hier ist nur eine verdammte Puppe.«

Ich versuchte, die Plastikhaare vom Spaten zu entfernen, aber als meine Finger über die glitschigen Strähnen fuhren, hob sich mir schlagartig der Magen, und ich taumelte, eine Hand fest auf den Mund gepresst, um mich nicht zu übergeben.

»Okay, das reicht jetzt.« Nach einem Augenblick richtete ich mich auf, meine Augen tränten. Ich kam mir vor wie ein Volltrottel und schämte mich. Es war an der Zeit, anders an die Sache ranzugehen. »Ich brauche nur …«

Ein krachendes Geräusch drang aus dem Wald herüber, als würde sich etwas schwerfällig durch das Unterholz bewegen. Mir fiel unwillkürlich die zerlumpte Gestalt von neulich abends ein, doch dieser entsetzliche Gedanke stellte sich als ein Irrtum heraus. Es war Joseph, der Mann aus dem Laden vom Campingplatz. Glücklicherweise hatte er mich noch nicht entdeckt, aber ich konnte ihn ziemlich gut sehen. Er trug eine Plastiktüte in der Hand, und die Kapuze seines Parkas war unten. Nachdem ich meinen Spaten schnell in das nächstgelegene Gebüsch geworfen hatte, lief ich quer über die Lichtung auf ihn zu, weil er die von mir gegrabenen Löcher und den Puppenkopf nicht sehen sollte.

»Hallo! Guten Morgen«, rief ich und zwang mich zu lächeln, während er mich überrascht anschaute. »Sie sind aber früh auf.«

Sein Gesicht verzog sich zu einem breiten Grinsen. »Ja. Weiter hinten steht ein toter Baum, den ich langsam auseinandernehme«, sagte er und hielt die Tüte hoch, in der sich vermutlich irgendwelche Werkzeuge befanden. »Sie brauchen doch nichts aus dem Laden, oder? Normalerweise mache ich erst in ein paar Stunden auf.«

»O nein, ich gehe nur spazieren. Im, äh … frühen Morgenlicht.« Ich sah den Schlamm an meinen Händen und steckte sie in die Taschen. Panik stieg in mir auf, denn ich merkte, dass ich nicht wusste, was ich als Nächstes sagen sollte. Meine Erfahrung im Smalltalk ist nicht begrenzt, sondern so gut wie nicht vorhanden.

»Ist Ihre Nichte nicht bei Ihnen?«

»Ach nein, sie ist eine Langschläferin«, log ich. »Ein kleiner Faulpelz.«

»Sie sollten mit ihr in der Stadt auf den Jahrmarkt gehen. Er ist tatsächlich auch zu dieser Jahreszeit geöffnet, ob Sie's glauben oder nicht, nur dass sie die Lichter am Eingang tagsüber nicht anmachen. Der Besitzer ist ein Geizhals. Und mein Angebot für ein Mittagessen steht übrigens immer noch. Oder für ein Abendessen! Sie können beide kommen, Bohnen in Tomatensauce habe ich reichlich da.«

Ich kicherte. Mein Herz pochte seltsam. Vor wenigen Minuten war ich noch über alle Maßen verängstigt gewesen, und jetzt hatte ich Mühe, nicht rot zu werden.

»Gern.« Mein Mund schien Worte zu sprechen, ohne dass ich ihm die Erlaubnis dazu gegeben hätte. »Das wäre toll.«

»Wunderbar. Dann bis heute Abend um sieben im Laden.«

Joseph zog davon, und ich ging durch den Wald zurück zum Wohnwagen, wo ich Katie auf dem Sofa liegend vorfand, die Arme ausgebreitet wie eine sterbende Jungfrau.

»Mir ist langweilig.«

»Wie wär's mit einem Ausflug auf den Jahrmarkt? Fahrgeschäfte, Eiscreme, Donuts, noch mehr Fahrgeschäfte und sehr gute Aussichten, dass du dich übergibst? Ein besseres Angebot als das wirst du nicht bekommen.«

Sie schwang die Beine auf den Boden und sah mich an, ihr Gesicht noch immer ein bisschen zu blass für meinem Geschmack. Aber das Gespräch mit Joseph hatte meine Stimmung in beängstigendem Maße gehoben, stellte ich fest.

»Komm, kleiner Grottenolm, wir bringen etwas Farbe auf diese Wangen.«

14. KAPITEL

Juli 1988

In der Duschanlage war es abends weitestgehend ruhig, ein prima Ort, um ihren jeweiligen Familien zu entkommen, fanden Charlie und Emily. Auch an diesem Tag hatte wieder eine brütende Hitze geherrscht, und selbst um neun Uhr abends war es noch sehr warm, doch der geflieste weiße Boden in der Duschanlage war angenehm kühl. Die Mädchen saßen in der Ecke unter den Waschbecken, spielten Quartett und unterhielten sich. Emily arbeitete sich langsam durch eine ganze Packung Pfefferminzbonbons.

»Okay, mein Frankenstein hat einen Gruselfaktor von sieben. Schlägt das deinen?«

»Eigentlich heißt es Frankensteins Monster«, korrigierte Emily ihre Freundin. »Und mein Werwolf hat acht, also nein.«

»Hm«, sagte Charlie. Von draußen hörten sie lautes Geschrei, als ein paar Kinder, Ball spielend, an der Duschanlage vorbeiliefen. »Also, ich finde ein Monster aus toten Menschenteilen furchterregender als einen … großer Hund.«

Emily schnaubte. »Ich weiß nicht. Hast du schon einmal einen richtig wütenden Hund erlebt? Das ist ganz schön furchterregend. Unsere Nachbarn hatten einen Schäferhund, der hat mich mal in den Knöchel gebissen.«

»Echt?« Charlie blickte von ihren Karten auf. »Hast du Narben davon?«

»Von dem Biss? Nein«, antwortete Emily und zermalmte ein weiteres Pfefferminzbonbon zwischen den Zähnen.

»War dieser Hund das Furchterregendste, das dir je begegnet ist?«

Emily legte ihre Karten in den Schoß und senkte den Blick, dass ihr das schwarze Haar über die Augen fiel. Eine bestimmte Art von Stille breitete sich zwischen ihnen aus. Eine Stille, die Charlie zu erkennen begann.

»Schon okay«, sage Charlie schließlich. »Du musst mir keine Antwort darauf geben. Schau mal.« Sie deutete mit dem Kopf auf die Wand links von Emily, an der sich auf Höhe ihrer Köpfe eine Schnake befand.

»Eine Schnake«, sagte Emily. Sie schien keine Angst vor dem Insekt zu haben, so wie bei der Spinne auf dem Klettergerüst.

»Ich habe früher Schnaken gefangen und sie dann ins Spinnennetz geworfen, damit die Spinnen rauskommen und sie fressen. Es war interessant, sie zu beobachten, weil sie so schnell waren. Sie haben sich einfach auf die Schnaken gestürzt und sie auf den Rücken gedreht, dass ihre Beine in der Luft hingen und ihre Körper am Netz klebten. Und dann haben sie ihre Innereien gefressen und so.« Charlie schnippte eine Spielkarte gegen ihr Kinn. »Aber meine Mum hat mich dabei erwischt und gesagt, dass ich das nicht mehr machen soll, weil es so grausam ist.«

»Das ist doch blöd«, entgegnete Emily. »Für die Schnake ist es vielleicht grausam, aber der Spinne hast du doch *geholfen*. Und vielleicht wäre die Schnake auch so in dem Spinnennetz gelandet.« Sie hielt kurz inne, und dann sagte sie: »Mein Vater ist das Furchterregendste, was mir je begegnet ist. Beziehungsweise sein Schatten, wenn er abends im Flur steht … wartet und horcht. Manchmal geht er an unseren Zimmern vorbei, manchmal ist er in das von Louise hineingegangen. Manchmal bin ich so lange wach geblieben, bis ich gehört habe, dass er ins Bett gegangen ist, weil ich dann beruhigt schlafen konnte. Weil es dann sicherer war, verstehst du?«

Charlie nickte, obwohl sie eigentlich nichts verstand. Ihr Dad war ein lauter, lärmender Mann, der beruflich oft unterwegs war. Wenn er wieder zurück zu Hause war, wusste man das, denn er fragte gern jeden, was er während seiner Abwesenheit verpasst hatte. Und das in einer nicht zu überhörenden Lautstärke. Es war schwer vorstellbar, dass er vor einer Zimmertür stand und schweigend lauerte.

»Ich mag deinen Dad nicht«, sagte Charlie leise und blickte zu den Duschkabinen, nur für den Fall, dass Emilys Vater sich entschieden haben könnte, just in diesem Moment unter die Dusche zu gehen.

»Er ist …« Emily senkte die Stimme zu einem Flüstern. »Ich glaube, *er wäre besser gegangen*. Das wäre gerechter gewesen. Wenn Louise geblieben wäre, bei mir und Mum, und Dad wäre gegangen, wären wir alle glücklich.«

»Hast du dir das je gewünscht? Also … dass er nicht mehr da ist?«

Emily steckte die fast leere Packung Pfefferminzbonbons zurück in ihre Hosentasche. Draußen ging die Sonne endlich unter, dass die in Kieselsteinmuster gefassten Fenster über den Waschbecken wie orangefarbene Quadrate aus sterbendem Licht aussahen.

»Ja«, antwortete sie flüsternd. »Das wünsche ich mir *jeden Tag*.«

Das Geräusch eines tropfenden Wasserhahns hallte durch den kleinen Raum. Der metallische Geruch der Stahlwaschbecken stieg Charlie in die Nase. Sie zerstreute sich gern mit Geschichten, zog sich in sie zurück, in der Hoffnung, dass die Welt dadurch mehr Sinn ergab. Das lag in ihrer Natur. Und deshalb sagte sie das, was sie sagte.

»Komm, lass uns Stitch Face Sue noch einmal ein Opfer bringen.«

Emilys Gesicht leuchtete auf, so hell wie nicht mehr, seit sie Charlie von ihrer verschwundenen Schwester erzählt hatte.

»Und kann ich sie um alles bitten, was ich will?«

»Ja. Aber es sollte etwas Gutes sein.«

Die nächste Stunde verbrachten sie in einem Rausch der Inspiration und trugen Dinge für ihre »Opfergabe« zusammen, die sie überall auf dem Campingplatz aufstöberten. Charlie brachte einen Joker mit, der aus einem der vielen, in ihrem Wohnwagen herumliegenden Kartenspiele stammte, ein Erdbeerbonbon, gemopst aus der Süßigkeitentüte ihrer Grandma, und eine blaue Haarspange, geklaut von ihrer Cousine Jenny. Emilys Ausbeute bestand aus Gänseblümchen, gepflückt aus dem Blumenkasten eines Nachbarn, einem selbst gefalteten Papierhut und einer Prise eines braunen, stechend riechenden Zeugs, das Charlie erst nicht erkannte.

»Was ist das?«

»Tabak von meinem Vater«, antwortete Emily, und ihr Mund verzog sich seltsam grimmig. »Damit sie weiß, wer er ist. Stitch Face Sue.«

Als sie alles beisammenhatten, machten sie sich auf den Weg und gingen über den Campingplatz, dorthin, wo der kleine Wald anfing. Inzwischen war es dunkel. Charlie wusste, dass sie dabei waren, den Bogen zu überspannen – denn Sonnenuntergang war »Reingehzeit«, und schon bald würden die Mütter in den Türen ihrer Wohnwagen stehen und ihre Kinder zum Abendessen rufen. Aber auch heute war wieder ein langer, lauer Tag gewesen, und die Luft noch immer warm und voll mit all den üppigen Düften des Sommers. Dieser Abend lud fast dazu ein, bis zum Morgengrauen draußen zu bleiben.

»Was meinst du, ist das der richtige Ort?«

Charlie schaute in die dunklen Bäume. Vom Campingplatz drang noch immer Licht und Lärm herüber. Irgendwo spielte ein Radio, und die Lampen eines Fahrrads, das über einen Weg jagte, leuchteten auf. Doch vor ihnen lag ein Meer der Ruhe, und das fühlte sich richtig an. Sie kramte ihre kleine Taschenlampe hervor und richtete den schwachen Lichtstrahl zwischen die Baumstämme.

»Ja, das ist perfekt. Lass uns nach einer schönen Stelle suchen.« Sie schlugen den augenfälligsten Weg ein. »Stitch Face Sue kennt alle unberührten Orte von Hithechurch, weil sie sich dort am liebsten aufhält, als Geist. Sie mag keinen Lärm oder zu große Menschenansammlungen, deshalb kommt sie bestimmt auch hierher. Schau mal, der Baum hier! Der ist perfekt.«

Sie leuchtete mit ihrer winzigen Taschenlampe auf einen großen umgestürzten Baum links vom Weg. Er lag offensichtlich schon eine Weile dort, denn die Rinde hatte sich vom Stamm gelöst, und das weiche helle Holz darunter war zu sehen. Auf der anderen Seite des Baums befand sich eine Lichtung, die wie geschaffen war für Hexenrituale, fand Charlie.

Sie stapfen hinüber, lachten atemlos in der Dunkelheit und ließen sich im Schneidersitz auf dem Boden nieder, hinter ihnen, nur wenige Meter entfernt, ragte der helle Baumstamm auf.

»Also«, sagte Emily. »Was machen wir jetzt?«

»Hier, schau, ganz einfach.« Wenn Charlie eins gut konnte, dann war es, sich schnell etwas auszudenken. »Wir legen alles, was wir gesammelt haben, auf den Boden und ziehen einen Kreis darum«, sagte sie, griff nach einem passenden Stock und zog ihn durch die Erde um ihren kleinen Haufen Zeugs. »So weiß Sue, dass alles, was sich innerhalb davon befindet, ihr gehört und dass wir es ihr gern geben, richtig?«

Emily nickte. Sie hielt inzwischen die Taschenlampe, und ihr kleines verkniffenes Gesicht war ganz weiß.

»Und jetzt werde ich mit ihrem Geist sprechen, okay?« Charlie streckte eine Hand aus, die das andere Mädchen ergriff. Sie spürte ein Flattern in ihrem Magen – ein Gefühl zwischen Angst und Aufregung. Je länger sie dort saßen, desto dunkler wurde der Wald, und der Campingplatz schien mit jeder Minute weiter weg zu sein. Charlie hatte geglaubt, dass sie mit dem Wald einen stillen Ort gewählt hätten, aber von überallher drangen Geräusche: der Wind, der durch die Äste strich; das Geraschel und Getrappel kleiner umherstreifender Tiere, die letzten Gesänge der Vögel. »Susan Cartwright, wir möchten dich um deine Hilfe bitten, wenn du da bist. Wir sind Freundinnen von dir und haben dir Geschenke mitgebracht, damit du siehst, dass wir es ernst meinen.« Sie drückte Emilys Hand und ließ sie dann los. »Ich werde jetzt ein Streichholz anzünden.« Sie zog eine Streichholzschachtel aus ihrer Tasche, nahm ein Streichholz heraus und hielt es über den Zündstreifen. »Mach die Taschenlampe aus, und wenn das Streichholz brennt, bitte Sue um das, was du dir wünschst.«

»Ich?«, stieß Emily erschrocken aus. »Muss ich … muss ich es laut sagen?«

Charlie schürzte kurz die Lippen. Hätte ihr jemand anders die Frage gestellt, hätte sie darauf bestanden, dass der Wunsch mit lauter, und wenn möglich, schauriger Stimme vorgetragen werden würde, aber Emily hatte etwas an sich, dass sie milde stimmte.

»Nein, du brauchst es nur in Gedanken sagen, aber du musst es wirklich meinen. Bist du bereit?« Sie drückte den Streichholzkopf auf den Zündstreifen. »Formulier den Wunsch, während das Streichholz brennt, vergiss das nicht. Und jetzt mach die Taschenlampe aus.«

Ein kurzes Klicken, und sie saßen in völliger Dunkelheit da. Sie kicherten nervös, bis Charlie das Streichholz anzündete. Dann war es wieder hell, aber es war ein Licht wie aus vergangenen Zeiten. Ein oranges Licht, das sich bewegte und zitterte und den Wald um sie herum in einen völlig anderen Ort verwandelte.

»Oh«, sagte Emily und blickte auf die Opfergaben im Kreis. Ihre Lippen bewegten sich lautlos, während sie ihren Wunsch in die Nacht sprach. Charlie schaute zu und verspürte ein seltsames, zittriges Gefühl. Und dann brannte das Streichholz so weit herunter, dass die Hitze für die Finger unerträglich wurde, und sie ließ es fallen.

»Au, Mist!«

Alles um sie herum versank wieder in Dunkelheit. Helle grüne Nachbilder vom erloschenen Streichholz tanzten vor Charlies Augen.

»Hast du deinen Wunsch zu Ende sagen können?«, fragte sie Emily flüsternd.

Stille. Charlie blinzelte schnell. Sie konnte mit ihren leicht verwirrten Augen nicht viel erkennen. Das andere Mädchen schien wie vom Erdboden verschluckt.

»Emily?«

»Ich bin hier«, sagte sie und griff nach ihrer Hand. »Ich habe die Taschenlampe fallen lassen, kannst du sie sehen?«

Die Stille des Walds zerbrach, als etwas Großes durch das Gebüsch neben ihnen krachte. Charlie stieß einen gellenden Schrei aus. In der nächsten Sekunde war sie auf den Beinen, und die beiden rannten los. Sie folgten dabei eher ihrem Instinkt, als dass sie genau wussten, wohin sie liefen. Sie schafften es von der kleinen Lichtung zurück auf den Weg. In all der wilden Panik glaubte Charlie, ein leises, menschliches Geräusch zu hören – möglicherweise ein Lachen –, und dann tauchten schon die Lichter des Campingplatzes auf. Sie stürzten aus dem Wald und blieben erst wieder auf dem Kiesweg stehen, unter einer großen Leuchtstoffröhre, die unzählige Motten angelockt hatte.

»Was glaubst du, was das war?«, fragte Emily keuchend. »Glaubst du, das war *sie*?«

»Ich weiß es nicht«, antwortete Charlie und blickte zurück zum Wald. Normalerweise hätte sie die Gelegenheit ergriffen, ihrer Geschichte eine extra Portion Glaubwürdigkeit zu verleihen, aber der Schreck saß noch viel zu tief dafür. Sie rieb sich mit einer Hand unruhig über die Wange. »Mein Cousin Darren geht ab und zu mit seinen Kumpels dorthin. Sie haben dann Bierdosen dabei …«

Aber Emily hörte nicht zu. Auch sie starrte auf den Wald, und ihre Augen strahlten angesichts einer neuen Erkenntnis.

Charlie hatte gerade ihre Schüssel mit Coco Pops aufgegessen, als am nächsten Morgen gegen die Wohnwagentür gehämmert wurde. Ihr Blick wanderte ängstlich zu ihrer Mum, die über Charlies »unerlaubtes Wegbleiben« am Abend zuvor nicht erfreut gewesen war, aber der tägliche logistische Albtraum, mehreren Familienmitgliedern gleichzeitig ein Frühstück mit allem Drum und Dran zuzubereiten, nahm sie zu sehr in Anspruch, als dass sie hätte mitbekommen können, was ihre Tochter vorhatte. Charlie schlich sich zur Tür und öffnete sie. Emily stand vor ihr, das Gesicht bleich, bis auf zwei helle Farbtupfer auf den Wangen.

»Charlie, es hat funktioniert.« Sie hielt eine Hand hoch, bis zum Handgelenk rot von Blut, das bereits zu trocknen begonnen hatte. »*Es hat funktioniert.*«

15. KAPITEL

Heute

Der Jahrmarkt, der sich an der Uferpromenade befand, sah so aus, wie ich ihn in Erinnerung hatte, nur kleiner. Ich entdeckte den Autoscooter, den Fliegenden Teppich, das Teetassen-Karussell und das große Karussell mit seinen tänzelnden Pferden und farbenprächtigen Wagen. Weiter hinten war ein niedriges Gebäude mit Glastüren, aus dem das Gedudel der verschiedenen Spielautomaten und Videospiele drang. Ich kaufte ein paar Jetons von einer gelangweilt aussehenden Teenagerin an einer Bude und folgte Katie von Fahrgeschäft zu Fahrgeschäft, während sie hin und her überlegte, welches sie zuerst ausprobieren sollte. Es war etwas wärmer geworden, aber der Himmel zog sich zu, und ich fragte mich, ob es bald regnen würde. Soweit ich sehen konnte, waren wir die einzigen Besucher.

»Das hier!«, rief Katie schließlich. Sie war vor einem Karussell stehen geblieben, und innerhalb von Sekunden saß sie auf einem der riesigen, aufgebäumten Rösser. Ich beäugte es misstrauisch. Hatten die früher auch schon so unheimlich ausgesehen? Das Pferd hatte einen wilden Blick und bleckte seine riesigen Zähne. Die blauen Pupillen waren in einen dicken weißen Kreis eingefasst. Der Gaul wirkte verängstigt. Oder irre. Der Fahrgeschäftsbetreiber rief mir zu, dass ich zurücktreten solle, und das Karussell setzte sich in Bewegung. Dampforgelmusik ertönte und wurde durch die kalte Luft davongetragen.

Ich stand da und schaute zu, die Arme vor der Brust verschränkt. Jedes Mal, wenn Katie wieder auftauchte, sah ich, dass sie den Hals des Karussellpferds fest umklammert hielt, als hinge ihr Leben davon ab. Und dann war sie auch schon wieder weg. Die Musik spielte in einem fort. Ich musste unweigerlich an meinen Besuch damals denken, der so schlimm geendet hatte. Wie alles in dem Urlaub. Und als ob er nur darauf gewartet hätte, dass ich über die Vergangenheit nachdachte, entdeckte ich den alten Lieferwagen vom Jahrmarkt. Er parkte neben der Spielhalle und war jetzt anders lackiert, aber ich erkannte ihn sofort an seinem Stil: An dieser für Kirmes- und Eiswagen so typischen, schlecht gemachten Bemalung. Die Figuren, die allesamt aus Comics und ihren äußerst erfolgreichen Verfilmungen stammten, verletzten außerdem auch noch das Urheberrecht. Ich sah einen klobigen Hulk und einen verschlagen aussehenden Iron Man.

Nach ein paar Minuten begann mein Nacken zu kribbeln. Ich schaute mich um. Da war niemand – nur das Mädchen in der Bude, die auf ihr Handy glotzte, der Karussellbetreiber war aus meinem Blickfeld verschwunden. Trotzdem. Ich hatte eindeutig das Gefühl, dass ich beobachtet wurde.

Mein Blick wanderte zurück zum Karussell. Leere Pferde, leere Wagen. Katie musste gerade an mir vorbeigefahren sein.

Ich nahm aus dem Augenwinkel eine Bewegung wahr und drehte mich noch einmal um. Und da entdeckte ich eine Gestalt, oben auf der Ufermauer. Sie blickte nach unten. Ich kniff die Augen zusammen, weil mich der helle Himmel blendete. War sie das? Ich nahm nur einen Umriss wahr, aber ich glaubte langes, ungekämmtes Haar und dünne Arme zu erkennen. Genau in dem Augenblick neigte sich Katies Karussellfahrt zu Ende, und sie rief nach mir. Als ich mich erneut umdrehte, war die Gestalt – wenn sie überhaupt da gewesen war – weg.

»Jetzt will ich ins Geisterhaus«, verkündete Katie in einem nüchternen Ton.

»Von mir aus.«

»Aber ich will, dass du mitkommst.«

»Katie …«

»Du hast mir versprochen, dass ich machen darf, was ich will, solange wir hier sind!«

Das Geisterhaus war einem kleinen, windschiefen Cottage nachempfunden und in dem für die achtziger Jahre typischen Pseudo-Tudor-Stil gestrichen. Ich gab meine Jetons einer anderen Teenagerin, die mir einen Blick zuwarf, als wäre ich verrückt.

»Sind Sie sich sicher … dass Sie da reingehen wollen?« Sie trug einen gefütterten Anorak und darunter einen verblichenen Pullover mit dem Logo »Jahrmarkt Hithechurch«. Ich lächelte sie an – sie war viel zu jung, um zu wissen, wer ich war.

»Ich denke schon«, antwortete ich und bemühte mich, unbekümmert zu klingen. »Wenn meine Nichte ein paar Plastikskelette verkraften kann, dann kann ich das auch.«

Das Mädchen zuckte mit den Achseln. »Okay. Wie auch immer.«

Drinnen war es dunkel und ungemütlich, und die schiefen Treppen neigten sich gefährlich zu einer Seite hin, wenn man von einem Raum in den nächsten ging. Leise, verzerrt klingende Orgelmusik begleitete die Besucher, was, wie ich fand, ein netter Einfall war. Von der Decke hingen flüsternde, unechte Spinnweben herab, und Geisterfinger fuhren mir durchs Haar. Katie schien das alles überhaupt nicht zu beeindrucken, und sie stapfte vor mir her, als sei sie in einem Geisterhaus geboren und aufgewachsen. Ich dachte an die Geschichte von der Schönheitskönigin, die Stan mir erzählt hatte. Nach der war sie hier in diesem Haus auf einer schmierigen Treppe ausgerutscht. Das war zwar schon Jahrzehnte her, wenn es überhaupt passiert war, aber trotzdem.

»He, mach langsamer«, rief ich Katie hinterher. Ich stand auf einer der schiefen, sich bewegenden Treppen und stieß beinahe gegen die Wand. Einen Augenblick lang befürchtete ich sogar, nach hinten zu kippen. »Sei vorsichtig auf diesen Treppen. Bleib in meiner Nähe, okay?«

Sie rief etwas Ungehaltenes zurück.

Ich betrat den ersten Raum. Eine Familie von Skeletten saß am Esstisch, eine witzige Szene. Auf den Tellern lag jeweils ein kleines Fischskelett, und die menschlichen Skelette – zwei große und zwei kleine – hielten alle Messer und Gabel in den knöchernen Fingern.

Eine Schnur ließ den Kiefer des größten Skeletts auf und ab knarren, als würde es die Kinder fragen, wie ihr Tag gewesen war.

»Was essen Skelette überhaupt?«, fragte Katie.

Ich lächelte. Die Antwort darauf würde man bestimmt in irgendeinem Knallbonbon finden. Der nächste Raum war noch beeindruckender und um einiges gruseliger – hier wurde offensichtlich eine Szene aus der Französischen Revolution nachgestellt. Die Klinge einer selbstgebauten Guillotine sauste auf und ab, während ein kopfloser, mit wallenden Röcken bekleideter Körper von einem Podest herabhing. In einem Korb lag ein Kopf mit einer weißen lockigen Perücke, die Augen in dem wächsernen Gesicht geöffnet. Überall glitzerte Kunstblut, und mir wurde zum ersten Mal richtig unbehaglich zumute. Ich dachte an die zerlumpte Gestalt, die ich im Wald glaubte, gesehen zu haben. *Überall Graue Frauen. Schaust du zu, Stitch Face Sue?*

»Das ist albern«, sagte Katie.

»Du wolltest doch hierher«, protestierte ich und hatte sofort ein schlechtes Gewissen. Katie erwiderte nichts. Wir gingen wieder hinaus auf den Flur und arbeiteten uns über die schiefen, sich hin und her bewegenden Treppen in den dritten Stock vor. Schaufensterpuppen schossen aus den Wänden, dass wir erschrocken aufschrien.

»Okay, vielleicht sollten wir jetzt einfach gehen.« Mein Herz raste, und obwohl ich mir völlig lächerlich vorkam, wollte ich nur noch weg von hier. Aber Katie schüttelte den Kopf, und wir betraten den letzten Raum.

Zuerst konnte ich nicht glauben, was ich da sah. Ich erstarrte und hielt mich mit einer Hand am Türrahmen fest, als könnte ich mich dadurch der Realität versichern.

Eine große Vogelscheuche stand dort, mit ausgebreiteten Armen, an einem Holzpfosten festgebunden. Ihre Kleider waren zerrissen und mit Kunstblut bespritzt – das ist eine Attrappe, beruhigte mich mein Verstand beharrlich, nur eine Attrappe –, und ihr Gesicht bestand aus einem blassen, abgewetzten Stück Leder, auf dem mit dickem schwarzem Garn grobe Gesichtszüge genäht waren.

»Ich … das ist …«

Katie stand vor mir, die Arme vor der Brust verschränkt. »Hm, eine *Vogelscheuche*. Was ist daran so gruselig?«

»Komm.« Ich packte sie bei ihren kleinen Schultern, die eiskalt waren. »Lass uns von hier verschwinden. Ich weiß nicht einmal, warum … Komm schon.«

Gemeinsam stolperten wir die schiefe Treppe hinunter, ohne die Porträts an den Wänden mit den hin und her rollenden Augen eines Blickes zu würdigen. Unten angekommen liefen wir durch den letzten Bereich, der zum Ausgang führte. Hier gab es eine Sammlung merkwürdiger Spiegel, in denen ich mich erblickte, verzerrt in monströse Formen. In der einen Sekunde war ich so groß und dünn, dass ich nur aus Haut und Knochen bestand, und in der nächsten hatte ich einen so dicken Bauch, dass ich gleich zu platzen schien. Unter dem Rahmen des letzten Spiegels lugten zwei abgewetzte, altmodische Stiefel hervor. Katie hatte bereits den Ausgang erreicht und die Tür aufgestoßen, um hinauszugehen. Es drang kurz Licht herein und ein Hauch der kalten Januarluft, aber ich blieb noch einen Moment stehen und schaute auf die Stiefel. Da war auch ein Geruch, süß und scharf, der mir irgendwie bekannt vorkam. Kein Jahrmarktsgeruch, irgendetwas anderes, das mich an Kinder denken ließ. Stand da jemand hinter dem Spiegel? Stand *sie* hinter dem Spiegel?

Das ist eine weitere Schaufensterpuppe, sagte ich mir. *Ein letzter schlechter Scherz.*

Ich wandte mich ab und ging zur Tür, nahm aber noch eine Bewegung aus dem Augenwinkel wahr. Als ich hinaus in den kalten Nachmittag trat, griff ich nach Katies Hand, und wir verließen wortlos das Jahrmarktsgelände.

Draußen auf dem Gehweg fühlte sich der Jahrmarkt schon gar nicht mehr so unheimlich an. Mein Handy summte. Ich schaute auf das Display. Eine weitere Nachricht von Watkins, an die ein Bild angehängt war.

»Hat Mum geschrieben?«, fragte Katie. In ihrer Stimme schwang ein bisschen Hoffnung mit. Sie hatte den Kopf gesenkt, um das Haar unter dem Schal hervorzuziehen, so dass sie meinen Gesichtsausdruck nicht sehen konnte. Das Foto zeigte mich von hinten, wie ich auf das Karussell starrte. Ich dachte an die Gestalt auf der Ufermauer, die ich dort zu sehen geglaubt hatte. Darunter stand nur:

Warum vergeuden Sie noch immer Zeit?

Und warum beobachten Sie mich?, dachte ich und war überrascht, dass ich so wütend war. Dann beschlich mich Angst. Diese Frau mochte mir vielleicht helfen wollen, aber ich wusste nichts über sie.

»Bloß eine Spam-Nachricht«, antwortete ich und steckte das Handy weg. »Komm, lass uns ins Warme gehen.«

16. KAPITEL

1954

Derek verbrachte etwa zwei Monate im Krankenhaus, wovon er die ersten drei Wochen bewusstlos war. Als er die Augen wieder öffnete, hatte er das Gefühl, als würde er vom Boden eines tiefen, mit Wasser gefüllten Brunnens in die über ihm schwebenden Gesichter der Ärzte und Krankenschwestern schauen. Ihre Stimmen dröhnten in seinem Kopf – manchmal glaubte er, auch seinen Vater zu hören.

Irgendwann verschwand dieses Gefühl, und er konnte sich etwas im Bett aufsetzen. Dereks Kopf tat schrecklich weh, und seine Bewegungen waren durch einen dicken Verband schwerfällig und langsam, aber die Krankenschwestern schienen mit seinem Genesungsprozess zufrieden zu sein. Eine von ihnen brachte ihm ein Glas Wasser, das ihm jedoch durch die Finger glitt und auf dem Laken landete.

»Kein Problem«, beruhigte ihn die Schwester und schnappte sich das leere Glas, bevor er danach greifen konnte. »Ich hole dir ein neues und halte es dieses Mal für dich.«

Dereks Tage waren lang und unerfreulich. Sobald er den Kopf bewegte, hatte er stechende Schmerzen in den Schläfen. Doch nachts versank er problemlos in einen tiefen, fast erstickenden Schlaf. Er träumte von dem Arbeitszimmer seines Vaters und dem Archiv. Das Modell, das von seinem Vater den Spitznamen Harry bekommen hatte, saß auf dem Schreibtisch, die Haut abgelöst, wodurch das rote Fleisch darunter sichtbar war. Und manchmal sprach Harry mit ihm, die Stimme ein beharrliches, leises Flüstern, das Derek an Erde erinnerte, die wochenlang keinen Regen gesehen hatte. Ein trockener, toter Klang.

Die Krankenschwestern brachten ihm sein Abendessen auf einem Tablett. Derek griff nach Messer und Gabel, um sein Kotelett zu schneiden, aber das Besteck glitt ihm durch die Finger. Die Schwestern tauschten einen Blick, dann beugte sich eine von ihnen über ihn, ihr weicher Arm streifte dabei seine Schulter.

»Komm, lass mich das machen«, sagte sie. »Das macht es einfacher, nicht wahr?«

Aber für Derek wurde nichts einfacher. In den Wochen darauf brachte er sich selbst bei, Messer und Gabel zu halten und sogar eine Tasse zum Mund zu führen, aber das erforderte höchste Konzentration, und seine Hände zitterten immer noch ständig. Dann kam sein Vater ihn im Krankenhaus besuchen. Er stand lange mit den Ärzten vor dem Zimmer und unterhielt sich leise mit ihnen. Derek beobachtete ihn durch die Scheibe und saß so aufrecht wie möglich in seinem Bett. Als sein Vater wieder in das Zimmer zurückkehrte, zwang er sich zu lächeln.

»Darf ich nach Hause?«, fragte er.

Sein Vater hielt seinen Hut in den Händen und drehte ihn nachdenklich in der Hand.

»Bald, Derek«, antwortete er. »Du wirst bald nach Hause dürfen. Dein Arzt meint, dass du vielleicht ein paar neurologische Probleme haben wirst, die aber hoffentlich mit der Zeit verschwinden werden.«

»Was heißt das?«

Die Miene seines Vaters war völlig unbewegt, so dass Derek nicht erraten konnte, was er gerade dachte oder fühlte.

»Deine Hände gehorchen dir nicht immer. Stimmt das?«

Derek zuckte mit den Achseln. Normalerweise hätte er für so eine Reaktion ein paar hinter die Löffel bekommen. Sein Vater wandte den Blick ab.

In den nächsten Tagen übte Derek verbissen, sich das Glas zum Mund zu führen, die Seiten eines Buchs umzublättern und eigenständig mit Messer und Gabel zu essen. Sein Kopf schmerzte noch mehr, weil er sich dabei so sehr konzentrieren musste, aber allmählich verbesserten sich seine motorischen Fähigkeiten, bis er sich sicher war, dass sie ihr normales Niveau wieder erreicht hatten. Nachts träumte er noch immer von Harry. Die Wachsfigur stand, beschienen vom Mondlicht, auf dem Schreibtisch seines Vaters, und ihre winzige, flüsternde Stimme erfüllte den ganzen Raum.

Schließlich durfte er nach Hause, und das Kindermädchen nahm die Rolle einer Krankenschwester ein, was er hasste. Er wollte unbedingt nach draußen – zurück in die Schule, in der er wieder ein Kind unter vielen Kindern sein konnte. Die Wunde am Hinterkopf war zu einer starren, erhabenen Narbe verheilt, und er ließ sich das Haar etwas länger wachsen, um sie abzudecken.

Als er schließlich wieder zur Schule ging, stellte er jedoch fest, dass er sich nicht auf den Unterricht konzentrieren konnte. Die Wörter in den Schulbüchern schienen ineinanderzufließen und zu schwanken, so dass er sie nicht mehr lesen konnte. All das, was ihm vor dem Unfall leichtgefallen war – Mathematik, das Zeichnen von Grafiken, das Schreiben von Aufsätzen – fiel ihm nun so schwer, dass er in der Schule stets eine brodelnde Wut in sich verspürte. Trotz aller Übung zitterten seine Finger immer noch gelegentlich, und aus den Augenwinkeln nahm er die traurigen und mitleidigen Blicke seiner Lehrer wahr. Das machte ihn nur noch wütender, und er verlor so oft die Beherrschung, dass die anderen Kinder ihm irgendwann aus dem Weg gingen.

Das Archiv, so dachte er, musste seine Rettung sein. Alles andere war für ihn verloren, aber das Arbeitszimmer mit den Modellen und den Unterlagen, die er so gut kannte, gab es noch immer. Und es würde sich ihm erschließen, da war er sich ganz sicher. Doch als er davorstand, stellte er fest, dass es verschlossen war.

»Wo ist der Schlüssel zum Arbeitszimmer?«, fragte er das Kindermädchen.

Sie stopfte gerade Doktor Graftons Socken und warf ihm einen kurzen, besorgten Blick über den Rand ihrer Brille zu.

»Er schließt es immer ab, seitdem du im Krankenhaus warst, mein Junge.«

»Ich will hinein. Da sind Unterlagen, die ich lesen möchte. Wo ist der Schlüssel?«

Das Gespräch schien dem Kindermädchen sichtlich unangenehm zu sein. Sie schürzte die Lippen und starrte auf die Socke in ihren Händen, als würde die ihr besonders viel Mühe bereiten.

»Er hat ihn immer bei sich. Und jetzt lass mich in Ruhe. Ich habe zu tun.«

Als er seinen Vater abends um Zutritt in das Arbeitszimmer bat, sah Doktor Grafton ihn nur lange an, seine Miene regungslos.

»Was ist los?«, fragte Derek. Die Frustration und die Wut, die sich wie immer in ihm angestaut hatten, wenn er in der Schule gewesen war, drangen gefährlich an die Oberfläche. Und obwohl er noch nie in seinem Leben die Beherrschung gegenüber seinem Vater verloren hatte, fiel es ihm immer schwerer, sich im Zaum zu halten.

»Derek, weißt du, warum du dir mein Archiv in meinem Arbeitszimmer anschauen durftest?«

Sein Archiv.

»Weil ich dadurch etwas gelernt habe.«

Sein Vater nickte bedächtig. Sie saßen im Esszimmer. Die benutzten Teller und Schüsseln vom Abendessen standen noch auf dem Tisch, und Derek hatte das Gefühl, als würde das Dienstmädchen den Raum meiden.

»Genau. Denn ich wollte, dass du in meine Fußstapfen trittst. Ich wollte, dass du Arzt wirst und den Menschen hilfst. Die Chirurgie ist ein ehrenwerter Beruf. Gibst du mir bitte das Glas da?«

Unbedacht griff Derek nach dem Weinglas. Seine Finger zitterten wieder, und er stieß mit den Nägeln kurz gegen das Kristall. Er schaute auf, und sein Blick traf den seines Vaters. Er hatte ihm eine Falle gestellt.

»Im Augenblick besteht keine Notwendigkeit, dass du dich in meinem Arbeitszimmer aufhältst«, sagte er, atmete geräuschvoll durch die Nase ein und blickte weg. »Wir werden nicht mehr darüber sprechen, denn ich bin mir sicher, es bricht uns beiden nur das Herz.«

Derek saß nach den Worten seines Vaters wie erstarrt da. Schließlich stand er auf und verließ das Esszimmer. Harrys Flüstern wurde jetzt noch etwas lauter in seinem Kopf.

17. KAPITEL

Juli 1988

Das Blut stammte von Emilys Vater, auch wenn es ihrer Meinung nach bei weitem nicht genug war.

»Was ist passiert?«, fragte Charlie und führte ihre Freundin vom Wohnwagen weg, weil sie genau wusste, dass sie Emily so schnell nicht wiedersehen würde, wenn ihre Mum von der Geschichte etwas mitbekäme. »Ist er …?«

»Er ist gebissen worden. Von einem Hund!«, antwortete Emily, die Augen weit aufgerissen und glasig vor Aufregung. »Komm, ich zeig's dir.«

Sie liefen an parkenden Autos und Urlaubern vorbei bis zum Eingang des Campingplatzes, wo Emily neben einem Gehweg zum Stehen kam.

»Guck. Da.«

Charlie starrte auf den Beton. Ein dunkelroter Fleck. Sie hatte schon einmal Blut auf einem Gehweg gesehen – als sie von ihrem Fahrrad gestürzt war –, aber noch nie so viel. Ihr wurde komisch zumute, als würde sie gleich Fieber bekommen. Emily rieb mit der Sohle ihres Turnschuhs darüber, aber es war bereits in der Hitze getrocknet.

»Du hast doch von einem Hund gesprochen?«, sagte Charlie und sah sich nervös um. Wenn sie mit ihrer Mutter in die Videothek ging, schlich sie gern in der Horrorabteilung herum, bis sie erwischt und weggescheucht wurde. Eins der Videos, das die größte Faszination auf sie ausübte, hatte einen riesigen Bernhardiner mit sabberndem Maul und blutunterlaufen Augen auf dem Cover. Sie stellte sich vor, wie genau so ein Hund gleich um die Ecke geschossen kommen würde, um sich ein neues Opfer zu suchen.

»Mein Vater geht morgens hierhin zum Rauchen«, sagte Emily. »Er tut das lieber weiter weg von den Wohnwagen und all den Gasflaschen. Außerdem ist er morgens gern allein. Wir machen ihm zu viel Krach, sagt er. Aber heute Morgen lief hier ein streunender Hund herum. Er kam zu meinem Vater herüber, doch als er ihn streichelte, biss er ihn.« Sie grinste und blickte auf ihre blutverschmierten Hände. »Genau hier«, sagte sie und drückte mit dem Finger in den Daumenballen. »Er ist schreiend in den Wohnwagen gekommen und hat den ganzen Tisch vollgeblutet«, fuhr sie fort und ein Zucken ging durch ihren ganzen Körper, was sie gar nicht zu bemerken schien, wie Charlie glaubte. »Mum hat ihn gezwungen, dass er ihn sauber macht, und dann hat sie ihn ins Krankenhaus gefahren. Dort hat man ihm eine Spritze verpasst, für den Fall, dass der Hund irgendwelche Krankheiten hatte. Als sie zurückgekommen sind, war Dad so schlecht gelaunt, dass Mum gemeint hat, ich soll rausgehen und so lange draußen bleiben, wie ich will.«

»Deine Eltern sind wieder da?«, fragte Charlie, den Blick auf Emilys Hände gerichtet. Sie wunderte sich, dass keiner der beiden sie aufgefordert hatte, sich die Hände zu waschen.

»Verstehst du denn nicht?« Emily drehte sich um. Auf ihrem T-Shirt waren blutige Fingerabdrücke. »Es hat *funktioniert*. Mit dem Ritual haben wir Stitch Face Sue gerufen, und sie hat etwas unternommen.«

»Lass uns zurück zur Duschanlage gehen. Ich muss auf die Toilette.« Sie marschierten los. »Ist es das, was du wolltest? Dass dein Vater von einem Hund gebissen wird?«

»Nein, nicht ganz, aber … das kommt dem, was ich wollte, sehr nahe, findest du nicht? Wir haben es fast hinbekommen.«

»Wir haben ihn verhext.«

»Verhext?«

Charlie strich sich das Haar aus den Augen. Wenn es jemand verdient hatte, gebissen zu werden, dann Emilys Vater. »Das ist ein Fluch, den Hexen aussprechen. Ein böser Fluch.«

In der Duschanlage führte Charlie ihre Freundin zu den Waschbecken und hielt ihr die Hände unter das warme Wasser. Dann drückte sie etwas rosa Seife aus dem Spender und rieb Emilys Hände damit ein, bis sie bis zu den Handgelenken mit Schaum bedeckt waren. Emily ließ das alles kommentarlos mit sich geschehen. Ihre anfängliche Aufgeregtheit schien einer ruhigeren, nachdenklicheren Stimmung gewichen zu sein.

Als ihre Hände sauber waren, rieb sie sie mit grünen Papierhandtüchern trocken.

»Wir sollten es noch einmal machen«, sagte Emily schließlich und schaute auf ihre Hände hinunter, die nun sehr rosa und sauber waren. »Ich würde es gern noch einmal machen. Aber vielleicht etwas anders.«

»Du willst, dass dein Vater noch mal von einem Hund gebissen wird?«

»Ja. Ich meine, nein. Irgendwas anderes soll passieren. Ich weiß nicht genau.«

»Okay. Ich glaube, dass wir ihr bessere Sachen bringen müssen. Sachen, die wirklich richtig wertvoll oder wichtig sind.« Sie verließen die Duschanlage und gingen über den Campingplatz. Die Sonne schien von einem glasklaren Himmel herab, auch heute würde sich keine Wolke vor sie schieben. Charlie konnte die Hitze schon auf ihrem Kopf spüren. »Geschenke.«

»Und vielleicht sollten wir es woanders machen? Ich habe an das Feld gedacht, auf dem sie gestorben ist, was hältst du davon?«

»Vielleicht.« Charlie runzelte leicht die Stirn. Eigentlich durfte sie den Campingplatz nur mit einem älteren Familienmitglied verlassen, aber wie sollten sie das erfahren? Sie und Emily würden auf das Feld gehen, ihre Opfergaben dalassen und vorm Abendessen wieder zurück sein. Ganz einfach.

Charlie verbrachte den Tag am Strand und sah Emily kaum, aber sie hielt Ausschau nach Dingen, die sie am Abend mit aufs Feld nehmen könnten. Sie steckte die schönsten Muscheln, die sie hatte finden können, ein paar von Darrens Fußball-Sammelbildern und ein kleines Plastikpferd, das sie Jenny geklaut hatte – und weswegen sie kurz ein schlechtes Gewissen gehabt hatte, aber ihre Cousine besaß massenhaft von diesem bunten Spielzeug – in eine Reißverschlusstasche ihres Rucksacks. Auch die Streichholzschachtel befand sich noch darin, von der niemand mitbekommen hatte, dass sie fehlte.

Später, als sie mit ihrer Familie zum Wohnwagen zurückgekehrt war, alle müde, windzerzaust und mit leichtem Sonnenbrand, verkündete sie, dass sie mit Emily spielen gehen würde.

»Charlie ist in letzter Zeit ständig unterwegs«, stellte ihre Grandma fest, die sich bereits die Schuhe ausgezogen und auf dem Sofa niedergelassen hatte, ein Kreuzworträtsel auf dem Schoß. »Ich bekomme sie kaum noch zu Gesicht.«

»Sie hat eine kleine Freundin gefunden, nicht wahr, Charlie?« Ihre Mum lächelte sie an und wischte sich die Hände an einem Geschirrtuch ab. Hinter ihrer Mutter, konnte Charlie ihre Schwester Carol sehen, die das Gesicht verzog und lautlos mit den Lippen »eine kleine Freundin« formte. »Das ist gut, das hält sie von Ärger fern. Und Emily sieht aus, als könnte sie ein bisschen Gesellschaft gebrauchen. Ich habe noch nie ein so einsames Kind gesehen.«

»Also gut, dann bis später«, sagte Charlie.

»Abendessen gibt's in etwa einer Stunde, okay?«, rief ihre Mum ihr hinterher.

Draußen schien noch immer die Sonne, und auf dem Spielplatz tobten viele Kinder. Charlie traf Emily bei den Rutschen. Sie hatten beide Rucksäcke auf dem Rücken und grinsten geheimnisvoll.

»Sehen wir mal nach, was wir haben.«

Als sie ein ruhiges Plätzchen am Rand des Walds gefunden hatten, zeigten sie sich gegenseitig den Inhalt ihrer Taschen. Emily hatte noch mehr Tabak von ihrem Vater mitgebracht und auch eine dunkelblaue Socke von ihm. Dann holte sie ein kleines Marmeladenglas hervor, das bis auf ein spinnenartiges, graues Etwas leer war. Charlie blickte verwundert.

»Igitt, was ist das denn?«

»Eine Schnake. Schau!« Emily hielt ihr das Glas hin. »Ich habe sie in der Duschanlage gefangen, weil, na ja … ich dachte, dass Stitch Face Sue vielleicht etwas … Lebendiges haben möchte.«

»So, als wäre sie eine Spinne«, sagte Charlie unbehaglich und nahm das Marmeladenglas in die Hand. Die Schnake schwirrte so wild darin herum, dass sie die Flügelschläge durch das Glas meinte spüren zu können.

Hand in Hand und voller Tatendrang verließen die beiden den Campingplatz. Zu diesem Zeitpunkt näherte sich die Sonne bereits dem Horizont, und es wurde langsam kühler. Orange Wolken überzogen den Himmel. Charlie und Emily wurden zu zwei kleinen Schatten auf der Straße. Der fröhliche Gesang der Amseln schien überall aus den Hecken zu dringen.

Da sie nicht wussten, wie sie sonst dorthin kommen sollten, liefen sie den ganzen Weg bis nach Hithechurch, dann hinunter zum Strand und folgten von dort aus dem Pfad entlang der Ufermauer. Tagsüber hatten sich massenweise Urlauber am Strand getummelt, aber jetzt waren nur noch wenige Menschen da – hauptsächlich Erwachsene und Jugendliche, die sich am Sonnenuntergang erfreuten. Charlie war seltsam aufgeregt. Keiner wusste, wo sie waren. Heute Abend waren sie in eigener Sache unterwegs.

Als sie ihr Ziel erreicht hatten, ging die Sonne bereits unter. Das Meer, ein riesiger glitzernder Streifen links von ihnen, wiegte sich unablässig hin und her, während das Feld still und ruhig dalag. Die drei Felsbrocken, einer von ihnen mit diesem verschnörkelten Graffiti, standen an ihrer angestammten Stelle.

»Wie wär's dieses Mal mit einem Pentagramm?«

»Mit einem was?«

Charlie schnappte sich einen Stock und begann, einen großen, etwas schiefen fünfzackigen Stern in den sandigen Boden zu zeichnen. Sie kannte dieses Symbol bereits aus *The Curse of Braeburn Castle*, einem Buch, das von einem Geisterschloss handelte.

»Hast du die Streichhölzer dabei?«

»Jawohl.«

Sie legten ihre Schätze in den mittleren Teil des Sterns. Verstohlen blickte Charlie in das Gesicht des anderen Mädchens. Emilys Lippen waren zu einem schmalen Strich gezogen, und ihre Stirn war gerunzelt, als brütete sie über einer schweren Aufgabe in einer Prüfung. Die Sonne war hinter den am Horizont aufziehenden Wolken verschwunden, und Dunkelheit legte sich über das Feld. Charlie verspürte zum ersten Mal keine Aufregung mehr, sondern Unbehagen. Sie holte eine größere Taschenlampe aus ihrem Rucksack hervor (die sie sich von Darren »ausgeliehen« hatte) und schaltete sie ein. Das Feld erschien dadurch nur noch dunkler, und so richtete sie den Strahl auf das Pentagramm mit seiner seltsamen Ansammlung von Gegenständen.

»Die Sonne ist untergegangen, also dürfte jetzt der richtige Zeitpunkt gekommen sein«, sage Charlie, die Stimme sehr leise. Sie räusperte sich. »Weißt du, worum du sie bitten möchtest?«

Emily nickte.

Charlie zog die Packung Streichhölzer aus ihrer Hosentasche und hielt eins davon an den Zündstreifen.

»Stitch Face Sue, wir wenden uns heute noch einmal an dich …« Sie hielt kurz inne und räusperte sich erneut. Der Wind hatte zugenommen, und kältere Luft wehte vom Meer herüber. »Wir bitten dich um deine Hilfe. Bitte, nimm unsere Geschenke an und hör unsere Worte. Wir sind hierhergekommen, an den Ort, an dem du gestorben bist, in der Hoffnung, dass du uns besser verstehen kannst.« Sie überlegte, ob sie noch etwas sagen sollte. »Wir, deine dir ergebenen Dienerinnen, bitten dich um deine Hilfe.«

Sie zündete das Streichholz an. Das Licht sah auf dem freien Feld mickrig aus und flackerte. Emilys Lippen bewegten sich zu ihrem stummen Gebet. Dann beugte sich das Mädchen plötzlich vor und griff nach dem Glas in dem Pentagramm. Mit einer ruckartigen Bewegung riss sie den Deckel ab, stülpte das Gefäß um, und die Schnake flog gegen den Felsen. Sie krabbelte über den Stein, ihre langen Beine schienen zu schweben, und dann drückte Emily sie mit der Hand platt.

Einen Augenblick später war das Streichholz in Charlies Hand so weit heruntergebrannt, dass ihre Finger weh taten und sie es fallen ließ.

»Aua!«

»Alles in Ordnung?«

»Warum hast du das getan?«, fragte Charlie und rieb sich die Finger an der Shorts. »Du hast die Schnake umgebracht.«

Emily blickte auf ihre Hand, die im Licht der Taschenlampe hellweiß leuchtete, aber auf deren Handteller unverkennbar ein unschöner, grauer Fleck zu sehen war. Sie runzelte die Stirn.

»Es schien mir das Richtige zu sein. Als würde Stitch Face Sue es wollen.«

»Warum sollte sie ein totes Insekt wollen?«, fragte Charlie und senkte die Stimme. Sie ärgerte sich gar nicht so sehr darüber, dass Emily die Schnake geopfert hatte, sondern war vielmehr darüber erschrocken, wie plötzlich das geschehen war. Es hatte sie zusammenschrecken lassen, und ihre Nerven lagen sowieso schon blank. »Das ist einfach nur widerlich.«

Emily verzog das Gesicht, als würde sie gleich zu weinen beginnen, und Charlie beugte sich hastig nach vorn, um ihren Arm zu drücken.

»Nein, ich glaube, du hast das Richtige getan. Wie gesagt, es ist, als würde man eine Spinne füttern. Sue hat auf diese Weise eine Art Vorspeise bekommen, bevor sie sich ihren Hauptgang gönnt. Bevor …« Sie drückte sich davor, die Worte laut auszusprechen. *Bevor sie deinen Dad beseitigt.* »Komm, lass uns die Sachen vergraben.«

Emily rieb sich das Auge mit dem Handballen. »Warum?«

»Weil sie dann ganz in ihrer Nähe sind. Überleg doch mal – als sie gestorben ist, ist ihr Blut hier in den Boden gesickert, und von dort aus steigt jetzt ihr Geist auf.«

Letztendlich schafften sie nur, eine dünne Sandschicht auf die Sachen zu häufen, die Charlie aber für ausreichend hielt. Inzwischen war es stockdunkel und der Strand leer. Die beiden fassten sich wieder an den Händen und machten sich auf den Rückweg.

Charlie konnte in dieser Nacht nicht schlafen. Sie teilte sich das Zweibettzimmer mit ihrer Cousine Jenny und ihrer Tante Beverly, die beide fröhlich vor sich hin schnarchten, aber sobald sie die Augen schloss, schwirrten beunruhigende Bilder in ihrem Kopf herum. Die Fotos von Emilys Schwester mit ihren blauen Flecken, Emilys blasse Hand auf dem Stein und das klatschende

Geräusch, das durch die Luft hallte, als sie die Schnake mit einem einzigen Schlag ins Jenseits beförderte.

Schließlich setzte sie sich auf. Das schmale Klappbett, in dem sie schlief, stand dicht am Fenster, und so zog sie den Vorhang beiseite, um hinauszuspähen. Sie konnte die kleine Grasfläche zwischen ihrem und dem nächsten Wohnwagen sehen, alles erleuchtet vom grellen Neonlicht, das seiner Umgebung jegliche Farbe raubte. Der Wohnwagen gegenüber war nicht vermietet, und die Fenster, deren Vorhänge nicht zugezogen waren, offenbarten nur ein schwarzes Nichts.

Charlie dachte an den Hund, der Emilys Vater gebissen hatte. Wo war er hergekommen? War es wirklich nur ein streunender Vierbeiner gewesen oder gehörte er jemandem auf dem Campingplatz? Vielleicht war es ja doch eine Art Geisterhund, den Stitch Face Sue geschickt hatte, um ihre Befehle auszuführen. Charlie hauchte ihren Atem auf die Fensterscheibe und malte ein knurrendes Hundegesicht mit großen langen Reißzähnen und einem stacheligen Halsband auf die beschlagene Stelle.

In dem Augenblick nahm sie eine Bewegung draußen wahr. Eine Person ging um die Ecke des Wohnwagens gegenüber. Charlie duckte sich automatisch – sie wollte nicht dabei erwischt werden, wie sie einen betrunkenen Erwachsenen auf seinem Weg zurück vom Pub heimlich beobachtete – und spähte vom äußersten Rand des Fensters hinaus.

Die Person bewegte sich langsam und trug einen langen, bis zu den Knöcheln reichenden Rock. Und vielleicht *war* sie betrunken, denn sie schlurfte und torkelte *tatsächlich*, als wäre sie es nicht gewohnt, ihre Beine zu benutzen. Es war eine Frau mit langem zerzaustem Haar, das ihr ins Gesicht hing. Jetzt drehte sie sich um und kam auf das Fenster zu. Alles an ihr war grau.

Charlie hatte schon einige Male Angst gehabt. Als ihr Großvater zum Beispiel auf sie böse gewesen war, oder als sie morgens um drei Uhr wach gewesen war, weil sie vor dem Schlafengehen gruselige Bücher gelesen hatte. Aber diese Angst hatte sich innerhalb von Grenzen bewegt. Tief im Innern hatte sie immer gewusst, dass ihr weder von ihrem Großvater noch von den gruseligen Büchern eine Gefahr drohte. Aber die Angst, die sie jetzt verspürte, war anders. Sie raubte ihr fast den Atem.

Die Gestalt schlurfte weiter, so dass Charlie, die wie erstarrt am Fenster kauerte, sie besser sehen konnte. Die Frau trug eine zerrissene, fleckige Strickjacke und hatte Staub im Haar. Staub und noch etwas anderes.

Eine Schnake.

Charlie unterdrückte einen Schrei, doch die Gestalt hob den Kopf, als hätte sie ihn doch gehört. Ihr Gesicht, wenn man es so nennen konnte, sah aus wie ein Puzzle aus seltsamen, verkrusteten, nicht zusammenpassenden Teilen, die breite hässliche Stiche zusammenhielten. Das Gesicht schaute Charlie lächelnd an, die Augen kaum zu erkennen durch das zerfurchte, dichte Narbengewebe.

Charlie schrie den ganzen Wohnwagen zusammen.

18. KAPITEL

Heute

Als ich gegen zehn vor sieben zu dem kleinen Laden auf dem Campingplatz ging, kam ich mir ein bisschen vor wie in einem Traum. Mein Kopf lieferte mir alle möglichen Gründe, warum diese Verabredung eine äußerst schlechte Idee war, aber meine Beine bewegten sich trotzdem immer weiter, wie von selbst. Es war bereits stockfinster, und das gelbe Licht der Laternen, die den Weg beleuchteten, schien wie eine feste Masse in der Luft zu schweben und die Nacht in eine unnatürliche Stille zu hüllen. Meine Gedanken kehrten immer wieder zu Emilys Buch zurück, das Watkins angeboten hatte, mir zu zeigen. Mit jedem Tag, der verstrich, rückte seine Veröffentlichung näher, und dann … Dann wäre mein Leben tatsächlich vorbei. Und ich hatte das, was wir vergraben hatten, immer noch nicht gefunden, worüber ich heute Abend aber nicht weiter nachgrübeln würde, beschloss ich. *Versuch, dich zu amüsieren*, dachte ich entschieden.

Wie nicht anders zu erwarten gewesen war, hatte Katie nicht mitkommen wollen. Ich konnte es ihr nicht verübeln – wäre ich in ihrem Alter daran interessiert gewesen, den Abend mit zwei Erwachsenen zu verbringen, die belangloses Zeug redeten? Bestimmt nicht. Also hatte ich ihr früh Abendbrot gemacht und sie im Wohnwagen zurückgelassen, ein Buch vor der Nase. Sie besaß auch ein Tablet – ein fast magisches Gerät in meinen Augen –, mit dem sie mir eine Nachricht schicken konnte, wenn sie etwas wollte.

Ich blieb kurz stehen, als ich bei dem Laden angekommen war. Die Lichter im vorderen Teil waren aus, aber weiter hinten stand eine Tür offen, durch die ein kleiner Herd zu sehen war mit einer dampfenden Pfanne darauf. Ein sehr einladender Anblick, doch ich blieb wie angewurzelt stehen. Mit einem Mal kam es mir absurd vor, an die Tür zu gehen und zu klopfen. Für wen hielt ich mich eigentlich? Ich sollte besser …

»Oh, Sarah, da sind Sie ja!«

Hinter mir tauchte eine Gestalt auf. Eine Schrecksekunde lang konnte ich das Gesicht nicht erkennen, aber dann trat die Person aus dem Schatten, und Joseph stand vor mir, lächelnd, als würden wir uns an einem strahlenden Sommertag treffen und nicht an einem stockfinsteren Abend mitten im Januar. Er wischte sich die Hände an einem Tuch ab. Ein ersticktes Geräusch kroch meine Kehle hinauf, und ich würgte es hinunter. Mein Herz raste.

»Bin ich zu früh dran?«

»Wie bitte? Nein, ich habe mich nur noch schnell um ein paar Sachen gekümmert, die ich vergessen hatte zu erledigen. Keine Angst, das Abendessen ist fertig. Kommen Sie.« Er schloss die Ladentür auf, und wir traten ein. Drinnen roch es nach Essen. Nach etwas Reichhaltigem, Warmem, mit Gewürzen.

»Ich dachte, es gibt Ofenkartoffeln?«

»Hm, na ja«, antwortete Joseph, blickte zerknirscht und gab mir mit einer Handbewegung zu verstehen, in den hinteren Raum zu gehen. »Ofenkartoffeln sind gut für einen einsamen Abend, wenn ich alleine bin und keine Lust habe zu kochen, aber wenn ich Gäste habe, gebe ich gern ein bisschen mit meinen Kochkünsten an. Jetzt haben Sie mich ertappt. Ich hoffe, Sie mögen Curry? Mein Gott, Sie sind doch keine Vegetarierin, oder?«

Ich konnte mir – obwohl mein Herz noch immer raste – ein Lachen nicht verkneifen.

»Nein, keine Sorge, bin ich nicht. Curry klingt wunderbar.«

Der Raum hinten war schöner, als ich erwartet hatte. Mein Blick wanderte über einen Herd, eine Spüle, einen kleinen Kühlschrank und einen abgenutzten, aber sauber aussehenden Küchentisch mit drei unterschiedlichen Stühlen. Der Linoleumboden war alt, aber gepflegt, und an der Wand hing eine gerahmte Guinness-Werbung.

»Gut. Gleich als Erstes, schauen Sie sich das da nicht an«, sagte Joseph und zeigte auf das Werbeplakat. »Ich kann es nicht ausstehen, aber mein Onkel findet es total witzig. Setzen Sie sich. Was möchten Sie trinken? Ich habe Tee, Kaffee, Fruchtsaft, Wein und Bier da – kein Guinness, was Sie bestimmt freuen wird –, und im Kühlschrank steht, glaube ich, auch noch eine Cola …

»Ein Glas Wein wäre toll«, antwortete ich und spürte sofort, dass das ein Fehler war. Aber Joseph nickte nur und füllte zwei Gläser. Dann ging er zum Herd, rührte kurz in der Pfanne und setzte sich dann an den Tisch.

»Ihre … Nichte, richtig? Sie wollte nicht mitkommen?«, fragte er in einem neutralen Ton, der weder überrascht noch besonders interessiert klang.

»Katie wollte sich lieber einen Film im Fernsehen anschauen … Sie wissen ja, wie Kinder sind.«

Er zuckte mit den Achseln. »Sogar viel zu gut, wage ich zu behaupten, denn ich habe vier Brüder.«

»*Vier* Brüder?«

»Ja, ich bin der zweitjüngste.« Er schüttelte den Kopf, als würde er sich fragen, wie er bloß zu so vielen Geschwistern gekommen war, als wären Brüder so etwas wie Fußpilz oder Strafzettel fürs Falschparken. »Es ist gar nicht so schlecht, eines der mittleren Kinder zu sein – man kommt mit vielem durch, weil einem nicht so viel Beachtung geschenkt wird. Und Sie … haben Sie einen Bruder oder eine Schwester?«

»Eine Schwester. Älter.« Was konnte ich über Carol sagen? »So viel älter, dass sie mich auch nicht besonders beachtet hat, als wir Kinder waren.« Ich hielt inne. Das letzte Mal, als ich Carol gesehen hatte, waren wir beide sehr angespannt gewesen. *O ja, ich habe eine ältere Schwester. Sie hat mehr als fünf Jahre lang nicht mit mir gesprochen und einmal auf der Straße so getan, als würde sie mich nicht kennen.* Stattdessen versuchte ich mir vorzustellen, wie *Sarahs* Schwester wohl wäre. Das war irgendwie einfacher. »Sie ist Lehrerin. Sehr klug. Sie war die Kluge, ich war die Nette.«

Nachdem Joseph das Curry auf die Teller verteilt hatte – zusammen mit lockerem Reis und einem gekauften Naan-Brot –, saßen wir erst einmal in einer etwas peinlichen Stille da. Ich aß ein paar Bissen meines Currys und schmeckte es kaum, weil ich so angespannt war. Joseph hingegen machte einen unbekümmerten Eindruck, und ich schaute ein paar Mal verstohlen zu ihm hinüber, während er aß. Die Ärmel seines sauberen weißen Hemds waren hochgekrempelt, und unter dem offen stehenden Kragen lugten winzige Teile weiterer Tattoos hervor. Er hatte lange Finger und saubere Hände mit kleinen Narben darauf, die davon zeugten, dass er sehr viel draußen arbeitete. Offensichtich hatte er sich für den Anlass rasiert, aber auf seiner Kieferpartie zeichneten sich kleine Bartstoppeln ab. All das war beunruhigend anziehend.

»Also«, sagte er schließlich. »Waren Sie … an der Uni? Haben Sie Meeresbiologie in der Antarktis studiert? Oder haben Sie zwischen zwanzig und dreißig aus steuerlichen Gründen auf den Cayman Islands gelebt? Wie sind Sie zum Schreiben gekommen?«

Ich lachte, aber in mir drinnen öffnete sich plötzlich eine Falltür. Natürlich hatte ich mir über Sarahs Identität Gedanken gemacht und mich mit allen möglichen Details befasst, für den Fall, dass mich jemand auf der Straße nach meinem beruflichen Werdegang oder nach meinem Schulabschluss fragen würde. Aber all das, was ich mir ausgedacht hatte, erschien mir jetzt, wo mir eine reale Person gegenübersaß, lächerlich. Ich räusperte mich, und um Zeit zu gewinnen, nahm ich einen großen Schluck von meinem Wein.

»Sie müssen nicht darauf antworten, wenn Sie nicht wollen«, sagte Joseph entschuldigend. »Hier ist es nur in letzter Zeit so langweilig, dass ich mich danach sehne, etwas über jemanden zu erfahren, der nicht aus Hithechurch kommt.«

Ich sah meine Chance und klammerte mich an sie wie eine Ertrinkende.

»Sie sind aber auch nicht von hier, oder? Haben Sie Familie in der Gegend?«

»Oh, ich habe überall Familie«, antwortete er und reichte herüber, um mein Weinglas aufzufüllen. »Überwiegend in Swansea. Ein paar meiner Onkel sind im Wohnwagengeschäft tätig und haben irgendwann beschlossen, auch Campingplätze zu betreiben, wobei ich im Moment der Einzige bin, der sich aktiv kümmert. Und meine Arbeit besteht vorwiegend darin, Gras zu mähen oder Zäune zu reparieren. Im Sommer ist es gar nicht so schlecht, da sind massenhaft Leute hier, mit denen man sich unterhalten kann, und es gibt viel zu tun, aber in der Nebensaison? Eigentlich bin ich nur hier, um sicherzustellen, dass keine Jugendlichen auf den Campingplatz kommen und die Wohnwagen beschmieren. Also deren Sprache, ehrlich.« Er hielt inne und lächelte. »Es ist schön, mal wieder Gesellschaft zu haben.«

»Finden Sie, dass es hier im Winter unheimlich wird?« Die Frage war raus, bevor ich überhaupt Zeit hatte, darüber nachzudenken. »Es wird so früh dunkel, und …«

»Sie meinen das, was vor Jahren hier passiert ist?« Er wandte kurz den Blick von mir ab. »Ja, dieser Ort hat eine etwas dunkle Geschichte. Mein Onkel versucht immer, uns davon abzuhalten, darüber zu reden. Er glaubt, wenn alle den Mund halten, werden die Leute das schon vergessen.« Er zuckte mit den Achseln. »Ich denke, dass man überall auf eine dunkle Geschichte stößt, man muss nur weit genug zurückgehen.«

Meine Kehle fühlte sich so hart an, als hätte ich Zement gegessen und kein Curry. Ich spürte, wie mir die Farbe aus dem Gesicht wich. *Gleich, gleich wird er mich anschauen und es sehen, er kann es nicht übersehen …*

»O Gott, ist alles in Ordnung mit Ihnen?« Er stellte sein Weinglas ab und riss besorgt die Augen auf. »Sie müssen sich doch nicht übergeben, oder?«

»Nein!«, schaffte ich hervorzustoßen und lächelte. »Nein, tut mir leid. Ich bin in letzter Zeit nicht ganz auf dem Damm. Wahrscheinlich wäre ich besser gar nicht gekommen.«

Er winkte ab. »Kein Problem, ich bin hart im Nehmen. Kann ich Ihnen ein Glas Wasser bringen oder irgendetwas anderes?«

Seine offensichtlich aufrichtige Sorge beruhigte mich, und ich lächelte erneut. »Mir geht's gut, ehrlich. Danke übrigens für Ihren Tipp, mich an Stan zu wenden. Er war sehr gesprächig.«

»O ja, das ist er!«, erwiderte Joseph und lachte in sein Weinglas. »Hat er Ihnen genügend Material für Ihr Buch geben können?«

»Hat er. Wahrscheinlich werde ich ihn noch einmal behelligen, bevor wir abreisen. Wissen Sie, es gibt so viele Geschichten in jeder noch so kleinen Stadt.« Ich umfasste mein Weinglas mit beiden Händen. Der Alkohol tat sein Übriges, um mich zu entspannen und machte mich fast schon ein bisschen dösig. »Einfach unglaublich. All diese Geschichten, die die Leute in ihren Köpfen herumtragen. Er hat mir die Geschichte von der Schönheitskönigin erzählt, die einen schrecklichen Unfall auf dem Jahrmarkt hatte. Kennen Sie die?«

Er nickte. »Ja, die kenne ich. Der Jahrmarkt gehört eigentlich immer noch der Familie.«

Ich setzte mich auf, etwas überrascht. »Die Familie gibt's wirklich? Dann war die Schönheitskönigin also eine reale Person?«

»Ja. Die alte Rosalind Stimpson. Sie zog sich nach dem Unfall völlig zurück. Seit Jahren hat sie niemand mehr gesehen. Das macht die Geschichte nur noch beeindruckender, nicht wahr? Ihr Gesicht war völlig entstellt, und so ist sie, na ja, zum Phantom der Oper von Kent geworden, oder so ähnlich.«

Ich prustete in mein Curry. »Sie kennen doch hier bestimmt jeden. Gibt es noch mehr Leute wie Stan? Also, Leute, die schon immer hier leben, meine ich. Alteingesessene, die alle Geschichten kennen. Je mehr solcher Leute ich befragen kann, umso besser.«

»Ich denke, ich hätte da noch ein paar Namen für Sie«, antwortete Joseph, trank seinen Wein aus und schenkte uns beiden nach. »Aber darf ich Ihnen einen freundlichen Rat geben?«

»Sehr gern.«

»Wundern Sie sich nicht, wenn einige von ihnen nicht bereit sind, Ihnen viel zu erzählen. Die Sache mit Cheryl Yates hat die Menschen aufgewühlt. Sie sind zurückhaltend geworden. Abweisend, könnte man sagen.«

»Warum ist das so?«, frage ich und spürte, wie bei der Erwähnung von Cheryls Namen das Unbehagen zurückkehrte.

»Wie gesagt, dunkle Geschichten.« Er seufzte und blickte auf seinen leeren Teller. »Die Leute wollen nicht glauben, dass in kleinen Küstenstädten wie dieser schreckliche Dinge passieren können, aber die Geschichte beweist ihnen das Gegenteil, nicht wahr? Es sind auch schon früher Menschen verschwunden.«

Ich nickte, legte Messer und Gabel sorgfältig auf dem Teller ab, denn auch ich hatte mein Curry aufgegessen.

Joseph stand auf und räumte das Geschirr ab. »Zum Nachtisch gibt's einen Zitronenbaiserkuchen. Mögen Sie ein Stück? Wahrscheinlich schmeckt er schrecklich, aber wir können ihn mit Sprühsahne zukleistern.«

Später bestand er darauf, mich zurück zu meinem Wohnwagen zu begleiten, worüber ich tatsächlich ziemlich froh war, denn ich hatte an diesem Abend so viel Wein getrunken wie noch nie zuvor in meinem Leben, was ein seltsames, losgelöstes Gefühl in mir hervorrief, als würde ich gleich in die Nacht davonschweben, wenn ich mich nicht auf den Weg konzentrierte.

Es lenkte mich auch von der Tatsache ab, dass ich allein mit einem Mann, der mich zum Essen eingeladen hatte, in der Dunkelheit ging.

»Danke«, sagte ich. »Für das Curry. Und auch für den Kuchen. Der war echt gut.«

»Das Premiumsortiment von Tesco ist einfach unschlagbar«, erwiderte Joseph, und dann kicherten wir beide. »Aber ehrlich«, sagte er schließlich, »ich sollte mich bei Ihnen bedanken. Ich habe keinen Witz gemacht, als ich meinte, dass es hier im Januar schrecklich langweilig ist. Sie waren eine wunderbare Abwechslung.«

Mein Gesicht fühlte sich plötzlich ganz heiß an. Vor uns sah ich die Lichter unseres Wohnwagens. Da alles drum herum im Dunkeln lag, wirkte die Szenerie seltsam, wie eine Filmkulisse oder ein Gemälde von Edward Hopper.

»Hören Sie«, sagte ich. Ich blieb stehen und sah ihn an. Mir war wieder schwindelig, aber irgendwie anders als vorher. »Wollen Sie noch auf einen Absacker reinkommen?«

Er schaute mich an, und ich fragte mich, ob er nüchterner war als ich, denn er machte plötzlich einen ziemlich ernsten Eindruck.

»Na ja … Was ist mit Ihrer Nichte?«

»Oh«, stieß ich aus und blickte zum Wohnwagen, als könnte Katie durch die Gardinen spähen. Als ich mich wieder umdrehte, nahm er meine Hand und küsste sie. Ich spürte seine warmen Lippen auf meiner kalten Haut, und plötzlich durchströmte mich selbst Wärme, als hätte er sie an mich weitergegeben. Diese Geste war herrlich altmodisch, und deshalb umso charmanter.

»Vielleicht ein anderes Mal, okay?«

Ich öffnete die Wohnwagentür und ging hinein. Katie saß in ihrem Schlafanzug da. Sie hatte eine ganze Packung Kekse gegessen, und überall auf dem Esstisch lagen Krümel herum.

»Was grinst du so?«, fragte sie mich.

»Halt die Klappe«, antwortete ich. »Und geh dir die Zähne putzen.«

19. KAPITEL

Juli 1988

»Das geschieht dir nur recht. Lange draußen bleiben und alle in den Wahnsinn treiben. Kein Wunder, dass du da Albträume hast. Sie ist überreizt, das ist sie. Das kommt von all den seltsamen Büchern und Zeichentrickfilmen.«

Charlie hielt den Kopf gesenkt und ließ die Gardinenpredigt ihrer Grandma über sich ergehen – sie wusste ja, dass sie hauptsächlich ihrer Mutter galt. Charlie trank süßen, heißen Tee, eine Schüssel Coco Pops stand unberührt vor ihr. Glücklicherweise war inzwischen ein anderes Familiendrama in den Mittelpunkt gerückt. Ihre Tanten Marj und Beverly hatten an diesem Morgen einen Streit gehabt, der schließlich darin gemündet war, dass sich eine der beiden in die Toilette eingeschlossen und geweint hatte. Jetzt herrschte im Wohnwagen eine ungewohnte Stille, und vor allem Charlies Mutter nahm die Situation sichtlich mit und sah erschöpft aus.

Als Darren später am Morgen vorschlug, auf den Jahrmarkt zu gehen, schaute sie erleichtert – je mehr Leute eine unangenehme Stille miteinander teilten, umso erdrückender war sie. Also wurden Darren, Carol, Jenny und Charlie hinausgescheucht, in einen weiteren brütend heißen Tag. Sie gingen über den Campingplatz, und Charlie fragte, ob Emily mitkommen dürfte. Ihre Schwester und Darren tauschten einen Blick. Carol, als die Älteste, stimmte achselzuckend zu.

»Eine Nervensäge mehr ist jetzt auch egal.«

Wenige Augenblicke später stand Charlie nervös vor Emilys Wohnwagen. Was, wenn Emilys Vater die Tür aufmachte? Was, wenn er nicht die Tür aufmachte, weil Stitch Face Sue ihm in der Nacht den Bauch mit ihrer teuflischen Schere aufgeschlitzt hatte? Sie dachte an die Gestalt, die vor ihrem Wohnwagen vorbeigehuscht war. Als die Erwachsenen hinausgeschaut hatten – Tante Beverly hatte es als Erste ans Fenster geschafft, ihr Haar hatte an einer Seite abgestanden –, war überhaupt niemand zu sehen gewesen, und man hatte es als einen Albtraum abgetan. Aber es hatte sich nicht wie ein Traum angefühlt. Ganz und gar nicht.

Die Tür wurde aufgemacht, von Emily. Sie sah verzweifelter aus denn je und stand ein paar Sekunden lang im Türrahmen, ihr Blick so leer wie der von ihrem Vater, was Charlie Angst machte.

»Hallo. Möchtest du zum Jahrmarkt mitkommen? Wir gehen alle hin.«

Emily sah langsam auf und nahm die kleine Gruppe wahr, die an der Seite stand. Sie nickte einmal, lehnte sich zurück, um nach ihrem Rucksack zu greifen, und trat hinaus. Charlie bemerkte, dass sie ihren Eltern überhaupt nicht Bescheid gegeben hatte.

Als sie die Straße erreicht hatten, teilte sich die Gruppe auf: Darren und Carol gingen vorn, Jenny in der Mitte, Charlie und Emily hinten. Nachdem der Abstand zu den anderen groß genug war, begann Emily zu sprechen, die Stimme ausdruckslos.

»Es hat nicht funktioniert«, sagte sie. »Meinem Vater geht's gut, auch wenn ihm die Hand noch immer weh tut und er wegen dem Hundebiss einen Verband hat.«

Charlie dachte ein paar Sekunden schweigend über Emilys Worte nach. Ihr fiel es nicht leicht, ernsthaft in sich zu gehen, aber sie war sich eines inneren Konflikts vage bewusst. Tief in ihrem Inneren wusste sie, dass viele der Geschichten, die sie ihrer Familie erzählte oder spontan erfand, nicht wahr waren oder nur eine Version der Wahrheit darstellten. Aber sie wusste auch, dass das, was sie in den frühen Morgenstunden draußen vor dem Wohnwagen gesehen hatte, keine Einbildung gewesen war. Sie hatte das Gefühl, als ob eine unerwartete Flut sie erfasst, von den gewohnten Regeln weggerissen und auf einen neuen Felsvorsprung gespült hätte, mit einer völlig anderen Aussicht.

»Weißt du was«, sagte sie leise, den Blick auf die Straße gerichtet. »Ich glaube, dass es *doch* funktioniert hat. Irgendwie.«

»Ach ja? Wie denn?«

»Ich habe sie gesehen. Stitch Face Sue.« Charlie wich Emilys erschrockenem Blick aus, indem sie eine grüne Baseballkappe aus ihrem Rucksack hervorholte und sie sich aufsetzte. »Vor unserem Wohnwagen.«

»Hast du dir das gerade ausgedacht?« Emilys Stimme klang plötzlich den Tränen nahe, dass Charlie nach ihrer Hand griff und sie drückte.

»Nein«, antwortete Charlie, »ehrlich nicht.«

»Was ist passiert? Wie sah sie aus?«

Vor ihnen lachten Darren und Carol über irgendetwas und versuchten, sich gegenseitig mit dem Ellenbogen in den Graben zu schubsen.

»Sie hatte langes, dunkel aussehendes Haar und war voller Spinnweben und Staub. Ihr Gesicht war …« Vor Charlies innerem Auge tauchte das Gesicht noch einmal auf. Es sah zu sehr nach etwas aus, das auf dem Cover eines Horrorfilms abgebildet sein würde. »Ihre Haut war seltsam. Und in ihrem Haar war eine Schnake.«

Emilys riss die Augen auf. »Das ist die Schnake, die wir ihr gebracht haben!«

»Ja.«

»Dann haben wir es also richtig gemacht – oder zumindest einen Teil davon.« Emilys Gesicht war wieder voller Leben, die

Wangen wurden rot. »Wir müssen es bloß noch einmal versuchen und das Ritual vielleicht ein wenig verändern.«

»Bist du dir sicher, dass du das willst?« Als Emily sie stirnrunzelnd anschaute, zuckte Charlie mit den Achseln. »Du hast sie nicht gesehen. Sie war … echt unheimlich. Ich dachte, dass sie gleich durch das Fenster greift und mich rauszerrt.«

»Das ist doch albern«, wandte Emily sanft ein. »Wir sind doch ihre Freundinnen, oder? Wir sind diejenigen, die ihr Zeug bringen. Sie würde uns nie weh tun.«

»Aber dein Vater …« Charlie verstummte, weil sie nicht so recht wusste, was sie sagen wollte.

»Mein Vater«, sagte Emily und krempelte den Ärmel ihres T-Shirts hoch. Auf ihrem Arm zeichneten sich drei neue Blutergüsse ab. Sie hatten die Form von Fingerspitzen. Charlie schürzte die Lippen. »Ich finde, mein Dad sollte Stitch Face Sue kennenlernen«, sagte Emily. »Auf jeden Fall.«

Jenny, die wenige Meter vor ihnen lief, stolperte und stürzte auf den Asphalt. Das kleine Plastikpferd glitt ihr dabei aus der Hand und landete im Gras. Alle waren eine Sekunde lang stumm und starr vor Schreck, bevor Jenny zu heulen begann. Darren und Carol eilten zurück, das schlechte Gewissen stand ihnen beiden ins Gesicht geschrieben. Den Rest des Wegs ging die Gruppe gemeinsam. Charlie und Emily behielten ihre Pläne für sich.

Die Gruppe teilte sich wieder auf, als sie auf dem Jahrmarkt angekommen waren. Darren und Carol gingen in die Spielhalle. Charlie, Emily und Jenny schlenderten von Fahrgeschäft zu Fahrgeschäft und bahnten sich ihren Weg durch die vielen Familien, die überall herumstanden. Die Sonne brannte gnadenlos auf ihre

Köpfe hinab. Vor einem der Stände blieben sie stehen, legten mehrere Zwanzig-Pence-Stücke zusammen und kauften sich eine Tüte rosa Zuckerwatte. Schon bald wurden sie albern vom vielen Zucker, und ihre Fingerspitzen und Zungen leuchteten rosa.

Charlie erblickte einen knallbunten Lieferwagen, der neben der Spielhalle parkte und dessen Türen hinten offen standen. Der große Mann von den Spielautomaten hockte an einer Seite und malte akribisch eine Zeichentrickfigur. Donald Duck, aber sein Donald Duck hatte ein leicht zerlaufenes Gesicht. Charlie und Emily gingen näher heran, Jenny kam ihnen wie immer hinterher. Sie hatte das letzte Stückchen Zuckerwatte in der Hand, das sich in einen Knäuel rosa Kristalle verwandelt hatte.

Emily hob stumm ihre Hand und zeigte auf die Figur oberhalb von Donald Duck, einen verzerrt aussehenden, gelben Jungen. Sie und Charlie tauschten einen Blick aus und kicherten hinter vorgehaltener Hand.

»*Bort Sormpson*«, sagte Charlie mit piepsig hoher Stimme. Der Mann stand langsam auf. Er war groß und drahtig, und der Blick, den er ihnen zuwarf, war nicht freundlich.

»Was wollt ihr?«

»Sie haben da was falsch geschrieben«, sagte Emily fröhlich. Charlie schaute sie überrascht an. »Es heißt Cowabunga, mit einem U, nicht Cowabooonga.«

Die Miene des Mannes verfinsterte sich, und er ballte die Hand, in der er den Pinsel hielt, zu einer Faust. Charlie warf einen Blick über ihre Schulter hinweg auf den Jahrmarkt. Auch wenn sie abseits der großen Menge standen, waren trotzdem noch genug Leute in der Nähe. Außerdem war helllichter Tag, da konnte unmöglich etwas Schlimmes passieren. Mit all den Fahrgeschäften um sie herum und dem Geschmack der Zuckerwatte im Mund war die Erinnerung an Stitch Face Sue vor ihrem Fenster lange nicht mehr so lebendig.

»Ich brauche keine rotzfrechen Gören, dir mir meinen Job erklären«, fauchte der Mann. »Los, geht an den Strand spielen.«

Charlie trat zurück und warf einen Blick in das Innere des Lieferwagens, der dort bei weitem nicht so farbenfroh aussah wie von außen. Auf dem Boden lagen fleckige graubraune Teppichreste, ein Haufen alter Plastiktüten und seltsamerweise mehrere große Tuben Gesichtscreme. Charlie erkannte die Marke. Es war dieselbe Creme, die auch ihre Grandma immer vor dem Schlafengehen benutzte und sich in einer dicken, fettigen, weißen Schicht ins Gesicht schmierte. Ihre Falten würden so in Schach gehalten werden, behauptete sie, obwohl genau das Gegenteil zutraf.

»He!«, rief der Mann, der plötzlich vor ihr stand und sie wegschubste. »Du naseweise Göre. Hab ich dich nicht neulich aus der Spielhalle weggejagt? Ja, so ein kleines rothaariges Biest.«

»Nehmen Sie sich in Acht!« Emily trat neben Charlie, ihr blasses Gesicht wutentbrannt. Plötzlich hatte Charlie mehr Angst vor ihr als vor dem Mann. Hinter ihnen jammerte Jenny herum und bestand darauf, dass sie Darren und Carol suchen sollten. »Lassen Sie uns in Ruhe, wir gucken nur!«

»Los, zieht Leine, ihr alle.« Der Mann knallte die Türen des Lieferwagens zu, dass die Mädchen zusammenzuckten. »Oder wollt ihr, dass ich euch von hier wegschleife?«

»Ich habe gesagt, dass Sie sich in Acht nehmen sollen!« Emily machte eine seltsame Bewegung. In ihrer Hand blitzte ein kleines Taschenmesser auf. Charlie blinzelte und drehte sich dann um zu Jenny, um sich zu vergewissern, ob auch sie es gesehen hatte, aber ihre Cousine stand mit dem Rücken zu ihnen und hielt zweifellos Ausschau nach anderen Familienmitgliedern.

»Emily …« Charlie legte zaghaft die Hand auf die Schulter des Mädchens. »Lass uns einfach gehen.«

»Er muss sich in Acht nehmen, sonst verhexen wir ihn!«, sagte

Emily. Das Gebaren des großen Mannes hatte sich verändert. Er schaute auf das Messer und lächelte.

»Oh, da hast du ja was Hübsches in der Hand«, sagte er. In seiner Stimme lag ein leiser, gefährlicher Ton, den Charlie gar nicht mochte. »Wem hast du das denn geklaut? Deinem Bruder? Deinem Vater?«

»Jetzt, *komm*«, drängte Charlie und zerrte an Emilys Schulter, deren Gesicht auf einmal zuckte, als hätte sie einen Raum betreten und wüsste nicht mehr, warum. Nachdem Charlie ihre Freundin von dem Lieferwagen hatte wegbewegen können, ließ Emily das Taschenmesser wieder verschwinden. Jenny hatte sich ein paar Schritte entfernt und schnäuzte sich gerade die Nase.

»Woher *hast* du das?«, fragte Charlie nervös. »Ein Messer zu haben ist …« Sie verstummte. Sie bekam oft Ärger mit ihrer Mutter. Meist, weil sie gelogen hatte, manchmal aber auch aus anderen Gründen. Wenn sie zum Beispiel etwas kaputt gemacht hatte, das ihr nicht gehörte, oder wenn sie sich vor dem Abendessen ein paar Kekse aus dem Schrank geklaut hatte. Aber ein Messer, da würde der Ärger eine völlig neue Größenordnung annehmen.

»Das habe ich schon seit einer Ewigkeit«, antwortete Emily. Als sie zu Charlie aufblickte, lag auf ihrem Gesicht wieder das übliche schüchterne Lächeln. »Ich habe es für unser nächstes *Ritual* mitgenommen. Es ist mir wichtig. Also dachte ich, es wäre vielleicht ein gutes Geschenk. Für sie.«

»Ja, klar«, sagte Charlie und versuchte, selbstsicherer zu klingen, als sie war. »Gute Idee.«

Die drei Mädchen wanderten zum Teetassen-Karussell. Während der ganzen Fahrt ging Charlie dieses Messer nicht mehr aus dem Kopf. Dass ein Junge in Darrens Alter ein Taschenmesser bei sich hatte, das konnte sie sich vorstellen. Aber Emily? Dieser Gedanke war beunruhigend und beängstigend.

Als die Fahrt zu Ende war und sie ausstiegen, alle drei leicht benommen von dem wilden Herumwirbeln der Teetassen, schien Emily wieder mehr sie selbst zu sein. Sie gingen in die Spielhalle und kniffen die Augen leicht zusammen, weil sie sich erst einmal an die Dunkelheit gewöhnen mussten. Jenny steuerte den Greifautomaten an, um die Plüscheinhörner zu bewundern, während Emily und Charlie nach hinten gingen. Entlang der Wand standen dort die Videospielautomaten, und ihre knallbunten Bildschirme blitzten rhythmisch auf.

»Was wollen wir als Nächstes machen? Für Stitch Face Sue?«, fragte Emily.

»Na ja«, sagte Charlie, lehnte gegen eine hohe Spielkonsole und schlug mit ihren Handflächen auf die roten und gelben Knöpfe. »Wir haben ihre Aufmerksamkeit gewonnen, nicht wahr? Also müssen wir bei den beiden letzten Ritualen etwas richtig gemacht machen, wenn auch noch nicht ganz.«

Es ist ein Spiel, dachte sie bei sich. Drück die richtigen Knöpfe und gewinn es. Denk an keine Gestalten vor deinem Fenster oder an das Messer im Rucksack deiner Freundin.

»Also, wir haben einen Hund dazu gebracht, deinen Vater zu beißen, und wir haben Stitch Face Sue dazu gebracht … aufzutauchen. Wir wissen, dass sie Geschenke mag. Dinge, die uns wichtig sind.«

»Wir haben Streichhölzer«, sagte Emily nachdenklich. »Und das Pentagramm. Also, ein kleines Feuer und Geschenke im Pentagramm.«

»Und wir haben uns, die wir Gedanken heraufbeschwören«, sagte Charlie und grinste. »Vielleicht müssen wir uns noch mehr anstrengen.«

»Oder wir müssen mehrere sein«, sagte Emily. »Mehrere, die gleichzeitig fest daran glauben. Nicht nur wir zwei.«

»Das ist mir auch schon durch den Kopf gegangen«, fügte Charlie hinzu, obwohl es ihr gerade erst eingefallen war. »Und jetzt ist der beste Zeitpunkt dafür, weil *Piratenwoche* ist. Alle in Hithechurch denken an Stitch Face Sue. Heute ist der Jahrestag, an dem sich alles ereignet hat. Ihr Geist wird bestimmt ganz wach sein und Gerechtigkeit üben wollen. Wahrscheinlich würde das Ritual gar nicht funktionieren, wenn wir zu einer anderen Jahreszeit hier wären.«

Emilys Augen leuchteten auf. »Glaubst du wirklich?«

»Ja«, antwortete Charlie und nickte. »Das macht doch Sinn, nicht wahr? Geister erinnern sich immer daran, wann sie umgebracht wurden. Wir müssen es also heute Abend noch einmal versuchen, die Gelegenheit dürfen wir uns nicht entgehen lassen. *Und*«, fügte sie mit einem Blick auf den Greifautomaten hinzu, »wir werden Jenny überreden, mitzukommen.«

Emily blickte skeptisch. »Deine Cousine?«

»Ich weiß, sie ist ein dumme Gans, aber sie wird alles tun, was wir ihr sagen. Außerdem glaubt sie an Geister. Vielleicht ist es nur noch das, was wir brauchen, um Stitch Face Sue dazu zu bringen … das zu tun, was wir wollen.«

»Okay«, erwiderte Emily und rieb sich den Arm mit den frischen Blutergüssen. »Los geht's. Und ich bringe mein Messer mit.«

20. KAPITEL

Heute

Das morgendliche Kaffeekränzchen für die Senioren war schon in vollem Gange, als wir dort ankamen. Es fand nicht in der Kirche selbst statt, sondern in einem kleinen, behaglichen Gebäude daneben. Im Eingang hingen überall Bilder, die Schulkinder gemalt hatten und die dazu aufriefen, Müll zu sammeln und zu recyceln, sowie Plakate mit Werbung von örtlichen Dienstleistern. Im Gemeinderaum befanden sich mehrere Tische und Stühle, und weiter hinten stand ein Tapeziertisch mit selbstgebackenem Kuchen und mehreren Kannen darauf. An den Tischen saßen einige ältere Herrschaften, nippten an ihrem dampfenden Tee, plauderten leise miteinander und hielten vorsichtig ihren Zitronenkuchen mit Servietten in den Händen. Aus einem Radio erklang *BBC-Radio 2.*

Ich gab Katie ein paar Pfund, um uns Kuchen zu holen, und ging hinüber zu einer Frau, die neben einem Tisch stand, auf dem Prospekte ausgelegt waren. Ein schlaksiger Junge, etwa siebzehn oder achtzehn, tippte hektisch auf seinem Handy herum. Das könnte Jack sein, dachte ich.

»Hallo, bist du Jack?«, fragte ich und lächelte. Der Junge blickte erschrocken auf und sah dann zu seiner Mutter herüber, die mich unverhohlen misstrauisch anstarrte. »Ich bin Sarah, und ich schreibe ein Buch über die Gegend hier. Ich habe mit Stanley gesprochen, deinem Arbeitskollegen im *Smuggler's Cove.*« Mein Blick wanderte zwischen den beiden hin und her, und ich hoffte, dass meine Erklärungen einigermaßen Sinn ergaben. Jack wirkte sehr verlegen, seine Daumen schwebten über dem Display seines Handys. »Ich habe mich gefragt, ob ich mit dir über deine Arbeit im *Smuggler's Cove* sprechen kann.«

»Wozu?«, blaffte seine Mutter, bevor Jack etwas sagen konnte.

»Nur für das Lokalkolorit, das ist alles«, strahlte ich sie an und versuchte, mit meinem Blick einen »harmlosen« und »freundlichen« Eindruck zu vermitteln. »Da ist es gut, mit unterschiedlichen Altersgruppen zu sprechen.«

Die Frau schaute ihren Sohn an. »Bleibt dir überlassen, Jackie.«

Der Junge zuckte mit den Achseln, und wir gingen ein paar Schritte weg vom Tisch.

»Also, Jack. Wie lange arbeitest du schon im *Smuggler's Cove*?«

Schließlich sah er mich an. Er war ein gutaussehender Kerl mit kunstvoll zerzaustem, schwarzem Haar und einer winzigen goldenen Creole in einem Ohr. Waren Ohrringe für Jungen wieder in Mode gekommen? Ich hatte keine Ahnung. Er hatte die typische, schlaksige Figur eines Jungen, der noch im Wachstum begriffen war, aber eines Tages, wenn sich seine Schultern gefüllt hatten, würde er ein echter Herzensbrecher sein. Der Blick, den er mir zuwarf, war eindeutig feindselig.

»Erst seit zwei Jahren«, antwortet er. »Und auch nur im Sommer.«

»Macht es dir Spaß?«

Er zuckte mit den Achseln. »Ist halt 'n Job.«

Ich nickte, als wäre das eine spannende Feststellung.

»Und wirst du diesen Sommer auch wieder dort arbeiten?«

Er blickte auf die Frage hin zu seiner Mutter, die so tat, als würde sie uns nicht beobachten.

»Ich weiß nicht«, sagte er. »Mum meint … na ja, dass ich mir nach diesem letzten Jahr einen richtigen Job suchen soll. Außerhalb der Stadt vielleicht. Der große Baumarkt sucht im Sommer immer Leute.«

Ich verlagerte mein Gewicht so, dass seine Gestalt mich vor den Blicken seiner Mutter verbarg. Ich senkte meine Stimme etwas.

»Ist es wegen des Mädchens, das verschwunden ist, Jack? Wegen Cheryl Yates? Stan hat mir gesagt, er erinnere sich daran, dass die Familie im *Smuggler's Cove* gewesen ist.«

»Ja, hm … Ja, sie ist da gewesen. Mit ihren kleinen Cousins und Cousinen.«

Ich nickte. Natürlich erinnerte er sich. Sie war ein hübsches blondes Mädchen, und ich konnte mir gut vorstellen, dass es für einen Teenager, der in einem kleinen Nest an der Küste lebte, nicht viel Aufregenderes geben konnte, als im Sommer die jungen Urlauberinnen beobachten zu können.

»Hast du sie oft da gesehen? Hast du vielleicht mitbekommen, dass sie mal mit jemanden gesprochen hat, der nicht zur Familie gehörte?«

Ich merkte sofort, dass ich mit meinen Fragen zu weit gegangen war. Seine Miene verschloss sich, und er blickte auf sein Handy, die Stirn gerunzelt.

»Ich habe schon mit der Polizei gesprochen, okay?«

»Ich weiß, aber …«

In dem Augenblick trat eine kleine Gestalt zwischen uns, und ich blickte in das Gesicht einer zierlichen alten Frau. Ihr Haar, zu einem eleganten Kurzhaarschnitt geschnitten, war strahlend weiß, nicht der Hauch eines Gelbstichs, und ihre Augen funkelten mich an, als sie sich in unser Gespräch einschaltete.

»Sprechen Sie da von dem Mädchen? O Gott, ist das nicht *schrecklich*? *Widerlich*. Heutzutage ist keiner mehr sicher, nicht einmal Leute in ihrem Urlaub. Dabei sollte man meinen, dass wir es hier doch besser wissen müssten, oder? Ich weiß noch, wie wir früher unsere Türen nicht abgeschlossen haben, wie wir alle Tag und Nacht bei den anderen ein- und ausgingen. Aber schon damals lief einiges schief, nicht wahr? O ja, überall passiert so viel *Widerliches*, aber niemand spricht darüber. Ich bin Joan, schön, Sie kennenzulernen. Habe ich das richtig mitbekommen, Sie schreiben ein Buch?«

Ich blinzelte kurz. Jack schaute entsetzt und war sogar etwas zurückgewichen, aber mein Herz raste. Genau das war es, was ich wollte. Genau das war es, was ich brauchte. Aber hatte ich den Mut, nachzuhaken?

»Ja«, antworte ich. »Ein Buch über die Gegend hier. Wie schön, Sie kennenzulernen, Joan. Ich würde gern mehr darüber erfahren, wenn Sie Zeit haben.«

»Meine Liebe«, sagte Joan, umfasste mit einer eiskalten Hand mein Handgelenk und drückte es. »Wenn es etwas gibt, das ich zuhauf habe, dann Zeit! Was möchten Sie wissen? Etwas über das Mädchen und ihre Familie? Sie kommen aus Chelmsford, die Eltern waren nach einer Trennung erst seit kurzem wieder zusammen, und Sie wissen ja, dass das alle möglichen Spannungen hervorrufen kann. Angeblich soll das Mädchen in der Schule ein kleines Biest gewesen sein, Sie wissen schon, was ich meine.«

»Cheryl«, sagte ich und spürte einen Anflug von Verärgerung. »Sie heißt Cheryl.«

»Ja. Sie ist aber nicht die Erste, die verschwunden ist, wissen Sie?« Joan klang jetzt seltsam triumphierend. Sie hatte mein Handgelenk losgelassen und die Arme unter ihrem kleinen spitzen Busen verschränkt. »O nein, *bei weitem* nicht die Erste.«

»Wie meinen Sie das? Wer ist denn sonst noch verschwunden?«

»Na ja. Da war ein Mädchen aus der Gegend, sie hieß Natalie. Ich erinnere mich nicht mehr genau an das Jahr – nein, warten Sie, ich war mit meiner zweiten Tochter schwanger, also muss es 1968 gewesen sein. Ihre Mutter lebt immer noch in diesem Seniorenheim an der Strandpromenade. Die arme Frau, die ganze Sache hat sie schwer mitgenommen, sie muss jetzt über achtzig sein …

Mrs. Price, so hieß sie. Und dann waren da noch zwei andere Mädchen, Sophie und Alison, beide hier im Urlaub, beide verschwunden. Ich erinnere mich, weil meine Mädchen damals noch klein waren, und ich eine Heidenangst hatte.« Sie bemerkte meinen Gesichtsausdruck und zog die Augenbrauen hoch. »Sehen Sie? Das habe ich mir gedacht, dass Sie das alles noch nicht wussten.«

»Wann war das?«

»In den siebziger Jahren, ich weiß nicht mehr genau, in welchem Jahr, aber meine Marie war noch in der Vorschule, das muss also …« Sie verstummte, weil die Jahreszahlen sie offenbar überforderten. Nach einer kurzen Pause fuhr sie fort. »Und ein paar Jahre später, in den Achtzigern, passierte dann diese andere Sache. Die war vielleicht *widerlich.*«

Mein Herz schien stehenzubleiben, als ahnte es, was kommen würde.

»Was war da?« Ich musste die Worte aus mir herauspressen. »Was ist da passiert?«

»Oh, das müssen Sie mitbekommen haben, meine Liebe, es war überall in den Nachrichten!« Joan öffnete ihre Handtasche und holte ein Stück Kuchen heraus, das sie offenbar zuvor darin versteckt hatte. »Eine sehr scheußliche Geschichte, die aber nicht in Verbindung mit dem stehen kann, was gerade vor sich geht. Trotzdem macht es einen nachdenklich, oder? Und jetzt ist die Sache wieder überall in den Nachrichten, was hier natürlich niemand will, glauben Sie mir. Sie wollen sie einfach nur vergessen.«

Ich dachte an Emilys Buch und an den Brief von Watkins. *Wenn Sie sie aufhalten wollen, finden Sie das, was sie zusammen vergraben haben.*

»Waren Sie hier? Als es passiert ist?« Mein Gesicht schien zu glühen, und mein Nacken kribbelte. Ich bildete mir ein, dass alle im Raum sich nach uns umgedreht hatten.

»Nein, meine Liebe, tatsächlich nicht, denn in den Jahren sind

Bernie und ich immer in den Ferien nach Florida geflogen. Drei Wochen herrlicher Sonnenschein, es war *phantastisch*. Aber wir haben natürlich alles bei unserer Rückkehr erfahren.«

»Kennen Sie …« Ich räusperte mich. »Kennen Sie jemanden, mit dem ich darüber sprechen kann? Jemanden, der tatsächlich hier war, als es passiert ist?«

»*Hm.*« Ich hatte Joan mit meiner Frage, die andeutete, dass ihre Aussage nicht gut genug war, offensichtlich verärgert. »Nicht so viele, wie man meinen könnte. Viele Leute sind in den frühen Neunzigern weggezogen. Ich habe gehört, dass *ihre* Familie immer noch in Allcot lebt, was nicht weit von hier entfernt ist. Sie sollten mit den Stimpsons reden, obwohl, wenn ich so darüber nachdenke, sie sind fast alle verstorben, soweit ich weiß. Aber Harald, der lebt noch, er hat früher für sie gearbeitet …« Sie verstummte, und ein Teil der Fröhlichkeit schien aus ihrem Gesicht zu weichen. »Ja, der lebt noch.«

»Wo kann ich ihn finden?«

»Oh, er wird auf dem Jahrmarkt sein«, sagte sie. »Sie werden ihm bestimmt schon gesehen haben. Er hat diesen hässlichen Lieferwagen, der kaum zu übersehen ist. Oder er ist in den Höhlen – um die kümmert er sich auch ein bisschen.«

Mein Magen stürzte kopfüber, wie ein Schiff in schwerer See. Der Mann vom Jahrmarkt. Auch wenn ich keine Anhaltspunkte hatte, war ich mir ziemlich sicher, dass es sich um ein und dieselbe Person handelte.

»Danke«, sagte ich. »Ich werde bestimmt …«

»Wer sind Sie überhaupt?«, fragte eine schrille Stimme. Jacks Mutter war hinter der schlaksigen Gestalt ihres Sohns wieder zum Vorschein gekommen und sah mich auf eine Weise an, dass mir das Blut in den Adern gefror. »Was geht Sie das alles an?«

»Sie schreibt ein Buch, Paula«, nahm Joan mich freundlich in Schutz. »Über Hithechurch.«

»Ich danke Ihnen allen sehr für Ihre Zeit«, sagte ich, während ich bereits rückwärts zur Tür ging. Paula starrte mich noch immer an. Ich befürchtete, dass sie mich jeden Moment erkennen, die Augen weit aufreißen und den Mund wütend öffnen würde … »Ich muss leider gehen, aber Sie waren sehr hilfreich. Katie? Zeit fürs Mittagessen.«

21. KAPITEL

Heute

»Ich weiß nicht, warum wir den ganzen Weg hierherkommen mussten, um chinesisch essen zu gehen.«

»Es ist ein All-you-can-eat-Buffet, Katie. Deshalb.«

Folkesholme war eigentlich nur eine größere Version von Hithechurch mit mehr Geschäften und ein paar Restaurantketten, aber nach meinem beunruhigenden Gespräch mit Paula und Joan war ich froh, dort zu sein.

»Als Kind gab es für mich nichts Tolleres als ein chinesisches Essen, ich hätte alles dafür getan«, sagte ich und spießte die letzte Frühlingsrolle mit einem Stäbchen auf.

»Der Chinese zu Hause um die Ecke ist besser.«

Als wir so viel gegessen hatten, wie wir konnten, machten wir einen Spaziergang über die Hauptstraße. Der Regen und die schwereren Wolken hatten sich verzogen – an der Küste ändert sich das Wetter immer schnell –, dafür war es bitterkalt geworden. Ich zog mir die Mütze über die Ohren, während ich vor einem Accessoire- und Modeschmuckshop auf Katie wartete und hoffte, dass sie mich nicht darum bitten würde, sich Ohrlöcher stechen lassen zu dürfen – das war definitiv nicht mein Zuständigkeitsbereich –, als mir eine alte Dame in einer dicken gefütterten Jacke ein Flugblatt reichte.

»Wir haben die Hoffnung auf unsere Cheryl noch nicht aufgegeben«, sagte sie. »Auf dem Flugblatt steht eine Telefonnummer, falls Sie etwas gesehen oder gehört haben.«

Zwei Fotos von Cheryl waren auf dem Flugblatt abgebildet, von denen ich eins aus der Zeitungsberichterstattung kannte. Das andere war ein Schulfoto, auf dem sie einen dunkelblauen Blazer und eine gestreifte Krawatte trug. Darunter befand sich ein kurzer Absatz mit Informationen über Zeitpunkt und Ort ihres Verschwindens sowie eine Telefonnummer und eine E-Mail-Adresse.

»Sind Sie eine Familienangehörige?«

»O nein, meine Liebe, ich bin von hier. Ich helfe nur.« Die alte Dame deutete mit dem Kopf auf einen Stand weiter unten in der Fußgängerzone. »Ihre Familie ist dort. Sie sind hier, seit sie verschwunden ist, die Ärmsten. Ihrer Meinung nach hat die Polizei überhaupt nichts gemacht, und deshalb suchen sie nach ihr, so gut sie können.«

Als die Frau weitergegangen war, um einem anderen Passanten ein Flugblatt in die Hand zu drücken, faltete ich das Stück Papier zusammen und steckte es in meine Tasche. In dem Augenblick tauchte Katie auf und zog sich die Kapuze über den Kopf.

»Können wir jetzt zu den Spielautomaten gehen?«

»Warte, es gibt noch ein paar Dinge, die ich vorher erledigen will.«

An dem Tapeziertisch hing vorn ein großes Banner mit der Aufschrift »BRINGT CHERYL NACH HAUSE« und einem vergrößerten Foto des Mädchens. Auf dem Tisch lagen neben einer Petition noch mehr Flugblätter und Plakate zum Mitnehmen und Aufhängen in den Geschäften rundherum. Hinter dem Tisch saß eine sichtlich mitgenommen aussehende Frau mit geröteten Augen, die Hände ordentlich im Schoß gefaltet, während zwei größere Kerle dort standen und mit jedem sprachen, der bereit war zuzuhören. Als ich stehen blieb, streckte mir einer von ihnen, ein großer Mann mit roten Wangen, die Petition entgegen.

»Würdest Sie das unterschreiben?«

Ich nahm sie entgegen. »Wofür ist die Petition?«

»Wir wollen einen festen Platz auf dem Markt, der hier samstags stattfindet«, erklärte er und deutete mit der Hand auf den Teil der Straße weiter oben. »Die Stadtverwaltung lehnt das ab, weil sie glaubt, dass den Leuten dadurch der Spaß am Einkaufen genommen wird. Aber wir können auf diese Weise sehr viel mehr Menschen erreichen. Und je mehr Menschen wir erreichen, umso größer ist die Chance, dass wir Cheryl finden.«

»Oh, natürlich«, erwiderte ich und nahm den angebotenen Stift. Ich hatte schon den ersten Buchstaben gekritzelt, ein großes, geschwungenes »C«, als mir klarwurde, dass ich dabei war, meinen richtigen Namen zu schreiben. Mein Herz blieb kurz stehen, und mit einiger Mühe verwandelte ich das C in ein sehr schiefes S. »Sehr gern. Ich komme zwar nicht von hier, aber die Stadtverwaltung wird ja wohl nicht jede Unterschrift prüfen.«

»Danke sehr,« sagte die Frau mit den geröteten Augen und warf mir einen Blick zu, der sowohl traurig als auch trotzig war. »Ehrlich gesagt, haben wir nicht so viel Hilfe aus der Umgebung bekommen, wie wir uns das gewünscht hätten.«

»Nein?«

Der Mann mit den roten Wangen sah unangenehm berührt aus und setzte ein Lächeln auf, das eher an eine Grimasse erinnerte. »Ich bin Simon Yates, Cheryls Onkel. Das ist Sharon«, sagte er und deutete mit dem Kopf auf die Frau mit den verweinten Augen. »Das liegt daran, dass in den Küstenstädten im Winter viel weniger los ist. Viele Geschäfte sind geschlossen, es sind einfach weniger Leute da.«

»Haben Sie überhaupt keine Hinweise bekommen?«, fragte ich und dachte an die einsame Bank an der Strandpromenade von Hithechurch, an die verwelkten Blumen und an die durch die salzige Luft wellig gewordenen Karten.

»Leider nicht«, antwortete Simon Yates und schüttelte niedergeschlagen den Kopf. »Wir sind hier in der Straße in einem Hotel untergebracht und wechseln uns ab, zwischendurch nach Hause zu fahren. Es gibt einen Lieferwagen, für den sich die Polizei interessiert, und angeblich wurde eine Schere am Strand gefunden. Das kommt mir alles ein bisschen belanglos vor, wenn ich ehrlich bin.«

Sharon Yates schniefte geräuschvoll. »Dafür gibt's umso mehr Gerüchte«, sagte sie. »Die Einheimischen scheinen zumindest die gern zu erzählen, aber die führen zu nichts. Für die Leute hier ist es wohl nur eine weitere traurige Geschichte in den Nachrichten.«

»Es gibt Gerüchte?«, hakte ich nach und blickte mich kurz um. Katie war noch immer in Sichtweite. Sie stand vor dem Fenster einer Bäckerei und spähte durch die beschlagene Scheibe.

»Wir sind aus Chelmsford«, sagte Simon Yates mit Nachdruck, als würde das etwas erklären. »Die Leute hier sind merkwürdig, wissen Sie. Voller seltsamer Ideen.«

»Einmal kam ein Mann«, warf Sharon Yates ein, »und erzählte uns all diesen Unsinn. Das hat mich ziemlich wütend gemacht, das kann ich Ihnen sagen.« Sie holte ein Taschentuch hervor. »Wer hat denn schon Zeit für so etwas? Wir auf jeden Fall nicht. Die Polizei hätte ihn verhaften sollen, weil er unsere Zeit verschwendet hat. Wissen Sie, was das ist? Ausnutzen verletzlicher Menschen. Das ist es.«

Simon Yates räusperte sich. Ich wollte fragen: Was denn für einen Unsinn? Was hatte dieser Mann gesagt? Hatte er Ihnen erzählt, dass Cheryl von einer watschelnden Gestalt entführt worden war, einer grauen Frau mit langen Haaren, deren Mund mit dicken schwarzen Stichen zugenäht war? Ich stellte mir vor, wie ich sie all das fragte, stellte mir vor, wie sich ihre Mienen verändern würden. Stattdessen nickte ich mitfühlend.

»Wer war denn der Mann? Jemand von hier?«

»Ja, ein Alteingesessener«, antwortete Cheryls Onkel. »Er betreibt das Antiquariat hier oben auf der Straße«, fuhr er fort und deutete mit dem Kopf in die Richtung. »Nach dem, was wir gehört haben, ist er, äh, eine *lokale Persönlichkeit*.«

»Ein Spinner, das ist er«, sagte Sharon Yates hitzig.

»Er meint es nur gut. Nehme ich an.« Cheryls Onkel griff nach einem Briefbeschwerer und legte ihn auf einen Stapel unterschriebener Petitionen. »Aber seine wilden Theorien brauchen wir im Moment wirklich nicht. Wir brauchen Antworten.«

Ich wünschte ihnen noch einmal alles Gute und verabschiedete mich mit den Worten, dass ich hoffte, Cheryl würde bald wieder auftauchen – obwohl ich in dem Moment, in dem ich es sagte, bereits wusste, wie halbherzig das klang –, und ging die Straße hinauf. *Wo bist du, Cheryl? Was ist passiert?*

Ein paar Sekunden später kam Katie von der Bäckerei zu mir herübergelaufen.

»Gehen wir jetzt zurück?«

»Gleich«, sagte ich. »Ich möchte noch bei einem Buchladen vorbeischauen.«

Katies Miene hellte sich daraufhin ein wenig auf – sie mochte Bücher –, aber als wir am Antiquariat angekommen waren, machte sie ein langes Gesicht. Dort würde sie keine Harry-Potter-Romane finden oder den neuesten Bestseller von David Walliams – das hier war ein Buchladen der *alten* Art, einer mit toten Fliegen in den Fenstern und einem Tisch vor der Tür voller vergilbter Taschenbücher. Das Suchplakat von Cheryl Yates hing augenfällig im Schaufenster, genau wie in allen anderen Läden auf der Straße. Ich wusste schon, wonach es drinnen riechen würde – nach Papier, Moder und alten Teebeuteln.

»Willst du mit reinkommen?«, fragte ich sie.

»Ja, ich denke schon.«

Eine Glocke bimmelte. An jeder Wand standen Bücherregale,

die sich umso weiter nach vorn zu neigen schienen, je höher sie aufragten. Auf dem Boden standen Kisten mit vergilbten Büchern und winzigen handgeschriebenen Preisschildern, dass die Gänge, die sowieso schon eng waren, noch schmaler wurden. Katie schlenderte einen der schmalen Gänge entlang und fuhr mit dem Finger über eine Reihe von Narnia-Büchern.

Weiter hinten im Laden stand ein Schreibtisch, der unter einer riesigen altertümlichen Kasse, die Josephs Exemplar im Campingladen fast wie ein topmodernes Modell aussehen ließ, nahezu verschwand. Ein kleiner alter Mann mit übereinandergeschlagenen Beinen und einem abgegriffenen Exemplar von Donna Tartts *Die geheime Geschichte* auf dem Schoß verschwand fast genauso hinter dem Schreibtisch. Er trug eine orangefarbene Cordhose, und sein langes weißes Haar war zu einem lockeren Pferdeschwanz gebunden. Als er mich bemerkte, legte er sein Buch weg und sah mich über seine Lesebrille hinweg an.

»Kann ich Ihnen helfen?«

»Ich schaue mich nur ein bisschen um.« Auf dem Schreibtisch lag ebenfalls ein kleiner Stapel mit Flugblättern von Cheryl Yates, und ich strich mit den Fingern darüber. »Ist das nicht schrecklich, mit diesem vermissten Mädchen?«

»O ja«, antwortete der Mann und stand auf. Er nahm seine Brille ab und polierte sie am Saum seines blassgelben Hemds. »Sie sind nicht aus Folkesholme, oder?«

»Nein.« Die Frage traf mich ein wenig unvorbereitet. »Ich bin … im Urlaub. Gewissermaßen. Eigentlich bin ich hier, um für ein Buch über Volkssagen zu recherchieren. Geschichten über die Gegend, sozusagen.«

Er setzte die Brille wieder auf und schob sie sich auf die Nasenspitze. »Ach, tatsächlich? Das ist ja interessant.« Er warf mir einen skeptischen Blick über den Rand seiner Gläser zu. »Sie müssen mir verzeihen, aber würde ich eine Pfundnote für jeden bekommen, der hier reinkommt und mir erzählt, dass er ein Buch schreibt … oder noch besser, würde ich fünfzig Pence für jeden bekommen, der versucht, mich dazu zu bringen, sein Buch, das er zu Hause ausgedruckt hat, in mein Sortiment *aufzunehmen*, wäre ich ein steinreicher Mann.«

Ich lachte. »Wirklich, ich bin nur hier, um zu recherchieren. Leben Sie schon lange in der Gegend?«

»Ich bin vor fünfzehn Jahren hierhergezogen. Ein ruhiger Ort, dachte ich, der nach einer richtigen Buchhandlung schreit. Der Blick aufs Meer versetzt die Leute in Leselaune. Aber hier ist nicht alles rosig. An dem ganzen Küstenabschnitt nicht. Deshalb überrascht es mich nicht, dass so *etwas*«, er berührte das Flugblatt mit seinen Fingern so wie ich eben, »hier passiert ist.«

»Ach, nein?« Ich hatte vorgehabt, ihn auf das Thema zu lenken, und war etwas erstaunt, dass ich mich kaum bemühen musste. »Sie glauben nicht, dass sie vielleicht nur weggelaufen ist?«

»Wer läuft an einem heißen Urlaubstag im Juli von seiner Familie weg?«, sagte der Buchhändler. »Wenn man von zu Hause wegläuft, läuft man von *zu Hause* weg und nicht vom Strand in den Ferien.«

»Ja«, sagte ich. Trotz meines hart erarbeiteten Zynismus spürte ich, wie mir schwer ums Herz wurde. Tief im Innern hatte ich gehofft, dass Cheryl einfach weggelaufen war. »Wahrscheinlich nicht.«

»Haben Sie je von den Beaumont-Kindern gehört?«, fragte der Buchhändler, trat hinter dem Schreibtisch hervor und ging zu einem besonders hohen, schmalen Bücherregal in der Ecke des Ladens. Ich bemerkte einen kleinen Stapel von Lesezeichen auf dem Tisch, daneben ein kleines Schild mit der Aufschrift: »Bitte nehmen Sie sich eins«. Und so nahm ich mir ein Lesezeichen, auf dem oben eine Muschel abgebildet war. Darunter stand: Kastner Bücher.

»Ähm, ich glaube nicht, nein«, antwortete ich und steckte das Lesezeichen in meine Tasche.

»Hier«, sagte er und zog ein großes Buch aus dem Regal, das in einer durchsichtigen Schutzhülle steckte und aussah, als hätte es einmal einer Bibliothek gehört. Mein Blick fiel auf den Titel, um mir wurde plötzlich schwindlig. *Die Top Fifty der mysteriösesten Vermisstenfälle.* Ich hatte mir dieses oder ein ähnliches Buch einmal als Kind ausgeliehen. Mr. Kastner beachtete mich allerdings nicht und blätterte schnell bis zu dem gewünschten Kapitel. »Da«, sagte er und hielt mir das Buch hin, das ich etwas widerstrebend in die Hand nahm.

Oben auf der Seite war ein Schwarz-Weiß-Foto zu sehen, das drei beinahe lächelnde Kinder zeigte: zwei Mädchen in weißen Strickjacken und einen kleinen, frech dreinblickenden Jungen. Im Hintergrund zeichneten sich Felsen und ein Streifen graues Meer ab.

»Jane, Anna und Grant Beaumont«, sagte Mr. Kastner. »Fuhren mit dem Bus an den Strand und kamen nie wieder.«

»Verdammt«, stieß ich aus und überflog die Seite. »Das war in den 1960er Jahren. In Australien.«

Falls er den ungläubigen Ton in meiner Stimme bemerkt hatte, schien ihm der egal zu sein, denn er zeigte keine Reaktion.

»Einer der berüchtigtsten Vermisstenfälle Australiens, einer, der bis heute nicht aufgeklärt worden ist«, sagte er. »Die Kinder wurden von mehreren Leuten am Strand gesehen, kauften sich Fleischpastete an einer Imbissbude und sind danach wie vom Erdboden verschwunden. Man hat nie eine Spur von ihnen gefunden.«

»Sie werden entführt worden sein«, sagte ich. »Es ist ja nicht so, als würde es für so etwas keine Erklärung geben. *Jemand* hat ihnen etwas angetan«, fügte ich hinzu und schluckte schwer. Kein Wunder, dass die Familie Yates nicht gut auf Mr. Kastner zu sprechen war, wenn er sofort uralte Tragödien vom anderen Ende der Welt hervorkramte.

»Es verschwinden ständig Kinder von Stränden. Das haben Sie schon bemerkt, oder?« Der Buchhändler nahm mir das Buch aus der Hand, klappte es zu und strich einmal mit der Hand darüber, als sei es ein schlafendes Tier, ehe er es zurück ins Regal stellte. »Wenn am Strand viel los ist, kann man sie sehr leicht aus den Augen verlieren. Aber ich glaube, da steckt mehr dahinter. Jeder Ort, an dem das Meer auf das Land trifft, ist seltsam, wenn Sie mir diese dichterische Freiheit verzeihen.«

Ich nickte zögernd. »Aus dem Grund möchte ich dieses Buch schreiben. Orte wie diese sind alle mit seltsamen Geschichten verknüpft.«

»So ist es! Es sind schwer zu bestimmende, wechselnde Orte. Selbst die Form der Küste muss eine Annäherung sein, nicht wahr? Wo genau trifft das Meer aufs Land beim Wechsel der Gezeiten?« Er lächelte mich wieder über seine Brille hinweg an. »Küstenstädte sind von Natur aus seltsam, finde ich. Sie sind kleine Inseln menschlicher Zivilisation, die auf eine riesige, unbezähmbare Natur schauen.«

»Weiß man denn mit Sicherheit, dass Cheryl nicht zu weit hinaus aufs Meer geraten ist? Das kann gefährlicher sein, als allgemein angenommen wird.«

Mr. Kastner schüttelte den Kopf. »Sie war nicht fürs Schwimmen angezogen. Sie hatte ihr Handy dabei. Kennen Sie einen Jugendlichen, der sein iPhone mit ins Wasser nimmt?«

Ich nickte beipflichtend, aber Mr. Kastner hatte sich bereit abgewandt und zog ein weiteres Buch aus einem anderen Regal heraus.

»Außerdem finde ich, dass Hithechurch und Folkesholme noch ein bisschen seltsamer sind als die anderen Küstenorte. Kennen Sie die Höhlen hier in der Gegend?«

»Höhlen?« Aus einem der Gänge war ein polterndes Geräusch zu hören, gefolgt von Katies Stimme, die »Entschuldigung!« rief. Ich blickte Mr. Kastner an, der den Zwischenfall aber höflich zu übergehen schien. »Nein. Ich habe noch nie von ihnen gehört.«

»Hier«, sagte er und schlug das Buch auf. Es sah aus wie ein Geographiebuch, herausgegeben von einem kleinen Verlag – definitiv *nichts*, was ich mir als Kind aus der Bibliothek ausgeliehen hätte. Auf der Seite, die er mir hinhielt, war eine schwarzweiße Karte mit wilden Schnörkeln zu sehen. »Wenn Sie über die hiesigen Volkssagen schreiben, müssen Sie auch ein Kapitel über die Höhlen einfügen. Sehen Sie diese Stelle hier? Sie liegt südlich von Folkesholme, aber nicht weit weg. In den Kreidefelsen dort befindet ein ganzes Netz von Höhlen und Tunneln – nicht so berühmt wie die in Botany Bay oder Kingsgate, aber Sie können darauf wetten, dass auch diese hier von Schmugglern genutzt wurden. Dunkle Orte, Geheimnisse, verborgene Dinge. Dieser Teil der Küste ist voll davon. Ich habe die Familie Yates gefragt, ob die Polizei sich in den Höhlen umgesehen hat. Ich glaube nicht, dass sie mich ernst genommen haben, aber das sollten sie. Denn da unten kann man alles Mögliche verstecken. Da unten *wurde* alles Mögliche versteckt.«

Ich dachte an die Leiche des Mädchens, verscharrt an einem dunklen, geheimnisvollen Ort. Natürlich war die Familie Yates wütend – sie wollte nichts hören von Leichen, die in Höhlen beiseitegeschafft wurden. Sie wollten glauben, dass Cheryl noch am Leben war.

»An diesem Küstenabschnitt sind schon früher Mädchen verschwunden«, fuhr Kastner fort. Mein Nacken begann unbehaglich zu kribbeln. Joseph hatte etwas sehr Ähnliches gesagt, auch Stan mit seinen Geschichten über die Graue Frau. Und die alte Dame vom Senioren-Kaffeekränzchen hatte mir ihre Namen genannt: Natalie, Sophie und Alison. Ich nahm all meinen Mut zusammen und öffnete den Mund, um Mr. Kastner nach ihnen fragen, auch wenn mir die eigene Angst fast die Kehle zuschnürte, aber in dem Moment sah er wieder auf das Bücherregal.

»Hier.« Er zog ein anderes, sehr viel schmaleres Buch aus dem Regal und gab es mir. Auch das sah aus wie von einem kleinen Verlag aus der Gegend hergestellt, aber hochwertiger, und es hatte mehr Bilder. Ich schaute auf den Titel, *Die magischen Höhlen von Kent*. »Nehmen Sie das mit. Damit können Sie sich einen guten Überblick verschaffen. Zweifellos viel gutes Material für Ihr Buch.«

Erst da wurde mir klar, dass ich diese Buchhandlung wohl kaum verlassen konnte, ohne etwas gekauft zu haben, und so gab ich ihm einem Fünfer. Die Gelegenheit, mich nach anderen vermissten Mädchen zu erkundigen, schien vorbei zu sein, und ich wollte nur noch weg.

»Danke«, sagte ich, meine Lippen fühlten sich leicht taub an. »Heimatkunde ist so interessant.«

»Kommen Sie jederzeit wieder!«

Auf dem Rückweg summte mein Handy, das auf dem Sitz neben mir lag. Katie saß auf der Rückbank und war in ein elektronisches Spiel vertieft, das sie mitgebracht hatte, weshalb sie mich keines Blickes würdigte. Als wir an einer Ampel standen, nahm ich das Handy in die Hand, um nach der Nachricht zu sehen. Sie war von Watkins.

Ich habe ein Exemplar des Buchs. Können Sie sich mit mir treffen? Sie werden es sehen wollen.

Mich durchfuhr ein kalter Schauer. Emilys Buch, das unsere Geschichte enthüllte – nur hatte sie sie verdreht, um aus *mir* ein Monster zu machen. Die Ampel sprang auf Grün, und nach ein paar Sekunden holte mich das laute Hupen der hinter uns stehenden Autos zurück in die Gegenwart. Ich legte das Handy wieder auf den Sitz, mit dem Display nach unten und fuhr weiter.

22. KAPITEL

1959

Obwohl Derek aus dem Arbeitszimmer verbannt worden war, vergaß er nie, was es barg – vor allem nicht Harry, das Wachsmodell, dessen Haut ganz abgezogen war. Er konnte Harry nicht vergessen, denn er suchte ihn immer wieder in seinen Träumen heim.

In diesen Träumen befand er sich stets im Arbeitszimmer seines Vaters. Eine Wand war weggebrochen, und er blickte auf eine verwüstete Ödnis aus zerbrochenen Ziegeln und wucherndem Unkraut. Er war weit oben, mindestens im dritten Stockwerk, und den Dielen unter seinen Füßen war nicht zu trauen. Harry selbst befand sich auf dem Schreibtisch, das rote Wachs seines enthäuteten Gesichts glitzerte im Mondlicht, und das Grinsen, das er Derek zuwarf, war zu breit und zu zahnig. Er hatte ja keine Lippen mehr.

»Ich darf nicht hier drin sein«, sagte Derek. »Nicht mehr.«

Trotzdem ging er hinter den Schreibtisch an den Schrank mit den Schubladen und zog die heraus, in der die alten Messer seines Vaters lagen, ordentlich und sauber auf dunkelblauem Samt. Er fuhr mit seinen Fingern, die in seinem Traum ruhig blieben und nicht zitterten, über die Klingen. Und in seinem Traum wusste er auch genau, wo er schneiden und wo er nähen musste, damit alles wieder in Ordnung kommen würde.

Und dann hörte er Harrys Stimme hinter sich. Die Wachsfigur war vom Schreibtisch geklettert. Sie reichte ihm nur bis zu den Knöcheln.

»Du hast da ein Loch in deinem Kopf, mein Junge. Und alles, was gut an dir war, ist dort rausgelaufen.«

Mit fünfzehn hatte Derek Grafton seine Schulausbildung praktisch aufgegeben, so wie auch sein Vater ihn im Grunde genommen aufgegeben hatte. Derek verbrachte seine Zeit draußen auf den Straßen Londons und trieb sich mit einer neuen Clique von Jungs herum, die die Schule noch früher als er geschmissen hatten. Tommy und Sid hatten sich nach dem Unfall von ihm abgewendet, entweder weil sie sich schuldig fühlten oder weil das, was ihm zugestoßen war, sie verschreckt hatte, aber das machte Derek nichts aus. Er war der Älteste unter seinen neuen Freunden, und sie schauten zu ihm auf – oder vielleicht hatten sie Angst vor ihm. Das war schwer zu sagen. Er wusste, dass sie auf das hörten, was er sagte, und sie befolgen seine Befehle. Das reichte.

An einem kalten Februarnachmittag, das Licht verschwand bereits vom Himmel, spielten Derek und vier andere Jungs Karten im Keller einer Metzgerei. Die Metzgerei gehörte Barrys Vater. Sie durften, solange sie hinter sich aufräumten, kommen und gehen, wann sie wollten. Der Keller war feucht und stank nach altem Blut. An den Betonwänden hingen angsteinflößende Werkzeuge, aber die gehörten nicht zu den Dingen, die Teenager abschreckten.

Die Jungs hänselten sich gern gegenseitig und teilten kleine Beleidigungen aus, die oft zu einem kurzen Handgemenge und der einen oder anderen blutigen Nase führten. Und an diesem Tag war es ein Junge namens Nedry, dem von den anderen zugesetzt wurde. Er war klein, schmächtig und still, ein ideales Opfer für Sticheleien, und er hatte ein großes Feuermal auf der linken Wange.

»Ich muss meinem Vater sagen, dass er hier unten besser

sauber macht«, bemerkte Barry. »Sieht aus, als hätte Nedry wieder altes Schweineblut im Gesicht.«

Die Jungs kicherten und stießen Nedry mit den Ellbogen an, der auf seine Karten blickte.

»Ja, sehr witzig«, murmelte er.

»Nein, das ist nur die Stelle, an der ihn seine Mutter geküsst hat«, warf Geoff ein, ein Junge mit rotem Wuschelhaar und schmutzigen Händen. »Sie küsst ihn gern lang *und* langsam, nicht wahr, Ned?«

»Lass mich in Ruhe«, sagte Nedry kurz angebunden.

»Ich vermute, das ist die Stelle, an der ihm seine Schwester eine Ohrfeige verpasst hat«, fügte Barry lachend hinzu. »Nachdem er versucht hatte, ihr unter den Rock zu schauen.«

Nedry war rot geworden, und sein Gesicht hatte fast die Farbe seines Muttermals angenommen. »Ja, ihr seid alle so verdammt schlau.«

»Nein, sind wir nicht«, sagte Geoff vergnügt. »Doc ist schlau. Doc, was glaubst du, was das da auf Neds Gesicht ist?«

Derek sah von seinen Karten auf und freute sich, dass die Aufmerksamkeit der anderen auf ihn gerichtet war. Die Väter der Jungs waren Metzger, Kohleverkäufer und Lumpensammler. Dereks Vater, das wussten sie, war ein berühmter Arzt, und deshalb hatte alles, was Derek sagte, Gewicht.

»Also, ich glaube – ich glaube, dass ich das in Ordnung bringen kann.

Darüber lachten alle, außer Nedry, der den Kopf schüttelte.

»Im Ernst«, sagte Derek und setzte eine entsprechende Miene auf. »Ich habe im Arbeitszimmer meines Vaters gelernt, wie man das macht. Man nimmt einen Hautlappen von der einen Stelle und deckt die andere, die unansehnliche, damit ab. Das ist ganz einfach, zumal Nedrys Muskeln und Knochen im Gesicht nicht beschädigt sind.«

»Ha, na dann mal los«, rief Barry. »Das würde ich gerne sehen.«

Derek stand auf. Er hatte sich den ganzen Nachmittag die Messer an der Wand angeschaut und wählte das mit der längsten und schlanksten Klinge aus. Eines, das auch in die Sammlung seines Vaters gepasst hätte. Nedry sprang auf und ließ seine Karten auf den Tisch fallen. Die anderen Jungen sprangen ebenfalls auf und lachten. Für sie war das nur ein weiterer Spaß, eine weitere Frotzelei. Barry griff nach Nedrys Arm, als der sich umdrehte, um die Kellertreppe hinaufzulaufen.

»Komm schon, Ned«, sagte er. »Das dauert nicht lange.«

Geoff hatte sich den anderen Arm gepackt, und die beiden drückten den Jungen mit Leichtigkeit gegen die Wand. Nedry fluchte lautstark, aber das brachte sie nur noch mehr zum Lachen.

Derek trat zu ihm, das Messer in der Hand. Er wusste, dass sich seine Freunde nur einen Spaß erlaubten. Sie dachten, dass er Nedry mit dem Messer bedrohen, es ihm vielleicht vor die Nase halten und ihn dann fest kneifen oder den Arm verdrehe würde. Aber Harry flüsterte ihm zu, tief in seinem Kopf. Er sah die Bilder aus dem Archiv vor sich und eine glitzernde, goldene Zukunft für sich voraus, wenn er sich hier in diesem feuchten Keller als fähig erweisen würde. Wenn er unter Beweis stellte, dass er ein Messer ruhig halten und jene heiklen, komplizierten Operationen durchführen konnte wie sein Vater damals im Krieg.

»Haltet ihn fest«, sagte er, die Stimme angespannt, was die anderen aber nicht bemerkten. »Er darf sich nicht bewegen.«

Barry, der in all ihren Kämpfen immer der Erste war, der zum Schlag ausholte, drückte eine große, fleischige Hand gegen Nedrys Stirn und hielt ihn fest. Und in dieser Sekunde konnte Derek genau sehen, wo er das Messer ansetzen musste – ein Hautlappen von seinem Hals würde gut funktionieren, da war er sich sicher, die klaffende Wunde würde er mit mehreren Stichen zusammennähen …

Der Lärm traf ihn wie ein Hammerschlag. Nedry schrie und fasste sich an den Hals, Blut strömte aus der Wunde, während die anderen Jungen zurückgesprungen waren, die Gesichter aschfahl.

»Verdammte *Scheiße*, Doc!«

»Er muss stillhalten«, beharrte Derek, obwohl er bereits wusste, dass das sinnlos war. Der Junge schrie so laut wie all die Tiere, die schon einmal durch diesen Kellerraum gelaufen waren, und das Gefühl, das Derek durchzuckte, war eine seltsame Mischung aus Wut und Vergnügen. Er wollte noch einmal das Messer ansetzen, wollte Nedry zwingen, stillzuhalten, wollte ohne Unterbrechung arbeiten, nur um zu sehen, was er so draufhatte. Er wollte …

In dem Augenblick wurde die Kellertür aufgerissen, und Barrys Vater stürmte herein, ein stämmiger Mann mit einer schmutzigen Schürze.

»*Was zur Hölle machst du da?*«

23. KAPITEL

Heute

Die Adresse, die mir Watkins per SMS geschickt hatte, lag wieder am Rand von Folkesholme, aber dieses Mal war es eine ruhige Wohnstraße. Katie hatte mich überredet, sie für die Zeit ins *Smuggler's Cove* zu bringen, wo ich Stan bat, sie im Auge zu behalten, und ihr einen Haufen Zwanzig-Pence-Stücke zum Spielen und einen Zehner fürs Mittagessen in die Hand drückte. Es würde ihr gutgehen. Ich saß einige Minuten lang im Auto, schaute aus dem Fenster hinaus in den kalten, regnerischen Nachmittag, der alles noch dunkler erscheinen ließ, als es ohnehin schon war, und dachte über die letzten Tage nach. Die Häuser in der Straße waren schäbig und heruntergekommen, und die grauen Wolken, die über ihnen hingen, verstärkten ihren trostlosen Anblick nur noch mehr.

Mit Watkins zu sprechen, fühlte sich noch immer wie ein großes Risiko an. Sie wusste genau, wer ich war, und auch, dass ich mich gerade in Hithechurch befand. Wenn sie wollte, konnte sie mir alle möglichen Schwierigkeiten bereiten. Aber die Chance, ein Blick in das Buch zu werfen, bevor ein anderer es tat, war zu verlockend, als dass ich hätte widerstehen können. Ich musste wissen, was Emily über mich geschrieben hatte.

Schließlich stieg ich aus dem Auto, ging zügig über den Bürgersteig zum Haus, wobei ich mürrisch das Gesicht wegen des Regens verzog. Das Haus war grau und gedrungen, der Vorgarten zugewuchert, und die Farbe blätterte von den Fensterbänken ab. Ich drückte auf die Klingel. Als nichts geschah, klopfte ich energisch an die Tür. Sie wurde fast augenblicklich aufgemacht, und Watkins starrte mich an.

»Kommen Sie herein. Putzen Sie bitte Ihre Schuhe ab.«

Ich kam ihrer Bitte nach, obwohl mir das ziemlich unnütz erschien, denn der Teppich im Flur war eindeutig alt, der Flor abgelaufen und grau. An einigen Stellen glänzte er sogar. Ich folgte ihr in das hintere Zimmer, das offenbar als eine Art Esszimmer diente. In der Mitte stand ein Tisch mit vier Stühlen und an einer Wand eine Kommode mit altem Geschirr. Ich blickte mich um, aber die Einrichtung war so karg, dass es nur wenig zu sehen gab, also setzte ich mich hin. Abgesehen von zwei Zaumzeug-Medaillons aus Messing (ein Hufeisen und ein Kruzifix), die ich auf der Kommode entdeckte, war das Zimmer nicht dekoriert, was mich irgendwie stutzig werden ließ, aber dann stand Watkins neben mir, das krause Haar hing ihr ins Gesicht.

»Saft? Tee? Kaffee?«, fragte sie und lächelte zaghaft. »Ich kann eine frische Kanne machen.«

»Saft wäre wunderbar.«

Sie ging zurück in den schmalen Flur, und eine Weile hörte ich ihr zu, wie sie in der unsichtbaren Küche herumhantierte. Der Regen wurde stärker, und ich hatte das Gefühl, als würde das düstere kleine Haus überall vor Anstrengung knarzen, um ihn draußen zu halten. Als Watkins mit zwei Gläsern Orangensaft zurückkehrte, deutete ich mit dem Kopf auf das Fenster. Durch die leicht verschmutzte Scheibe war ein schmaler Garten zu sehen, an dessen Ende eine Schaukel stand.

»Ein Sauwetter da draußen«, sagte ich.

Watkins blickte zu dem Fenster, als hätte sie es noch nie zuvor gesehen. Dann ging sie zur Kommode, öffnete eine der unteren Schubladen, zog einen dicken braunen Umschlag heraus, legte ihn vor mich auf den Tisch und setzte sich schließlich selbst.

»Das ist es«, sagte sie. »Sie wollten es sehen. Ich darf es Ihnen nicht mitgeben. Normalerweise verteilen wir überall Leseexemplare, aber dieses Buch hier wird streng unter Verschluss gehalten. Aus rechtlichen Gründen.«

»Ja, das hier ist etwas *Besonderes*«, räumte ich ein, ohne dass ich mir die Mühe machte, den Sarkasmus aus meiner Stimme herauszuhalten. Ich öffnete den Umschlag und zog einen dicken Stoß A4-Papier heraus. Die Blätter waren lose und auf der obersten Seite stand **PINE CONE PRESS: EIN HÖCHST GEFÄHRLICHER ZAUBER** – *darf nicht weitergegeben, verkauft oder vervielfältigt werden.* Ich blätterte die Seite um, und mein Blick wanderte über die ersten Zeilen.

Ich war ein einsames Kind. Mein Vater war streng, und obwohl meine Mutter da war, war sie letztendlich doch nicht anwesend. In einem Sommer, unserem einzigen Urlaub im Jahr, lernte ich ein anderes kleines Mädchen kennen – ein kleines Mädchen, das völlig anders war als ich. Sie hatte eine große Familie, die sie liebte, die sich um sie kümmerte und die ihren Geschichten zuhörte. Ich wollte all das, was sie hatte, auch haben, und ich wollte ihre Freundin sein. Aber was ich über meine neue Freundin nicht wusste, war, dass sie vor allem gern log. Und ihre Lügen sollten unser beider Leben zerstören und das Ende der

Ich legte das Deckblatt wieder oben auf, damit die Worte aus meiner Sicht verschwanden. Mir war schlecht, ich fühlte mich benommen, und das düstere kleine Esszimmer um mich herum schien sich zu drehen wie das Teetassen-Karussell auf dem Jahrmarkt.

»Dieses miese Drecksstück!«, stieß ich aus.

»Da ist noch viel mehr, im Stil wie das, und noch viel schlimmer«, sagte Watkins. Sie beobachtete mich genau. Sie hielt inne und nagte an ihrer Lippe, eine kurze, nervöse Geste. »Das ist nur die Einleitung.«

»Ich kann nicht glauben, dass Sie das veröffentlichen werden.«

»Nicht ich«, entgegnete sie. »Ich hätte den Vertrag nie unterschrieben. Wollen Sie … Wollen Sie sich den Rest ansehen?«

Ich wollte nicht, aber ich tat es trotzdem und blätterte den Stapel von Seiten durch, um mir kurze Abschnitte anzuschauen. Ich konnte nie mehr als einen Absatz lesen, weil ich dann zu wütend oder zu aufgebracht war, um fortzufahren – in einem Abschnitt behauptete Emily, dass ich meine Cousine Jenny schikaniert hätte, die zu sanftmütig gewesen wäre, um mir die Stirn zu bieten. Sie sprach über all die blutigen Geschichten, die ich gern erzählt hatte, und bemerkte, dass ich besonderen Gefallen an denjenigen gefunden hätte, die mit Mord, Rache oder Messern zu tun gehabt hätten. Ich las genug, um zu erkennen, dass sie mich als diejenige darstellte, die Stitch Face Sue und die Rituale erschaffen hatte … was in gewisser Weise ja auch stimmte, aber wohl kaum der springende Punkt war.

Schließlich stolperte ich über einen Abschnitt, in dem eine Nacht an einem einsamen Strand geschildert wurde.

Ich konnte kaum etwas sehen, weil ich so weinte, aber ich konnte die Brandung hören, die gegen das Ufer schlug. Ein Geräusch, das mich mein ganzes Leben lang verfolgt hat.

Ziemlich abrupt stand ich auf und schwankte leicht.

»Wo ist Ihr Badezimmer?«

Watkins blickte panisch, aber sie deutete mit dem Kopf auf die Tür. »Hier unten gibt's eine Gästetoilette, gegenüber …«

Ich taumelte in den Flur. Zum Glück stand die Tür des Gäste-WCs offen und ich fiel vor der Toilette auf die Knie. Schon im nächsten Moment musste ich mich übergeben.

»Alles … in Ordnung?«, fragte Watkins.

Ihre Stimme war direkt hinter mir. Meine Hände zitterten, und mein Kopf pochte unablässig, aber ich schaffte es, ihr krächzend eine Antwort zu geben. Mir schien, als hörte ich von oben ein dumpfes Klopfen, aber als ich mich wieder hochrappelte, war es weg. Ich wischte mir den Mund ab und drückte die Toilettenspülung.

»Entschuldigung«, sagte ich, noch immer sehr wacklig auf den Beinen. »Ich weiß nicht, wie mir auf einmal so schlecht werden konnte.«

Watkins erwiderte nichts. Wir gingen zurück ins Esszimmer. Sie griff nach dem Manuskript und räumte es wieder in die Schublade der Kommode, ohne dass ich sie darum bitten musste. Ich war froh, dass es aus meinem Blickfeld war.

»Sehen Sie, was sie mit einem macht?« Watkins kaute wieder auf ihrer Lippe herum. »Sie darf ihre Geschichte erzählen, und Tausende von Menschen werden sie lesen. Und noch mehr werden sie im Fernsehen sehen, wenn der Dokumentarfilm rauskommt. Und was bedeutet das für Sie?«

Ich trank einen Schluck Orangensaft, um den Geschmack von Erbrochenem in meinem Mund loszuwerden, und dachte an meine Familie, auf jeden Fall an diejenigen, die noch da waren. Das Letzte, was sie wollen würden, wäre, dass die ganze schreckliche Sache wieder im Fokus der Öffentlichkeit stand. Und dass Emily mich als die Böse darstellte.

»Dieses Buch zu veröffentlichen, ist ein Fehler, aber niemand wird auf mich hören«, fuhr Watkins fort. »Deshalb müssen Sie die Sache, was immer es auch ist, unbedingt finden. Denn genau das will sie nicht, da bin ich mir sicher. Und das muss Grund genug sein, danach zu suchen.«

»Woher wissen Sie noch mal davon?«

Watkins wandte den Blick ab und starrte unverwandt auf die Tür hinter mir.

»Wie ich Ihnen schon gesagt habe, ich habe es zufällig mitbekommen. Die Rechtsabteilung von *Pine Cone* – nun ja, sie besteht aus einer Anwältin und ihrer Assistentin, mehr können wir uns nicht leisten – hat darauf gedrängt, eine Liste zu erstellen mit allem, was dazu führen könnte, dass *Ein höchst gefährlicher Zauber* doch noch in letzter Minute zurückgezogen werden muss. Wenn wir einen Haufen Geld in das Buch stecken und ein Gericht entscheidet, dass wir es dann doch nicht veröffentlichen dürfen, wird wahrscheinlich der ganze Verlag daran pleitegehen. Also musste Emily Haynes – Sie wissen, dass sie sich nicht mehr so nennt –, ihrer Agentin eine Liste vorlegen, und wie schon gesagt, ich habe gehört, wie sie darüber sprachen. Da waren ein paar Dinge, aber das war das, was mich hat aufhorchen lassen. Etwas, das vergraben wurde. Das sie ruinieren könnte. Etwas, das Sie *gemeinsam* vergraben haben.«

Sie richtete ihren Blick wieder auf mich, und ich bemerkte kurz, dass sie so schlecht aussah, wie ich mich fühlte.

»Was ist es? Was haben Sie zusammen vergraben?«

Ich schaute weg. »Eigentlich möchte ich darüber lieber nicht sprechen.«

Sie schüttelte den Kopf, leicht frustriert. »Sie müssen es finden. Verstehen Sie? Sie müssen dieses *Ding* finden. Sie müssen es jetzt finden.«

Ich nickte, aber mir war schrecklich unbehaglich zumute, denn ich hatte schließlich immer noch nichts gefunden. Und die Zeit wurde knapp.

Als ich ging, hatte es aufgehört zu regnen. Ich drehte mich noch einmal zum Haus. Ein Vorhang im zweiten Stockwerk bewegte sich, und ich hob zögernd die Hand, um zu winken, aber wenn es Watkins war, die mir hinterhersah, winkte sie nicht zurück.

24. KAPITEL

Juli 1988

Zu Charlies Überraschung brauchte Jenny kaum überredet zu werden. Als sie morgens nach dem Frühstück mit ihrer Cousine über das »rituelle Spiel« sprach, zuckte Jenny nur mit der Achsel, etwas beleidigt.

»Du schließt mich eigentlich immer aus«, sagte sie. »Du und Darren und Carol. Ihr alle. Wäre schön, einmal einbezogen zu werden.«

Charlie überhörte das geflissentlich. »Du musst also etwas finden, das du … dem Geist schenkst. Irgendeine Kleinigkeit.«

»Okay«, sagte Jenny. Sie zog ein Taschentuch aus ihrem Ärmel und faltete es immer wieder in den Händen, ein eindeutiger Beweis dafür, dass die Erwähnung des Worts »Geist« sie nervös gemacht hatte. Aber Jenny hatte offensichtlich beschlossen, sich nicht abschrecken zu lassen. »Ich werde etwas finden.«

An diesem Tag war es zum ersten Mal richtig bewölkt. Charlie, Jenny und Emily trafen sich am Nachmittag und gingen wieder auf das Feld am Strand – Charlie war zum Schluss gekommen, dass sie mit einem weiteren nächtlichen Ausflug noch warten sollten.

Sie traten zu den Felsen mit den Graffiti. Charlie zeichnete ein Pentagramm mit einem Stock, und die Mädchen, legten ihre Geschenke hinein. Emily hatte noch einmal etwas Tabak von ihrem Vater mitgebracht, eine Schnake in einem Glas und eine Postkarte. Ein Strand und ein Meer, so blau, wie sie es noch nie in

Hithechurch gesehen hatten, zierten die Vorderseite. Charlie drehte die Karte um und betrachtete die krakelige Handschrift.

»Die Karte ist von Louise«, sagte Emily und blickte kurz zu Jenny. »Sie hat vor ein paar Jahren einen Schulausflug nach Jersey gemacht und sie mir geschickt.«

Jenny beachtete die beiden nicht. Sie drehte traurig ein kleines Plastikpferd in den Händen. Es war rosa und hatte eine gelbe Mähne.

»Ist das Pferd dein Geschenk an den Geist?«, fragte Charlie. Jennys Anwesenheit machte sie nervös. »Du musst es in den Kreis legen.«

»*Mach* ich«, sagte Jenny beleidigt, aber es dauerte trotzdem noch etwas, bis sie das Pony in das Pentagramm gelegt hatte, dem mehrere andere kleine Gegenstände folgten: drei Erdbeerbonbons, ein gelber Farbstift, ein winziger Plastiktroll mit lila Haaren und ein kleiner ananasförmiger Radiergummi. Charlie war von der Ausbeute ziemlich beeindruckt, und nachdem auch sie ihre Opfergaben dazugelegt hatte – eine Seite von einem Kniffel-Block, ein winziges Plastikauto aus einem Überraschungsei und einen glitzernden rosa Bleistiftspitzer –, fiel ihr auf, dass sich Emilys Gaben sehr von ihren unterschieden. Es bereitete ihr Unbehagen, aus Gründen, die sie nicht genau benennen konnte.

»Okay, heute sind wir zu dritt.« Charlie setzte sich aufrecht hin. Es war kälter geworden, alle drei trugen Pullover oder Strickjacken, und wegen des Windes, der vom Meer herüberwehte, flatterte Jenny das lange blonde Haar ins Gesicht, so dass sie es immer wieder aus ihrer Brille entwirren musste. »Drei ist eine besondere Zahl in der Magie. Deshalb gibt es auch immer drei Hexen.«

»Wirklich?«, fragte Jenny. Ihr Ton war zweifelnd.

»Ja«, antwortete Charlie entschieden. Emily sah sie ernst an. »Wir sind zu dritt, und es gibt drei Opfergaben.« Sie holte die

Streichholzschachtel aus ihrer Tasche. »Also werde ich auch drei Streichhölzer anzünden.«

»Die darfst du gar nicht haben!«, rief Jenny sofort, aber Charlie brachte sie mit einem Blick zum Schweigen.

»Und ihr müsst an Susan Cartwright denken, während die Streichhölzer brennen. Denkt an die Hilfe, die wir von ihr brauchen.«

»Brauchen wir ihre Hilfe?«, fragte Jenny.

»Jenny, willst du dieses Spiel nun spielen oder nicht?«, entgegnete Charlie und rutschte auf dem Gras hin und her. »Du kannst nicht nur die ganze Zeit Fragen stellen.«

»Wir müssen das *richtig* machen«, fügte Emily hinzu. Charlie sah, wie Jenny einen kurzen Blick auf Emily warf, ihre Miene hinter den dicken Brillengläsern undurchdringlich. Sie zog ihre Strickjacke fester um die Schultern und zuckte mit den Achseln.

»*Entschuldigung.*«

»Stitch Face Sue«, begann Charlie, ihre Stimme so feierlich wie nur möglich. »Wir bitten dich, dass du Gerechtigkeit mit deiner Schere übst. Es ist Blut geflossen, aber noch nicht genug.« Jenny gab ein leises Geräusch von sich, und Charlie spürte ein seltsames Gefühl des Triumphs in sich aufsteigen. Normalerweise glaubte nie jemand ihre Geschichten. Außer Jenny. Und Emily. Sie wusste, dass sie durch die Worte, die sie an ihre Zuhörerinnen richtete, eine gewisse Macht besaß. Also beschloss sie, ihnen ein paar mehr hinzuzufügen. »Wir bitten dich, dass du es noch einmal versuchst. Wir haben dir bereits einmal ein lebendiges Opfer gebracht. Das tun wir heute wieder.« Sie sah Emily an. Ihre Freundin nickte leicht und nahm das Glas mit der dicken grauen Schnake in die Hand, die aufgeregt darin herumflatterte.

»Ich mag diese Krabbeltiere nicht«, sagte Jenny, ihre Stimme war sehr leise.

»Dann wird dir das, was jetzt kommt, gefallen«, sagte Charlie.

Ihr war plötzlich nach Lachen zumute, und dann wehte mit einem Mal eine Böe vom Meer herüber. Sie trug die Schreie von Strandbesuchern herbei, deren Luftmatratzen jäh erfasst und über den Sand geschleudert worden waren. Die Luft fühlte sich seltsam an, und das Licht hatte einen merkwürdigen, kränklichen gelben Farbton angenommen. Sturmlicht, so nannte Charlies Grandma es. Charlie zündete das erste Streichholz an, legte eine Hand schützend um die Flamme, damit der Wind sie nicht ausblies, und nickte Emily zu. »Jetzt.«

Emily schraubte das Glas auf, kippte es um, dass die Schnake in ihrer Hand landete. Jenny stieß einen leisen Schrei des Ekels aus, während Emily das Insekt wie beim letzten Mal auf dem Stein zerquetschte. Dann zückte sie ihr Taschenmesser und legte es geöffnet in das Pentagramm, so dass die Klinge im Licht blitzte. Charlie zog die Augenbrauen hoch – sie hatte Emily gar nicht darum gebeten, aber es verlieh dem Ritual eine außergewöhnliche Note. Das erste Streichholz war mittlerweile bis zu ihren Fingern heruntergebrannt, und sie drückte es in dem sandigen Gras aus.

»Ein Messer für dich, Stitch Face Sue«, sagte Emily feierlich. »Ich brauche deine Hilfe. Ich will Rache für Louise. Und … und auch für mich.«

Jenny blickte auf ihre Füße, ihr Mund war auf eine Weise verkniffen, die darauf schließen ließ, dass sie mit den Tränen rang. Charlie zündete das zweite Streichholz an.

»Jetzt bist du dran, Jenny«, sagte Charlie und stupste ihre Cousine mit dem Knie an. »Sag etwas zu Stitch Face Sue. Bitte sie um etwas, während das Streichholz brennt.«

»Ich will nicht.«

Charlie spürte, wie Verärgerung in ihr aufstieg. »Los schon, oder ich … kneif dich.«

»Stitch Face Sue, ich will, dass meine Cousine aufhört, so *gemein* zu mir zu sein.«

Charlie verdrehte die Augen und drückte das zweite Streichholz aus. Sie war fest entschlossen, sich von Jennys Verhalten nicht aus der Bahn werfen zu lassen. »O Gott, Jenny, jetzt sei nicht so blöd.« Als sie das dritte Streichholz anzündete, hielt sie es über die Mitte des Pentagramms. »Wenn das dritte Streichholz ausgeht, wird Stitch Face Sue hier sein. Aber nur ganz kurz, bloß eine Sekunde, und wenn du sie siehst, gib ja keinen Mucks von dir. Denn sie könnte wütend werden, wenn sie dich hört, und versuchen, dich zu packen.« Charlie konnte sich nicht verkneifen, einen Blick auf ihre Cousine zu werfen, und stellte erfreut fest, dass sie blass geworden war.

Schweigend saßen sie zu dritt da und schauten auf das Streichholz. Der Wind nahm zu, und hinter ihnen zogen dunkle Wolken über das Meer heran. Ein Sommergewitter, so perfekt getimt, dass Charlie es kaum glauben konnte. Ein paar Sekunden vergingen, ehe das Streichholz mit einer weiteren Böe erlosch. Charlie blickte zufällig zu Emily hinüber und bemerkte, wie sie die Augen aufriss. Sie starrte auf etwas hinter Charlie, in Richtung Meer.

»Da ist sie!«, rief sie.

Charlie drehte sich um. Einen Augenblick lang sah sie eine Gestalt, die sich gegen das graue Meer abzeichnete. Sie hatte langes, zerzaustes Haar und ein weißes Gesicht. Und dann taumelte Jenny, die ihren Blick von der Erscheinung losgerissen hatte, gegen Charlies Schulter. Ihre Cousine war aufgesprungen und hatte dabei das Gleichgewicht verloren.

»Was machst du denn da?«, brüllte Charlie. Als sie sich umdrehte, war die Gestalt verschwunden.

»Ich hasse dich!«, schrie Jenny. »Warum musst du so seltsam sein?« Sie weinte. Charlie wurde schlagartig klar, dass sie es zu weit getrieben hatte.

»Sei nicht albern«, sagte sie und war im Begriff aufzustehen, um ihre Cousine zu beruhigen, aber Emily war schon hochgeschnellt und packte Jenny wütend am Arm, dass sie fast in das Pentagramm fiel.

»Du hast alles kaputtgemacht!«, zischte Emily erregt und frustriert. »Was, wenn sie deinetwegen nicht kommt?«

Jennys Weinen hatte da bereits einen wilden, panischen Ton angenommen. Schwankend bewegte sie sich von dem Pentagramm weg und hielt den Arm hoch. Ihre rosafarbene Strickjacke hatte sich am Ellbogen tiefrot verfärbt.

»Was ...?«, begann Charlie. Ihr Blick wanderte zu Emily, in deren Hand, mit der sie Jenny gepackt hatte, sich das Messer befand. *Wann hatte sie das Messer in die Hand genommen?*

»Das werde ich sagen!«

Mit diesen Worten jagte Jenny über das Feld davon.

Sie verloren sie schnell aus den Augen, als sie zur Promenade lief. Ihr hellblondes Haar reflektierte das unheilvolle, gewittrige Licht. Eine Zeitlang rannten Emily und Charlie ihr hinterher, aber als sie die Straße erreichten, die zurück zum Campingplatz führte, verlangsamten sie ihr Tempo. Es war unnötig, sich für eine Standpauke, die sie zweifellos erwartete, zu beeilen. Charlie schielte hinüber zu ihrer Freundin. Emilys Lippen waren zu einem schmalen Strich zusammengepresst, und ihre grünen Augen leuchteten.

»Was ist passiert?«, fragte sie schließlich. »Mit dem Messer?«

Emily mied erst ihren Blick. Stattdessen rieb sie sich mit der Hand über den Pullover, als wolle sie etwas abwischen, das Charlie nicht sehen konnte. Als sie Charlie schließlich anschaute, lächelte sie zaghaft.

»Ich hatte es wieder aufgehoben und vergessen, dass ich es in der Hand hatte, als deine Cousine aufgestanden ist. Hast du sie gesehen? Stitch Face Sue?«

Charlie kickte einen Stein von der Straße, dass er im Graben, der daneben verlief, landete. »Ich habe etwas gesehen«, antwortete sie.

»Sah es aus wie die Frau von gestern Abend?«

Charlie überprüfte ihre Erinnerungen der letzten halben Stunde, aber sie hatte jetzt schon Schwierigkeiten, sich alles noch einmal genau vor Augen zu führen. Das Licht war trübe gewesen, und sie hatte die Gestalt auf der anderen Seite des Felds nur äußerst kurz gesehen. Die Person hatte langes Haar gehabt, da war sich Charlie sicher. Und hatte sie nicht auch das Gesicht erkannt? Eine starre Maske mit vielen Nähten? Oder war das ihre Erinnerung an die Gestalt, die sie vom Fenster aus gesehen hatte und deren Erscheinungsbild sie jetzt auf die Person vom Feld übertrug? Ihre Mum hatte gesagt, die Gestalt draußen wäre ein Traum gewesen, und ihre ganze Familie hatte ihr zugestimmt. Überhitzte Phantasie. Geborene Lügnerin. Zu lange wach gewesen.

»Ja«, sagte sie entschlossen. »Sie war es.«

Emily nickte.

»Ich hatte Angst, dass deine Cousine Stitch Face Sue vertreiben würde. Deshalb habe ich sie gepackt und das Messer muss sie wohl gestochen haben. Ich wollte ihr nicht weh tun.«

Emilys Stimme zitterte. Charlie klopfte ihr unbeholfen auf die Schulter. »Das weiß ich doch«, versicherte sie ihr. »Ist sie das da vorn?«

Sie hatten den Abzweig zum Campingplatz erreicht. Jenny ging mit gesenktem Kopf in einiger Entfernung vor ihnen her, den verletzten Arm mit einer Hand umklammernd. Sie hatte offensichtlich nicht die Kraft gehabt, den ganzen Weg zurück zu rennen. In dem Augenblick setzte der Platzregen ein, der schon den ganzen Nachmittag über gedroht hatte, herunterzukommen. Große, dicke Tropfen klatschten auf den Boden.

»Wir müssen sie dazu bekommen, dass sie uns nicht verrät,

sagte Charlie leise. »Sonst dürfen wir überhaupt nicht mehr zusammen nach draußen.«

Sie beschleunigten ihren Schritt und versuchten, sich ihr unauffällig zu nähern, aber sie waren immer noch knapp zwei Meter von Jenny entfernt, als diese sie kommen hörte. Sie blickte sich erschrocken um, dann rannte sie los, an dem Laden auf dem Campingplatz vorbei über den Spielplatz. Charlie und Emily liefen ihr hinterher. Jenny war zwar etwas älter als die beiden, aber trotzdem kleiner und schmächtiger, und so holten sie sie schließlich am Rand des Spielplatzes ein, da, wo das Waldstück auf den Rasen traf.

»Jenny, bleib stehen! Wir wollen nur mit dir reden!«, rief Charlie.

»Nein, wollt ihr nicht!«, schrie sie schniefend und tränenüberströmt. Sie rieb sich das Gesicht mit einem Ärmel, ihre Augen und ihre Nase leuchteten rosa. »*Mein Arm tut weh.*«

Erschrocken stellte Charlie fest, dass sich auf Jennys Ärmel ein scharlachroter Fleck in der Größe einer Kaffeetasse gebildet hatte. Das Schlimmste stand ihr noch bevor, wenn sie zum Wohnwagen zurückkehrte.

»Es tut uns leid, okay? Das war ein Versehen.« Charlie schob sich das rote Haar aus den Augen. »Lass mich mal sehen, wie schlimm es ist.«

Jenny hielt ihren Arm umklammert. »Nein.«

»Hör mal«, sagte Emily, trat nach vorn und legte eine Hand auf Jennys Schulter. Das kleinere Mädchen schien unter ihrem Gewicht in sich zusammenzusacken, während Emilys Gesicht blass und teilnahmslos blieb. »Du wirst doch nichts verraten, oder? Es ist wirklich wichtig, dass du die Sache für dich behältst. Bitte.«

»Emily«, sagte Charlie leise. »Sie blutet. Wie soll sie das denn erklären?«

Aber keins der beiden Mädchen schenkte ihr Beachtung. Jenny war ganz still geworden, wie eine Maus, die wusste, dass eine Katze im Raum war.

»Du willst uns doch nicht in Schwierigkeiten bringen, oder, Jenny?«, sagte Emily ernst.

Charlie musste daraufhin fast lachen. Jenny war die größte Petze in der Familie und verpfiff ihre Cousins und Cousinen schon bei der kleinsten Kleinigkeit, die womöglich nicht die elterliche Zustimmung finden würde. Aber zu ihrer Überraschung senkte ihre Cousine den Kopf und umklammerte ihren verletzten Arm noch fester, wie um ihn zu verbergen.

»Nein, will ich nicht«, antwortete Jenny. Ihre Stimme war durch den Regen, der auf die Dächer der Wohnwagen trommelte, kaum zu hören.

»Du wirst also nichts sagen?«, fragte Emily.

»Nein, werde ich nicht«, sagte Jenny, und etwas an ihrer winzigen, piepsigen Stimme ließ Charlie das Blut in den Adern gefrieren.

»Du bist eine gute Freundin«, sagte Emily. In dem Augenblick tauchte eine dunkle Gestalt auf dem Rasen auf. Erschrocken blickte Charlie auf. Emilys Vater stand da, das Gesicht weiß vor Wut. Alle drei Mädchen zuckten zusammen, und Emily machte sogar ein paar Schritte zurück. Charlie setzte an, um etwas zu sagen, als sie bemerkte, dass Emilys Vater auf den Blutfleck starrte, der sich auf Jennys Strickjacke gebildet hatte. Er schien das Blut förmlich zu riechen.

»Was hast du getan?« Mit einem einzigen Schritt war er zu den Mädchen getreten und hielt Emily fest, bevor sie weglaufen konnte, seine riesige Faust umschloss ihren Arm wie einen Zweig. »Was hast du *getan,* Emily?«

Sie versuchte sich von ihm loszureißen, aber sie hätte genauso gut versuchen können, ein Auto zu bewegen oder eine Bärenfalle fortzuschaffen. Charlie holte tief Luft, in der Hoffnung, ihn wenigstens ablenken zu können.

»Emily hat nichts getan, wir haben nur am Strand herumgealbert und …«

Emilys Vater, der seine Tochter noch immer am Arm festhielt, trat auf sie zu. Die übliche rote Farbe war aus seinem Gesicht verschwunden, und mit der freien Hand deutete er wild auf Jenny.

»Was ist mit ihrem Arm los?«, verlangte er zu wissen. »Wie ist das passiert?«

»Das war ein Unfall«, meldete sich Jenny zu Wort. Ihre feuchten Augen sahen seltsam trotzig aus. »Ich bin beim Laufen hingefallen, mehr nicht.«

Charlie biss sich auf die Zähne. Das war eine sehr dürftige Geschichte. Aber Emilys Vater starrte sie beide an, seine Nasenflügel blähten sich auf, und dann zerrte er Emily über den Rasen. In wenigen Augenblicken waren er und Emily verschwunden.

Charlie und Jenny gingen gemeinsam zu ihrem Wohnwagen zurück. Der Regen hatte so plötzlich aufgehört, wie er begonnen hatte, und die asphaltierte Straße schien unter ihren Turnschuhen eine müde, feuchte Wärme abzugeben. Als der Wohnwagen in Sichtweite kam, berührte Charlie zögernd Jennys Hand.

»Ich sollte wirklich einen Blick auf deinen Arm werfen«, sagte sie. »Um zu sehen, wie schlimm es ist. Und wie viel Ärger wir kriegen werden.«

Sie blieben stehen. Auf dem Campingplatz war es still. Der spätnachmittägliche Regen hatte alle nach drinnen gescheucht. Jenny, deren Augen noch immer gerötet waren, zog die schmutzige Strickjacke aus und hielt Charlie ihren Arm hin. Eine große Menge getrocknetes Blut klebte daran, aber der Schnitt selbst sah nicht tief aus, nur gezackt und unschön. Jenny war versöhnlich gestimmt, so dass Charlie sie überreden konnte, mit ihr in die Duschanlage zu gehen. Dort wuschen sie ihren Arm im Waschbecken und warfen die blutbefleckte Strickjacke in einen Mülleimer.

»Du wirst sagen müssen, dass du sie am Strand vergessen hast«, erklärte Charlie. »Das werden sie schon nicht überprüfen.«

Charlie streifte anschließend ihren eigenen Pullover ab und zwang Jenny, ihn anzuziehen. Als sie zum Wohnwagen zurückkehrten, verbrachten sie eine halbe Stunde damit, heimlich so viel Pflaster aus der Handtasche ihrer Grandma zu nehmen, bis die Wunde auf Jennys Arm eingepackt und nicht mehr zu sehen war.

An diesem Abend hatten Charlies Mutter und ihre Tanten eine Zeitlang den Eindruck, als würden die beiden Cousinen endlich miteinander auskommen. Sie interpretierten die vielen verstohlenen Blicke und leisen Gespräche als eine Art privates Spiel. Den Rest der Ferien blieben die beiden jedoch auf Abstand, und wenn die Erwachsenen versuchten, sie dazu zu bewegen, gemeinsam auf den Spielplatz zu gehen oder in den Naturbecken am Strand schwimmen zu gehen, weigerte sich Jenny strikt, lief rot an und wurde hysterisch, wenn sie darauf bestanden. Schließlich gaben sie auf.

25. KAPITEL

Heute

Am nächsten Morgen stand ich wieder früh auf und ging mit meinem Spaten nach draußen. Ich war gut gelaunt, es war ein heller, kalter Tag, und das Licht der Morgendämmerung erfüllte den Wald. *Heute werde ich es finden*, dachte ich. *Ich habe so ein Gefühl.*

Ich fand es nicht.

Tatsächlich wurde es immer wahrscheinlicher, dass das, was ich zu finden versuchte, gar nicht da war. Hatte ich es auf der Lichtung noch einmal an eine andere Stelle gebracht und vergessen wohin? Hatte ich es ganz woanders vergraben?

Als ich noch sehr klein war, so etwa sieben, wurde bei meiner Tante eingebrochen. Aufgelöst rief sie meine Mutter an, und wir fuhren sofort hin, um sie moralisch zu unterstützen. Ich kann mich noch genau daran erinnern, wie bestürzt Tante Beverly war. Ihre Augen waren vom Make-up verschmiert und die Nase rot vom Weinen. Und ich weiß auch noch, wie meine Mutter in der Küche stand und sich eine Tasse Tee machte, starr vor Wut. Das Haus selbst war völlig verwüstet, alle Kleider meiner Tante waren aus den Schubladen herausgerissen worden und lagen verstreut auf dem Boden. Ein paar Gegenstände waren auch kaputtgegangen. Ein aufregendes Ereignis, wie unerwartete Katastrophen nun einmal für kleine Kinder so sind, aber ich verspürte auch das deutliche Gefühl, dass ein *Vergehen* stattgefunden hatte – dass ein Raum, der eigentlich sicher sein sollte, sich als gefährlich erwiesen hatte.

Später erfuhren wir, dass eine Nachbarin meiner Tante zwei sehr große Männer durch deren kleinen Vorgarten hatte laufen sehen, beide mit großen Koffern, vollgestopft mit ihren Sachen. Die Nachbarin war zurück ins Haus geeilt, um die Polizei zu rufen, aber als die Beamten eintrafen, waren die großen Männer natürlich schon längst weg gewesen.

Ein paar Jahre später, als ich viel Zeit zum Nachdenken hatte, erinnerte ich mich an den Einbruch bei meiner Tante, und in meinem kleinen Erinnerungsspeicher, den ich von diesem Tag hatte, tauchten die beiden großen Männer mit den Koffern auf. Ich sah sie vor meinem geistigen Auge, in abgewetzten Jacken, mit stoppligen, unrasierten Wangen. *Mistkerle*, dachte ich. Und dann brauchte ich einige Minuten, um mir zu vergegenwärtigen, dass ich bei dem Überfall gar nicht *dabei* gewesen war und dass ich die Männer nie selbst gesehen hatte. Das hatte sich mein Kopf ausgedacht.

Das ist eins der Probleme mit der überhitzten Phantasie. Reale Erinnerungen können sehr ähnlich aussehen und sich anfühlen wie die Dinge, die man sich in seinem eigenen Kopf ausgedacht hat.

Viele Jahre nach diesem heißen Sommer, in dem sich alles für mich veränderte, schloss ich Freundschaft mit einer Frau, die mir erzählte, dass sie sich an keine Beerdigung mehr erinnern könnte, auf der sie gewesen war. Sie hatte eine ziemlich turbulente, schwere Kindheit gehabt und eine Zeitlang bei ihrer Grandma und ihrem Granddad gelebt, denen sie sehr nahegestanden hatte. Aber als sie starben und beerdigt wurden, konnte sie sich danach nicht mehr daran erinnern, dabei gewesen zu sein. Da war eine Leerstelle in ihrem Gedächtnis, als hätte ihr Verstand sich die Erinnerung angeschaut, sie zusammengepackt und weggeworfen oder in ein dunkles Loch fallen gelassen.

Wir halten Erinnerungen für etwas Einfaches, aber das sind sie meiner Meinung nach ganz und gar nicht. Wir glauben, dass unser Gehirn entscheidet, ob das, was uns widerfährt, in unserer riesigen Schatzkammer der Erinnerungen gespeichert wird oder ob es eine Zeitlang in einem kleinen Nebenbüro aufbewahrt wird, ehe es im Reißwolf landet. Wir erinnern uns an die wichtigen Geschehnisse. Vielleicht. Und wir vergessen, was wir an einem regnerischen Dienstag vor sieben Jahren zu Mittag gegessen haben.

Ich glaube, dass sich in dieser Schatzkammer aber auch noch dunklere Mächte versteckt halten. Kreaturen, die herumschleichen, sich vom Licht fernhalten und ständig in unseren Erinnerungen herumrühren. Sie bringen sie durcheinander, ersetzen sich durch Dinge, die aussehen wie Ereignisse aus unserem Leben, es aber nicht sind. Wir können unserem Gedächtnis nicht trauen. Es ist defekt. Die Erinnerung ist teilweise oder vielleicht sogar zu einem großen Teil erfunden. Wir sind alle Lügner.

Das, wonach ich suche, ist vielleicht gar nicht da. Wenn man merkt, dass man sich auf die eigenen Erinnerungen nicht verlassen kann, ändert das alles.

Oder nicht?

Den Rest des Tages verbrachten Katie und ich im Wohnwagen. Sie las ein weiteres der kleinen, bunten Taschenbücher, die sie mitgebracht hatte, während ich in mein Notebook, das auf dem Tisch stand, seltsame Gedanken und Möglichkeiten schrieb. Ich musste immer wieder an Cheryl Yates und ihre Familie denken, an ihre kalten, grauen Gesichter, während sie jeden Tag Flugblätter verteilten.

In dem Augenblick nahm ich den Fernseher wahr, in dem gerade die Lokalnachrichten gesendet wurden. Ich schnappte Wortfetzen auf, die mich aufhorchen ließen: »*Hithechurch Camping-*

platz ... 1988 ... Sensation in der Boulevardpresse.« Ich blickte auf, und mir wurde schlagartig schlecht. Die Miene des Moderators, die mir aus dem Bildschirm entgegenschaute, war düster.

»*... vielleicht haben die durch den Buchvertrag ausgelösten heftigen Kontroversen die Vorbestellungen angeheizt, so dass* Ein höchst gefährlicher Zauber *schon jetzt als ein Top-Ten-Bestseller gehandelt wird. Noch dazu hat Netflix diese Woche verkündet, eine zehnteilige Dokumentation über die Geschehnisse in Auftrag gegeben zu haben, was den Stadtrat von Hithechurch veranlasst hat, zu klären, ob er Einwände gegen die Dreharbeiten in der Gegend erheben kann. Bis jetzt ...*«

Ich schnappte mir die Fernbedienung und drückte wild auf einen Knopf. Die Nachrichtensendung verschwand und wurde durch eine Gartensendung ersetzt. Ich starrte wieder auf meine Notizen, mir drehte sich der Magen um vor Scham und Wut. Dann griff ich nach dem Flugblatt mit Cheryls Foto und versuchte, mich darauf zu konzentrieren. Wo war sie? Was war mit ihr passiert?

Konnte ich ihr helfen?

26. KAPITEL

1960

Einen wohlhabenden Vater zu haben, hatte seine Vorteile. Die Sache mit Nedry und dem Messer erledigte sich nach einem Besuch von Dr. Grafton, aber die Beziehung zwischen Derek und seinem Vater verschlechterte sich weiter durch den Vorfall, und eines Nachts, Derek war gerade sechzehn geworden, schmuggelte er ein paar Stücke aus dem Archiv hinaus, packte einen Rucksack mit Kleidern zusammen und ließ sein altes Zuhause zurück. Er sah weder seinen Vater noch die Menschen, die in diesem Haus lebten und arbeiteten, jemals wieder.

Ohne viel darüber nachzudenken, machte er sich auf den Weg an die Küste von Kent, weil er glaubte, dass er dort Arbeit auf einem Schiff oder vielleicht sogar in einem Zirkus finden würde. Irgendjemand hätte doch bestimmt einen Job für einen Jungen mit einem breiten Kreuz. Diese beruflichen Aussichten waren zugegebenermaßen sehr weit von dem entfernt, was er sich einmal erträumt hatte, nämlich Chirurg zu werden, aber die Freiheit schien ihm damals wichtiger zu sein – außerdem hatte sich seit dem Unfall seine Aufmerksamkeitsspanne verringert, wie Derek festgestellt hatte, und selbst kleine Aufgaben ließen ihn in Rage geraten. Sein potenzieller Arbeitgeber musste auch jemand sein, der nicht viele Fragen stellte, und zu seinem Glück lernte er in einer kleinen Stadt an der Küste von Kent zufällig eine Familie namens Rushbrook kennen, die sich gern über ihre Arbeit ausschwieg. In einem Augenblick seltener Vorsicht stellte er sich ihnen als Harry und nicht als Derek vor. Sie brauchten nicht zu wissen, wer er wirklich war.

»Harry« begann mit einfachen, harmlosen Aufgaben wie dem Aufräumen des Hofs und dem Beladen der Lieferwagen. Dann kamen riskantere Aufträge hinzu, wie die Überwachung bestimmter Gebäude in bestimmten Nächten oder das Bewachen und Transportieren von Kisten in eine andere Stadt. Als Harry größer wurde, stellte die Familie Rushbrook fest, dass sie ihn für einige ihrer unappetitlicheren Aufgaben gut gebrauchen konnte, und es dauerte nicht lange, bis seine besondere Liebe zu Messern offensichtlich wurde.

Und Harry fand Gefallen an der Arbeit. Das Gefühl von Freude und Wut, das er empfunden hatte, als er Nedry mit dem Messer geschnitten hatte, erlebte er nun regelmäßig und wurde allmählich der wichtigste Aspekt seines Lebens. Im Laufe der Jahre lernte er die Familie Rushbrook sehr gut kennen und freundete sich mit einem ihrer Fahrer an, einem Jungen in seinem Alter, namens Robert McLean. Die Familie vertraute ihm, und er vertraute ihnen. Er aß mit ihnen an Weihnachten zu Abend, war Gast auf ihren Hochzeiten und kutschierte sogar ihre jüngste Tochter herum, ein vierzehnjähriges, temperamentvolles Mädchen, das April hieß.

1961, Harry war siebzehn Jahre alt, eröffnete in Hithechurch ein Jahrmarkt, den die von außerhalb der Stadt gekommene Familie Stimpson betrieb. Sehr bald trat Familie Rushbrook auf sie zu und stellte sicher, dass sie ein regelmäßiges Einkommen aus den Spielautomaten und Fahrgeschäften erhielten, und Harry begann, fast als eine Art Tauschgeschäft, ausschließlich für den Jahrmarkt zu arbeiten. Es machte ihm Spaß. Dort waren viele Leute in seinem Alter, er lernte, die Fahrgeschäfte zu reparieren und zu warten, und abends erledigte er noch immer kleine Arbeiten für die Rushbrooks – Arbeiten, bei denen oft Knochen gebrochen oder Blut vergossen wurde.

Und dort lernte er auch Rosalind Stimpson kennen.

Rosa, wie ihre Familie sie nannte, war ein auffallend hübsches Mädchen von sechzehn Jahren. Sie hatte schwarzes Haar und samtweiche Haut, einen natürlichen rosa Teint und frappierend grüne Augen. Schon bald wurde sie selbst zu einer Art inoffiziellen Jahrmarktsattraktion – Jungs und junge Männer strömten herbei, um einen Blick auf sie zu erhaschen. So auch Harry.

Rosa genoss das Interesse. Während Harry rasend vor Eifersucht war, schlenderte sie über den Jahrmarkt oder lehnte sich an den weißen Zaun am Karussell, ließ sich hofieren und wies all ihre Bewunderer ab. Zwischen den Jungen der Stadt entstand eine Art Wettbewerb: Wer konnte Rosa dazu bringen, seine Hand zu halten? Wer schaffte es, ein Kuss von Rosa zu bekommen? Wer – und darüber wurde nur leise gesprochen – konnte sie dazu bringen, sich hinzulegen und die Beine zu spreizen?

Eines Tages zog sich Harry seine besten Kleider an – ein gebügeltes Hemd, eine karierte Hose, Lederschuhe – und ging los, um selbst Rosalind auf dem Jahrmarkt zu bestaunen. Sie half ihrer Mutter oft aus und verkaufte Eintrittskarten. Dort entdeckte er sie. Sie stand an das dunkelgrüne Holz des Wohnwagens gelehnt, schleckte ein Eis und sah sich die Jahrmarktbesucher unter ihren dichten, dunklen Augenwimpern hervor an.

»Guten Tag, Rosa.« Harry räusperte sich, ein Lächeln auf den Lippen, das er für sein gewinnendstes hielt. Er hatte zu diesem besonderen Anlass sogar Pomade aufgetragen, um sein Haar, wie er fand, zu einer modischen Frisur zu formen.

»Was willst du, Harry?« Rosa würdigte ihn lediglich eines einzigen Blicks, dann drehte sie den Kopf weg. Anscheinend hatte sie etwas viel Interessanteres auf der anderen Seite des Jahrmarkts entdeckt.

Er lehnte sich ebenfalls gegen den Wagen und versuchte, eine vertrauliche, lockere Atmosphäre zu schaffen. »Wir könnten nach Folkesholme fahren und in den Plattenladen gehen. Ich habe jetzt ein eigenes Auto.«

Sie drehte den Kopf wieder zurück zu ihm und schaute ihn an, die Augen leicht zusammengekniffen. Für Harry sahen sie aus wie Meerglas, glatt und kühl. Rosa musterte ihn von oben bis unten.

»Glaubst du etwa, dass dich ein Auto interessanter macht? Du bist doch nur einer von diesen Rushbrook-Schlägern.« Sie neigte den Kopf und leckte den Rand ihrer Eiswaffel, an dem ein Tropfen der weißen Eiscreme hinunterlief. »Mit dir möchte ich in meinem ganzen Leben nicht zusammen gesehen werden.«

Harry schauderte. Zu sehen, wie sie ihr Eis leckte und ihn gleichzeitig zurückwies, löste ein seltsames Gefühl in ihm aus. Ein Gefühl, das kalt und heiß war, voller Wut, aber auch Vergnügen. Genau so fühlte er sich auch beim Schneiden. Er dachte an das Messer in seiner Hosentasche. Er lächelte und zuckte mit den Achseln.

»Dein Pech.«

Und dann ging er weg, in die warmen Strahlen der Sommersonne.

27. KAPITEL

Heute

Ich konnte nicht glauben, dass ich dort noch nie gewesen war.

Die Höhlen lagen nicht mehr als zwanzig Minuten Fußweg von Hithechurch entfernt und damit auf halbem Weg nach Folkesholme. Es war Vormittag, ein freundlicher, kühler Tag, und die Sonne glitzerte weiß auf dem stahlgrauen Meer. Die Höhlen waren sehr gut ausgeschildert und in einiger Entfernung vom höchsten Punkt der Flut gelegen, so dass der Sand, der zu ihnen führte, relativ trocken war. Als wir vor dem Eingang anhielten, las ich mir das große Metallschild mit den Sicherheitshinweisen durch. Katie, die neben mir stand, trat ungeduldig von einem Fuß auf den anderen.

»Siehst du das? Sicherheitshinweise. Kannst du die vorlesen?«

Ihre Antwort bestand aus einem gelangweilten Achselzucken.

»Komm schon, ich bin mir sicher, dass die weltbeste Leserin das schaffen kann. Und wenn ich weiß, dass du die Hinweise kennst, kann ich beruhigter mit dir hineingehen.«

Sie seufzte. »Bleiben Sie auf den Hauptwegen, achten Sie auf rutschige Oberflächen und tragen Sie vernünftiges Schuhwerk«, murmelte sie. »Okay?«

Ich nickte. Der Eingang war breit und niedrig und wurde von großen, verlässlich aussehenden Streben gestützt, und das Innere war mit elektrischem Licht beleuchtet. Trotzdem blieb ich noch eine kleine Weile bei den Schildern stehen, der blaue Himmel war mir lieber als eine dunkle Höhle. Ich holte das Buch heraus, das ich in der Buchhandlung gekauft hatte, und schlug die Seite auf, deren Ecke ich umgeknickt hatte (also, wenn das kein Zeichen für einen kranken Geist ist, dann weiß ich es auch nicht). Es gab nicht viele Informationen, wie ich bereits wusste, ein paar Schwarz-Weiß-Fotos aus den späten 1950er oder frühen 1960er Jahren (damals gab es noch kein Schild mit Sicherheitshinweisen) und ein paar Textzeilen, die besagten, dass die Höhlen ein Gebilde waren, das sowohl die Natur als auch der Mensch geschaffen hatte. Außerdem hieß es auch, dass sie als *Devil's Honeycomb* bekannt waren.

Wir gingen hinein. Katie stürmte sofort los, begierig, die Höhlen zu erkunden. »Bleib in Sichtweite, okay?«, rief ich ihr hinterher.

Sie schrie zurück, das Echo, das von den Wänden hallte, verwandelte ihre Antwort in unverständliche Wortfetzen.

Außer uns schien niemand hier zu sein. Während ich ins Innere vordrang, nahm das ständige Rauschen des Meeres ab. Es roch nach Salz und Kreide, und auch ein ranziger, metallischer Geruch war dabei, den ich auf Rost zurückführte. Ein hüfthoher Handlauf verlief entlang der Felswand, für den Fall, dass man sich auf dem rutschigen Boden unsicher fühlte, und ich griff dankbar danach.

Der Raum weitete sich, und ich blickte hinauf an die dunkle, felsige Decke. Irgendwo in der Nähe tropfte unaufhörlich Wasser. An dem Handlauf war ein weiteres Metallschild angebracht mit Informationen über die Höhlen. Eine sehr einfache Karte und ein kurzer Absatz klärten über ihre Geschichte auf. Im achtzehnten und neunzehnten Jahrhundert schienen diese Höhlen ein beliebtes Versteck für Schmuggler gewesen zu sein, wie auch viele andere Orte an der Südostküste damals, und eine besonders berüchtigte Bande wurde hier von wütenden Einheimischen in die Flucht geschlagen. Den Schmugglern hatte dieser Ort so gut gefallen, dass sie sich die Höhlen zu eigen gemacht hatten. Sie hatten zusätzliche Verstecke und sogar Tunnel gebaut, die von einer Höhle zur anderen führten, manche sogar bis nach Folkesholme. Ich stellte mir vor, wie dieser Ort wohl mit einer Öllampe oder einer Kerze beleuchtet aussah und wie es war, sich hier zu verstecken – wie es war, sich immer tiefer in die Felswände zurückzuziehen, aus Angst, entdeckt zu werden. Man saß mit seiner Bande auf engstem Raum zusammen, hielt den Atem an, umklammerte die Dolche mit den klammen Fingern, während das riesige Gewicht des Felsdecke über einem hing.

Jemand griff nach meinem Ellenbogen und sprach mir laut ins Ohr.

»Vergessen Sie, was da steht, das ist unnützes Zeug!«

Ich unterdrückte einen Schrei, drehte mich um und blickte in das Gesicht einer Frau mittleren Alters, die mich hilfsbereit anstrahlte. Sie hatte rosige Wangen und trug eine schwarze Regenjacke, die offensichtlich schon viel erlebt hatte. Auf ihren Rücken hatte sie einen für echte Wanderer typischen leichten Rucksack geschnallt, und in der Hand hielt sie einen dieser Aluminiumstöcke zum Laufen.

»Tut mir leid, habe ich Sie erschreckt?«, sagte sie, drückte meinen Arm einmal und ließ mich dann los. Ihre Miene sah überhaupt nicht bedauernd aus. »Ich bitte das Fremdenverkehrsamt immer wieder, diese alten Hinweisschilder doch zu aktualisieren und sie etwas, na ja, flotter zu gestalten. Geologie ist meine Leidenschaft. Ich war schon überall auf der Welt, um mir Höhlen anzusehen, aber in die zurückzukehren, mit denen man aufgewachsen ist, ist immer wieder schön, nicht wahr?«

Sie sprach, als ob das Erkunden von Höhlen etwas wäre, was jeder in seiner Freizeit macht, so wie Backen oder Sonnenbaden.

»Ach ja?«

»Ich habe den Mammoth-Cave-Nationalpark in Kentucky besucht. Das ist das längste Höhlensystem der Welt, wussten Sie das? Es hat Kalksteinschichten und ist mit Sandstein überzogen. Wunderschön. Im Vergleich dazu sehen die Höhlen hier mickrig aus. Wie Mauselöcher.«

»Okay.« Ich warf einen Blick über ihre Schulter, aber ich konnte immer noch niemand anders sehen. Vielleicht wartete sie gern in Höhlen und überraschte die Leute mit Vorträgen.

»Ich war auch in der Schilfrohrflötenhöhle in China, meine Güte, das war vielleicht eine lange Reise, aber sie hat sich gelohnt. Ein wunderbarer Ort. Eine der Grotten heißt Kristallpalast des Drachenkönigs, können Sie sich das vorstellen? Aber meine Lieblingshöhle ist Fingal's Cave in Schottland, sie hat sehr bemerkenswerte sechseckige Basaltsäulen, die muss man gesehen haben. Waren Sie schon einmal dort, meine Liebe?«

»Nein, leider nicht«, antwortete ich und hatte immer noch Schwierigkeiten, bei diesem Gespräch in Schwung zu kommen.

»Übrigens, ich bin Pat«, stellte sie sich vor und strahlte mich wieder an. »Verzeihen Sie mir meine Begeisterung, aber normalerweise treffe ich um diese Jahreszeit hier niemanden an. Sie müssen Höhlen wirklich mögen!«

»Ich bin nur ein begeisterter Laie«, erwiderte ich und zwang mich zu lächeln. »Ich bin hier, weil ich für ein Buch über die Gegend recherchiere und dafür Volkssagen und Geschichten zusammentrage. Der Mann, der die Buchhandlung in Folkesholme betreibt, meinte, dass ich mir diese Höhlen anschauen sollte.«

»Ach, *der*«, sagte Pat, und ihre Mundwinkel wanderten kurz nach unten. Dann schien ihre gute Laune wieder zurückzukehren. »Ein Buch! Wie aufregend. Ich bin mir nicht sicher, ob ich je eine Schriftstellerin getroffen habe.«

»Haha, na ja.« Über meinem Nacken breitete sich ein verlegenes Kribbeln aus, und ich fühlte mich aus irgendeinem Grund unbehaglich dabei, Pat zu belügen. So, als würde man vor seiner

Großmutter fluchen. »Ich bin leider auch da nur ein begeisterter Laie. Aber die Höhlen sind sehr beeindruckend.«

»Sie sind nicht alle so besonders«, sagte Pat und lächelte zärtlich, als würden sie über ein geliebtes, aber leicht begriffsstutziges Enkelkind sprechen. »Sie sind durch Meereserosion entstanden und nicht durch die übliche Erosion von Kalkstein wie bei den Höhlen im Landesinneren, aber sie wurden im Laufe der Jahrhunderte von einfallsreichen Menschen bevölkert. In diesen kleinen Tunneln steckt jede Menge Geschichte.

»Ich habe gerade von den Schmugglern gelesen …

»Ja!« Pat deutete auf den Weg, der sich tiefer ins Innere schlängelte. »Die Höhlen waren sehr beliebt bei ihnen. Sie haben hier überall Tunnel in die Klippen gebaut und sich nachts durch den Felsen gearbeitet. Eine echte Plackerei.«

»Na, auf die Arbeit hätte ich keine Lust.«

»Der Stein ist aber sehr weich, weshalb die Tunnel und Räume überhaupt erst entstehen konnten. Eigentlich ist die ganze Küste von Höhlen unterwandert, und sie sind sehr nützlich«, sagte sie und klopfte mit ihrem Stock gegen die Felswand. »Wussten Sie, dass es auch Höhlen – oder besser gesagt Kammern – unter der Ufermauer von Hithechurch gibt? Sie wurden während des Zweiten Weltkriegs gebaut, um dort Munition und Vorräte zu lagern und auch Menschen Schutz zu bieten, wenn die Bomber über sie hinwegflogen. Leider sind sie heute fast vergessen und für die Öffentlichkeit nicht zugänglich, obwohl ich viele, *viele* Male einen Antrag gestellt habe, sie doch zu öffnen.« Pat klang verzagt. »Wahrscheinlich gibt's da nichts Interessantes mehr, außer Staub und Dreck, aber ich würde trotzdem gerne einen Blick hineinwerfen.«

»Warum werden sie nicht geöffnet? Eine weitere Touristenattraktion würde Hithechurch doch nicht schaden.«

»Da bin ich ganz Ihrer Meinung! Aber auf das Thema werde

ich jetzt nicht eingehen, denn die ganze Sache ist albern und hat viel mit dem Aberglauben zu tun, der hier unter den Einheimischen herrscht, allerdings …«

Sie wirkte verlegen, und das machte mich neugierig. »Was denn?«

»Ich vermute, das ist genau das, wonach Sie für Ihr Buch suchen«, sagte sie und klang noch immer unsicher. »Auf ihnen soll ein Fluch liegen.« Pat zuckte mit den Achseln. »Flüche und Höhlen gehören zusammen, aber die Kammern in der Ufermauer haben Menschen gebaut. Deshalb kommt mir das besonders albern vor.« Sie zuckte wieder mit den Achseln. »Eine dieser Kammern stürzte ein, als die Leute dort nachts Schutz suchten. Das war während des Kriegs, und etwa zwanzig Menschen starben dabei«, sagte sie und klopfte erneut mit ihrem Stock gegen die Felswand, um ihrer Aussage Nachdruck zu verleihen. »Ihre Leichen wurden nie geborgen, weshalb diese Kammer wohl zu Recht als ein Grab bezeichnet werden kann. Der Gemeinderat will nicht, dass das bekannt wird – zwanzig Skelette, die irgendwo hinter dem Jahrmarkt eingemauert sind? Na ja.« Sie lächelte schief. »Das würde die Leute abschrecken.«

Ich dachte an Katie und schaute mich unvermittelt um, aber sie war noch immer in Sichtweite – ihre hellblaue Jacke leuchtete in der Dunkelheit. Trotzdem rief ich nach ihr.

»Katie? Alles in Ordnung?« Sie winkte, und ich drehte mich wieder zu Pat um.

»Ich will nur meine Nichte im Blick behalten.« Mir fiel ein, was der Mann in der Buchhandlung über Geheimnisse gesagt hatte. Dass die Orte an der Küste voll davon wären. Wie viele dunkle Geheimnisse barg Hithechurch? »Wurde in dieser Höhle je nach Cheryl Yates gesucht?«

»Ja, soweit ich weiß.« Pats Gesicht verlor etwas von seiner Fröhlichkeit. »Keine Spur von ihr.«

»Was glauben Sie, was Cheryl passiert ist?«

»Ich kann es Ihnen nicht sagen.« Sie warf mir einen entschuldigenden Blick zu. »Das klingt furchtbar, aber ich versuche, nicht darüber nachzudenken. Es gibt so viel Leid auf der Welt, und das ist nicht der erste schreckliche Vorfall, der sich hier ereignet hat.«

In dem Moment spürte ich eine Enge in meiner Brust, als hätte jemand durch meine Rippen gegriffen und mein Herz zusammengequetscht. Ich zwang mich zu nicken und zu lächeln. *Mach weiter. Für Cheryl.*

»Im Laufe der Jahre sind hier einige Mädchen verschwunden, habe ich gehört.«

»Ja, mein Gott, das ist alles so traurig. Es scheinen immer die Mädchen zu sein, die leiden, nicht wahr?« Pat schüttelte leicht den Kopf. »Angeblich soll der Geist eines Mädchens hier in den Höhlen herumspuken. Das ist wohl die Art von Geschichte, die gut in Ihr Buch passen würde, oder?«

Ich nickte. »Ja, genau.«

»Leider kann ich mit keinen aufregenden, grausigen Details dienen. Aber ein paar Leute haben sie – ein Mädchen oder besser gesagt eine Frau in zerlumpten Kleidern – am Strand und auch am Eingang der Höhlen gesehen. Und dann ist sie wieder weg. Die Graue Frau.«

Ich behielt mein freundliches Lächeln im Gesicht, obwohl es sich schmerzhaft aufgesetzt anfühlte. »Wurde sie kürzlich gesehen?«

»Oh, sie wird seit vielen Jahren gesehen, meine Liebe. Die Leute haben von der Grauen Frau schon gesprochen, als ich noch ein Mädchen war.« Dann änderte sich ihr Tonfall, denn sie kehrte wieder zu ihrem Lieblingsthema zurück. »Wissen Sie, ich habe schon immer gedacht, dass es einen Durchgang … von diesen Höhlen zu den alten Kriegskammern in der Ufermauer geben könnte. Die Tunnel, die nach Folkesholme führen, könnten auch bis zur Ufermauer in Hithechurch verlaufen. Ich habe im Laufe der Jahre eigene Karten angefertigt …« Sie klatschte in die Hände, als ob alle Menschen in ihrer Freizeit Schmugglertunnel kartieren würden. »Aber um da durchzukommen, muss man wirklich jung und zierlich sein. Bei einigen sogar so klein wie ein Kind. Aber ich halte es trotzdem für möglich.«

»Das klingt nach einer Aufgabe für eine mutigere Frau als mich.«

»Da würden Sie Muffensausen bekommen, verstehe.« Pat lächelte und schien sich dann zu erinnern, wo sie war. »Oje, ich habe heute Nachmittag noch einen Termin, und wenn ich weiter mit Ihnen plaudere, werde ich zu spät kommen. Der Heimatkundeverein, meine Liebe. Ich gebe Ihnen noch schnell eine Broschüre.«

Aus einer der vielen Taschen ihre Regenjacke holte sie eine graubraune Broschüre hervor und hielt sie mir hin. Als ich danach griff, wurde mir seltsam schwindelig. Diese Frau befasste sich mit Heimatgeschichte und verbrachte offensichtlich einen Großteil ihres Lebens damit, und trotzdem hatte sie mich nicht erkannt. Ich fühlte mich einen Augenblick seltsam, unwirklich. Vielleicht war ich ja doch nur ein Geist.

»Kommen Sie uns doch besuchen. Wir haben ein kleines Büro in der Church Street und sind immer auf der Suche nach Leuten, die wir zu Tode langweilen können. Tut mir leid, meine Liebe, ich habe Ihren Namen nicht verstanden?«

»Sarah«, antwortete ich. »Es war nett, Sie kennenzulernen, Pat.«

Damit eilte sie davon, und ich blieb allein in der Höhle zurück, bis ein hochgewachsener Jugendlicher überraschend um die Ecke kam. Er trug eine offiziell aussehende Jacke mit einem Ansteckschild, »*Devil's Honeycomb* Guide – Bei Fragen, bitte ansprechen« stand darauf geschrieben. Der junge Mann schien über meinen

Anblick genauso erschrocken zu sein wie ich über seinen. Ich nickte ihm kurz zu, gab ihm aber zu verstehen, dass ich keine Fragen hatte. Er wirkte erleichtert und verschwand zum Eingang der Höhle. Wahrscheinlich wollte er eine Kippe rauchen gehen und hatte heute hier niemanden erwartet – abgesehen von Pat, die wohl die häufigste und gefürchtetste Besucherin war.

Ich rief nach Katie. Sie kam zurückgelaufen, und ihre Turnschuhe knirschten auf dem rauen Boden.

»Wer war diese Frau?«

»Nur eine Einheimische, die Höhlen liebt. Wie findest du's hier? Ziemlich düster, oder?«

Katie rümpfte die Nase.

»Ich mag die Höhle nicht besonders. Es ist kalt und unheimlich hier drinnen. Außerdem riecht's komisch. Können wir jetzt wieder gehen?«

Überrascht stellte ich fest, dass ich ein bisschen enttäuscht war von ihrer Antwort. Ich hatte mich in gewisser Weise gefreut, eine Ablenkung wie die Höhlen gefunden zu haben, und gehofft, dass Katie beeindruckt wäre.

»Gleich. Ich möchte mich nur noch etwas umsehen.«

»Kann ich so lange draußen warten?«

Ich nickte. »Am Eingang steht ein Junge mit einem Schildchen an der Jacke. Frag ihn, wo wir die besten Fish-and-Chips bekommen können.«

Nachdem Katie abgeschwirrt war, wanderte ich in den hinteren Teil der Höhle. Der Gang wurde schmaler und gabelte sich schließlich. Beide Wege waren sorgfältig ausgeschildert, wenngleich die Beleuchtung etwas dunkler war – wohl der Stimmung wegen. Ich entschied mich spontan für die linke Abzweigung, bewegte mich langsam über den unebenen Boden und lauschte der seltsamen, schweren Stille, die von dem Geräusch tropfenden Wassers durchbrochen wurde. Ich musste an Joseph denken, den ich seit unserer spontanen Verabredung nicht mehr gesehen hatte. Ging er mir aus dem Weg? Hatte er herausgefunden, wer ich war? Oder *mochte er mich tatsächlich*?

Was für ein alberner Gedanke, schoss es mir durch den Kopf. Wie eine Jugendliche, die sich nach ihrem neuen Freund sehnt.

Ich war am Ende des Gangs angekommen. Auf der rechten Seite, jenseits des Geländers, gab es ein plötzliches Gefälle, die Höhle öffnete sich tief nach unten, und man konnte die Eingänge zu anderen Tunneln sehen und ein paar Felsvorsprünge mit kleinen Steinen und Geröll darauf. Ich betrachtete den für Besucher gesperrten Bereich und spürte, wie tief in mir drin etwas wegbrach.

Wenn man eine Stufe auf einer Treppe übersieht, fällt man einen Augenblick lang nach vorn ins Nichts. Das Herz schlägt einem bis zum Hals, und das Adrenalin schießt durch den Körper, dass die Finger kribbeln und der Mund prickelt. Obwohl man weiß, dass einem nichts passieren wird. Höchstwahrscheinlich nichts passieren wird.

Genau so fühlte ich mich in dem Moment. Ich umfasste den Handlauf und hielt mich zum ersten Mal richtig daran fest. Ich blickte hinter mich, denn ich war mir fast sicher, dass *sie* dort stehen würde, ihr Gesicht entstellt, eine Schere in der Hand, aber da war nichts und niemand. Die Lichter flackerten. Von irgendwoher, von draußen nahm ich an, drangen leise Stimmen zu mir herüber. Ich holte tief Luft und zwang mich, nach unten zu schauen, auf den schmalen Felsvorsprung und die kleinen Tunnel.

Das hier ist nur ein unheimlicher Ort, sagte ich mir. *Vielleicht bist du ein bisschen klaustrophobisch.*

Die Vorstellung, dass ich Angst vor kleinen Räumen haben könnte, war an sich schon komisch, wenn man bedenkt, wo ich die meiste Zeit meines Lebens verbracht hatte. Aber eins stand außer Frage: Die Höhlen, oder zumindest dieser Teil von ihnen, machten mir große Angst.

Ich warf einen letzten Blick auf den dunklen Abschnitt aus verwittertem Gestein – warum konnte ich mich daran erinnern, wie sich der kalte Splitt unter meinen Händen anfühlte? –, dann drehte ich mich um und ging hinaus in den Sonnenschein.

In dieser Nacht träumte ich von den Höhlen, oder zumindest hatte ich das Gefühl, dass eine darin vorkam. Da war Dunkelheit, da war das Geräusch von fließendem Wasser. Der Boden unter meinen Füßen war uneben und rutschig, und jemand suchte nach mir – jemand, der wütend auf mich war, und ich hatte Angst vor ihm. Manchmal war es meine Mutter, manchmal meine Schwester.

Und dann war es wieder jemand anderes, Kleineres, der mich im Dunkeln verfolgte.

Irgendwann wachte ich aus diesem Albtraum auf und hörte leise Schritte vor meinem Zimmer. Unter meiner Zimmertür schien ein dünner Streifen Mondlicht hindurch. Katie musste aufgestanden sein, um auf die Toilette zu gehen. Mehr nicht. Doch als sich das Licht unter meiner Tür veränderte, wusste ich, dass sie dort stand, und mich erfasste kalte Angst. Ich lag im Bett, mein Blick starr auf den kleinen dunklen Punkt gerichtet.

Geh zurück ins Bett, dachte ich. *Bitte, geh einfach zurück ins Bett.*

Ich hielt den Atem an und versuchte, mir nicht vorzustellen, wie sie da auf der anderen Seite der Tür stand, eine Hand gegen das dünne Holz gepresst, während ihr das Haar im Gesicht hing – und schließlich bewegte sich der kleine dunkle Punkt wieder und war verschwunden. Ich atmete aus und schloss die Augen.

28. KAPITEL

Juli 1988

Charlie streckte die Beine aus. Neben ihr rollte Emily einen gelben Plastikkegel zwischen den Händen. Sie saßen auf dem Rasen vor Emilys Wohnwagen, und ihr Vater, der seinen beigen Wagen mit dem Wasserschlauch abspritzte, stand ein paar Meter entfernt. Charlie war sich der strengen Blicke, die er immer wieder auf den Rücken seiner Tochter richtete, sehr bewusst – und sie fragte sich, ob ihre Freundin diese Blicke spürte, wie heiße kleine Nadelstiche.

»Warum wäscht er sein Auto im Urlaub?«, fragte sie leise.

Emily zuckte mit den knochigen Schultern. Sie schaute sich nicht nach ihrem Vater um.

»Das wäscht er immer. Obwohl das Auto eine miese Rostlaube ist.« Sie *schlug* sich den runden, schweren Teil des Kegels gegen das Knie. »Eine Zeitlang hat er es innen und außen sauber gemacht. Da roch er tagelang nach Seife.«

»Ist er noch immer wütend?«, fragte Charlie und blickte auf, um zu sehen, ob er ihnen zuhörte, aber er hatte einen Schwamm herausgeholt und seifte grimmig die Windschutzscheibe ein. Die Hand, in die ihn der Hund gebissen hatte, steckte in einem gelben Handschuh. Auch an diesem Tag herrschte wieder eine brütende Hitze, und die Haut seiner Unterarme war gleichmäßig rosa.

Emilys Lippen umspielte ein Lächeln. »Er ist ständig wütend.« Sie trug trotz der Hitze ein langärmeliges, vom vielen Waschen verblichenes, marineblaues Oberteil, das ihr ein bisschen zu groß war und dessen Bündchen bis zur Hälfte ihrer Finger reichten. Charlie fragte sich, ob das Shirt ursprünglich ihrer weggelaufenen Schwester Louise gehört hatte. Charlie war es gewöhnt, gebrauchte Kleidungsstücke zu tragen, bei so vielen Cousinen und einer Schwester.

»Hör zu«, sagte Emily schließlich. »Wir müssen es noch einmal versuchen. Schon bald. Okay?«

Charlie zog einen Grashalm durch die Finger. »Ich weiß nicht. Nach Jenny … Vielleicht sollten wir es sein lassen«, sagte sie, ohne ihre Freundin anzuschauen.

Emily starrte sie an. »Willst du jetzt etwa aufgeben? Wo wir so nahe dran sind?«

Charlie zuckte mit den Achseln. Sie dachte an den blutroten, kreisrunden Fleck auf Jennys rosa Strickjacke.

»Wir können jetzt nicht aufhören«, beharrte Emily. »Wir haben es fast geschafft, ich kann's spüren.

»Kann sein.«

»Also.« Emily hob die Hand und begann die einzelnen Punkte mit ihren Fingern aufzuzählen. Charlie sah unter ihren Wimpern hervor hinüber zu Emilys Vater, der aber mit dem Rücken zu ihnen stand und das Auto wusch, die Schultermuskeln angespannt. »Wir müssen dieses Mal alles richtig machen. Sie muss die *besten* und bedeutsamsten Geschenke bekommen. Wir müssen Streichhölzer anzünden, vielleicht müssen wir sogar ein Feuer machen. Und wir müssen zu dritt sein. Das scheint offensichtlich zu funktionieren. Meinst du, dass deine Cousine noch einmal mitkommt?«

Charlie schnaubte. »Keine Chance. Sie will im Moment nicht einmal mehr mit mir im selben Raum sein. Als ob ich eine Art Monster wäre.« Sie spürte, wie das schlechte Gewissen sie packte, ein für sie ungewohntes Gefühl.

»Dann muss jemand anders mitkommen«, sagte Emily, als wäre das die einfachste Sache der Welt.

»Und wo sollen wir es machen? Ich glaube, dass wir unser Glück mit dem Feld am Strand überstrapaziert haben. Außerdem liegt es zu weit weg von den Wohnwagen.«

»Dann machen wir's hier im Wald«, schlug Emily vor. »Das ist ein guter Ort. Du hast sie doch hier gesehen, oder? Auf dem Campingplatz.«

»Ja«, antwortete Charlie zögernd.

»Dann hier. Musst du gleich zurück zu deiner Familie?«

»Nein. Die einen schauen sich die Höhlen an, die anderen sind am Strand.« Charlie hielt inne, um ein Gänseblümchen zu pflücken, und drehte den dünnen Stiel zwischen den Fingern. Der Vormittag war chaotisch verlaufen, weil die Familie diskutiert hatte, wer von ihnen die Höhlen besuchen und wer von ihnen an den Strand gehen würde. Tante Beverly hatte sich strikt geweigert, an »diesen dunklen, schrecklichen Ort« mitzukommen, aber für Darren und ihren Vater war dieser Besuch einer der Höhepunkte des Urlaubs in Hithechurch, und sie ließen sich nicht davon abbringen. »Ich habe den ganzen Tag Zeit bis zum Abendbrot.«

Emily lächelte. »Dann lass uns auf den Spielplatz gehen.«

Auf den Schaukeln, Rutschen und Klettergerüsten war nicht viel los. Die beiden liefen eine Weile herum, aßen eine Packung Pfefferminzbonbons und sprachen nicht viel. Schließlich setzten sie sich auf die Schaukeln und schwangen so hoch sie konnten, um sich dann kopfüber daran zu hängen, die Beine um die Metallketten geschlungen. Das Drehkarussell bevölkerten mehrere Kinder, die alle das gleiche seidene maisblonde Haar hatten und offensichtlich nicht daran interessiert waren, mit anderen zu spielen. Schließlich entdeckten sie ein Mädchen, das alleine an einem schattigen, kühlen Platz unter der Rutsche saß, als würde sie sich dort regelmäßig vor der Sonne verstecken. Ihre Nase steckte tief in einem abgegriffenen Buch der Bücherei, und sie hatte die Beine ausgestreckt. Das dunkelbraune Haar fiel ihr über die Schultern, und sie trug eine ausgefranste kurze Jeans und abgewetzte Turnschuhe mit regenbogenfarbenen Schnürsenkeln.

Emily und Charlie beugten sich unter die Rutsche, und das Mädchen blickte auf – nicht erschrocken, nur neugierig.

»Hallo«, sagte Charlie. »Willst du mit uns spielen? Wie heißt du?«

Das Mädchen zog ein Lesezeichen aus der Hosentasche, legte es zwischen die Seiten ihres Buchs und klappte es zu. Selbst in dem düsteren Schatten unter der Rutsche konnte Charlie ein paar Sommersprossen auf ihrer Nase erkennen.

»Ja, gern«, antwortete sie. »Ich heiße Katie.«

29. KAPITEL

1961

Rosalind Stimpsons Schönheitsherrschaft währte nicht mehr lange.

Etwa ein Jahr, nachdem Derek – beziehungsweise Harry, so nannte er sich ja inzwischen – sie kennengelernt hatte, rutschte Rosa beim Saubermachen auf einer der schiefen Treppen im Geisterhaus aus, stürzte die Stufen hinunter und zog sich durch einen herumliegenden Nagel eine zehn Zentimeter lange, vom Mundwinkel bis zum Wangenknochen reichende Verletzung zu. Das Krankenhaus nähte den Riss, verband einen großen Teil ihres Kopfs mit Mull und schickte sie mit den Worten nach Hause, dass sie Glück gehabt hätte, sie hätte sich auch das Genick oder das Kreuz brechen können.

Rosa fand nicht, dass sie Glück gehabt hatte.

Die Wunde verheilte zwar gut, aber sie hinterließ eine Narbe, und die Zeiten, in denen Rosa überall auf dem Jahrmarkt herumstolzierte, waren vorbei. Die Jungs fragten nicht mehr nach ihr, und unappetitliche Männer schenkten ihre Aufmerksamkeit anderen. Harry jedoch ließ sich nicht abschrecken. Für ihn sah die erhabene lila Narbe auf ihrer Wange gar nicht so schlimm aus. Immerhin war er mit Bildern aufgewachsen, die viel, viel schlimmere Wunden zeigten, und er hatte seine eigene Narbe, einen runden, harten, dunklen Wulst hinter seinem Ohr.

Zuerst wollte Rosa ihn nicht sehen. Sie wollte niemanden sehen. Als klar war, dass die Narbe nicht mehr besser heilen würde, zog sie sich in ihr Zimmer zurück und verließ es nicht mehr. Wenn Harry sie besuchen wollte, öffnete stets ihre Mutter die Tür, schaute ihn nur mürrisch an und schickte ihn weg. Also begann er, Nachrichten für sie abzugeben, fragte sie darin, wie es ihr ging und ob er sie einmal ausführen dürfte. Manchmal ließ er auch eine Schachtel Pralinen oder einen Blumenstrauß da, den er selbst auf dem zugewucherten Grundstück der Rushbrooks gepflückt hatte.

Dann, eines Tages im Frühling, trat ihre Mutter an der Tür beiseite und erlaubte ihm hinaufzugehen. Er war derart überrascht, dass er sich erst einmal gar nicht vom Fleck rührte, bis die alte Frau die Augen verdrehte, zurück in den Flur ging und ihn in der offenen Tür stehenließ.

»Hallo?«

Nachdem er die Treppe hinaufgestiegen war, klopfte Harry leise an eine rosa gestrichene Tür, hörte ein Murmeln von drinnen und trat ein. Das Zimmer war hell gestrichen, aber düster, mit schweren Vorhängen vor den Fenstern, und es roch säuerlich – der Geruch eines Krankenzimmers. Rosalind saß auf ihrem Bett. Sie trug ein Nachthemd mit langen Ärmeln, hatte den Kopf trotzig gehoben und starrte ihn wütend an.

»Na? Bist du gekommen, um es dir mal richtig anzuschauen?«

Er trat an das Bett und stand vor ihr, den Hut in den Händen. Sie wandte sich nicht von ihm ab, sondern reckte das Kinn vor, so dass das Haar aus dem Gesicht fiel – er konnte die Narbe deutlich sehen, selbst in der Dunkelheit des Schlafzimmers. Eigentlich war sie relativ klein. Mit Make-up, dachte er, wäre es durchaus möglich, sie fast ganz zu verbergen. Ihre Haut würde zwar nicht mehr makellos sein, aber wer hatte schon makellose Haut? Sie war noch immer sehr schön. Er setzte sich auf das Bett und genoss es, ihr so nahe zu sein. Er schüttelte langsam den Kopf.

»Es tut mir so leid, Rosa. Dein Gesicht … was für eine Bescherung.«

Sie zuckte zusammen, als hätte er sie geschlagen, und er musste die Lippen zusammenpressen, um nicht zu lächeln. Rosa hatte ihn zuvor abgewiesen, als bedeutete seine Meinung nicht mehr als Staub im Wind, aber jetzt … Jetzt brauchte sie ihn, um gesagt zu bekommen, dass sie schön war. Wie gut es sich anfühlte, Macht über sie zu haben. Ihre Finger tasteten nach ihrem Gesicht und strichen über die dünne Narbe, als wollte sie sich selbst davon überzeugen.

»Ist es … ist es wirklich so schlimm?«

Harry setzte gekonnt eine mitleidige Miene auf.

»Es tut mir in der Seele weh, dich anzuschauen, Liebes. Hätten die Ärzte es nicht besser hinkriegen können als so? Sie haben dich verunstaltet. Was für eine Schande.«

Rosas große grüne Augen füllten sich mit Tränen, dass sie glasig wurden. Sie zog die Knie bis zur Brust.

»Ich habe gespart«, sagte sie, und ihre Stimme war so leise, wie er sie noch nie zuvor gehört hatte. Sie klang wie ein zehn- oder elfjähriges Mädchen, ein Kind, das im Dunkeln flüsterte. »Ich wollte ins Ausland gehen. Nach Amerika. Ich wollte … Ich habe in Zeitschriften gelesen, dass man in Hollywood auf der Straße von Produzenten entdeckt und gefragt wird, ob man in einem Film mitspielen will. Ich wollte ein *Star* sein.«

Harrys Blick blieb auf sie gerichtet, und er schüttelte langsam den Kopf. Die Tränen kullerten ihr aus den Augen über das blasse Gesicht und hinterließen eine silberne Spur.

»O nein, Liebes. Nicht du. Es tut mir so leid.« Er legte die Hand auf ihr Knie und spürte ihre Wärme durch die Bettdecke hindurch. Er dachte an ihre Mutter unten im Erdgeschoss und fragte sich, ob sie zuhörte. Er stellte sich vor, wie sie in der Küche zur Decke schaute, das mürrische Gesicht misstrauisch verzogen – und sein Herz schlug schneller. *Soll sie doch zuhören*, dachte er.

»Mach dir keine Sorgen, ich werde dich nicht verlassen«, sagte er. Er nahm die Hand von ihrem Knie und ließ sie stattdessen unter die Bettdecke gleiten. Ihr Bein war warm und weich, und es dauerte nur Sekunden, ihr Nachthemd wegzuschieben. »Ich weiß, wie du dich besser fühlen wirst.«

30. KAPITEL

Juli 1988

Charlie, Emily und Katie stapften durch das kleine Waldstück am Campingplatz, alle drei mit einem Rucksack voller Diebesgut auf dem Rücken. Katie hatte eine Dose unter dem Arm, und sie teilten sich eine Packung Fruchtbonbons. Sie hatten sich nach dem Abendbrot getroffen, und im Schatten der Bäume war es angenehm kühl. Charlie spürte an der Stelle, an der sie sich auf dem Nacken einen Sonnenbrand zugezogen hatte, ein leichtes Kribbeln. Sie klärte die beiden anderen über Karten und Schätze auf.

»Aber warum brauchen wir denn dafür eine Karte?«, fragte Emily. »Das ist doch alles für Stitch Face Sue. Wir wollen uns die Sachen doch nicht wieder zurückholen.«

»Stimmt«, räumte Charlie ein. »Aber was, wenn wir nächstes Jahr alle wieder hierherkommen und die Dose ausgraben? Wenn sie leer ist, wissen wir, dass sie unsere Geschenke angenommen hat. Das wäre doch toll.«

»Oder«, fügte Katie mit ihrer ruhigen, nachdenklichen Stimme hinzu, »sie könnte *uns* ein Geschenk hinterlassen haben.«

Charlie warf Katie einen dankbaren Blick zu. Sie hatte sich über Nacht überlegt, eine Karte vom Wald anzufertigen und ihren Schatz darauf einzuzeichnen, und war nicht mehr davon abzubringen.

Emily zuckte mit den Achseln. »Na gut. Wo werden wir die Sachen vergraben?«

Sie fanden schließlich eine Stelle auf einer kleinen Lichtung, bei ein paar großen Kastanien und einem umgestürzten Baum. Die Stelle war recht einprägsam, fand Charlie, aber sie nahm trotzdem ihr rosa Tagebuch heraus und zeichnete sorgfältig eine Karte, auf der sie all die großen Bäume eintrug. Spontan benannte sie die drei größten nach ihnen: Charlie, die Kastanie, Emily, die Weißbirke, und Katie, die Eiche. Als sie sich entschieden hatten, wo sie die Dose genau vergraben wollten, schrieb Charlie einige grobe Anweisungen auf: *Elf Schritte nach Osten von der großen Kastanie aus. Sieben Schritte nach Norden. Das X markiert die Stelle!* Sie hatte Darrens Kompass stibitzt, um die Himmelsrichtungen zu vermerken.

Die drei saßen in einem Kreis, die offene Dose in ihrer Mitte. Den Deckel, auf dem ein fröhlicher Schneemann abgebildet war, hatten sie sorgfältig neben sich gelegt.

Charlie holte die mitgebrachten Gegenstände aus ihrem Rucksack hervor: einen Kniffel-Block, ein altes Taschenbuch, das sie aus dem Wohnwagen hatte mitgehen lassen, mehrere klebrige Bonbons, ein paar Plastikjetons vom Jahrmarkt und eine schwarze Haarbürste mit einem silbernen Griff, die sie ihrer Schwester Carol geklaut hatte. Sie war mit ihrer Beute zufrieden, aber es wurde immer schwieriger, etwas Interessantes zu finden. Emily hatte vorgeschlagen, dass sie Sachen aussuchen sollten, die Stitch Face Sue besonders gefallen würden, aber ihr gingen langsam die Möglichkeiten aus. Katie zog eine zerknitterte Süßigkeitentüte aus ihrem Rucksack und kippte den Inhalt auf den Boden: drei rosagelbe Haarspangen, ein Schlüsselring mit einem kleinen blauen Plüschbären daran und mehrere lange silberne Nadeln. Als sie den Blick der anderen Mädchen bemerkte, nahm sie eine der Nadeln in die Hand und hielt sie zwischen Daumen und Zeigefinger.

»Sticken ist ein Hobby meiner Mum. Sie verbringt gern die Abende damit. Oh, und da ist noch etwas.« Katie griff wieder in ihren Rucksack und holte eine große Nähschere heraus. An dem orangefarbenen Plastikgriff klebte ein Etikett mit der Aufschrift »JEANIE«. Charlie wurde unruhig und dachte an Emilys Messer. Wo war das nur geblieben?

»Wird deine Mutter die Schere nicht vermissen?«

»Oh, sie hat noch eine andere, die sie lieber mag«, sagte Katie lächelnd und legte die große Schere in die Dose neben ihre Haarspangen und Charlies klebrigen Bonbons.

Emily hatte dagesessen und zugeschaut, aber als sie merkte, dass sie an der Reihe war, öffnete sie ihren Rucksack und begann Sachen herauszuholen: ein neonfarbenes Haargummi, was Charlie verwunderte, denn Emilys Haar war viel zu kurz, um es zusammenzubinden – vielleicht hatte sie ja einmal längeres Haar gehabt? –, und dann, seltsamerweise, einen Lippenstift. Helles Korallenrosa stand oben auf dem Verschluss, den Emily abnahm, um den Lippenstift aufzudrehen. Er sah halb benutzt aus.

»Der hat meiner Schwester gehört«, sagte sie leise. Charlie blickte hinüber zu Katie. Sie hatten ihr nicht erzählt, dass Emilys Schwester Louise weggelaufen war, sondern nur, dass ihr Vater ein böser Mensch war, der bestraft werden musste. Aber das Mädchen wirkte unbeeindruckt.

Dann holte Emily den Umschlag aus ihrem Rucksack, in dem sich die Fotos ihrer Schwester befanden, wie Charlie wusste.

»Willst du die wirklich hergeben?«, platzte es aus ihr heraus, und sie verstand nicht, warum Emily ihr einen finsteren Blick zuwarf, ehe sie mit den Achseln zuckte.

»Sind ja nur ein paar. Ich habe noch andere. Außerdem möchte ich, dass Stitch Face Sue weiß, für wen sie … das tut.«

»Was ist denn da drin, in dem Umschlag?«, fragte Katie. Mittlerweile war es im Wald düster geworden, so dass ihre Augen unter dem dichten Pony nur noch schemenhaft zu sehen waren.

»Fotos«, antwortete Charlie. Emily steckte den Umschlag in die Dose. Dann holte sie eine VHS-Kassette heraus. Beide Mädchen zogen die Augenbrauen hoch. VHS-Kassetten waren seltene, teure Schätze in ihrer Welt, weshalb es ihnen ungeheuerlich erschien, dass Emily sie in der Erde vergraben wollte.

»Was ist das?«, fragte Charlie. Sie kaute knirschend auf einem Fruchtbonbon herum.

»Der Lieblingsfilm von Louise«, sagte Emily. »*Stand by me – Das Geheimnis eines Sommers*. Wir haben ihn immer in der Videothek ausgeliehen, aber als sie dann weg war, hat ihn niemand mehr zurückgebracht.«

Emily legte die Kassette in die Dose. Charlie bemerkte, dass sie gar kein Etikett besaß mit der Aufschrift *Stand by me – Das Geheimnis eines Sommers*, sondern einen einfachen weißen Aufkleber, auf den jemand mit dickem schwarzem Filzstift 1987 gekritzelt hatte.

Katie setzte den Deckel auf die Dose. Sie griffen nach ihren mitgebrachten bunten Plastikspaten und begannen ein Loch zu graben. Die Arbeit stellte sich als langwieriger und anstrengender heraus, als verschiedene Kinderbücher und Fernsehsendungen Charlie hatten glauben lassen. Als sie es schließlich geschafft hatten, die Dose mit Erde zu bedecken, war die Dunkelheit bereits hereingebrochen. Am abendlichen Himmel zogen Wolken auf, und die Schatten um sie herum dehnten sich immer weiter aus und verschmolzen miteinander.

»Was jetzt?«, fragte Katie.

»Jetzt«, sagte Emily, »zeichnen wir ein Pentagramm auf das Grab.«

»Auf das Grab?«

»Auf das zugeschüttete Loch, meine ich. Wir zeichnen dieses große Sternding, zünden Streichhölzer an und denken fest an Stitch Face Sue. Damit rufen wir sie.« Emily rieb sich mit dem Daumen über das Kinn. »Und dann tut sie das, worum wir sie bitten.«

Charlie rückte von der Stelle ab, auf der sie hockte. Es wäre an ihr gewesen, so fand sie, das zu erklären. Das ganze Ritual war ja schließlich ihre Idee gewesen. So wie auch Stitch Face Sue ihre Idee gewesen war. Aber jetzt daran zu denken, dass sie ja eigentlich nicht real war, fühlte sich trotzdem ketzerisch an, und ihr Instinkt sagte ihr, dass es für Emily wichtig war, das Gefühl zu haben, dass sie die Kontrolle hatte.

Und Stitch Face Sue war ja nur ein Spiel.

War es nicht so?

»Hier«, sagte Charlie und reichte Emily einen Stock. Unter dem Vorwand, dass sie Licht auf dem Boden brauchten, zog sie ihre Taschenlampe aus dem Rucksack. »Du zeichnest das Pentagramm auf die Erde, und ich leuchte mit der Taschenlampe.«

Der schwache Strahl schien träge auf den Boden, dass der Wald ringsherum noch dunkler erschien. Emily nahm den Stock und begann, damit über die Erde zu fahren. Genau in dem Moment hörten sie ein Geräusch in den Bäumen und dem Gestrüpp, als würde sich dort etwas bewegen. Emily ließ den Stock fallen.

»Was …?«

Im nächsten Augenblick schoss eine riesige, dunkle Gestalt aus dem Gebüsch, stürzte auf sie zu und trat auf Emilys halb gezeichneten Stern. Katie schrie auf, und Charlie kroch nach hinten. Aber zu spät. Eine große Hand packte sie an ihrer Bluse und zerrte sie hoch.

»Was macht ihr Gören hier draußen in der Dunkelheit?«

Eine Bierfahne. Das war ein Mann, nicht Stitch Face Sue. Ein großer, hochgewachsener Mann mit ordentlich zurückgekämmtem Haar. Charlie konnte selbst im Dunkeln sehen, dass das weiße Unterhemd, das er trug, an den Achseln gelblich verfärbt war. Es war der Mann vom Jahrmarkt. Der Mann, der den Lieferwagen bemalt hatte. Der Mann, der sie von den Spielautomaten weggejagt hatte.

»Lassen Sie mich los!«

»Verschwindet!« Der Mann ließ Charlie los und starrte die Mädchen wütend an. Er hatte ein langes Seil um den Arm geschlungen. Panik machte sich in Charlie breit. Das war eine *echte* Bedrohung. Nicht etwas, das sie sich zum Spaß ausgedacht hatten.

Mittlerweile waren auch Emily und Katie aufgesprungen. Ihre Spaten lagen auf dem Boden verstreut wie neonfarbener Müll.

»Was macht ihr überhaupt hier draußen?«, fauchte der Mann. »Die Leute lassen ihre verdammten Blagen durch die Gegend streunen wie Landstreicher.«

»Das ist unser Campingplatz«, sagte Charlie. Sie hatte zwar eine Riesenangst, trotzdem fühlte sie sich ungerecht behandelt. »Wir sind hier im Urlaub!«

Der Mann sah die drei finster an und stampfte mit dem Fuß auf, als wolle er Tauben verscheuchen. Er war betrunken, begriff Charlie.

»Was habt ihr gesehen? Habt ihr hier draußen jemanden gesehen?« Und dann, bevor sie antworten konnten: »Na los, verschwindet, ihr Drecksgören, bevor ich etwas tue, das euch richtig Angst einjagt.« Er machte erneut einen Schritt auf sie zu und eine ausladende Bewegung, als wolle er sich gleich wieder eine von ihnen schnappen. Die Mädchen drehten sich gleichzeitig um, als sei plötzlich ein Bann gebrochen, und rannten los, tiefer in den Wald hinein.

31. KAPITEL

Heute

Ich dachte mehr und mehr über das vermisste Mädchen Cheryl Yates nach. Dass dieser Ort verflucht zu sein schien – die Ereignisse aus meiner Kindheit, die vermissten Mädchen und Cheryl –, begann an mir zu nagen. Kann ein Ort verflucht sein? Der Mann aus der Buchhandlung, Mr. Kastner, hatte so etwas angedeutet. Hithechurch und Folkesholme wären wie eine Art Strudel, in dem Menschen einfach verschwinden, hatte er gesagt.

In Folkesholme gab es eine kleine Bücherei, und ich beschloss, dorthin zu gehen. Einfach nur so, redete ich mir ein. Ich schaute mir Unmengen von alten Lokalzeitungen und Mikrofiches an. Es war warm und ruhig, aber ich kam mir vor wie auf einem Präsentierteller und war mir sicher, dass meine Wangen glühten und ich wie eine Lampe leuchtete. Aber niemand störte mich, dass ich zu glauben begann, doch nicht wirklich da zu sein.

Katie, die neben mir auf einem Hocker saß, las in rasender Geschwindigkeit ein Buch, das sie sich aus einem der Regale genommen hatte. Der Umschlag zeigte ein Mädchen in altmodischer Kleidung, das durch eine Tür in einer Gartenmauer schritt.

»Recherchierst du für dein Buch?«, fragte sie.

»Ja«, sagte ich, ohne richtig aufzublicken. »In Bibliotheken kann man gut recherchieren.«

Ich fand heraus, dass insgesamt acht Mädchen, einschließlich Cheryl, in den letzten sechzig Jahren in der Gegend von Hithechurch und Folkesholme verschwunden waren. Auch wenn mir der Durchschnittswert für Vermisstenfälle dieser Art nicht bekannt war, erschien mir diese Zahl doch relativ hoch. Ich fotografierte alle Mädchen mit meinem Handy und schrieb mir ihre Namen und ihr Alter zum Zeitpunkt des Verschwindens auf. Die erste von ihnen, April Rushbrook, verschwand 1961 und war vierzehn Jahre alt. Dann ging ich in ein Café an der Strandpromenade, in so einen billigen, trostlosen Laden mit toten Fliegen in den Fenstern, und begann, mit dem Handy im Internet verschiedenste Websites durchzuforsten.

Ich nippte an einem dünnen Tee, während Katie in einem Stück Kuchen herumstocherte. Von den acht Mädchen fand ich nur zu zweien konkrete Informationen: Lucy Bunyon war 1973 aus Folksholme verschwunden und drei Jahre später wieder aufgetaucht, eine Ausreißerin, die sich nach London durchgeschlagen und dort anscheinend eine schlimme Zeit durchgemacht hatte; Jane Mellows war von ihrem Freund umgebracht und ihre Leiche in einem Waldstück in Kent versteckt worden. Die anderen sechs galten als vermisst, es gab keine weiteren Nachrichten oder aktuelle Berichte zu ihnen – als ob sie einfach in einen wartenden Himmel aufgestiegen waren, wie Heliumballons, die von ihren Besitzern nicht fest genug in den Händen gehalten worden waren. Ich unterstrich ihre Namen: April Rushbrook (1961), Natalie Price (1975), Alison Smith (1976), Sophie Bennett (1979), Laura Jennings (1984) und schließlich Cheryl Yates, die letzten Sommer verschwunden war.

Ich sah mir die drei näher an, die offenbar aus der Gegend stammten und nicht wie Cheryl im Urlaub verschwunden waren. Eine von ihnen, Laura Jennings, war eine Einheimische gewesen. Sie war 1984 verschwunden, nur vier Jahre vor meinen verhängnisvollen Ferien in Hithechurch. In der Datenbank einer Lokalzeitung stieß ich auf einen Artikel aus dem Jahr 1994, der an ihr Verschwinden zehn Jahre zuvor erinnerte. Es war auch ein Foto abgebildet, das ein Mädchen mit gekräuseltem blondem Haar, Sommersprossen und auffallend grünen Augen zeigte. Sie war zum Zeitpunkt ihres Verschwindens fünfzehn Jahre alt gewesen. Seitdem hatte niemand mehr etwas von ihr gehört. Ich betrachtete das Foto und wurde immer unruhiger. Kam sie mir irgendwie bekannt vor? Hatte ich sie in den Nachrichten gesehen? Schon möglich.

Dem Artikel zufolge lebte die Familie von Laura Jennings noch immer in der Gegend – oder hatte es auf jeden Fall noch Mitte der 1990er Jahre getan. Ich stöberte weiter im Internet und war erstaunt, dass die Menschen dort sehr persönliche Informationen hinterließen. Schließlich stieß ich auf einen Mann, von dem ich glaubte, dass er der Bruder von Laura Jennings war. Er war inzwischen Gebrauchtwarenhändler und hatte einen Laden am Rand von Folkesholme. Etwas, das mich nachdenken ließ.

Katie lehnte sich vom Tisch zurück, balancierte mit ihrem Stuhl auf den hinteren Beinen und sah mich an.

»Hast du etwas Interessantes herausgefunden?«

»Ja«, antwortete ich und lächelte kurz. »Sehr viel Interessantes sogar. Sollen wir jetzt zurückfahren? Es ist noch hell genug, du kannst noch ein bisschen draußen rumlaufen.«

Wir fuhren zurück, und als wir auf dem Campingplatz ankamen, wollte Katie zum Spielplatz, also ließ ich sie aussteigen, und sie sauste über den Rasen zu den Schaukeln. Ihre bunten Turnschuhe mit den regenbogenfarbenen Schnürsenkeln waren das Leuchtendste an diesem Tag. Es wehte wieder ein kräftiger Wind, weshalb ich Joseph wohl erst hörte, als er gegen die Scheibe klopfte. Ich zuckte auf meinem Sitz zusammen und öffnete das Fenster. Natürlich war ich überrascht, aber das erklärte trotzdem nicht so ganz, warum mein Herz bei seinem Anblick so schnell klopfte.

»Oh, hallo«, sagte ich.

»Hallo«, erwiderte er lächelnd und beugte sich zu mir herunter. »Ich habe Sie in den letzten Tagen gar nicht mehr gesehen. Sie gehen mir doch nicht aus dem Weg, oder? War das Curry so schlecht?«

»Überhaupt nicht, nein, es war großartig, ich …« Ich strich mir das Haar aus den Augen. »Ich war nur beschäftigt.«

»Womit? Auf Ihre Nichte aufzupassen?« Er nickte, als würde er genau wissen, wie man wilde Kinder im Auge behielt.

»Ach, die passt meistens auf sich selbst auf«, sagte ich wahrheitsgemäß. Er lächelte wieder und sah mir tief in die Augen. Da war wieder dieses seltsame Knistern in der Luft. Und dann sagte ich das, was mir spontan in den Sinn gekommen war. »Wie auch immer. Ich glaube, jetzt bin ich wohl an der Reihe, zum Abendessen einzuladen, oder? Leider bin ich keine gute Köchin, aber vielleicht können wir ja ausgehen.«

Sein Lächeln verwandelte sich in ein Grinsen.

»Das wäre wunderbar, Sarah.«

Diesen Namen aus seinem Mund zu hören, erinnerte mich daran, was für eine Heuchlerin ich war, aber ansonsten freute ich mich riesig.

»Dann haben wir jetzt wohl ein Date.«

32. KAPITEL

Juli 1988

Die Mädchen liefen immer tiefer in den Wald hinein, bis das Laub fast zu dicht war, um den Weg noch zu erkennen. Charlie schlug das Herz bis zum Hals vor Angst – so tief war sie noch im Wald gewesen –, aber sie begriff allmählich, dass der Mann vom Jahrmarkt ihnen nicht folgte. Wahrscheinlich war er ihnen gar nicht hinterhergejagt. Sie rief den anderen zu, dass sie stehen bleiben sollten, was Katie auch tat, ihr Gesicht blass in der Finsternis. Die Sonne war untergegangen. Ein langer Grashalm ragte aus ihrem Haar. Charlie zog ihn heraus und versuchte, ein Lied darauf zu blasen. Katie lachte.

»Was macht ihr zwei da?«, schnauzte Emily. Sie kämpfte sich noch immer durch die Büsche, ihr Shirt voller Kletten. »Hier gibt's einen Weg raus, schaut nur.«

Sie gingen zu ihr. Emily hatte recht, stellte Charlie fest. Da war ein Maschendrahtzaun mit einem Loch darin, das so groß war, dass sich Kinder in ihrem Alter hindurchzwängen konnten. Auf der anderen Seite des Zauns befand sich ein zugewuchertes Feld.

»Wo sind wir?«, fragte Katie. »Das ist nicht der Campingplatz, oder?«

»Nein«, stimmte Charlie ihr zu. »Wir müssen auf der anderen Seite herausgekommen sein.«

Emily kletterte bereits durch das Loch.

»Sollten wir nicht besser zurückgehen?«

Emily schüttelte energisch den Kopf. Sie schien wie unter

Strom zu stehen. Charlie stellte sich vor, dass ihr die Haare zu Berge stehen würden, wenn sie sie berührte. Sie kletterte durch das Loch und half danach Katie.

»Ich will an den Strand«, sagte Emily. »Wir sollten es da tun.«

Katie blickte verwirrt. Charlie runzelte die Stirn. Sie hatten die Dose mit den Opfergaben für Stitch Face Sue doch vergraben. Wie sollten sie also das Ritual zu Ende führen?

»Du hast doch noch die Streichhölzer, oder?«, sagte Emily, als könnte sie Charlies Gedanken lesen.

Sie waren noch immer in ihrem Rucksack, also nickte Charlie.

»Das Feuer ist das Wichtigste«, sagte Emily. »Und dass wir zu dritt sind. Kommt, lasst uns gehen.«

Gemeinsam machten sie sich auf den Weg über das Feld, und Charlie fragte sich, wann das Ritual zu Emilys Ritual geworden war. Und seit wann Emily diejenige war, die Stitch Face Sue herbeirief und Befehle erteilte. Ein paar Vögel flogen aus dem hohen Gras auf, aber Charlie konnte sie nicht erkennen. Schwarz auf schwarz verschwanden sie in die Dunkelheit.

Irgendwann stießen die Mädchen auf die Hauptstraße, und Charlie stellte fest, dass das Feld auf dem sie sich befanden, nur der zugwucherte Acker war, der auf der rechten Seite lag, wenn man zurück zum Campingplatz lief. Wie anders die Dinge doch aussahen, wenn man sie aus einem anderen Blickwinkel betrachtete. Emily überquerte die Straße und ging zielstrebig zum Graben auf der anderen Seite.

»Das ist eine Abkürzung«, sagte sie. »Wir wollen uns doch von den Straßen fernhalten.«

»Wieso?«, fragte Katie, aber Emily gab ihr keine Antwort. Charlie zuckte nur mit den Achseln, und die beiden folgten ihr in die Nacht.

Der Weg dauerte länger als erwartet, und Charlie begann sich schon zu fragen, ob sie sich nicht doch verlaufen hatten. Aber genau in dem Moment hörten sie das Rauschen des Meeres, wie ein riesiges, unruhiges Tier, das sich in der Dunkelheit bewegte. Es erinnerte Charlie an ihren Zoobesuch im Jahr zuvor mit ihrer Familie. Sie hatten einen gelangweilt aussehenden Tiger in seinem viel zu kleinen Gehege hin und her schleichen sehen. Er konnte ewig auf seine Beute warten, dachte Charlie, genau wie das Meer.

Sie gingen über Felder, überquerten weitere Gräben, Zäune und mehrere Zauntritte. Der nächtliche Himmel klärte sich auf, und das weiße, glitzernde Licht der Sterne schien auf die offene Fläche ringsherum hinab. Dann liefen sie durch ein Wäldchen, und plötzlich breitete sich das Meer wie eine dunkle, sich bewegende Masse vor ihnen aus. Links strahlten die Lichter von Hithechurch, ein gemütlicher, einladender Anblick. Rechts erhob sich das Land immer weiter bis hin zu den felsigen Klippen, die nach Folkesholme führten. Gemeinsam folgten sie dem sandigen Weg über die mit hohem Gras bewachsenen Dünen, bis hinunter zum Strand. Es war Ebbe, aber Charlie konnte kleine Wasserrinnsale mit weißen Schaumkronen erkennen, die sich langsam ihren Weg durch den Sand bahnten.

Unmittelbar vor ihnen lag der alte Abwasserkanal. Er sah im Sternenlicht düster und wuchtig aus, als wäre er aus großer Höhe auf den Boden gefallen und hätte sich im Sand eingegraben. Charlie kannte das Bauwerk gut, ihre Schwester und Darren gingen dort immer Krabben fangen, aber in der Nacht sah der Kanal anders aus. Alles sah anders aus.

»Lass uns das Ritual dort zu Ende führen«, sagte Emily und deutete auf den Abwasserkanal. »Das sieht aus wie ein großer Grabstein.«

»Ich weiß nicht«, sagte Katie. »Meine Mum hat gesagt, da ist es gefährlich.«

»Das stimmt«, pflichtete Charlie ihr bei. Emily warf ihrer Freundin einen strengen Blick zu, und Charlie zuckte mit den Achseln. »Ich meine, es ist gefährlich, im Tunnel zu sein, wenn die Flut kommt. Da kann man in ihn hineingesogen werden. Meine Großmutter hat das einmal mitbekommen. Da wurde ein kleines Kind einfach vom Wasser mitgerissen. Die Erwachsenen mussten hineingehen und es herausziehen. Es hat dabei seine Schuhe verloren. Aber jetzt ist es dort nicht gefährlich, denn es ist ja gerade Ebbe. Außerdem können wir ja auf dem Tunnel obendrauf sitzen, oder?«

Emily war mit diesem Kompromiss einverstanden und nickte. Charlie und Emily gingen hinüber, Katie folgte ihnen. Die obere Platte des Tunnels war fast überall mit Sand überzogen. Sie gingen auf ihr entlang, und der Sand wich weiter hinten auf der linken Seite grauem Geröll, aus dem dunkelgrünes Seegras ragte. Der Kanal stank, obwohl das Abwasserrohr schon seit Jahren nicht mehr richtig genutzt wurde, aber die Algen, auf die tagsüber die Sonne brannte, verströmten einen üblen, salzigen Geruch. Sie erreichten einen breiten Abschnitt mit weniger Seepocken. Emily setzte sich im Schneidersitz hin und klopfte auf den steinernen Boden.

»Kommt, lasst es uns hier machen.«

Charlie und Katie setzten sich zu ihr, alle im sicheren Abstand zu der Seite, die sich rechts von Charlie befand und auf der es drei Meter in die Tiefe ging, während auf der anderen Seite der Sand fast bis oben hin reichte. Charlie blickte über den Rand. Der Sand war noch feucht, und sie wusste aus Erfahrung, dass er hier dicker und schlammiger war als der normale Sand. Er zog einem die Sandalen aus, wenn er die Gelegenheit dazu bekam. Hinter ihnen klaffte der dunkle Tunnelmund wie ein schwarzes Loch im All. Charlie wandte sich ihren Freundinnen zu und stellte fest, dass Emily wieder das Messer in der Hand hielt und ein grobes

Pentagramm damit in den mit Tang überzogenen Stein ritzte. Mit einer gekonnten Drehung der Klinge schaffte sie es, dass ein Funke über den Stein sprühte, so klar und hell wie eine Sternschnuppe. *Magie*, dachte Charlie.

»Das reicht.« Emily lehnte sich zurück, und die drei drängten sich um das Pentagramm. Außer dem Rauschen des sich in der Ferne bewegenden, schimmernden Meers war alles ganz still.

»Wer war dieser Mann?«, fragte Katie. »Er schien richtig … wütend zu sein.«

»Er arbeitet auf dem Jahrmarkt in der Spielhalle«, sagte Charlie. »Er ist immer wütend.«

»Wütende Männer«, sagte Emily, in ihrer Stimme ein Hauch von Abscheu. »Deshalb sind wir hier, nicht wahr? Deshalb ist Susan Cartwright gestorben, wegen dummer wütender Männer, und jetzt schicken wir sie los, um noch einen loszuwerden. Charlie, hast du die Streichhölzer da?«

Charlie holte die Schachtel aus der Seitentasche ihres Rucksacks hervor und entnahm drei Streichhölzer.

»Wir zünden eins nach dem anderen an, und jede von uns spricht reihum eine Art Gebet zu Stitch Face Sue. Emily zum Schluss. Und wenn das letzte Streichholz verbrannt ist, erscheint Stitch Face Sue, und wir bitten sie … dass sie sich um Emilys Vater kümmert.«

Katie machte daraufhin ein skeptisches Gesicht, was Charlie einen Moment lang richtig beunruhigte, denn Emily nahm das alles sehr ernst, und sie hatte das Gefühl, zwischen zwei Stühlen zu sitzen. Das hier war ihr und Emilys Spiel, und ja, es mochte ziemlich albern erscheinen, aber … sie hatte Stitch Face Sue gesehen, draußen vor dem Wohnwagen. Sie hatte sie *gesehen*.

»Sie hat dafür gesorgt, dass mein Vater von einem Hund gebissen wurde«, erklärte Emily plötzlich, als ob sie spürte, dass Katie ihnen die Sache nicht abkaufte. »Der Hund tauchte wie aus dem

Nichts auf und hat ihn angegriffen. Überall war Blut, ich hab's mit eigenen Augen gesehen.«

»Okay«, sagte Katie in einem beschwichtigenden Ton. »Klingt unheimlich. Dann lasst uns loslegen. Aber danach gehen wir zurück, ja? Es wird kälter.«

Charlie spürte wieder dieses Unbehagen, aber trotzdem zündete sie das erste Streichholz an. Es gab ein *Zischen*, und sie hielt es hoch, eine winzige orangefarbene Flamme in den dunkelvioletten Schatten der Nacht.

»Susan Cartwright, bist du da? Wir bitten dich auch heute Abend wieder um deine Hilfe. Dein Geist muss ganz in der Nähe sein, denn dein Todestag steht bevor, und wir können von hier aus dein Grab sehen.« Charlie räusperte sich. Sie spürte die heiße Flamme des Streichholzes an ihren Fingern. »Wir haben Opfergaben für dich vergraben und ein Feuer für dich angezündet.

Die Flamme wurde zu heiß, und sie ließ das Streichholz fallen. Es erlosch auf dem Tang. Sie wandte sich zu Katie und zündete das zweite Streichholz an. Einen Augenblick lang herrschte Stille.

»Jetzt sprichst du«, forderte sie Katie auf.

»Oh, äh, Stitch Face Sue, wir rufen dich!« Katie hob die Hände und wedelte mit den Fingern, dann lachte sie. Charlie spürte, wie ihr Magen sich zusammenzog, und sie schielte kurz zu Emily hinüber. Ihr Gesicht war im Sternenlicht kreidebleich geworden, und ihr Mund hatte sich zu einem bleistiftdünnen Strich verzogen. »Wir rufen deine geisterhaften Kräfte, um zu rächen.«

Katie lachte wieder, ein schrilles mädchenhaftes Kichern, das zu einem sonnigen Tag auf dem Jahrmarkt passte, aber nicht zur Dunkelheit an einem verlassenen Strand.

»Katie …«, begann Charlie. Sie war sich nicht sicher, was sie sagen sollte, und dann war das Streichholz wieder heruntergebrannt, dass sie es fallen lassen musste. »Mist.«

»Mach das dritte Streichholz an«, sagte Emily, ihre Stimme

sehr sanft, dass Charlie unwillkürlich an Emilys Vater denken musste und an die stille Anspannung, die stets wie eine Wolke über ihm schwebte. Ihre Finger zitterten leicht, als sie das Streichholz anzündete. Das kleine Licht flammte auf, und Emily begann zu sprechen.

»Susan Cartwright, Stitch Face Sue. Ich habe mein ganzes Leben lang deine Hilfe gebraucht. Meine Schwester Louise braucht deine Hilfe. Bitte, ich brauche jemanden, ich brauche *etwas* …« Das schmale Mädchen mit dem schwarzen Haar holte tief Luft und legte die Hände auf das in den Stein geritzte Pentagramm. »Stitch Face Sue, bitte komm und nimm ihn mit. Er hat es verdient, genau wie dein Vater und die Piraten, die dich umgebracht haben.«

Katie prustete los und presste eine Hand auf den Mund, um nicht noch lauter zu lachen.

Noch Jahre später fragte Charlie sich, ob Katie die wahre Geschichte von Susan Cartwright – dem Mädchen, das sich erfolgreich vor den Piraten versteckt und überlebt hatte – gekannt und deshalb gelacht hatte. Sie fragte sich, ob Katie gewusst hatte, dass ihre Version der Geschichte nicht stimmte. Sie fragte sich, ob Katie es amüsiert hatte, dass Emily auf den Unsinn hereingefallen war.

All das fragte sie sich immer wieder.

Ein kehliges Geräusch drang aus Emilys Mund. Dann schnellte ihr Oberkörper vor, und sie rammte ihre Hände gegen Katies Brust. Katie, die auf der Seite saß, die in die Tiefe ging, gab einen erstickten Schrei von sich und kippte nach hinten, ihre Beine und Turnschuhe schwebten kurz in der Luft, bevor sie in die Tiefe verschwanden. Eine Sekunde später folgte ein lautes Knirschen. Charlie krabbelte an den Rand, aber es war schon viel zu spät, um noch irgendetwas zu tun. Sie konnte nur noch nach unten schauen, auf das Mädchen, das verdreht auf dem schlammigen Boden lag.

»Katie? Katie!«

»Pst«, zischte Emily. »Sie hat es vermasselt.«

Charlie stand auf, ohne ihre Freundin anzusehen, und begann, über den Abwasserkanal zu laufen, auf der Suche nach dem Abschnitt, wo der Sand auf dieser Seite auch bis oben zur Kante reichte. Schließlich fand sie eine Stelle, von der sie glaubte, sicher hinunterspringen zu können. Als sie unten auf dem Boden landete, taten ihr die Knie vom Aufprall weh, und sie rannte zurück, dorthin, wo Katie lag. Der nasse Sand klebte ihr an den Schuhen.

»Katie?«, rief sie.

Eine Schrecksekunde lang konnte sie das Mädchen nirgends sehen und befürchtete schon, dass der Sand sie vielleicht verschluckt hatte, so wie Treibsand, über den sie in Büchern aus der Bibliothek gelesen hatte. Und dann entdeckte sie sie. Ein dunkler Umriss in der tiefschwarzen Nacht, die Sohle eines hellen Turnschuhs leuchtete ihr entgegen.

»Katie!«

Sie lief zu ihr hin und blieb stehen. Ein kalter Schauer erfasste sie, als wäre sie unerwartet ins Meer gestoßen worden. Katie lag verkehrt da. Alles war … verkehrt. Ihre Augen waren geöffnet, aber ihr Hals war völlig verrenkt, und aus ihrer Nase und ihren Ohren sickerte Blut. Blut, das schwarz aussah.

Charlie wurde sofort schwindelig, ihre Sicht verengte sich, und dann drückte eine kalte Hand ihre Schulter.

»Ist alles in Ordnung mit ihr?«, fragte Emily.

»Ich …« Charlie hustete und schüttelte den Kopf. Katie zitterte leicht und gab ein gurgelndes Geräusch von sich. Eine ihrer Hände lag mit der Handfläche nach oben auf dem dunkelgrauen Sand und zuckte wie eine sterbende Spinne. »Wir müssen Hilfe holen. Wir müssen …« Charlie beugte sich hinunter und streckte die Hand aus, um das Mädchen zu berühren. Doch dann hielt sie in der Bewegung inne. Sollte man jemanden anfassen, der sich das Genick gebrochen hatte? Eher nicht, glaubte sie, aber der Gedanke, Katie in der Dunkelheit, in der nassen Dunkelheit, allein zurückzulassen, erschien ihr noch schlimmer. »Du bleibst hier. Bei ihr. Ich gehe … ich laufe in die Stadt.«

»Nein, schau doch«, sagte Emily, ihr Ton sehr sachlich. Dann beugte sie sich zu Katie. Charlie verspürte einen plötzlichen Anflug von Erleichterung. Emily wusste Rat, sie würde das in Ordnung bringen können: Charlie fiel eine Szene aus einer Fernsehsendung ein. Ein Mann hatte sich eine Schulter ausgekugelt, und ein Arzt hatte sie ihm wieder eingerenkt. So etwas würde Emily jetzt auch tun. Alles würde gut werden.

Und dann sickerte plötzlich Blut aus einer klaffenden Wunde an Katies Hals. Charlie bemerkte zu spät, dass Emily wieder ihr Messer in der Hand hielt. Sie hatte dem Mädchen die Kehle durchgeschnitten.

Dieses Mal wurde Charlie richtig schwarz von den Augen, aber ihre Ohnmacht konnte nicht lange angedauert haben. Das Nächste, was sie spürte, war Emilys Hand, die sie unsanft am Arm rüttelte. Ihre Finger waren eiskalt.

»Komm«, sagte sie. »Du musst mir helfen, sie von hier wegzuschaffen.«

»Was?«, schrie Charlie entsetzt, riss sich los und stand auf. Katie lag noch immer da, auf dem dunklen Sand. Da war auch Blut, aber erstaunlich wenig. Charlie befürchtete wieder in Ohnmacht zu fallen, und kniff sich selbst in den Arm. »Was hast du verdammt nochmal getan?«

Emily blinzelte, als würde Charlies Ausdrucksweise sie zutiefst kränken. »Sie hat das Ritual vermasselt, aber das ist in Ordnung, denn das hier war die *Opfergabe*«, sagte sie im Brustton der Überzeugung. »Wahrscheinlich funktioniert es so noch besser.«

Charlie begann zu weinen.

»Nein, hör auf. Sie war sowieso tot, das hast du doch gesehen. Du *hast es gesehen*, Charlie. Sie war tot, aber jetzt gehört sie Stitch Face Sue.« Emily klang so verärgert, als würde Charlie sich weigern, mit ihr ein schauriges Fahrgeschäft auf dem Jahrmarkt zu besteigen. »Aber wir müssen sie verstecken, sonst kriegen wir beide Ärger.«

»Ärger?« Charlie gab einen seltsamen, erstickten Laut von sich, der eigentlich ein Lachen sein sollte, aber dann spürte sie, wie sich ihr der Magen hob. Sie wandte sich ab, um sich zu übergeben. Während sie da stand, an der Mauer des Abwasserkanals, und auf den Boden blickte, bemerkte sie, dass sich das Wasser langsam seinen Weg zum Tunnel bahnte. Die Flut kehrte zurück.

»Beeil dich«, sagte Emily. Sie ergriff wieder Charlies Arm und drückte ihn. Wie aus weiter Ferne sah Charlie, dass sie noch immer das Messer in der anderen Hand hielt. »Du musst mir helfen.«

33. KAPITEL

1961

Harry zog mit Rosa in eine winzige Maisonettewohnung am Rand von Hithechurch. Er richtete ein Schlafzimmer nur für sie ein, das überall Spiegel hatte: ein riesiger Schminktisch, der aussah wie eine glasierte Hochzeitstorte, ein bodenlanger vergoldeter Spiegel neben dem Kleiderschrank, ein ovaler Handspiegel auf der Nachttischschublade. Sie sollte nicht vergessen, was sie war, denn sonst würde sie vielleicht erkennen, was er war.

Rosa ging nicht arbeiten. Und sie ging auch nicht in die Stadt bummeln oder in Geschäften einkaufen. Rosa blieb in ihrer winzigen Maisonettewohnung, worüber sie froh war, denn so vermied sie die neugierigen Blicke der Nachbarn. So konnte sie ihr Gesicht vor der Welt verbergen. Sie verließ nur das Haus, um ins Kino zu gehen, wohin Harry sie drei- oder viermal in der Woche fuhr. In Folkesholme gab es ein großes altes Lichtspielhaus, und er sah sich jeden Film mit ihr dort an und die, in denen glamouröse Frauen wie Doris Day, Grace Kelly oder Audrey Hepburn auftraten, zweimal. Er liebte es, im Dunkeln dazusitzen und Rosas Gesicht in sich aufzunehmen, während ihre unerreichbaren Träume auf der großen Leinwand an ihr vorüberzogen.

Anschließend fuhren sie nach Hause, und er durfte mit Rosa tun, was immer er wollte, solange das Licht aus war. Sie gab nie einen Laut von sich.

Das waren die glücklichsten Tage in Harrys Leben, aber ihm wurde allmählich klar, dass etwas mit ihr nicht stimmte – Rosa hatte ein Problem, und es wuchs wie ein Sandkorn im weichen Muschelfleisch einer Auster. Wenn er abends von der Arbeit auf dem Jahrmarkt nach Hause kehrte, stand sie nur in der Unterwäsche in ihrem kleinen Garten da, die Hände und Füße fast lila vor Kälte. Einmal zerschlug sie alle Spiegel im Schlafzimmer, dass überall auf dem Plüschteppich glitzernde Glasscherben herumlagen. Wenn er versuchte, mit ihr zu sprechen, brach sie in Tränen aus und schloss sich im Badezimmer ein.

Als er sie schließlich dabei erwischte, wie sie sich mit einer groben Küchenschere das Haar abschneiden wollte, setzte er sie auf einen Hocker in der Küche und legte die Hände um ihr Gesicht.

»Sag mir«, begann er. »Sag mir, was du willst.«

Ihr Gesicht hatte zu dem Zeitpunkt nicht mehr seine Strahlkraft von früher. Und das lag nicht an der Narbe auf ihrer Wange, die zu einem schwachen violetten Strich verblasst war, sondern daran, dass es durch den Mangel an Sonnenlicht blass und fahl geworden war. Ihre Augen waren oft blutunterlaufen vom Weinen, und ihre Lippen trocken und rissig.

»Ich habe einen Artikel in *Hollywood Goss* gelesen«, sagte sie. Das war eine der Illustrierten, die Harry ihr mitbrachte, in denen über Schauspieler und Filme berichtet wurde. Sie nahm alles darin begierig auf, vielleicht stellte sie sich vor, wie sie in einem Paillettenkleid über den roten Teppich schwebte. »Heute kann so viel gemacht werden. Es gibt Schönheitschirurgen. Vielleicht könnten sie … mich wieder hinkriegen.«

Harry hatte das Gefühl, als würde sein Vater plötzlich hinter ihm stehen. Er hatte seit Jahren nicht mehr an den alten Herrn gedacht und wusste nicht einmal, ob er überhaupt noch lebte.

»Rosa, Liebes, so etwas können sich nur die Reichen leisten, das weißt du doch.« Er deutete mit dem Kopf auf die schäbige Küche mit ihrem blasigen Linoleum. »Wir sind aber nicht reich, das siehst du doch.«

»Aber wir könnten sparen«, entgegnete sie, und er merkte an der höheren Tonlage ihrer Stimme, dass sie schon lange darüber nachgedacht hatte. »Wir können ein bisschen was zur Seite legen, bis genügend zusammen ist.«

»Nein, Liebes«, antwortete er, nahm ihr die Schere weg und legte sie zurück in die Küchenschublade. »Schlag dir diese Idee aus dem Kopf.«

In jener Nacht träumte er wieder von dem Wachsmodell. Nur befand es sich nicht im Arbeitszimmer seines Vaters, sondern im Schlafzimmer mit all den Spiegeln, die zerbrochen waren. Das Wachsmodell trat von Scherbe zu Scherbe, so dass sein rotes Muskelfleisch in tausend blutigen Lichtpunkten reflektiert wurde. Und als Harry sich bückte, flüsterte es ihm mit seiner kratzigen, eindringlichen Stimme ins Ohr.

Als er am anderen Morgen aufwachte, wusste Harry, was zu tun war.

34. KAPITEL

Juli 1988

»Hör mir zu.«

Charlie blickte auf ihr Handgelenk, das Emily so fest umklammerte, dass es ihr weh tat. Ihre Freundin sprach schon die ganze Zeit zu ihr, aber nichts davon drang zu ihr durch. Alles um sie herum verschwamm immer wieder, als ob ihre Aufmerksamkeit sich ein- und ausblenden würde wie ein schlechtes Radiosignal.

»Was?«

Emily schüttelte ihren Arm. »Du musst mir helfen, sie wegzubringen, okay? Wir müssen sie verstecken.«

»*Verstecken?*«, stieß Charlie aus und zog den Arm weg. »Nein, wir müssen … die Polizei rufen oder einen Krankenwagen.« Der plötzliche Gedanke, dass sie nicht losgerannt waren, um einen Krankenwagen oder die Polizei zu rufen, traf sie wie ein Schlag in die Magengrube, und ihr wurde wieder schwarz vor Augen.

»Red keinen Unsinn«, entgegnete Emily. »Ich hab's dir doch schon gesagt. Sie ist tot. Daran können wir nichts mehr ändern, aber wenn wir beide hier geschnappt werden, haben wir einen Riesenärger am Hals. Mein Vater wird mich umbringen, und du kommst ins Gefängnis. Ist es das, was du willst?«

»Wie können wir sie denn verstecken?«, fragte Charlie. Ihre Lippen waren taub. »Sie wissen doch, dass wir es waren.« Sie korrigierte sich hastig. »Sie wissen, dass wir mit ihr zusammen waren.«

»Sie wissen gar nichts«, widersprach ihr Emily. »Jetzt komm.

Wir können sie nicht ins Meer schaffen, wir kriegen sie nicht weit genug hineingetragen. Außerdem würden wir total nass werden.« Emily kehrte Charlie den Rücken zu und marschierte zurück zu der reglosen Gestalt auf dem nassen Sand. Sie schob die Ärmel hoch und beugte sich hinunter, um das tote Mädchen unter den Achseln zu fassen. »Komm *schon*.«

Charlie trat zu ihr, das Wasser schlängelte sich in dünnen Rinnsalen um ihre Turnschuhe. Die Flut war zurück. Sie packte Katie an den Knöcheln, und die beiden begannen, sie unbeholfen zum Eingang des Tunnels zu tragen, in dem es stockdunkel war. Der Gedanke, Katie dort zurückzulassen … der Gedanke, auch nur einen Schritt in diese tiefe Dunkelheit zu machen … Katies Beine rutschten ihr aus den Händen und landeten im nassen Sand.

Emily zischte sie an, also beugte sich Charlie hinunter und umfasste die Knöchel fester. Tränen liefen ihr über das Gesicht. Sie brauchten etwa fünfzehn Minuten, um die tote Katie den gesamten Abwasserkanal außen entlangzutragen. Dabei mussten sie immer wieder anhalten, weil es so anstrengend war – Charlie hätte nie gedacht, dass ein Mädchen so schwer sein konnte, vor allem nicht die zierliche Katie. Als sie den Eingang des Tunnels erreichten, war Charlie völlig erschöpft und eine schreckliche Übelkeit hatte sie erfasst. Katie hing das Haar ins Gesicht, so dass Charlie nur noch ihren Mund sehen konnte, die Lippen waren dunkel und seltsam. Das Blut um ihren Hals sah im Sternenlicht schwarz aus.

»Hast du deine Taschenlampe dabei?«

Charlie blickte auf. Emily starrte sie wütend an. Mit zitternden Fingern kramte sie die billige Plastiktaschenlampe aus ihrem Rucksack und reichte sie Emily, die sie einschaltete und damit in den Abwassertunnel leuchtete. Der Lichtstrahl war zwar schmal und schwach, offenbarte aber dennoch eine dunkle Höhle voller zerbrochener Steine, Algen, Seepocken und Muscheln. Eine hellrote Krabbe, so groß wie Charlies Hand, huschte aus dem Licht und verschwand.

»Wir legen sie hinter die Steine da«, sagte Emily.

»Das ist keine gute Idee«, widersprach Charlie. »Da wird man sie finden.«

»Nicht, wenn wir sie verstecken. Nicht, wenn du die Klappe hältst und mir hilfst.«

Letztendlich schleppten sie die Leiche in den Tunnel und zwängten sie in eine Nische der Gesteinshaufen. Dann hoben sie mühsam mehrere Steine auf und stapelten sie darauf. Charlie hielt irgendwann erschöpft und zitternd inne. Wie lange waren sie schon vom Campingplatz weg? Es kam ihr vor wie hundert Jahre. Sie sah zu, wie Emily nach Seetang und nassem Sand griff und alles auf die tote Katie schichtete. Sie hatten die Taschenlampe auf den Gesteinshaufen gelegt, die mit ihrem Lichtstrahl den Tunnel erhellte. Ab und zu ging Emily durch ihn hindurch, so dass ihr blasses Gesicht von dem wässrigen Schein erfasst wurde. Sie sah müde und verdreckt aus, aber auch ruhig, sogar gelangweilt.

Als sie Katies Leiche schließlich so gut wie möglich versteckt hatten und Emily mit ihrem Werk zufrieden war, führte sie Charlie zum Strand, wo sie sich die Hände und Schuhe im kalten Wasser wuschen. Charlie betrachtete ihre Finger, um sich vergewissern, dass sie sauber waren. Sie hatte sich die Knöchel an den rauen Steinen aufgeschürft. Jetzt brannten sie schrecklich vom Salz.

»Wir müssen uns ein Versprechen geben«, sagte Emily. Sie standen bis zu den Knöcheln in der aufgewühlten Brandung. Charlie spürte, wie die hereinkommende Flut den Sand unter ihren Schuhen wegspülte. »Nein, mehr als ein Versprechen. Wir müssen uns gegenseitig schwören, dass wir es niemandem erzählen werden. Okay?«

Charlie nickte, ohne das andere Mädchen anzusehen. Emily packte sie an den Schultern und schüttelte sie.

»Du musst es versprechen! Mein Dad wird mich *umbringen*, Charlie. Er wird mich umbringen, das weißt du. Willst du das?«

Die Frage traf sie wie ein tiefer Nadelstich ins Herz. Charlie schüttelte den Kopf und presste die drei Worte aus sich heraus, als wären es scharfkantige Steine.

»Ich verspreche es.«

»Stitch Face Sue wird dich holen kommen, wenn du es verrätst«, sagte Emily lächelnd, legte die Arme um Charlie und drückte sie fest, während Charlie regungslos dastand und ihre Arme hängen ließ.

Als sie sich umdrehten, um zu gehen, blieben sie noch einmal unvermittelt stehen. In einiger Entfernung stand ein Mann am Ufer und beobachtete sie. Es war zu dunkel, um ihn richtig zu erkennen, aber Charlie konnte ein Seil ausmachen, das er in den Händen hielt.

»Wie lange steht der schon da?«, zischte Emily.

Charlie öffnete den Mund, aber es kam nichts heraus. Sie kam sich inzwischen vor wie in einem Albtraum und zitterte so sehr, dass sie mit den Zähnen klapperte. Emily zerrte wieder an ihrem Arm und zog sie zurück in Richtung des Abwasserkanals, weg von dem Mann.

»Aber was …«

»Das ist egal«, erwiderte Emily, ihr Ton war ungerührt. »Er hat nichts gesehen. Gar nichts. Da bin ich mir sicher. Jetzt lass uns gehen.«

35. KAPITEL

Heute

Ich wachte in der Nacht auf, mit dem Gestank des alten Abwasserkanals in der Nase und dem Gefühl, dass der sandige Schlamm an meinen Schuhen zog. Panisch rang ich nach Luft, ehe mir wieder bewusst wurde, wo ich war: Das furchtbare Ereignis am Abwasserkanal lag schon Jahrzehnte zurück. Ich befand mich in einem Wohnwagen, auf einem schmalen Bett mit einer billigen Matratze. Die Dunkelheit im Zimmer war erdrückend – sie erinnerte mich viel zu sehr an diesen höhlenartigen Raum am Ende des Kanals –, also stand ich auf und ging nach draußen, in eine stille, eisige Nacht. Weißer Frost überzog bereits die Grasspitzen. Ich atmete aus, und kleine Dampfwolken stiegen auf.

»Mir geht's gut«, sagte ich laut. »Alles in Ordnung.«

Als ich mich wieder umdrehte, stand Katie im Schatten des Wohnzimmers. Nasser Sand hing an ihrem Haar, und die Bluse war dunkel verfärbt vom Blut. Wenn sie vor mir auftaucht, sieht sie normalerweise aus wie bei unserem ersten Treffen – ein lebhaftes Mädchen, deren Schuhe regenbogenfarbene Schnürsenkel haben. Und manchmal sieht sie dann so aus.

»Oh, da bin ich aber froh, dass es *dir* gutgeht«, sagte sie, und in ihrer Stimme schwang der ganze bittere Sarkasmus einer Jugendlichen mit, zu der sie nie heranwachsen würde.

Ich schlug die Hände vors Gesicht.

Ich legte mich nicht wieder hin, sondern machte mir eine Tasse Tee nach der anderen und stopfte Vollkornkekse in mich hinein, bis ein schwacher Sonnenschein auf die Fenster des Wohnwagens fiel. Ich wusste, dass ich eigentlich zurück in den Wald gehen sollte, aber ich hatte das Gefühl, diese Dose dort nie zu finden, selbst wenn ich jeden Zentimeter dieses schäbigen Walds umgraben würde. Könnte jemand anderes auf sie gestoßen sein, ohne zu wissen, was er da in den Händen hielt, und sie weggeworfen haben? Oder, noch schlimmer, hatte Emily sie vielleicht schon gefunden? Das wäre ganz typisch für sie, so ihre Spuren zu verwischen.

»Was machst du da?«, fragte Katie, während sie zusah, wie ich mir die Schuhe anzog. Ihr Haar war noch immer nass und voller Sand.

»Ich fahre kurz nach Folkesholme. Willst du mitkommen?«

Katie zuckte mit einer Schulter. Eigentlich war es egal. Sie war sowieso immer bei mir.

Das Wetter war fürchterlich zum Autofahren. Der klare Himmel, der über Nacht zu dem frühen Frost geführt hatte, war verschwunden, und dicke Regenwolken hatten sich breitgemacht. Die Scheibenwischer jagten hin und her über die Windschutzscheibe, um gegen den eiskalten, peitschenden Regen anzukämpfen, den der Januar so gern bescherte. Die Felder und Landstraßen versanken in einem trübseligen Grau, weshalb ich den Blick fest auf die Straße gerichtet hielt und das Lenkrad umklammerte, dass die Knöchel weiß hervortraten, bis ich schließlich gegen zehn Uhr morgens den Stadtrand von Folkesholme erreichte. Das war der nicht so malerische Teil – hier gab es keinen Blick aufs Meer, dafür aber viele dieser großen Geschäfte mit riesigen Parkplätzen, die sich im Hinterland von Küstenstädten zu häufen scheinen. Ich fuhr eine Weile etwas verloren durch die Gegend, bis ich schließlich auf ein schäbig aussehendes Autohaus stieß.

Zahlreiche unscheinbare Wagen standen auf einer asphaltierten Freifläche herum, weiter hinten befand sich ein schmucklos aussehendes einstöckiges Gebäude mit vielen abblätternden Aufklebern im Fenster. Auf dem Schild stand »Carl Jennings Gebrauchtwagen« in Comic-Sans-Schrift. Daneben war eine kleine offene Garage.

Ich parkte und fragte mich, ob ein Verkäufer auftauchen würde, um mir ein Auto anzudrehen, aber nachdem ich fünf Minuten im Wagen gesessen und dem auf das Autodach trommelnden Regen gelauscht hatte, stieg ich aus und lief hinüber zu dem kleinen Gebäude. Durch die Fenster sah ich, dass niemand drin war und steckte deshalb den Kopf zur Garage hinein. Ein Mann in Latzhose, der über die offene Motorhaube eines blauen Autos gebeugt war, drehte sich lächelnd zu mir um. Er hatte ein sonnengebräuntes Gesicht mit vielen Krähenfüßen um die Augen und lockiges, grau meliertes Haar.

»Ich hätte nicht gedacht, dass jemand an so einem scheußlichen Vormittag unterwegs ist. Kann ich Ihnen helfen?«

»Sind Sie Carl Jennings?«

»Ja, der bin ich.«

»Oh, hallo.« Auf dem Weg hierher hatte ich überlegt, ob ich so tun sollte, als sei ich am Kauf eines Wagens interessiert, aber jetzt, wo ich diesem Mann in schmutziger Latzhose gegenüberstand, auf diesem ruhigen, regengepeitschten Parkplatz, merkte ich, dass ich eigentlich nicht die Kraft dazu hatte. »Das klingt jetzt seltsam, aber ich würde Ihnen gern ein paar Fragen zu Ihrer Schwester stellen. Gehe ich recht in der Annahme, dass Ihre Schwester Laura Jennings war?«

Seine Miene verdüsterte sich. Ich konnte Katie förmlich neben mir stehen sehen, die Lippen vor Abscheu verzogen. *Du verbreitest überall gute Laune, wohin du auch gehst, oder?*

»Sie ist meine Schwester, ja«, antwortete er, zog einen Lappen aus der Tasche und wischte sich damit die Hände ab, obwohl sie mir gar nicht so schmutzig erschienen. »Warum wollen Sie das wissen?«

»Ich bin Journalistin.« Der Satz kam wie aus dem Nichts. Anscheinend konnte ich nicht genug davon bekommen, so zu tun, als wäre ich eine Autorin. »Ich arbeite gerade an einem Artikel über die vor kurzem verschwundene Cheryl Yates. Sie haben von ihr gehört, nehme ich an? In dem Zusammenhang wollte ich auch über einige ältere Fälle berichten. Über Fälle, die die Leute vielleicht schon vergessen haben. Was ungeheuerlich ist, wenn Sie mich fragen.«

Da war sogar etwas Wahres dran, sagte ich mir. Ich wollte Cheryl finden. Ich wollte ihr helfen. Ein kleines Häkchen setzen in einem Leben voller schlechter Noten.

»Ja, habe ich. Das gleiche Alter wie Laura. Kommen Sie herein. Ich kann Ihnen nicht viel sagen, aber hinten ist es wärmer.«

Ich folgte ihm durch die Garage, in deren hinterem Teil ein kleiner Klapptisch stand mit einem Wasserkocher, einer Schachtel mit Teebeuteln, einer blauen Glaszuckerdose, aus der ein Teelöffel ragte, und einem kleinen Radiogerät, aus dem leise Stimmen drangen. Er schaltete den Wasserkocher ein und setzte sich auf einen der Stühle.

»Eine Tasse Tee?«

Nach all dem Tee, den ich am frühen Morgen getrunken hatte, war mir eigentlich nicht danach, aber ich glaubte, dass ich dadurch vielleicht mehr wie eine Journalistin erschien, denn in meiner Vorstellung waren die immer auf kostenlose Getränke aus. Ich nickte und setzte mich auf den anderen Stuhl. Als das Wasser kochte, goss er es über ein paar Teebeutel und seufzte. Er bot mir keinen Zucker an.

»Was wollen Sie wissen?«

»Zuallererst, wie war Laura?«

Er zuckte mit den Achseln. »Sie war ein ganz normales fünfzehnjähriges Mädchen. Vielleicht ein bisschen wild. Sie ging viel aus, was unsere Mutter wahnsinnig gemacht hat, weil sie so hübsch war und die Blicke auf sich zog.« Er hielt inne, griff in seine Gesäßtasche nach einer Geldbörse, zog ein Foto daraus hervor – ein winziges Passfoto – und reichte es mir. Darauf war ein Mädchen zu sehen, das sich ihr krauses blondes Haar mit neonpinken Haargummis zu zwei Zöpfen gebunden hatte. Eine alberne Frisur, die viel eher zu einem Mädchen passte, das viel jünger war als sie, aber sie trug dazu ein schimmerndes Oberteil und sehr viel erwachsenes Make-up. Ich betrachtete das Foto, das so eindeutig ein »Kind der 1980er Jahre« zeigte, dass es weh tat, und verspürte einen Stich tief in meinem Herzen.

»Hatte sie einen Freund?«

»Welches Mädchen hat den nicht in diesem Alter?«

Ich nicht, dachte ich, aber in meinem Fall waren ja auch die Umstände ganz andere gewesen.

»Die Polizei hat damals nach ihm gefragt, vermute ich, oder?«

Carl Jennings schnaubte. »Die Polizei? Die hat kaum etwas gefragt. Für die war sie nur ein dummes Mädchen, das von zu Hause weggelaufen war. Sie meinten, dass sie in einer Woche wieder da sein würde. Der Hunger würde sie nach Hause treiben. Wir waren arm, müssen Sie wissen.« Er nahm den Teelöffel in die Hand und fügte seiner Tasse einen gehäuften Löffel Zucker hinzu. »Kein Vater. Mum hat uns allein großgezogen, und sie hat getan, was sie konnte, aber die Kids damals waren mehr sich selbst überlassen und haben ihren Eltern nie etwas erzählt. Ich war genauso, wirklich.«

Ich dachte an Emily und mich, wie wir nachts durch den Wald gelaufen waren und den Weg an den Strand gesucht hatten. Die Leute scheinen das vergessen zu haben, aber damals hat man die Kinder nicht ständig im Blick gehabt. Nicht wirklich.

»Sie waren Lauras älterer Bruder?«

»Ja, drei Jahre älter, genau das Alter, in dem man auf gar keinen Fall mit der kleinen Schwester zusammen gesehen werden möchte«, antwortete er und lächelte, ohne mich anzuschauen. Offensichtlich dachte er an früher. »Würde sie noch leben … wäre sie noch hier, dann wäre sie jetzt fünfzig Jahre alt. Fünfzig! Für mich ist sie immer noch das Mädchen mit der großen Klappe, das immer nach Kaugummi roch. Nach Hubba Bubba. Kennen Sie die Marke noch? Mum hat ständig leeres Kaugummipapier aus ihren Taschen gezogen.«

Ich nickte. Aus irgendeinem Grund war mir kalt, und ich steckte die Hände tiefer in die Taschen. Warum machte mich dieses kleine Detail unruhig?

»Was ist an dem Tag passiert, an dem sie verschwand?«, fragte ich.

Carl Jennings lehnte sich in seinem Stuhl zurück.

»Laura hatte Schule, ging aber nicht hin, weil sie keine Lust hatte. Ich war da schon fertig mit der Schule und vertrieb mir die Zeit im Billardsalon – in Folkesholme gab es damals einen ganz anständigen, mit einer Bar, wo man bedient wurde, auch wenn man noch nicht alt genug war. Aber die gibt es nicht mehr. Ich glaube, da ist jetzt ein Café drin. Jedenfalls war es Herbst, und es wurde früh dunkel. Als sie gegen drei Uhr in dem Billardsalon auftauchte, wurde es draußen schon langsam düster. Sie war mit ihren Freundinnen in Hithechurch gewesen – sie gingen gern über den Jahrmarkt, obwohl sie sich alle für zu alt hielten, um Karussell zu fahren – und hatte den Bus zurück nach Folkesholme genommen. Da sie nicht direkt nach Hause gehen wollte, kam sie zu mir. Ich denke aber eher, um mir einen Drink aus den Rippen zu leiern.«

»Schien … alles in Ordnung mit ihr zu sein?«

Er zuckte wieder mit den Achseln und schüttelte den Kopf.

Dann steckte er das Foto zurück in seine Geldbörse, als ärgerte es ihn. »Sie meinte, dass sie verfolgt worden sei. Von einem schwarzen Lieferwagen. Deshalb sei sie nicht direkt nach Hause gegangen. Sie wolle nicht, dass derjenige wusste, wo sie wohnte, wer immer es auch war.«

»Verdammter Mist.« Ich räusperte mich. »Ich habe nichts von einem Lieferwagen gelesen.«

»Nein, können Sie auch nicht«, erwiderte Carl Jennings knapp. »Die Polizei hat es ignoriert, als ich ihnen davon erzählte.«

»Was ist dann passiert?«

»Laura wollte, dass ich ihr einen Drink spendiere, aber das habe ich nicht getan.« Carl fuhr sich mit der Hand durch das lockige Haar. »Ich habe ihr gesagt, dass ich kein Geld mehr hätte, und ich hatte auch keins, aber … Sie verließ daraufhin den Billardsalon und meinte, sie würde nach Hause gehen. Ich habe sie nie wieder gesehen.«

»Das tut mir leid«, sagte ich.

Er holte tief Luft. »Ich frage mich immer, was gewesen wäre, wenn ich einen meiner Kumpel darum gebeten hätte, mir Geld für einen Drink zu leihen. Dann wäre sie wahrscheinlich jetzt noch da.«

»Sie halten es also für ausgeschlossen, dass Laura einfach nur weggelaufen ist?« Ich stellte die Frage vorsichtig, um ihn nicht zu verärgern.

»Ja, das halte ich für ausgeschlossen«, antwortete Carl Jennings. Er wirkte nicht wütend, sondern nur niedergeschlagen. »Sie war flatterhaft und kam auch auf dumme Gedanken, aber sie mochte die Annehmlichkeiten zu Hause viel zu sehr, als dass sie einfach, was weiß ich, nach London abgehauen wäre. Sie war ein zierliches Persönchen, doch sie konnte ganz schön was verdrücken.« Er hustete, und ich merkte, dass ihn die Gefühle zu übermannen drohten. »Mum meinte immer, wir wären Vielfraße.«

Es entstand eine peinliche Pause, in der ich darauf wartete, dass er sich wieder fing. In dem Augenblick nahm ich die Sendung im Radio bewusst wahr. Sie sprachen über das Buch. Emilys verdammtes Buch.

»*... mehrere Opferrechtsorganisationen haben den Verlag gebeten, den Vertrag für* Ein höchst gefährlicher Zauber *rückgängig zu machen, aber* Pine Cone Press *hat in einem ungewöhnlichen Schritt einige Details des Vertrags offengelegt und erklärt, dass das Honorar der Autorin wohltätigen Zwecken zukommen wird und es im Interesse der Öffentlichkeit sei, die ganze Geschichte des Mords an Katie Hennessey zu erfahren. Ungeachtet der Kontroverse, oder vielleicht gerade deswegen, haben die Vorbestellungen des Buchs ...*«

»Ist das zu glauben?«, rief Carl Jennings entrüstet und deutete mit der Hand auf das Radio. »Da verdient sich eins dieser Mädels eine goldene Nase mit dem Mord an dieser armen Katie? Man kann mir nicht weismachen, dass das kleine Biest nichts davon hat.«

Ich verzog das Gesicht, das Herz schien mir aus der Brust springen zu wollen. »Oh, das hat sie sicher«, sagte ich. *Sie hat die Chance, mich durch den Dreck zu ziehen.*

»So etwas dürfte nicht erlaubt sein«, erwiderte Jennings und schüttelte den Kopf. »Wenn Sie mich fragen, hätte man die beiden für immer wegsperren sollen.«

Ich dankte ihm für seine Zeit und ging. Auf dem Rückweg nach Hithechurch hielt ich an einem Kiosk an und suchte nach der Ausgabe des Lokalblatts, das ich in Josephs Laden gesehen hatte. Schließlich fand ich sie unter einem Stapel. Die große, fette Schlagzeile schrie mich förmlich an: **MÄDCHEN VOM STRAND BLEIBT AUCH NACH SECHS MONATEN WEITER VERMISST.** Ich überflog den Artikel, bis ich die Stelle fand, nach der ich suchte – die Polizei fragte nach blauen Lieferwagen, die in der Gegend gesehen worden waren. Ein schwarzer

Lieferwagen war vor über dreißig Jahren Laura Jennings gefolgt. Ein blauer Lieferwagen war zum Zeitpunkt von Cheryls Verschwinden gesichtet worden. Dreißig Jahre waren eine lange Zeitspanne. Fünfunddreißig, korrigierte ich mich. Konnte ein blauer Lieferwagen, der in einer dunklen Herbstnacht gesehen wurde, mit einem schwarzen verwechselt werden? Behielt man wirklich so lange denselben Wagen? Ein weiterer Aspekt des alltäglichen Lebens, über den ich nichts wusste.

Ich ging zur Kasse, um eine Flasche Wodka zu kaufen. Der Verkäufer musterte mich und fragte nach meinem Ausweis. Ich blinzelte überrascht.

»O Mist, tut mir leid, den habe ich nicht dabei.«

Ich verließ den Kiosk ohne den Wodka, entdeckte aber einen Supermarkt um die Ecke, dessen Personal mit besserem Augenlicht gesegnet war, und deckte mich mit Hochprozentigem ein. Zurück im Wohnwagen trank ich eine Cola mit Rum. Der Alkohol wärmte mich auf. Ich war fast augenblicklich benebelt – und begann zu verstehen, warum die Leute so scharf auf Schnaps waren.

Hielt ich es für möglich, dass die beiden Vermisstenfälle zusammenhingen? Ja. Konnte ich damit zur Polizei gehen?

Ich schnaubte vor mich hin und kippte den Rest meines Drinks hinunter. In der Ecke, halb im Schatten, starrte Katie mich wütend an.

36. KAPITEL

Heute

Der nächste Tag war hell und sonnig. Ich wollte aus dem Wohnwagen raus und machte einen zügigen Spaziergang über den Campingplatz. Dabei kam ich an dem kleinen Laden vorbei und blieb stehen. Joseph schien hinter dem Tresen eingenickt zu sein, aber als ich eintrat und er mich sah, setzte er sich aufrecht und grinste.

»Was für ein erfreulicher Anblick.«

»Hallo.« Ich fühlte mich schrecklich verlegen und gleichzeitig herrlich gebauchpinselt. »Haben Sie Lust heute Nachmittag zusammen zu essen?«

Er machte ein langes Gesicht. »Ach Mist, heute kann ich nicht. Ich muss zu diesem großen Baumarkt fahren und ein paar Sachen besorgen, damit ich den Zaun reparieren kann.«

Mir wurde schlagartig schlecht. Was tat ich da nur? Natürlich war er nicht daran interessiert, Zeit mit mir zu verbringen. Ich machte einen halben Schritt zurück und hoffte, dass der Boden sich unter meinen Füßen auftun würde und ich darin versinken könnte.

»Oh, äh, kein Problem …«

Als er meinen Gesichtsausdruck sah, kam er um den Ladentisch herum. »Aber, wir machen das auf jeden Fall wann anders, okay? In der Stadt gibt's ein Café, das wird Ihnen gefallen. Essen Sie gern Quiche? Die machen eine tolle Quiche.«

Wider Willen musste ich lachen. »Ich bin mir nicht sicher, ob ich Quiche mag, aber ja, das klingt wunderbar.«

»Schicken Sie mir eine Nachricht«, sagte er. »Wir finden einen Termin, dann, wenn ich nicht gerade etwas so verdammt Langweiliges erledigen muss, okay?«

Ich verließ den Laden und ging zurück zum Wohnwagen. Vielleicht wollte Joseph ja doch Zeit mit mir verbringen, was großartig war, aber ich hatte trotzdem das Gefühl, dass ich jetzt etwas Gesellschaft brauchte. Ich holte mein Handy heraus und aus einem plötzlichen Impuls heraus schrieb ich Watkins eine Nachricht und fragte sie, ob sie sich mit mir auf eine Portion Pommes oder so treffen wollte. Danach legte ich das Handy auf den Tisch und starrte es an. Mir wurde wieder schlecht. Katie saß mir gegenüber und lehnte den Kopf gegen das verschmierte Fenster des Wohnwagens.

»Ach, wie süß«, sagte sie. »Glaubst du etwa, ihr habt Freundschaft geschlossen? Glaubst du etwa, sie will mit dir befreundet sein?«

»Ganz unmöglich ist das nicht«, antwortete ich und dachte an Joseph, nur wusste er natürlich nicht, wer ich wirklich war. »Ich hatte schon mal Freunde.« Das Telefon blieb stumm.

»Ja, und schau, wohin das geführt hat«, sagte Katie.

Und dann brummte das Telefon. Ich griff nicht sofort danach, aber ich konnte meine Erleichterung über die Antwort nicht verbergen: Watkins wollte sich gern mit mir treffen – sie hatte jetzt Zeit.

Ich fuhr wieder von Hithechurch nach Folkesholme, stellte den Wagen auf einem Parkplatz ab, der zur Hälfte mit Sand bedeckt war, und ging zum Strand. Wir schienen beide Hithechurch zu meiden, ohne dass wir darüber sprachen. Das war mir recht. Ich traf Watkins auf der Strandpromenade, die für einen Wochentag im Januar ziemlich belebt war. Viele ältere Menschen, in Schals und dicke Jacken gehüllt, nippten an heißer Schokolade und Caffè Latte, die sie an einem schicken Stand gekauft hatten. Wir stellten uns für unsere Pommes bei einem Burger-Wagen an, und ich kippte auf meine Salz und Essig. Dann suchten wir uns eine leere Bank, setzten uns hin und schauten auf das stahlblaue Meer.

Watkins war nervös wie immer. Ihr Blick wanderte ständig über die Promenade, was mich kurz amüsierte, bis mir klarwurde, dass sie wahrscheinlich befürchtete, wir könnten zusammen in der Öffentlichkeit gesehen werden – von jemandem, der wusste, wer ich war. Mir zog sich der Magen zusammen, und ich versuchte verzweifelt, die guten Gefühle, die ich durch das sonnige Wetter bekommen hatte, zu mobilisieren.

»Ich bin froh, dass die Sonne endlich mal scheint«, sagte ich verlegen. »Diese öde Küstenlandschaft im Januar hat zwar einen gewissen Reiz, aber sie kann einem auch zu viel werden.«

»Ja«, sagte Watkins, obwohl sie überhaupt nicht überzeugt klang. »Hören Sie, haben Sie das, was Sie vergraben haben, gefunden?«

Ich runzelte leicht die Stirn. »Nein, tut mir leid. Ich suche danach, aber … ich weiß nicht. Vielleicht hat es jemand anders ausgegraben. Vielleicht ist es verlorengegangen. Es ist ja schon lange her.«

»Oh. Ich war davon ausgegangen, dass Sie mich treffen wollen, weil Sie gute Nachrichten haben.«

Mein Magen zog sich noch weiter zusammen. »Nein, ich dachte nur, es wäre schön, mal rauszukommen. Ein bisschen Gesellschaft zu haben.«

Eine kurze Stille trat ein. Ich hatte plötzlich keine Lust mehr auf meine Pommes, und Watkins hatte ihre kaum angerührt. Was hatte ich mir nur dabei gedacht? Katie hatte recht. Warum in aller Welt sollte Watkins mit mir befreundet sein wollen? Warum sollte überhaupt jemand etwas mit mir zu tun haben wollen? Ich räusperte mich. Entsetzt stellte ich fest, dass sich meine Augen mit Tränen gefüllt hatten, und das auf dem Meer sich widerspiegelnde Licht blendete mich. In dem verzweifelten Versuch, mich abzulenken, sagte ich das Erstbeste, was mir einfiel.

»Im letzten Jahr ist hier an diesem Küstenabschnitt ein Mädchen verschwunden. Ich suche nach ihr. Mehr oder weniger.«

Watkins drehte sich um und sah mich verwundert an.

»Was?«

»Sie heißt Cheryl Yates und ist hier im Urlaub gewesen. Anscheinend wurde sie vom Strand entführt. Ich habe nachgeforscht und festgestellt, dass schon mehrere Teenagerinnen in dieser Gegend verschwunden sind.« Als ich darüber sprach, fühlte ich mich sofort besser. Das war etwas, das ich *tat*, nicht etwas, das ich *war*. »Ich weiß zwar nicht, wie viele Menschen so durchschnittlich in einer kleinen Küstenstadt vermisst werden, aber die Zahl hier kommt mir hoch vor.«

»Was meinen Sie damit, dass Sie nachgeforscht haben?«

Ich zuckte mit den Achseln. »Heutzutage gibt es so viele Informationen, die man allein schon im Internet finden kann. Und ich habe mit ein paar Leuten hier in der Gegend gesprochen. Die Fälle von vermissten Mädchen reichen Jahrzehnte zurück. Das ist doch seltsam, oder? Cheryls Familie bezweifelt, dass die Polizei sich richtig kümmert, weil sie eine Teenagerin ist. Ich denke mir einfach, dass ich vielleicht helfen kann. Das wäre doch eine gute Sache.«

Allmählich begriff ich, dass Watkins mich anstarrte, als wäre ich verrückt. Ihre Augen hinter der riesigen Brille waren sehr weit aufgerissen.

»Das ist es, was Sie getan haben?«, sagte sie, ihre Stimme so laut, wie ich sie noch nie zuvor gehört hatte.

Ich öffnete den Mund, ohne zu wissen, was ich eigentlich sagen wollte, und stellte dann erstaunt fest, dass Watkins weinte. Sie legte die Tüte mit den Pommes auf die Bank und stand auf.

»He, warten Sie, was ist los?«

Watkins begann loszulaufen und sich ihren Weg durch die Senioren mit ihren heißen Getränken zu bahnen, ich eilte ihr hinterher.

»Moment. Ich suche noch immer danach, das habe ich Ihnen doch gesagt …« Als ich sie eingeholt hatte, fasste ich nach ihrem Arm und drehte sie zu mir um. Ihr Gesicht war rot und nass von Tränen, und der Blick, den sie mir zuwarf, war weder traurig noch wütend – er war entsetzt. Ich ließ ihren Arm los, als wäre er aus heißem Metall. Plötzlich fiel es mir wie Schuppen von den Augen. Der Gesichtsausdruck aus Angst und Kummer brachte mich darauf. Ich hatte dieses Gesicht schon einmal gesehen, vor vielen Jahren, nur trug sie damals keine Brille und hatte eine andere Frisur. Das hier war eine Dauerwelle, eine vor kurzem gemachte Dauerwelle … Außerdem sehen die Leute immer etwas seltsam aus auf Polaroidfotos.

»Verflucht«, stieß ich aus, und mein Herz raste plötzlich. »Du bist Emilys *Schwester*. Du bist *Louise.*«

Sie zog ein Taschentuch aus ihrer Jackentasche und rieb sich damit über Mund und Nase, den Blick auf die vorbeigehenden Passanten gerichtet. »Mist«, sagte sie leise. »Mist, Mist, Mist.«

Ich trat einen Schritt zurück. »Herrgott, ich dachte all die Jahre, du wärst tot. Was soll das? Welches Spiel treibst du hier?«

»Hör zu.« Sie nahm die Brille ab und wischte sich über die Augen. Ihre Ähnlichkeit mit Emily war nun unübersehbar. Eine kalte Hand wanderte über meinen Rücken, und ich glaubte, Katies Lachen zu hören, irgendwo in der Nähe. »Lass uns hinunter an den Strand gehen. Da können wir ungestörter reden.«

»Ich bin mir nicht sicher, ob ich mit dir irgendwohin gehen will.«

»Es tut mir leid. Bitte. Nur fünf Minuten.«

Am Strand war es sehr ruhig. In der Ferne führten ein paar Menschen ihre Hunde spazieren, aber wir waren meistenteils allein, nur die schreienden Möwen am Himmel leisteten uns Gesellschaft. Watkins, oder Louise, wie ich sie wohl jetzt nennen sollte, hatte sich wieder gefangen.

»Ich bin als Jugendliche von zu Hause weggelaufen, weil ich es dort nicht mehr ausgehalten habe. Ich konnte mit diesen Menschen nicht leben. Diese Familie war Gift.«

»Dein Vater?«, fragte ich. Ich hatte meine Pommes weggeworfen und die Hände tief in die Taschen gesteckt. »Er hat auch mir Angst gemacht.«

Sie sah mich kurz an, fuhr sich mit der Hand durchs Haar und schob es sich aus dem Gesicht.

»Monatelang war ich weg und in Sicherheit, aber nach dem, was dann mit dir und Emily passiert ist … bin ich zurückgekehrt, um mich um meine Mutter zu kümmern. Die ganze Situation war furchtbar, aber ich dachte, dass sie sie zumindest nicht rauslassen würden. Sie *können* sie nicht rauslassen. Daran sieht man, wie viel Ahnung ich habe.«

»Hast du sie in der Psychiatrie besucht?«

»Ein- oder zweimal.« Sie verzog das Gesicht. »Mum wollte, dass ich hingehe, weil sie glaubte, dass es ihr guttun würde. Aber Emily war da drinnen genau wie draußen. Es ist sehr schwer, anderen Menschen zu erklären, wie es sich anfühlt, Angst vor seiner kleinen Schwester zu haben.«

»Ich verstehe das schon.« Sie schaute mich an, ein Lächeln umspielte ihre Lippen. »Wie bist du an meine Kontaktdaten herankommen? Das kann nicht einfach gewesen sein.«

»Einfacher, als du denkst«, erwiderte sie und zuckte mit den Achseln. »Ich habe der Assistentin deiner Anwältin sehr viel Geld dafür gegeben. Tut mir leid. Ich wusste mir nicht anders zu helfen.«

»Verflucht. Heutzutage kann man niemandem mehr trauen.« Ich lachte leise in mich hinein. Wahrscheinlich sollte ich mich bei meiner Anwältin beschweren, aber ich hatte das Gefühl, dass ich Unterhaltungen mit meiner gesetzlichen Vertretung besser aus dem Weg gehen sollte. »Du arbeitest also nicht für *Pine Cone Press*? Du bist keine Lektoratsassistentin.« Mir fiel das kleine, düstere Haus ein, in dem ich nirgends ein Buch gesehen hatte.

»Nein«, antwortete Louise seufzend. »Ich habe mitbekommen, wie Emily den Buchvertrag abgeschlossen hat, und ich habe auch mit ihrer Agentin gesprochen, aber nur hinter vorgehaltener Hand, wenn Emily nicht dabei war.«

»Wo ist sie?«, fragte ich und hatte das Gefühl, innerlich zu gefrieren.

»Keine Angst, nicht hier in der Nähe. Sie lebt oben im Norden, sehr weit im Landesinneren. Den Süden und das Meer hasst sie mittlerweile. Ich dachte, dass sie sich … verstecken würde, wenn sie aus der Psychiatrie kommt. Das hätte ich auf jeden Fall getan, mich bedeckt gehalten und jeden Ärger vermieden.« Ihre Mundwinkel wanderten nach unten, und ich befürchtete schon, dass sie wieder zu weinen beginnen würde, doch sie behielt die Fassung. »Aber sie kam stattdessen auf die Idee, dieses Buch zu schreiben, wild entschlossen, einen Teil der Schuld von sich auf dich zu laden. Doch es geht um mehr als nur um das. Sie will *Mitgefühl.*« Louise runzelte die Stirn, und dann griff sie nach dem Ärmel meiner Jacke und zog daran, eine Geste, die mich überraschte. »Deshalb musst du das finden, von dem sie lieber will, dass es unentdeckt bleibt. Du darfst dich von dieser anderen Geschichte nicht ablenken lassen, okay? Ich finde es auch traurig, dass dieses Mädchen verschwunden ist, aber … du bist die Einzige, die diese Sache finden kann. Und du bist, abgesehen von mir, auch die Einzige, die wirklich weiß, wie … wie sie ist. Du musst sie aufhalten.«

Mir war kalt, und ich fühlte mich komisch. Ein Hund bellte aufgeregt irgendwo am Strand.

»Ich weiß«, erwiderte ich. »Das weiß ich.«

Louise schenkte mir ein weiteres dünnes Lächeln. Sie sah erleichtert aus.

»Danke. Und ich weiß, dass du es schaffen kannst.«

37. KAPITEL

Juli 1988

Charlie wachte am nächsten Morgen spät auf, die Sonne strahlte bereits durch das Fenster herein. Normalerweise wäre einer ihrer Tanten gekommen und hätte sie hinausgejagt, aber stattdessen hörte sie die ganze Sippe mit leisen Stimmen auf der anderen Seite der Schlafzimmertür reden. Sie stand auf, zog sich frische Kleider an – die vom Abend zuvor hatte sie unter das Bett gesteckt – und horchte an der Tür.

Die Stimme ihrer Mutter klang warm und unsicher. »Es wäre ja nicht das erste Mal, dass eine Jugendliche die ganze Nacht weggeblieben ist«, sagte sie. »Man wird sie finden, wahrscheinlich ist sie irgendwo eingeschlafen.«

»Eingeschlafen? Draußen?«, entgegnete Charlies Großmutter, die Stimme strenger, lauter und eindeutig ungehalten. »Red kein dummes Zeug, Jill, ehrlich. Wahrscheinlich hat sie am Strand herumgealbert und ist ertrunken. Was ihre Eltern sich dabei gedacht haben, die Zügel so locker zu lassen, weiß ich nicht.«

Charlie öffnete die Tür einen Spalt. Ihr war schlecht. Wie konnten sie nur so schnell von Katie wissen?

»Da draußen ist jetzt die Polizei.« Ihr Großvater stand am Fenster und spähte durch einen Vorhang hinaus. »Sie schauen sich auf dem gesamten Campingplatz um.«

»Sie dachten, sie wäre mit ihren Cousins und Cousinen zusammen«, fuhr Charlies Großmutter fort, ihre Stimme noch immer bissig. »Sie *dachten*, sie wäre mit ihnen unterwegs. Was sind das denn für Leute, die das nicht *überprüfen*?«

»Das kannst du ihnen doch nicht zum Vorwurf machen, Mum«, sagte Charlies Mutter und schmierte dabei Butter auf eine verkohlte Scheibe Toast. »Sie sind im Urlaub, Herrgott nochmal. Das sind wir alle. Du weißt doch, wie die Teenager sind. Sie laufen ständig herum, zu jeder Tages- und Nachtzeit, es hätte locker eins von unseren Kindern sein können.« In dem Moment schaute sie auf und bemerkte Charlie, ihr Blick wurde weich. »Na, hast du dich aus dem Bett geschält? Komm und iss einen Toast.«

Charlie nahm den angebotenen Teller, ging um ihre Verwandten herum und setzte sich an den Rand der Sitzecke, ohne den Toast anzurühren.

»Was ist los, Mum?«

»Nichts, worüber du dir Sorgen machen musst, mein Schatz.« Ihre Mutter warf ihr einen besorgten Blick zu und klemmte sich eine rote Haarsträhne hinters Ohr. »Nur ein Mädchen, das vermisst wird. Sie werden sie schon finden.«

Plötzlich bemerkte Charlie, dass Jenny ihr gegenübersaß und eins ihrer Plastikponys auf dem Schoß hielt. Sie war still und blass, ihre Augen hinter der dicken Brille riesengroß.

Sie weiß es, dachte Charlie. *Sie weiß, was passiert ist.*

Das gab Charlie den Rest. Sie stellte den Teller auf ihrem Schoß ab und hatte das Gefühl, gleich in tausend Stücke zu zerspringen. In dem Augenblick beschloss sie, ihrer Mutter zu erzählen, was passiert war. Alles. Ihre gesamte Familie würde sie dann zwar hassen, aber sie hätte sich wenigstens die schreckliche Sache von der Seele geredet, und eine schwere Last würde von ihren Schultern fallen. Sie hatte gerade den Mund geöffnet, als kurz an der Wohnwagentür geklopft wurde. Marj, Charlies Tante, öffnete die Tür und schien enttäuscht.

»Deine Freundin, Charlie«, sagte sie über ihre Schulter hinweg.

Emily stand lächelnd in der Tür. Sie trug ein gelbes Strandkleid, das ganz und gar nicht zu ihrer blassen Haut passte.

»Du siehst ja heute hübsch aus«, sagte Charlies Mutter und drehte sich dann wieder zu ihrer Tochter um. »Geh nur, aber nicht zu weit weg, ja? Bleib heute bitte in Sichtweite vom Wohnwagen.«

Charlie rührte sich erst einmal nicht. Jenny war aufgestanden, als sie Emily in der Tür gesehen hatte, und durch die Küche nach hinten zu den Schlafzimmern gegangen, aber niemand nahm Notiz davon. Emily nahm Charlies Blick wahr und zog die Augenbrauen hoch.

»Mum«, sagte Charlie und schaute Emily weiter an, »ich fühle mich heute nicht besonders …«

»Ein bisschen frische Luft wird dir guttun.« Ihre Mutter nahm den Teller von ihrem Schoß, griff nach dem Toast, biss hinein und hielt ihr dann die Scheibe hin. »Nimm das mit. Du musst mir heute nicht am Rockzipfel hängen.«

Niedergeschlagen stapfte Charlie zur Tür hinaus und folgte Emily bis zur Ecke des Wohnwagens. Dann warf sie einen Blick zurück, um zu sehen, ob ihre Mutter oder einer der anderen Erwachsenen seine Warnung wiederholen würde, nicht wegzulaufen, aber sie diskutierten schon wieder in der Küche, und keiner hielt sie auf, als sie mit Emily zu den Duschanlagen ging. Sie setzten sich in den Schatten des kleinen roten Backsteingebäudes, die Knie bis zum Kinn angezogen. Charlie ließ den Toast auf die Erde fallen.

»Die Polizei sucht nach ihr«, sagte Charlie schließlich. Sie konnte es nicht länger für sich behalten. »Sie wissen, dass sie verschwunden ist.«

Emily zuckte mit den Achseln. »Natürlich wissen sie es. Die meisten Eltern würden merken, wenn ihre Kinder nicht zur Schlafenszeit zu Hause sind.«

»Aber …« Charlie wusste nicht, wie sie das, was sie empfand, ausdrücken sollte. Es war, als würden sich Schlangen durch ihren Bauch winden. Emily hingegen wirkte ruhig. Sogar gelangweilt. »Emily …«

»Wir haben sie nicht lange gekannt. Nur einen Tag, nicht wahr?«, sagte Emily. »Wir wissen nicht, wo sie hingegangen ist oder was sie angestellt hat. Keiner hat uns mit ihr gesehen.«

»Dieser Mann, der aus den Büschen aufgetaucht ist«, zischte Charlie. »Er ist direkt in uns hineingelaufen, nachdem wir die Dose vergraben hatten. Und er war auch unten am Strand. Er könnte alles gesehen haben.«

Emily erwiderte darauf erst einmal nichts. Charlie musterte das Gesicht des Mädchens genau, suchte nach einem Anzeichen von Schuld oder Panik, aber da war nichts. Ihre Miene war ausdruckslos. Sie sah ihrem Vater gefährlich ähnlich.

»Es war dunkel«, sagte sie schließlich. »Er hat nicht viel gesehen, glaube ich, nur drei kleine Kinder in der Dunkelheit. Ich wette, dass wir für ihn alle gleich ausgesehen haben. Außerdem, was hat er überhaupt da draußen gemacht? Nein, alles in Ordnung.«

»In Ordnung«, wiederholte Charlie dumpf. »Nichts ist in Ordnung.«

»Außerdem ist sie nicht *hier*«, fuhr Emily fort, als hätte Charlie nichts gesagt. »Sie ist am Strand. Bis sie da suchen werden, wird's noch ewig dauern. Sie wurde ja hier auf dem Campingplatz zuletzt gesehen. Es war eine gute Idee, die Dose zu vergraben.«

»Ach ja?«

»Da sind unsere Sachen drin. Meine Sachen, deine Sachen und … ihre Sachen.«

Charlie zitterte. Die Schere, die Katie mitgebracht hatte, gehörte ihrer Mutter. Ihr verdammter Name stand sogar darauf –

und dann war da noch der Schlüsselanhänger mit dem kleinen blauen Teddybären. Alles Gegenstände, die eindeutig auf Katie hinwiesen.

Und die Dose. Die Dose gehörte auch ihr. Sie hatte sie aus ihrem Wohnwagen mitgebracht.

Emily sprach weiter, sie nahm Charlies Besorgnis offensichtlich nicht wahr.

»Sie werden sie nicht finden«, sagte sie zuversichtlich. »Ich glaube, Stitch Face Sue wird heute Abend kommen und meinen Vater holen. Das muss sie auch, denn wir haben ihr alles gegeben, was sie sich nur wünschen konnte.« Emily drehte sich um und lächelte Charlie an. Ihre dunkelgrünen Augen waren hell und feucht, als hielte sie Tränen zurück. Charlie blickte auf den Boden.

»Sie werden es herausfinden«, sagte sie ganz leise. »Sie werden es herausfinden. Wir sollten es ihnen sagen …«

»Nein«, stieß Emily aus, packte sie am Arm und drückte ihn so fest, dass sich ihre Fingernägel in Charlies Haut eingruben und sie sich wand. »Wir haben uns geschworen, nichts zu sagen, schon vergessen? Wir müssen nur warten. Stitch Face Sue wird kommen, und alles wird wieder gut.«

Charlie sprang hektisch auf und wollte Emily fast schon alles erzählen: dass Stitch Face Sue nicht real war, natürlich nicht, dass Charlie sich alles ausgedacht hatte, dass die echte Susan Cartwright überlebt hatte, dass ihr keine Piraten die Eingeweide herausgerissen hatten und dass kein rachsüchtiger Geist mit einer Schere in Hithechurch herumspukte. Doch dann erinnerte sie sich an die Gestalt, die sie nachts vor dem Fenster des Wohnwagens gesehen hatte, an ihr entstelltes Gesicht, an ihr langes, zerzaustes Haar. An die Schnake, die Emily getötet hatte und die darin gesteckt hatte wie eine Weihnachtskugel an einem Christbaum.

Das war zu viel. Sie wandte sich von Emily ab und rannte los. Selbst als das Mädchen ihr hinterherrief, sah sie sich nicht um.

❦

Charlie irrte umher, ihre Arme hingen schlaff an ihr herunter. Es war wieder ein warmer Tag. Kleine weiße Wolken zogen herrschaftlich über einen endlos weiten blauen Himmel. Perfekte Temperaturen für den Strand. In diesem Urlaub war das Wetter so gut gewesen, dass es schon unheimlich war. In Charlies Kopf schwirrten jedoch lauter dunkle, nasse Erinnerungen herum. Ihr Verstand präsentierte ihr ungefragt eine Parade quälender Bilder: Emilys Hand, die auf den mit Graffiti besprühten Stein schlägt; Katies Turnschuhe in der Luft, als sie rückwärts vom Abwasserkanal fällt; der lange, dunkle, verlassene Strandabschnitt in der Nacht. Emily hatte ihr gesagt, dass sie nichts verraten durfte, dass sie schweigen musste – aber wie denn, wenn in ihrem Kopf alles so laut war?

Charlie war zu dem Waldstück gewandert und blieb davor stehen, weil sie dem Ort nicht zu nahe kommen wollte, an dem das Unheil seinen Lauf genommen hatte. In dem Augenblick bemerkte sie zwei Polizisten, die weiter vorne den Wald betraten. Obwohl sie langsam gingen, waren ihre Mienen ernst. Sie hatten lange Metallstöcke dabei, und wie Charlie sehen konnte, machte einer der beiden damit den Weg von störenden Büschen frei, während der andere mit tiefer Stimme nach Katie rief.

»Katie? Katie Hennessey?«

Sie durchsuchten den Wald, was bedeutete, dass sie die Dose finden konnten. Wie tief hatten sie sie vergraben? Nicht sehr tief, denn der Boden war zu steinig und verwurzelt gewesen für ihre Plastikspaten …

Die Spaten!

Eine Schrecksekunde lang befürchtete Charlie, in Ohnmacht zu fallen. Als der Mann vom Jahrmarkt wie aus dem Nichts aufgetaucht war, hatten sie sich ihre Rucksäcke geschnappt und waren losgerannt, aber keine von ihnen hatte daran gedacht, die bunten Plastikspaten aufzuheben, mit denen sie gegraben hatten.

Wie ferngesteuert schlich sie mit gesenktem Kopf in den Wald hinein. Nach ein paar Minuten fand sie den Weg, den sie gegangen waren, und folgte ihm zielstrebig, behielt dabei aber das Waldstück auf der linken Seite im Blick, weil sie auf keinen Fall den Polizisten, die nach Katie suchten, in die Arme laufen wollte. Zuerst lief sie zu weit in einen dichteren, ihr völlig unbekannten Teil des Walds, so dass sie umkehren musste. Letztendlich fand sie die Stelle nur deshalb wieder, weil die Spaten so bunt waren. Neonpink und grün leuchteten sie ihr durch die Bäume entgegen, noch ganz schlammig von der Nacht zuvor.

Charlie hob die Spaten auf, drückte sie an sich und betrachtete den Waldboden. Erschreckt stellt sie fest, dass sie ihn überhaupt nicht wiedererkannte. Am helllichten Tag und aus der entgegengesetzten Richtung kommend sah der Ort ganz anders aus, aber die Dose musste hier irgendwo sein, ganz in der Nähe.

Könnte sie sie ausgraben und irgendwo anders verstecken, an einem besseren Ort? Sie machte einen Schritt nach vorn, einen Spaten in der rechten Hand, doch genau in dem Augenblick hörte sie eine Stimme rufen.

»Katie? Katie!«

Es war die Stimme einer Frau. Charlie blickte auf. Eine Gestalt bewegte sich links von ihr durch die Bäume. Sie bekam sie nur kurz zu sehen – eine Frau mit braunem Haar, die Arme vor der Brust verschränkt, als sei ihr kalt. Das musste Katies Mutter sein.

Charlie duckte sich und schlich von dem Suchtrupp weg. Ihr blieb keine Zeit mehr, die Dose auszugraben. Sie konnte nur hoffen, dass sie nicht gefunden werden würde. Sie konnte nur hoffen, sich unbemerkt wegschleichen zu können, um später noch einmal zurückzukehren.

Wenige Augenblicke später trat sie aus dem Wald auf den Campingplatz, die drei Plastikspaten im Arm. Sie warf sie unter verschiedene Wohnwagen und lief zu den Duschanlagen, um sich die Hände zu waschen.

38. KAPITEL

Heute

Als ich wach wurde, strahlte wieder die Sonne am Himmel. Ich zog mich wie auf Autopilot an, dabei schossen mir alle möglichen dunklen Gedanken durch den Kopf.

Katie saß an der Kante des Esstischs und beobachtete mich.

»Warum bist du hierhergekommen, Charlie?«

»Um mich ein bisschen am Meer zu erholen«, antwortete ich verhalten. »Ich verbringe ein paar ruhige Tage mit meiner Lieblingsnichte und recherchiere für ein Buch über Volkssagen.«

»Probier's noch mal«, sagte sie. Ich räusperte mich, während ich mir die Jacke überstreifte. Draußen war es zwar nicht eisig, aber an der Küste musste man immer mit Regen rechnen.

»Ich bin hier, weil Emily ein Buch geschrieben hat.« Es nur auszusprechen, ließ meine Mundwinkeln nach unten wandern. »Und sie stellt mich darin als die Schuldige dar. Als das *Monster.*« Zitternd griffen meine Hände nach dem Reißverschluss der Jacke. »Deshalb muss ich unbedingt etwas finden, das allen klarmachen wird …«, der Reißverschluss klemmte, und ich riss ihn wütend hoch, »wer hier das wahre Monster ist.«

»Warum machst du dir was vor?«, fragte Katie und baumelte mit den Beinen unter dem Tisch. »Du machst dir immer nur was vor.« Dann versuchte sie es mit einer neuen Taktik. »Glaubst du etwa, dass du das, was du mir angetan hast, ungeschehen machst, wenn du diesem anderen Mädchen hilfst, dieser Cheryl? Oder ist das bloß eine praktische Art, sich abzulenken?«

Ich antwortete nicht darauf, sondern ging aus dem Wohnwagen und stieg ins Auto, um nach Folkesholme zu fahren. Nach zehn Minuten Fahrt bemerkte ich, dass sie auf dem Rücksitz saß, den Blick aus dem Fenster gerichtet.

Mr. Kastner saß auf demselben Platz wie beim letzten Mal und trug dieselbe orangefarbene Cordhose, nur las er ein anderes Buch von Donna Tartt – *Der kleine Freund*.

»Das ist mein Lieblingsbuch«, sagte ich, und er sah lächelnd auf.

»Ach ja? Den meisten Leuten scheint es zu lang zu sein und die Geschichte zu umständlich.«

»Ich habe in den vergangenen Tagen sehr viel Zeit gehabt«, sagte ich wahrheitsgemäß. »Sie haben bei unserem letzten Gespräch erwähnt, dass ziemlich viele Menschen in Küstenstädten verschwinden. Und da habe ich mich gefragt, ob Sie sich vielleicht näher damit befasst haben.«

Ich holte mein Handy hervor, um einen der Artikel aufzurufen, die ich mit einem Lesezeichen versehen hatte. Er handelte von April Rushbrook, dem ersten Mädchen auf meiner Liste. Sie war im Mai 1961 verschwunden, und in einer Lokalzeitung wurde in ein paar dürftigen Zeilen darüber berichtet. Dort hieß es auch, dass sie erst zwei Tage nach ihrem Verschwinden als vermisst gemeldet worden war. Mr. Kastner nahm mein Handy in die Hand und hielt es sich dicht vor die schwere Brille, um die Meldung zu lesen.

»Oh, das ist interessant. Wissen Sie, wer die Rushbrooks sind?«

»Nein.«

»Nun«, begann Mr. Kastner, lehnte sich auf seinem Stuhl zurück und gab mir mit einer Kopfbewegung zu verstehen, mich auf den Hocker neben dem Schreibtisch zu setzen. Nachdem ich dort Platz genommen hatte, fuhr er fort. »Die Rushbrooks sind eine große und weitverzweigte Familie. Eine bekannte *Verbrecherfamilie*, zumindest hier in der Gegend.«

»Hier in Kent?«

»Die Grafschaften, die an London grenzen, haben eine ziemlich zwielichtige Schattenseite. Sie würden sich wundern.« Der Gedanke schien ihn zu begeistern. »Im größeren Zusammenhang betrachtet, waren die Rushbrooks aber eigentlich nur kleine Fische. Sie waren für Einbrüche in der Gegend bekannt, für den Transport von Diebesgut und auch für den Handel mit Antiquitäten, die richtigerweise nicht in ihren Griffeln hätten landen dürfen. Sie haben auch hier in Hithechurch gelebt, zumindest in den 1960er und 1970er Jahren.«

»April war erst vierzehn, als sie verschwand. Ich glaube nicht, dass sie viel damit zu tun gehabt hat.«

Mr. Kastner zuckte mit den Achseln. »So oder so, die Polizei wird sich nicht allzu viele Mühe gemacht haben, oder?« Er tippte mit einem etwas zu langen Fingernagel auf das Display. »Zwei Tage, bis die Familie sie als vermisst gemeldet hat. Sie brauchten offensichtlich eine Weile, bis sie sich genug Sorgen gemacht haben, um etwas zu unternehmen.«

»Sieht so aus. Was glauben Sie, was ihr zugestoßen ist? Bei unserem letzten Gespräch meinten Sie, dass die Küste ein … ein seltsamer Ort ist mit vielen Geheimnissen.«

»Höchstwahrscheinlich ist sie weggelaufen. Ein Mädchen, das hier keinen Urlaub macht, sondern aus der Gegend stammt, hat sich vermutlich zu Tode gelangweilt. Oder die Rushbrooks haben jemanden verärgert, den sie besser nicht hätten verärgern sollen, und das Mädchen war dessen Pfand. Wie alt wäre sie jetzt? Zwischen siebzig und achtzig. Aber da gibt's noch jemanden, mit dem Sie reden sollten. Bob McLean. Der alte Knabe ist Anfang achtzig, verbringt seine Nachmittage aber immer noch größtenteils im *Black Horse*, einem Pub. Er hat damals für die Rushbrooks gearbeitet, war einer ihrer Fahrer. Er könnte April gekannt haben.«

»Ein Fahrer?«

»Na ja, die gestohlenen Waren mussten ja irgendwie transportiert werden.«

»Dann hätte er also einen Lieferwagen gefahren?«

»Ich denke schon. Gehen Sie in den Pub, er ist in Hithechurch. Bob ist so oft dort, dass er seinen eigenen Barhocker hat, der alte Knacker«, sagte Mr. Kastner und lächelte.

»Das werde ich tun, danke. Woher wissen Sie das alles?«

»Ich bin sehr an Heimatkunde interessiert«, antwortete Mr. Kastner. »Ach so, da wir gerade davon sprechen, ich habe etwas für Sie beiseitegelegt, auf gut Glück, falls Sie noch einmal vorbeischauen würden. Da könnten einige nützliche Informationen für Sie drin sein.« Er beugte sich nach unten, öffnete eine Schublade im unteren Teil des Schreibtischs und zog ein weiteres schmales Buch heraus, *Die Geschichte von Hithechurch und Folkesholme*. Es sollte 8,99 Pfund kosten.

»Danke«, sagte ich, leicht verärgert. Offensichtlich konnte ich diese Buchhandlung nicht mehr betreten, ohne etwas zu kaufen.

»Bar oder mit Karte?«, fragte Mr. Kastner.

Das *Black Horse* war ein klassischer Pub, der schon einige Jahre auf dem Buckel hatte. Ein alter Mann rauchte eine Zigarette draußen neben einer Bude, die »Frisch gefangene Herz- und Miesmuscheln aus der Bucht von Folkesholme« versprach, auch wenn sie an diesem Tag geschlossen war. Das Lokal innen war düster und ziemlich schlicht – drei große Spielautomaten sorgten für die nötige Atmosphäre, und auf den klebrigen Tischen waren überall alte Glasränder. Ich betrat den Pub am Nachmittag, um kurz nach vier. Er war also erst seit einer Stunde geöffnet, doch eine kleine Gruppe von Männern war bereits da, sie saßen wahrscheinlich auf ihren Stammplätzen. Zwei von ihnen waren jüngere Kerle, die ihre Köpfe über ihre Pints beugten. Als ich durch die Tür trat, warfen sie mir abschätzende Blicke zu, die ich aber übersah.

Ein alter Mann saß auf einem Barhocker am Tresen. Er trug ein frisches weißes Hemd und eine schwarze Weste. Auf der Theke lag ein echter Porkpie-Hut, wie ich erfreut feststellte. Die Bardame, eine große Frau zwischen sechzig und siebzig mit einer schicken platinfarbenen Bobfrisur, zog die Augenbrauen hoch, als sie mich erblickte, und ich bestellte eine Cola mit Rum. Ich blieb an der Bar stehen, nippte an meinem Getränk und fragte mich, was zum Teufel ich als Nächstes tun sollte. Ein Teil von mir wäre am liebsten zur Tür hinausgerannt.

»Noch ein Pint, Bob?«

Die Barfrau zapfte bereits ein neues. Ich schaute den alten Mann auf dem Barhocker an, als hätte ich ihn gerade erst entdeckt, und setzte ein freudig überraschtes Gesicht auf.

»Bob McLean?«

Der alte Knabe drehte sich steif zu mir um. Sein Haar war weiß, doch seine Augen waren sehr klar und wachsam. Er neigte den Kopf zur Seite, wie ein Vogel, der gerade einen Wurm erspäht hatte.

»Wer will das wissen?«

»Ich bin Sarah«, antwortete ich. Aus dem Augenwinkel nahm ich wahr, wie die beiden jüngeren Männer sich umdrehten und mich musterten. Mir war bewusst, wie laut meine Stimme war, sogar vor dem Geklimper der Spielautomaten. »Der Mann, der die Buchhandlung in Folkesholme betreibt, hat neulich von Ihnen gesprochen.« Ich machte mir keine Gedanken, dass ich Mr. Kastner erwähnte. »Ich schreibe einen Artikel über vermisste Mädchen aus der Gegend.«

Die Bardame sah mich streng an.

»Der Buchhändler meinte, dass Sie April Rushbrook vielleicht damals begegnet sind. Und da habe ich mich gefragt, ob Sie mir vielleicht sagen können … wie sie so war.«

»Das hat der Buchhändler Ihnen erzählt?«, sagte Bob McLean. Er hatte einen starken Londoner Akzent und eine Stimme wie ein Reibeisen.

»Entschuldigung«, antwortete ich und schenkte ihm mein entwaffnendstes Lächeln. »Ich wollte Sie damit nicht überfallen. Ich schreibe nur gerade einen Artikel über Cheryl Yates, das Mädchen, das seit letztem Jahr vermisst wird, und über einige andere Mädchen, die hier an diesem Küstenabschnitt verschwunden sind. April Rushbrook ist die Erste auf meiner Liste. Und da habe ich mich gefragt, ob es etwas über sie gibt, das Sie mir erzählen können.«

»Vielleicht«, brummte er zurück. »Wenn Sie mir einen Drink spendieren.«

Mein Blick wanderte kurz zu seinem unangetasteten Pint, das die Bardame ihm gerade hingestellt hatte. Dann zuckte ich mit den Achseln. »Was hätten Sie denn gern?«

Der freche Kerl bestellte sich einen doppelten Whisky von einer der teuersten Marken, die es hinter der Theke gab. Nachdem er einen kräftigen Schluck genommen hatte, drehte er sich schließlich zu mir um und faltete seine Hände, die so groß wie Schaufeln waren, in seinem Schoß.

»Was möchten Sie gern wissen?

»Haben Sie April Rushbrook gekannt? Ich weiß, es ist schon lange her.«

Er nickte, sein Blick mittlerweile auf einen Punkt über meiner rechten Schulter gerichtet. Ich stellte mir vor, wie die beiden Kerle hinter mir zurückschauten. Hatte die Familie Rushbrook noch immer Einfluss in der Gegend? Vielleicht fühlte sich Bob aber auch nur zu den unheimlichsten Menschen von Hithechurch hingezogen.

»Ja, ich habe sie gekannt.«

»Woran können Sie sich erinnern?«

Er zuckte mit den Achseln. Trotz seines Alters hatte er noch immer eine große, kräftige Statur.

»April war ein junges Mädchen, das uns manchmal dazwischenfunkte. Sie war wie jede andere Vierzehnjährige.«

Plötzlich spürte ich einen Hauch von Achtung für Journalisten, die es schafften, aus Menschen wie Bob McLean Informationen herauszuholen. Er schien offensichtlich nichts Nützliches sagen zu wollen. Der alte Knabe griff nach seinem Whisky, schnupperte daran und trank ihn in einem Zug aus. Dann schob er das Glas über die Theke.

»Schenk mir bitte noch so einen ein und setz ihn auf die Rechnung der jungen Frau hier«, sagte er zu der Barfrau.

Ich gab mir alle Mühe, nicht zu zucken.

»Können Sie sich noch an irgendetwas anderes erinnern? Irgendwas von dem Tag, an dem sie verschwand?«

»Der liegt mehr als sechzig Jahre zurück, und das ist das, woran ich mich vor allem erinnern kann«, antwortete er. Hinter mir wurde leise gelacht. Ich nickte, als sei das eine nützliche Äußerung. Dann schob ich die Ärmel meines Pullovers hoch, so dass ein kleines, hässliches Tattoo auf meinem linken Unterarm zum Vorschein kam. Wohlwollend betrachtet, konnte man es für eine Rose halten, aber es war eindeutig das Werk eines Anfängers, gestochen mit einer heißen Nadel und einem Tintenersatz, der mittlerweile stark verblasst war. McLean betrachtete es und neigte den Kopf wieder seltsam zur Seite, wie ein Vogel. Dann blickte er kurz zu den beiden Männern hinüber, und die Stimmung im Raum schien sich etwas zu entspannen.

»Na ja, ich habe als Kurier für die Rushbrooks gearbeitet. Sie hatten damals ihre Finger überall drin, und ich war auf diese Weise gut beschäftigt. Als April verschwand, hat das ihnen ein bisschen den Wind aus den Segeln genommen. Verständlicherweise, wenn Sie mich fragen.«

»Hat die Familie geglaubt, sie sei weggelaufen?«

Er lehnte sich auf seinem Barhocker zurück und dachte nach. »Ne, eher nicht. April war ein gutes Mädchen. Auf jeden Fall für die Rushbrooks. Sie in die Schule zu bekommen, war schwer, aber sie hat sehr gern im Familienbetrieb geholfen.« Er hielt inne und räusperte sich, was fast wie ein Kichern klang. »Sie wissen schon, was ich meine, wenn ich von dem Familienbetrieb spreche, oder?«

»Ich denke schon«, antwortete ich.

»Na ja. Es gibt immer Jobs für Leute, die bereit sind, zuzupacken und sich die Hände schmutzig zu machen. Sie war dafür geeignet.« Er seufzte plötzlich. »Manchmal habe ich sie in meinem Lieferwagen mitgenommen, und dann hat sie mir die Ohren vollgequatscht. Gott, dieses Mädchen war eine echte Quasselstrippe. Sie schien mir nicht der Typ zu sein, der von zu Hause wegläuft. Sie war eher das Lieblingskind der Familie.«

»Sie haben sie manchmal irgendwohin gebracht? In einem Lieferwagen?«, fragte ich. Mein Rücken begann zu kribbeln.

»Ja. Wie gesagt, ich war bei der Familie als Fahrer beschäftigt.«

»Können Sie sich noch an den Tag erinnern, an dem sie verschwand?«

Er hielt inne und trank einen eher kleinen Schluck seines Whiskys.

»Ich weiß nicht, ob ich mich da noch so richtig dran erinnern kann. Damals hat man nicht ständig auf seine Kinder aufgepasst. Heutzutage wissen die Eltern rund um die Uhr, wo ihre Blagen sind, aber damals? Da war es gar nicht so ungewöhnlich, wenn die Kinder einmal ein paar Tage verschwanden und dann wieder auftauchten. Habe ich auch ein paar Mal gemacht. Na ja, alle glaubten, sie sei unterwegs und würde sich vergnügen, niemand hat sich was dabei gedacht, bis … nun ja. Ich erinnere mich, dass ihre Familie erst einmal nicht zur Polizei gehen wollte. Sie fragten rum, kontaktierten alte Rivalen in Essex, aber da kam nichts bei heraus. April kehrte einfach eines Tages nicht mehr heim.«

»Könnte sie vielleicht an einen bestimmten Ort gegangen sein, was meinen Sie?«

»Hier in der Gegend gibt's alle möglichen Orte. Vielleicht ist sie mitgenommen worden, nach Margate oder nach Broadstairs. April hat auf dem Jahrmarkt ausgeholfen, der damals gerade eröffnet hatte, bevor sie verschwunden ist.« Er räusperte sich noch einmal, und es klang wieder wie ein Kichern. »Hinter der Theke hängt sogar ein Foto. Vom Tag der Eröffnung.« Er drehte sich zur Bar um. »Diane, Liebes, kannst du uns das Foto vom Jahrmarkt mal rübergeben?«

An der Wand hinter der Bar hingen mehrere gerahmte Schwarz-Weiß-Aufnahmen und einige gerahmte Zeitungsausschnitte. Die Bardame griff nach einem der Bilder und reichte es Bob McLean. Er betrachtete es kurz, nickte und gab es mir dann.

»April ist da oben links. Sie hatte an dem Tag Schleifen im Haar, die farblich zu den Wimpeln passten. Was natürlich auf dem Foto nicht zu erkennen ist.«

Das gerahmte Bild stammte vom Juli 1960, wie das darunter stehende Datum verriet, also aus dem Jahr, bevor April verschwand. Die Schlagzeile lautete: **GLITZERNDER JAHRMAKRT LÄSST HITHECHURCH LEUCHTEN.** Im Hintergrund war das Karussell zu sehen, mit dem Katie vor ein paar Tagen gefahren war. Ich erkannte auch das Geisterhaus und eine große Rutsche, die es mittlerweile nicht mehr gab. Vorne auf dem Jahrmarkt standen ein paar altmodisch gekleidete, verlegen lächelnde Menschen nebeneinander, ein paar von ihnen hielten Zuckerwatte in den Händen. Ganz links entdeckte ich April, ein für ihr Alter sehr großes Mädchen, das sich das dunkle Haar mit Seidenbändern zurückgebunden hatte. Von allen Personen auf dem Foto machte sie den glücklichsten Eindruck. Sie grinste breit, eine Hand kess in die Hüfte gestemmt. Sie war, wie Laura Jennings, auffallend hübsch.

Die Wirtin beugte sich über die Theke und streckte ihre Hand nach dem gerahmten Bild aus. Ich betrachtete es noch einmal und versuchte, mir die Gesichter einzuprägen. Da war noch ein großer, drahtig aussehender junger Mann zwischen zwanzig und dreißig, der eher die Augen zusammenkniff, als dass er lächelte – er kam mir irgendwie bekannt vor. Aber das passierte mir häufig mit Menschen auf alten Fotos, als ob sie Verwandte wären, die ich vergessen hatte. Die Bardame räusperte sich demonstrativ. Ich zückte mein Handy und machte schnell ein Foto von dem Bild, bevor ich es ihr zurückgab.

»Sie schreiben also einen Artikel über diese vermissten Mädchen?«, sagte Bob und starrte mich grüblerisch an.

»Ja, ich versuche dem Gedächtnis der Leute auf die Sprünge zu helfen«, antwortete ich und trank meine Cola mit Rum aus. Ich hatte das Gefühl, dass Bob mir nicht viel mehr erzählen würde. »Cheryl ist jetzt seit sechs Monaten verschwunden, und die Polizei scheint nicht weiterzukommen. Es kann nicht schaden, wenn die Menschen wieder an sie denken.«

Bob McLean nickte, aber ich hatte das untrügliche Gefühl, dass er das für Schwachsinn hielt. Ich bedankte mich bei ihm für seine Zeit und begab mich auf den Weg nach draußen. Kurz bevor ich die Tür hinter mir schloss, sah ich, wie er mit den beiden Männern einen Blick austauschte und die Bardame den Kopf schüttelte.

39. KAPITEL

Heute

»Ich wollte nur sagen, dass es mir leidtut, wie ich vorhin – schon wieder – reagiert habe«, sagte Louise und blickte dabei in ihren Kaffee.

Sie war noch blasser als bei unserem letzten Treffen, und ihr cremefarbener Aran-Pullover war keine gute Wahl, denn er unterstrich ihr gespenstisches Aussehen nur noch mehr. Aber sie machte wenigstens einen ruhigeren Eindruck auf mich, und ich freute mich, sie zu sehen.

»Nach all dem, was wir beide durchgemacht haben, sollten wir nachsichtig sein, wenn wir gelegentlich überreagieren«, erwiderte ich und dachte an Katie, deren schlanke Gestalt mich schon mein ganzes Leben lang verfolgte. Wir saßen in einem Starbucks Café, das früher einmal eine Bank oder etwas Ähnliches gewesen war. Der Raum war riesig, und kühles graues Licht schien durch die großen alten Fenster.

»Wie ist es so? Seitdem du … du weißt schon.«

Ich spürte sofort, wie ich innerlich verkrampfte, aber ich zwang mich, mich zu entspannen. *Führ ein normales Gespräch, wie ein normaler Mensch.*

»Meist einsam. Meine Eltern leben nicht mehr, und meine Schwester hat mittlerweile ihre eigene Familie. Sie hat einfach keine Zeit für mich«, sagte ich und lachte verlegen. »O Gott, das klingt alles unglaublich traurig, oder? Worüber beschwere ich mich eigentlich? Es könnte viel schlimmer sein.« *Zumindest bin ich lebendig aus diesem Sommer rausgekommen*, wollte ich sagen. »Ich habe vor allem das Gefühl, dass die Welt mir immer mehrere Schritte voraus ist, und jetzt versuche ich, so dämliche Dinge herauszufinden, wie etwa, ob ich wirklich ein schickes Handy brauche, wenn's niemanden gibt, der mich anruft. Oje, das klingt ja noch schlimmer.« Ich räusperte mich. »Was ist mit dir? Ist Watkins tatsächlich dein Nachname? Hast du geheiratet?«

Louise nestelte an einem Päckchen Zucker herum. In einer Ecke sprach jemand sehr laut in sein Handy, und ein plötzlicher Lachanfall ließ uns beide zusammenzucken.

»Nein. Watkins ist der Nachname meiner Chefin – ich muss oft einen Tisch in einem Restaurant für sie reservieren, deshalb habe ich einfach … diesen Namen genommen. Ich bin Sekretärin oder persönliche Assistentin. Ist ein ruhiger, unkomplizierter Job. Meine Chefin hilft Leuten, Läden für Pop-up-Stores zu finden.«

Als sie meinen verständnislosen Blick sah, lachte sie leise.

»Das sind Geschäfte, die nur vorübergehend existieren. Sie werden in Ladenlokalen eingerichtet, die schon seit einer Weile leer stehen. Das beschert einem kleinen Unternehmen ein gutes Marketing, und die Hauptstraße sieht dadurch belebter aus.«

»Menschenskinder«, sagte ich.

»Diesen kleinen Geschäften zu helfen, macht Spaß, und die Eröffnungen sind immer wie kleine Partys. Das gefällt mir. Außerdem wird eine Sekretärin nie wirklich *beachtet*. Keiner kommt wegen ihr dorthin, und das finde ich beruhigend. Eigentlich bin ich unsichtbar.« Sie lächelte, und mir fiel auf, dass sich ihre Haut um Mund und Augen spannte. Hatte sie seit unserem letzten Treffen noch einmal abgenommen? »Als ich zu Hause bei meiner Familie gewohnt habe, war immer Chaos. Wegen Emily.«

»Wie war das Leben mit ihr?« Die Frage rutschte mir so heraus, ich konnte mich einfach nicht zurückhalten. »Ich habe ja nur diesen einen Sommer mit ihr verbracht. Du hast jahrelang mit ihr zusammengelebt.«

»Unberechenbar«, antwortete sie sofort. »Ich hatte das Gefühl, in einem Haus voller Landminen zu leben. Sie …« Louise hielt inne und nahm einen ordentlichen Schluck ihres Kaffees. »Unser Vater wurde schnell wütend. Als ich jünger war, war ich nicht so still, besonders wenn ich mich über etwas ärgerte. Also haben wir uns gestritten. Sehr viel gestritten. Ich erinnere mich vor allem daran, dass immer eine angespannte Stimmung herrschte. Als würde man ständig darauf warten, dass es einen Knall gab.«

»Und was war mit Emily?«

Louise beugte sich über ihren Kaffee, und ihre ohnehin schon leise Stimme wurde fast zu einem Flüstern. Ich lehnte mich nach vorn, um sie zu verstehen.

»Nachdem ich weggelaufen war, habe ich viel über Emily nachgedacht und darüber, dass sie in diesen wütenden Haushalt geboren wurde und dort aufgewachsen ist. Wusstest du, dass Kinder, deren Eltern sich ständig streiten, für immer davon gezeichnet sind? Das liegt daran, dass sich das Gehirn noch immer entwickelt. Die Stresssignale, die es andauernd empfängt, *verändern* die Bahnen, so dass es Stress für normal hält. Emily muss im Bauch meiner Mutter überschwemmt worden sein mit all dem Gift, deshalb ist es überhaupt kein Wunder, dass sie so ist, wie sie ist. Sie ist ein Geschöpf, geboren …« Louise verstummte kurz. »Ich will sie nicht entschuldigen.«

»Du bist also weggelaufen?«

»Ich bin einfach irgendwann an den Punkt gelangt, an dem mir klarwurde, dass es mich umbringen wird, wenn ich bei ihnen bleibe.«

»Dein Vater soll dir weh getan haben. Das hat Emily mir einmal erzählt, da war sie sich sicher. Sie konnte nicht glauben, dass du sie alleingelassen hast.«

Louises Miene veränderte sich daraufhin mehrfach, und ich bekam sofort Gewissenbisse. Als ich mich entschuldigte, schüttelte sie den Kopf.

»Schon okay. Ich vergesse nur manchmal, wie falsch sie schon als ein kleines Mädchen sein konnte.« Louise holte tief Luft und schüttelte noch einmal leicht den Kopf, als trete sie von einem Abgrund zurück. »Hör mal, ich möchte dir noch etwas zu diesem Mädchen sagen, zu dieser Cheryl. Ich finde es gut, was du tust. Warum solltest du nicht nach ihr suchen? Es kann ja nicht schaden. Tut mir leid, dass ich so seltsam darauf reagiert habe.«

»Ich habe das Gefühl, wenn ich nur eine winzige Sache aufdecke, wird sich der ganze Fall erschließen, und dann kann Cheryls Familie vielleicht etwas Frieden finden. Bisher habe ich der Welt ja weiß Gott nicht viel Gutes beschert«, sagte ich und lachte nervös. Ich fühlte mich wieder verwundbar. »Außerdem stimmt mit Hithechurch ganz offensichtlich etwas nicht. Nicht nur ich habe schlechte Erinnerungen an diesen Ort. Und keine Sorge, ich bin noch immer auf der Suche nach der Dose.«

»Sollte das Buch veröffentlicht werden, wird sie sich bestätigt fühlen«, fügte Louise hinzu. »Und das könnte ich nicht ertragen. Ja, sie ist meine Schwester, aber ich werde das, was sie getan hat, nie vergessen können. Und das sollte sie auch nicht.«

»Dem kann ich nur zustimmen.«

Louise lächelte, wodurch sie jünger aussah. Und auch hoffnungsvoll.

»Möchtest du noch einen Kaffee?«, fragte sie. »Ich muss nirgendwohin.«

Etwa eine Stunde später – ich hatte Louise versprochen, mich bei ihr zu melden, sobald es etwas Neues zu berichten gab, was die Dose anging – verabschiedeten wir uns und gingen unserer Wege. Ich sah ihr einen Augenblick nach, als sie die Folkesholme High Street hinunterging, und mir wurde seltsam warm ums

Herz. Obwohl sie in ihrem Leben so viel Schlimmes durchgemacht hatte und sich offensichtlich dazu zwingen musste, überhaupt über Emily zu sprechen, versuchte sie dennoch, ihre Schwester davon abzuhalten, noch mehr Schaden anzurichten. Das war bewundernswert.

Ich schlug den Kragen meiner Jacke gegen die eisige Kälte hoch und machte mich auf den Weg zurück zu meinem Auto. Bevor ich losfuhr, holte ich mein Handy heraus. Ich hatte mit einem anderen Menschen eine angenehme Zeit verbracht – und ich hatte es geschafft, über Alltägliches zu sprechen, wie ein normaler Mensch. Ich hatte eindeutig einen Lauf. Also tippte ich eine Nachricht an Joseph und schickte sie ab, zufrieden mit mir selbst.

Was ist mit der versprochenen Quiche? XXX

40. KAPITEL

1961

Natürlich wusste Rosa erst einmal nicht, was sie von dem Archiv halten sollte, als Harry es ihr zum ersten Mal zeigte. Sie saß da mit den Schwarz-Weiß-Fotos auf ihrem Schoß, ihre Miene regungslos. Harry hatte den Eindruck, dass er sie irgendwie erschreckt hatte.

»Was ist das alles? Warum zeigst du mir das?«

Er setzte sich neben sie auf das Bett. Die alten Fotos zu sehen, war wie ein Wiedersehen mit alten Freunden.

»Weil es das war, was ich tun sollte«, sagte er. »Doch dann hatte ich diesen dummen Unfall, und mein Vater verlor jegliches Vertrauen in mich. Aber er hat sich geirrt. Ich glaube, dass du meine zweite Chance bist – um es ihm zu beweisen. Um allen zu beweisen, wozu ich wirklich fähig bin.«

Jetzt, wo er darüber nachdachte, ging ihm die Idee nicht mehr aus dem Kopf. Nach dem verhängnisvollen Abend mit Nedry hatte er in all den Jahren, in denen er mittlerweile für die Rushbrooks arbeitete, viele Gelegenheiten gehabt, seine Messer einzusetzen. Doch die waren stets von einer gewissen Hektik geprägt gewesen und hatten in dunklen Gassen oder düsteren Kellern stattgefunden. So befriedigend die Möglichkeiten auch gewesen waren, *Finesse* hatte dabei nie eine Rolle gespielt. Mit Rosa bot sich ihm nun endlich die Chance, die Träume seines Vaters doch noch zu erfüllen. Er beschäftigte sich bereits gedanklich damit, was er alles brauchte, um Rosa zu behandeln: chirurgisches

Nähmaterial, Skalpelle und ein Mittel, womit er sie betäuben oder zumindest ruhigstellen konnte. Allein der Gedanke, diese Werkzeuge griffbereit dazuhaben, ließ sein Herz schneller schlagen.

»Ich weiß nicht, Harry«, sagte Rosa und gab ihm die Fotos zurück. »Ich bin mir nicht sicher, ob das eine so gute Idee ist …«

»Rosa.« Er strich ihr Haar zurück, so dass die Narbe sichtbar wurde, und sie stieß einen bekümmerten Laut aus, während er ihr Gesicht ins Licht hielt. »Ich habe mich bereits entschieden, mein Schatz. Ich werde dir helfen. Du wirst sehen. Willst du nicht wieder schön sein?«

41. KAPITEL

Juli 1988

Charlie lag in dieser Nacht bis in die frühen Morgenstunden wach und horchte, wann der Rest der Familie endlich zur Ruhe kam und schlafen ging. Es dauerte sehr lange.

Die Erwachsenen blieben immer noch eine ganze Weile auf, wenn sie die Kinder ins Bett geschickt hatten, aber die Stimmung an diesem Tag war anders. Besorgt. Charlies Eltern und Verwandte unterhielten sich angespannt oder zogen die Vorhänge zurück und spähten zum Fenster hinaus. Und wenn die Kinder ihnen Fragen stellten, ernteten sie erst einmal lange, nachdenkliche Blicke und erhielten dann eine Antwort, die darauf hindeutete, dass man ihnen nicht zugehört hatte. An diesem Abend hatten sie alle noch lange miteinander geredet, und Charlies Vater und Großvater waren nach Einbruch der Dunkelheit mit Taschenlampen unterwegs gewesen, um ein letztes Mal nach dem vermissten Mädchen zu suchen. Schließlich gaben sie auf. Die letzten Tassen Tee wurden getrunken, und der winzige Fernseher wurde ausgeschaltet. Der Spalt unter Charlies Tür war schließlich dunkel geworden. Die Lichter waren aus.

Sie lag mindestens noch eine Stunde lang da, starrte an die Decke und wartete darauf, aufstehen zu können.

Als die ersten Schnarchgeräusche von den Ausziehbetten im Wohnbereich zu ihr herüberdrangen, schlüpfte sie aus dem Bett und zog sich an. Sie griff nach ihrer Tasche, in der bereits ihre

Taschenlampe und ihr Tagebuch steckten, schlich zur Tür, öffnete sie einen Spalt und schaute hinaus.

Der Küchenbereich lag im Dunkeln. Sie sah den Wasserkocher, der einen kleinen Lichtstreifen reflektierte, und die große Nische, in der tagsüber der Esstisch stand – nachts wurde er gewendet und diente als ein weiteres Doppelbett, das sich ihre Großeltern teilten. Ihr Großvater war derjenige, der schnarchte.

Charlie schlich so leise und vorsichtig wie möglich durch die Küche in den Wohnbereich, dessen Sofaecken ebenfalls zu Betten umfunktioniert worden waren. Dort lagen noch mehr Verwandte, um die sie herumgehen musste. Genau in dem Moment, als sie an ihnen vorbeischlich, grunzte einer von ihnen. Charlie drehte sich um – konnte aber nicht feststellen, wer es gewesen war, denn dafür war es zu dunkel – und erstarrte kurz, das Herz schlug ihr bis zum Hals.

Die Tür zu öffnen, war die kniffligste Angelegenheit. Sie drehte das Schloss so behutsam wie möglich herum und drückte die Klinke noch behutsamer herunter. Ihr Blick war auf die verschiedenen schlafenden Gestalten im Raum gerichtet. Der Wasserhahn in der Küche tropfte. Jedes Geräusch erschien quälend laut. Als sie schließlich in die dunkle, stille Nacht hinaustrat, blieb sie ein paar Sekunden lang wie angewurzelt stehen – das Verlassen des Wohnwagens war so nervenaufreibend gewesen, dass sie fast vergessen hatte, wofür sie es eigentlich tat.

Sie schnappte sich einen der Spaten, die am Wohnwagen lehnten – es war der von Darren mit einem stabilen Holzgriff –, und machte sich auf den Weg in die Dunkelheit.

Der Campingplatz lag still und ruhig da, und die großen Natriumdampflampen ließen die Umgebung blass und wässrig erscheinen, wie eine Unterwasserwelt. Das Gras war etwas feucht, und Charlie schlich von Wohnwagen zu Wohnwagen, immer bemüht, im Schatten zu bleiben. Als sie den Wald erreichte, verlor sie fast den Mut und wollte wieder umkehren. Er erstreckte sich wie ein dichter schwarzer Vorhang. Der Gedanke, freiwillig in diese Finsternis zu gehen, schnürte ihr die Kehle zu. Sie schlug ihr Tagebuch auf, holte ihre Taschenlampe heraus und sah sich ihre Wegbeschreibung an.

Eigentlich weißt du, wo die Stelle ist, sagte sie sich. *Du musst nur ein paar Minuten lang tapfer sein, und wenn du die Dose hast, dann …*

Ja, was dann? So weit hatte Charlie nicht vorausgedacht. Ihr war nur klar, dass diese Dose der Polizei verraten würde, dass sie zusammen gewesen waren, sie drei – Charlie, Emily und Katie –, und dann würden sie es *wissen.* Dann würde alles herauskommen, und ihre Familie würde es erfahren, die Welt würde es erfahren, und am allerschlimmsten, ihre Mutter würde es erfahren.

Charlie hielt die Taschenlampe vor sich und trat auf den Waldweg. Sie versuchte, sich vorzustellen, wie die Stelle tagsüber aussah. Sie versuchte, nicht auf die raschelnde Dunkelheit um sich herum zu achten oder auf die Zweige und Äste, die sie jedes Mal auf sie zu stürzen schienen, wenn sie die Taschenlampe bewegte. Einmal glaubte sie, rechts von sich eine Gestalt zu sehen – klein, grau und wachsam, das Haar voller Sand –, und hätte beinahe die Taschenlampe fallen gelassen.

»Da ist nichts«, sagte sie sich. »Und *niemand.*«

Dieses Mal war es einfacher, die Stelle zu finden. Die kleine Lichtung, die aufgelockerte Erde. Sie konnte sogar die Abdrücke ihrer Turnschuhe auf dem Boden erkennen. Charlie stellte die Taschenlampe auf einem Stein ab, um die Gegend so gut wie möglich zu beleuchten. Dann begann sie zu graben, und Darrens

Schaufel stieß fast sofort auf den Deckel der Dose. Sie hatten sie wirklich kaum eingegraben.

Als sie die Dose herauszog und das fröhliche Bild des Schneemanns auf dem Deckel sah, überkam sie ein seltsames, zittriges Gefühl. Unbeholfen saß sie auf der Erde und merkte zum ersten Mal in ihrem Leben, dass ihr Körper etwas tat, das sie nicht verstand. Ihre zitternden Hände griffen nach ihrem Gesicht, und sie stellte fest, dass sie weinte.

»Es tut mir leid«, sagte sie flüsternd zu der Dose. »Es tut mir leid, es tut mir leid, es tut mir *leid.*«

Danach schien die Zeit einen Sprung zu machen. Plötzlich lag Charlie auf dem Boden, und der Wald um sie herum war in eine Düsterkeit getaucht, die vorher nicht da gewesen war. Benommen rappelte sie sich hoch, nahm einen bitteren, kupfernen Geschmack in ihrem Mund wahr und spukte ins Gebüsch. Dann verstaute sie zittrig die Dose in ihren Rucksack, legte das Tagebuch obenauf, nahm den Spaten in die Hand und ging mit tastenden Schritten zurück zu dem Weg, der aus dem Wald führte. Die Bäume waren noch immer in Dunkelheit gehüllt, aber ihre Schatten erschienen weicher, was Charlie vermuten ließ, dass sie länger im Wald gewesen war, als sie vorgehabt hatte. Mit einem Mal fielen ihr sämtliche Gruselgeschichten ein, die sie je gelesen hatte. Geschichten, in denen Menschen am anderen Ende der Welt ihren Verwandten im Moment ihres Todes erschienen. Geschichten, in denen Autos an Frauen vorbeifuhren, die weiße Leichentücher trugen. Geschichten, in denen ein Mädchen starb und zu einem Rachewesen wurde, zu etwas, das den Wald mit einer Schere heimsuchte.

Im Halbdunkel erschienen all diese Geschichten sehr glaubwürdig.

Der Waldrand war gerade in Sicht gekommen, als die Dunkelheit eine Hand ausstreckte und sich um ihre Kehle legte. Charlie gab einen erstickten Schrei von sich, dann schloss eine weitere

Hand ihren Mund. Ein blasses, entstelltes Gesicht kam ihr so nah, dass sie den erbärmlichen, stinkenden Atem riechen konnte, der durch lange, vergilbte Zähne drang. Auch der modrige Geruch zerschlissener Kleider schlug ihr entgegen und alter Schweiß. Die Frau hatte zahlreiche Nähte an der Nase, und die Haut war an dieser Stelle knotig, runzlig und rosa.

»Pst«, sagte Stitch Face Sue. Ihre Stimme war etwas undeutlich. »Wenn du nicht still bist, schneidet sie dir die Zunge raus, nicht wahr?«

Charlie riss den Spaten hoch und schlug die Schaufel gegen den Kopf der Frau. Es war kein harter Schlag, aber Stitch Face Sue ließ sie sofort los, und Charlie rannte blindlings aus dem Wald hinaus auf den Campingplatz. Sie hörte ein Geräusch hinter sich, das Geräusch von etwas, das sich schwerfällig durch das Laub bewegte, aber sie blickte nicht zurück oder blieb stehen, um nachzusehen. Sie rannte und rannte, bis sie schließlich merkte, dass sie den Campingplatz verlassen und die Straße erreicht hatte. Auf der anderen Seite lagen die Felder, über die sie mit Emily und Katie gegangen war, um zum Strand zu gelangen. Erst da merkte Charlie, dass sie sich in die Hose gemacht hatte. Sie gab einen Schluchzer von sich, sprang in den Graben und kletterte ihn auf der anderen Seite wieder hinauf. Auch den Spaten hatte sie irgendwo fallen gelassen.

»Du bist okay«, flüsterte sie. »Alles ist in Ordnung. Du bist okay.« Sie blickte über ihre Schulter, aber soweit sie sehen konnte, war die Straße hinter ihr leer. Im Osten wurde es schon etwas heller, aber der Himmel über ihr war noch dunkel, und die kalten nadelförmigen Sterne schauten auf sie hinab. Sie stapfte weiter über die Felder, bis sie wieder das Meer hören konnte. »Du bist okay, alles ist in Ordnung.

Lange wanderte sie am Strand entlang, die Arme hingen schlaff an ihr herunter. Jahre später beschrieb ein Arzt Charlie die Symptome eines schweren Schocks, und für einen Moment konnte sie sich fast an diese Nacht erinnern – an die langen Phasen der inneren Leere, an den Salzgeschmack in ihrem Mund. Doch meist blieb diese Nacht unsichtbar und hielt sich hinter den unvergesslicheren, sonnenbeschienenen Eindrücken dieses ungewöhnlichen Urlaubs versteckt.

Sie überlegte, ob sie mit den Händen ein Loch in den nassen Sand graben und die Dose an dem weiten flachen Strand zurücklassen sollte. Aber das erschien ihr zu riskant, selbst wenn sie die Dose verbuddelte. Dann kam ihr der Gedanke, sie einfach im Meer zu entsorgen, doch sie würde sie nicht weit genug hineinwerfen können. Außerdem war gerade Flut. Würde das Wasser, wenn es wieder zurückging, die Dose mit sich nehmen? Wie konnte sie sich da sicher sein? Was, wenn der Deckel sich von der Dose löste und der gesamte Inhalt auf dem Strand verteilt liegen und von Strandbesuchern gefunden werden würde?

In dem Augenblick stellte sie fest, dass sie die Höhlen erreicht hatte und gegenüber von ihrem Eingang stand. Sie waren nachts verschlossen und mit einem Gittertor abgesperrt. Ein hellgelbes Schild hing daran, das in der Dämmerung grell leuchtete: GESCHLOSSEN, DRAUSSEN BLEIBEN. Charlie trat näher heran.

Das Tor war verriegelt, aber der Eingang der Höhle war etwas schief geformt, so dass links ein schmaler Spalt blieb. Er war zwar nicht groß genug, dass ein Erwachsener hindurchkam, nicht einmal ein Jugendlicher, aber Charlie war schon immer ein eher schmales Kind gewesen, und so trug sie nur eine kleine Schramme an der Rückseite ihres Arms davon, als sie sich entlang des nackten Felsens durch den Spalt zwängte. Die Höhle war innen mit schwachen Notlichtern beleuchtet. Charlie holte trotzdem ihre Taschenlampe heraus und schaltete sie ein. Kahle graue Felswände ragten um sie herum auf und erinnerten sie an das Gesicht der Frau, die sie gepackt hatte – *so grau und zerfurcht wie ihre Haut … denk nicht daran, denk nicht daran* –, sie richtete die Taschenlampe auf den Weg und ging in die nächste Höhle und weiter in die nächste. Überall war das Geräusch tropfenden Wassers zu hören, und in der Luft hing ein … ein kalkiger, feuchter Geruch. Nach Salz, aber auch nach Fäulnis. Und noch einen Geruch nahm sie wahr, der fast schon vertraut war, den von Erde.

Charlie spürte, dass dies ein äußerst gefährliches Abenteuer war. Sie konnte unerwartet in die Tiefe stürzen oder sich einfach verirren. Aber ihre Gedanken kreisten auch um Verstecke. Um kleine Nischen, die vielleicht seit Jahren nicht mehr erkundet worden waren. Möglicherweise gab es irgendwo ein Loch im Felsen, überlegte sie. Ein Loch, das tief genug war, dass niemand die Dose finden würde.

Irgendwann kam sie zu einem Bereich, der mit einem brusthohen Zaun abgesperrt war. Hinter dem tiefen Abgrund, der sich dort auftat, befand sich ein schmaler Felsvorsprung, der zu einem noch kleineren, völlig dunklen Loch führte. Im rechten Winkel dazu verlief ein Felsvorsprung, der viel zu schmal war, als dass ein Erwachsener ihn hätte entlangklettern können, aber …

Charlie stand lange da und starrte auf den Vorsprung. Ihr Herz raste. Sie hatte noch nie so viel Angst gehabt wie in dem Moment, nicht einmal, als sie Katies Leiche versteckt hatten. Aber ein Teil von ihr war zu der Überzeugung gekommen, dass sie Stitch Face Sue und alles, was damit zu tun hatte, verjagen könnte, wenn sie nur die Dose loswerden und gut genug verstecken könnte. Sobald das Ding verschwunden wäre, würde auch das Problem aus der Welt geschafft sein. Denn war Stitch Face Sue nicht sofort wieder aufgetaucht, als sie die Dose ausgegraben hatte? Charlie musste es tun.

Sie hatte sich ein Monster ausgedacht, und es war lebendig

geworden. Es fraß sie bei lebendigem Leib auf. Jetzt musste sie es aufhalten.

Charlie legte die Taschenlampe so auf den Boden, dass ihr heller Lichtstrahl über den Abgrund hinweg auf den Teil der Höhle schien, zu dem sie gelangen wollte. Dann vergewisserte sie sich, dass ihr Rucksack fest auf dem Rücken saß, kletterte über den Zaun, schob sich vor zu dem schmalen Vorsprung und stieg darüber. Sie kaute dabei die ganze Zeit auf ihrer Unterlippe herum. Drüben angekommen, kauerte sie kurz und schwer atmend auf dem unteren Felsvorsprung. Obwohl das Klettern nicht anstrengend gewesen war, hatte sie das Gefühl, gleich in Ohnmacht zu fallen, und so kniff sie sich kräftig in den Arm. Der faulige kalkige Geruch war hier noch stärker, sie konnte ihn bis hinunter in ihre Kehle schmecken.

Dann drehte sie sich um und schaute auf das Loch.

Es war schwarz. Pechschwarz, wie der Abwassertunnel. Und alles Mögliche konnte da drin sein. Spinnen, Krabben. Eine weitere Hand, die sich nach ihr ausstreckte …

Charlie öffnete den Reißverschluss ihres Rucksacks, holte die Dose heraus und schob sie in das Loch. Sie schob sie so weit wie möglich hinein, dann kniete sie sich neben das Loch, griff noch einmal mit dem ganzen Arm in es hinein, um die Dose noch weiter hineinzuschieben. Sie spürte, wie sie über kleine Steine und Kies schrappte, und dann war sie plötzlich weg. Charlie hörte einen dumpfen Schlag von irgendwo aus der Tiefe, und sie begriff, dass sie irgendwo heruntergefallen war. Sie war weg. Weg.

»Na bitte«, sagte sie laut. »Sie ist weg. Weg. Jetzt lass mich in Ruhe.«

Am nächsten Morgen wachte Charlies Familie auf und fand sie zusammengerollt auf dem Boden des Wohnwagens vor, die Turnschuhe voller Sand, die Hose roch nach Urin. Das war für sie der erste Hinweis, dass etwas ganz und gar nicht stimmte.

42. KAPITEL

Heute

Mit all dem, was gerade um mich herum passierte, hätte ich Joseph und meinen Vorschlag, mit ihm essen zu gehen, durchaus vergessen können, hatte ich aber nicht. Ganz im Gegenteil. Ich hatte ständig an ihn gedacht, mich gleichzeitig gefreut, ihn wiederzusehen, und mich zutiefst geschämt, weil ich mich überhaupt freute.

Das Café, in dem wir uns zum Mittagessen verabredet hatten, war sehr typisch für die Küste. Es wurde von alten Damen geführt, und überall auf den Tischen lagen Tischtücher. Die Theke, an der man bezahlte, zierte ein Deckchen. Joseph und ich waren zwei von nur fünf Gästen, die anderen drei, auch alte Damen, so wie die Besitzerinnen, waren offensichtlich Stammgäste. Wir saßen an einem Fenstertisch und grinsten uns an. Wir hatten wohl ein Date.

»Was machst du im Januar hier? Ich meine, den Winter über? Da passiert doch nichts an der Küste.« Wie selbstverständlich waren wir zum Du übergegangen.

Joseph zuckte mit den Achseln. Er wirkte mit dem silbernen Piercing in der Augenbraue und mit den rauen Arbeiterhänden wie ein wunderbarer Exot in dieser Umgebung.

»Auf dem Campingplatz gibt's immer was zu tun«, antwortete er. »Gras mähen, Abflüsse sauber machen, Wartungsarbeiten. Außerdem haben die meisten Wohnwagenbesitzer auch den *Hausmeisterservice* meines Onkels gebucht.« Er lächelte schief. »Was im

Prinzip heißt, dass sie dafür bezahlen, dass dieser Idiot hier«, er deutete mit den Händen auf sich, »sich um ihren Wohnwagen kümmert, bevor sie oder ihre Gäste eintreffen. Ich mache sauber und stelle ihnen Milch in den Kühlschrank. All so was. Ich bin ein echt glamouröser Typ, oder? Mache Klos sauber, kaufe Lebensmittel ein.«

Ich grinste über seinen Witz, aber ich spürte, wie ein merkwürdiges Gefühl in mir aufstieg. Wie es wohl war, einen guten, einfachen Job zu haben? Ohne eine schreckliche Vergangenheit, die einen ständig verfolgte? Joseph hielt nicht viel von seiner Arbeit, aber ich fand sie großartig.

»Du hast viele Talente, so einen Mann hat man gern um sich«, sagte ich.

Ich hatte mir ein Sandwich mit Käse und Essiggurken bestellt, das eine der älteren Besitzerinnen in diesem Moment brachte, zusammen mit einem großen Stück hausgemachter Quiche, die Joseph sich bestellt hatte. Eine Handvoll Chips und einige Blättchen Salat lagen ebenfalls auf meinem Teller. Ich sah auf, um mich bei der Bedienung zu bedanken und bemerkte ihren seltsamen Blick, als hätte ich etwas Unfreundliches gesagt. Sie blieb nur eine Sekunde länger als nötig stehen und verschwand dann.

»Ist Schreiben eigentlich dein Hauptberuf?«, fragte Joseph. »Oder hast du noch einen anderen Job, einen nicht so glamourösen, den du mir verschweigst?«

Ich nickte. Mit dieser Frage hatte ich gerechnet und mir eine Antwort zurechtgelegt.

»Ich bin Bibliothekarin«, sagte ich. »Aber ich arbeite nur als Hilfskraft. Dadurch bin ich ein bisschen glamouröser als du, oder? Denn was gibt es Glamouröseres als Staub und Bücher.«

Ich hatte mir überlegt, dass das eine sichere Sache war. Auch wenn ich nie in einer Bibliothek gearbeitet hatte, so hatte ich doch sehr viel Zeit in mancher verbracht und auch viele Bücher gelesen. Außerdem war so ein Beruf gerade langweilig genug, dass er nicht viele Fragen stellen würde, hoffte ich.

Das Sandwich war lecker. Wir plauderten weiter, und ich schlug gerade die Dessertkarte auf, als ich den bunten Lieferwagen vom Jahrmarkt mit den schlecht nachgemachten Marvel-Superhelden auf der gegenüberliegenden Straßenseite parken sah. Eine hochgewachsene Gestalt stieg aus dem Fahrerhaus, blieb kurz stehen und ging dann um den Wagen herum zu den Türen hinten. Ich bekam nicht mehr mit, was Joseph sagte.

Er folgte meinem Blick. »Ah, der alte Harald«, sagte er. »Arbeitet noch immer bei jedem Wetter, der arme Kerl. Er lebt schon ewig hier, soweit ich weiß. Wenn man ihn aufschneidet, wird man wahrscheinlich den Name Hithechurch in ihn eingeritzt sehen, so wie auf den Zuckerstangen. Du solltest mit ihm über dein Buch sprechen.«

Trotz des kalten Wetters trug Harald ein blaues Hemd mit hochgekrempelten Ärmeln, braune Hosenträger und keine Jacke. Das graue Haar war sorgfältig aus der Stirn gekämmt.

»Der Mann von den Spielautomaten«, sagte ich laut. Joseph schaute mich verwundert an, und ich lächelte. »Ich glaube, ich kenne ihn von früher, als ich hier in den Ferien war.«

»Du bist schon die ganze Zeit in seiner Nähe«, sagte Joseph. Anscheinend machte ich ein seltsames Gesicht, denn er beeilte sich, mir den Satz zu erklären. »Ich meine damit, dass er fast das gesamte Jahr auf dem Campingplatz lebt, in diesem richtig alten Wohnwagen, der schon seit ewigen Zeiten da steht. Er hat alle möglichen Schuppen und Bretterbuden drum herum gebaut.«

Die Ranch. Ich drehte mich wieder zum Fenster und sah gerade noch, wie Harald mit einem großen Pappkarton im Arm auf dem Jahrmarkt verschwand. Ich dachte an die verhängnisvolle Nacht, in der er uns drei im Wald überrascht hatte – und an die Gestalt am Strand, die ein Seil in den Händen hielt. Ich war mir nicht *sicher*, dass er es war, dafür war es zu dunkel gewesen. Und dennoch … In dem Moment begann mein Hirn diese seltsamen Gedankensprünge zu machen, und plötzlich fügten sich die einzelnen Puzzleteile zu einem Bild zusammen. Ich holte mein Handy heraus und scrollte, bis ich das Foto fand, das ich im *Black Horse* von dem Bild gemacht hatte.

»Schau mal«, sagte ich und hielt ihm das Handy hin. »Glaubst du, dass er das ist? Der junge Kerl da in der Mitte.« Ich tippte mit dem Finger auf das Gesicht des großen, drahtig aussehenden Mannes.

»Hm. Durchaus möglich«, meinte Joseph, der inzwischen seine Quiche aufgegessen hatte und die letzten Krümel mit der Gabel zu erwischen versuchte.

»Das Mädchen, das du hier siehst, hier an der Seite, ist auch verschwunden, genau wie Cheryl Yates. Ist nur schon lange her, in den 1960er Jahren.«

Joseph schaute mich daraufhin an. In seinem Blick war etwas, mit dem ich nicht gerechnet hatte, und ich fragte mich, ob ich einen Fehler gemacht hatte.

»Das ist nur eigenartig, weil …«

»Charlotte? Charlotte Watts?«

Ich drehte mich automatisch um und verfluchte mich sofort dafür, aber ich konnte nicht anders. Vor mir standen zwei der alten Damen, die das Café betrieben. Sie sahen in ihren Schürzen aus wie traurige Kinder aus einem Märchen.

»Wusste ich's doch«, zischte eine von ihnen. »Ich hab's gewusst.«

»Wie bitte?« Ich räusperte mich und versuchte, eine höfliche, verwirrte Miene aufzusetzen. »Sie müssen mich mit jemandem verwechseln.«

Es war meine Schuld. Ich hatte mich so sehr daran gewöhnt, nicht erkannt zu werden und so zu tun, als führte ich ein normales Leben, dass ich darüber vergessen hatte, die Öffentlichkeit tunlichst zu meiden. Ich konnte nun einmal meinem wahren Ich nicht entkommen. Niemals.

»Wie können Sie es wagen?« Die Frau, die uns das Essen gebracht hatte, machte einen energischen Schritt nach vorn und klopfte resolut mit den Fingern auf den Tisch, wie eine Lehrerin, die Aufmerksamkeit wollte. Sie war sichtlich aufgeregt, was sich auch in ihren kleinen blauen Augen niederschlug. »Wie können Sie es wagen, hier einen Fuß hineinzusetzen? Was haben Sie überhaupt in Hithechurch zu suchen, Sie Monster?«

»He, einen Augenblick«, schaltete Joseph sich ein und lehnte sich vom Tisch zurück.

»Glauben Sie etwa, Sie können sich einfach die Haare färben und dann hier wieder auftauchen?«, fuhr sie unbeirrt fort und deutete auf meinen Kopf, dass ich innerlich zusammenzuckte. Hellrotes Haar ist nicht nur ein Segen, sondern auch ein Fluch, denn wenn man es dunkler färbt, ist der Ansatz nach nur kurzer Zeit sehr deutlich zu sehen. »Wie kann es überhaupt sein, dass Sie draußen sind? Sie hätten für immer eingesperrt bleiben sollen!«

»Ich wusste, dass Sie es sind«, sagte die zweite alte Dame. »Ich wusste es in dem Moment, in dem Sie zur Tür hereinspaziert kamen. Ich habe Ihr Gesicht nie vergessen können. Und dass Sie ausgerechnet jetzt hier aufkreuzen, wo das Gesicht der *anderen* überall zu sehen ist wegen ihres widerlichen Buchs …«

»Also, bitte«, schaltete Joseph sich erneut ein und stand auf. Das schien sie kurz zum Schweigen zu bringen. Ich glaube, sie hatten vergessen, dass auch er noch da war. »Ich weiß nicht, wovon Sie beide hier sprechen, aber das ist meine Freundin Sarah, und Sie sind äußerst unhöflich.«

Die beiden traten vom Tisch zurück, ihr Blick wanderte zu mir und dann wieder zurück zu Joseph.

»Sarah?«, sagte eine von ihnen, und ich spürte einen Anflug

von Erleichterung. Sie waren sich also doch nicht so sicher gewesen.

Joseph zog eine Zehn-Pfund-Note aus seiner Hosentasche und legte sie auf den Tisch. Dann drehte er sich zu mir um und deutete mit dem Kopf zur Tür.

»Komm, lass uns ein Eis essen gehen. Dort werden wir freundlicher behandelt.«

Wir gingen zurück zum Campingplatz, plünderten die Eistruhe in Josephs Laden und aßen unser Eis in seinem Büro, einem kleinen Raum, genauso gemütlich wie seine Küche, mit einem Schreibtisch, einem alten tragbaren Fernseher, einem großen bequemen Bürostuhl und einem Holzstuhl mit einem zerfledderten Kissen. Die Türen eines Schranks standen offen, in dem er offensichtlich verschiedene Harken und Spaten aufbewahrte. An der Wand hinter dem Schreibtisch hing ein Schlüsselbrett, von dem mehrere Schlüsselbunde baumelten. Ich durfte auf dem bequemen Bürostuhl Platz nehmen und aß mein Schokoeis.

»Du scheinst ja überall Freundschaften zu schließen«, sagte Joseph. Er saß auf dem Holzstuhl und machte kurzen Prozess mit seinem Erdbeereis.

»Eiscreme im Januar ist eine gute Idee«, sagte ich. »Ich weiß nicht, was in die Damen gefahren ist«, erwiderte ich dann. »Anscheinend habe ich so ein Gesicht. Meine Mum hat das immer gesagt.«

»Tja, Einheimische«, sagte Joseph, als ob das alles erklären würde.

»Apropos Einheimische, dieser alte Kerl, Harald. Wohnt der wirklich hier? Auf dem Campingplatz?«

Joseph zuckte mit den Achseln und warf seinen leeren Eisstiel in den Papierkorb. »Er verschwindet manchmal für eine Weile. Aber er bleibt für sich und bittet mich nie um etwas. Ich glaube, er gehört zu dieser Generation älterer Männer, die damit aufgewachsen sind, für sich selbst zu sorgen, und lieber sterben, als dass sie um Hilfe bitten. Sein Wohnwagen ist noch nie vermietet worden, also nehme ich an, dass er mich nicht braucht, um Milch und Teebeutel zu bringen.«

»Hast du noch einen Schlüssel zu dem Wohnwagen?«

Joseph legte den Kopf schief. Ich zuckte mit den Achseln.

»Für den Fall, dass er mal stürzt oder so. Ist ja nicht mehr der Jüngste.«

»Ähm, ich denke schon«, erwiderte er und deutete mit dem Kopf auf das Brett hinter mir. »Musste ihn nie benutzen. Er ist ein zäher alter Bursche. Wahrscheinlich werde ich schon lange die Radieschen von unten betrachten, bevor er den Löffel abgibt.«

In dem Augenblick hörten wir, wie an der Ladentür gerüttelt wurde. Offensichtlich wollte jemand herein. Joseph hatte das Geschäft für unser »Date« geschlossen. Er verdrehte die Augen.

»Man könnte meinen, ich hätte kein verdammtes Schild an die Tür gehängt, auf dem ›Geschlossen‹ steht. Ich frage mich, warum ich mir überhaupt die Mühe mache, wenn da nie jemand draufguckt …« Er stand auf und ging aus dem Büro. Ich hörte, wie er durch den Laden lief und demjenigen, der draußen wartete, zurief: *»Schon gut, schon gut, immer mit der Ruhe.«*

Ich drehte mich auf dem Bürostuhl um und schaute die Wand an. Mein Nacken begann sofort zu kribbeln, aber die Gelegenheit, die sich mir gerade bot, konnte ich mir nicht entgehen lassen. Mein Blick wanderte über die Schlüssel. Die meisten von ihnen waren ordentlich beschriftet mit Nummern, die mir nichts nutzten. Dann sah ich an einem der unteren Haken mehrere Schlüssel, die älter aussahen und offensichtlich seltener gebraucht wurden. Sie schienen alle die gleiche Form zu haben, aber ihre

Etiketten waren handgeschrieben. Einer der Schlüssel hatte einen Plastikanhänger, auf dem mit schwarzem Filzstift ein einziger Buchstabe geschrieben war, »H«. Ich blickte mich kurz zur Tür um, aber Joseph sprach noch immer mit dem Kunden. War es der richtige Schlüssel? Das konnte ich nicht wissen. War es trotzdem einen Versuch wert? Ich fand schon.

Also nahm ich den Schlüssel von seinem Haken und steckte ihn in meine Tasche.

Als Joseph zurückkehrte und sich darüber mokierte, wie es möglich war, dass den Leuten das Speiseöl ausging, hielt ich es für ratsamer, mich vom Schlüsselbrett zu entfernen, ging um den Schreibtisch herum und setzte mich vorn auf die Kante. Irgendwie war ich mir sicher, dass er mich anschauen und mir mein schlechtes Gewissen ansehen würde.

Stattdessen setzte er sich ebenfalls auf den Schreibtisch und lächelte mich schief an.

»Ich hatte einen schönen Nachmittag«, sagte er.

»Ich auch.«

Und trotz allem stimmte das.

43. KAPITEL

Juli 1988

Charlie war auf die Treppe des Wohnwagens gesetzt worden, wo ihre Mutter sie im Auge behalten konnte. Alle waren sich darin einig, dass sie zu lange aufgeblieben war, dass sie »überdreht« wäre und nicht richtig aß, was zu besonders lebhaften Albträumen führte. Auch an diesem Tag lachte die Sonne wieder von einem wolkenlosen Himmel herab. Die übrigen Familienmitglieder waren im Wohnwagen und suchten ihre Sachen zusammen für den Strand, aber ihre übliche Begeisterung war etwas gedämpft.

Charlie blickte auf ihre Schüssel Coco Pops, die sich schnell in braunen Matsch verwandelten. Hin und wieder griff sie sich an den Hals, aber sie war sich dessen nicht bewusst.

»Würdest du das mal bitte lauter drehen?«, rief Charlies Großmutter über das allgemeine Tohuwabohu hinweg. Eine Sekunde später war das Radio, das morgens immer lief, deutlich durch den Wohnwagen zu hören, und eine merkwürdige Stille legte sich über die Familie.

»… nicht das erste verschwundene Mädchen, aber die Polizei bleibt aufgeschlossen. Die Familie von Katie Hennessey ging davon aus, dass sie mit ihren Cousinen zusammen auf den Spielpatz war, doch dort entfernte sie sich irgendwann von ihnen, wie sich später herausstellte. Katie ist weiß, hat braunes Haar, blaue Augen und ist etwa ein Meter vierzig groß. Die Polizei bittet jeden, der Informationen hat oder glaubt, Katie gesehen zu haben, sich zu melden …«

Die Erwachsenen redeten inzwischen alle durcheinander, und Charlie hörte ihre Tante sagen, dass die Polizei dabei sei, ganz Hithechurch zu durchkämmen und sogar in Folkesholme suchen würde. Ihr Großvater fügte hinzu, dass die Polizei am Eingang des Campingplatzes stehen und wahrscheinlich die Kofferräume der Leute kontrollieren würde, wenn sie das Gelände verließen. Charlie dachte an den Abwasserkanal, an die dunkle Ecke ganz am Ende. Dort, wo Kinder eigentlich nicht hin durften. Dort, wo sie schwere Steine geschleppt und Sand aufgeschichtet hatten, bis Katies Gesicht nicht mehr zu sehen gewesen war. Sie kippte ihr Frühstück in den Busch neben dem Wohnwagen. Allein der Gedanke an Essen war ihr zuwider.

In dem Augenblick kam Emily um den Wohnwagen gelaufen. »Was für eine Verschwendung«, sagte sie fröhlich. »Ich hätte sie für dich gegessen. Ich darf nie Schokomüsli essen.«

»Was willst du?«

Das Mädchen blickte kurz verwirrt drein, dann zuckte sie mit den Achseln. »Magst du zu mir rüberkommen? Mein Vater ist nicht da, und meine Mutter hat sich hingelegt, wir können also im Wohnwagen sitzen. Im Gefrierfach ist Eis.«

Charlie sah auf ihre Hände. Sie schaffte es kaum, Emily anzuschauen. Jedes Mal, wenn sie die zarten Gesichtszüge betrachtete, dachte sie daran, wie diese Miene ausgesehen hatte, als sie Katie vom Abwasserkanal gestoßen hatte.

»Ich darf nicht rausgehen. Nicht allein. Mum will, dass ich heute in Sichtweite bleibe.«

Emily stellte sich auf die Zehenspitzen und spähte in den Wohnwagen. Sie lächelte.

»Sieh doch nur, sie werden gar nicht bemerken, dass du weg bist. Außerdem bist du ja nicht allein, oder?« Emily strahlte sie an, aber in ihrem Blick lag auch ein unnachgiebiges Funkeln, das Charlie bisher noch nicht wahrgenommen hatte. War das schon immer da gewesen? Sie war sich nicht sicher. Plötzlich hielt sie es nicht mehr für ratsam, Emily ihren Wunsch abzuschlagen.

Charlie stand auf, wischte sich die Hände an ihren Shorts ab und folgte dem Mädchen. In Emilys Wohnwagen war es still und durch die zugezogenen Vorhänge schummrig und zu warm. Ein widerwärtig süßlicher, blumiger Seifengeruch lag in der Luft. Emily ging zum Kühlschrank, holte aus dem winzigen, schuhkartongroßen Gefrierfach zwei Erdbeereis heraus und gab eins davon Charlie.

»Meine Mutter wird ausflippen, wenn sie merkt, dass ich nicht da bin«, sagte Charlie und fragte sich, ob sie bald wieder gehen könnte. Emily zuckte mit den Achseln. »Warum hat sich deine Mutter hingelegt? Ist sie krank?«

»Nein, eigentlich nicht. Sie hat nur Radio gehört und dann gemeint, dass sie sich ein bisschen ausruhen müsste. Das tut sie oft.«

Entsetzt sah Charlie, wie Emily zu dem Schlafzimmer hinter dem schmalen Küchenraum ging und die Tür mit dem Fuß aufstieß. Ihre Mutter lag mit dem Bauch auf dem Bett, die Decke war auf den Boden gerutscht. Auf dem Nachttisch standen zwei braune Pillendosen und ein Glas Wasser. Ihr Kopf war von ihnen abgewandt, und das lange dunkle Haar ergoss sich über das Kissen. Eine Sandale baumelte am Fuß.

»Schau, ihr geht's gut.« Emily machte sich nicht die Mühe, ihre Stimme zu senken, und als Charlie ihr einen erschrockenen Blick zuwarf, lächelte sie. »Entspann dich, sie hat einen tiefen Schlaf.«

Die beiden saßen im Schneidersitz auf dem Wohnzimmerteppich und aßen ihr Eis. Die Wohnwagentür stand offen, und Charlie konnte sehen, dass das Gras draußen braun zu werden begann. Sie fand es sehr beruhigend, dass die Tür offen war, aber trotzdem wurde sie das Gefühl nicht los, neben einer tickenden Zeitbombe zu sitzen. Emily schien etwas Bedrohliches, etwas

Explosives an sich zu haben. *Ich sollte nicht hier sein*, dachte sie. *Ich sollte mich von ihr fernhalten.*

Emily nahm ihr Unbehagen offensichtlich nicht wahr, denn sie plapperte munter weiter, was Charlie befremdlich fand.

»… Wie auch immer, ich denke, heute Abend ist es so weit.«

»Was?«

Emily leckte sich einen Klecks Eiscreme vom Handrücken.

»Na, dass *sie* kommt. Ich glaube nicht, dass sie noch einmal einen Hund schickt. Sie wird selbst kommen, und dann wird ihm das mit Louise leidtun. Mit allem.«

Charlie schüttelte den Kopf und konnte kaum glauben, was sie da gerade hörte.

»Emily, was redest du denn da? Machst du dir überhaupt keine Gedanken darüber, was wir getan haben?«

»Was wir getan haben, haben wir tun müssen, nicht wahr? Wir wissen, dass sie ein Leben wollte …«

»Ach ja?«

»… ja, durch die Schnaken. Alles wird gut. Stitch Face Sue wird kommen, meinen Vater aus der Welt schaffen, und niemand wird es je erfahren. Alles perfekt.«

Charlie war unwillkürlich aufgesprungen. Das letzte Stückchen Erdbeereis glitt vom Stiel hinab und fiel auf den Teppich.

»Perfekt?« Ihre Stimme klang selbst für sie seltsam und wie erstickt. Sie schluckte kurz und spürte, wie ihr wieder die Tränen in die Augen stiegen. »Du bist irre, Emily, und ich hasse dich! Meine Mutter wird es herausfinden. Und dann wird sie mich h-h-hassen. Und an allem bist nur du schuld!«

Emily, die ebenfalls aufgesprungen war, machte ein Gesicht, als hätte sie gerade eine Ohrfeige verpasst bekommen.

»Was?«

»Du bist so ein Trottel, Stitch Face Sue *ist nicht real*, du hast Katie umsonst weh getan, ich hasse dich!«

Emily stürzte sich auf sie. Charlie wusste sich normalerweise in einem Kampf zu behaupten, aber Emily agierte schnell, und ihre Taktik war gemein. Sie griff nach Charlies rotem Haar und riss so fest daran, dass Charlie die Tränen kamen. Charlie schlug mit den Fäusten gegen Emilys Brust, immer und immer wieder, bis diese sie kurz losließ, doch da rollten sie schon über den Boden und stießen gegen das Sofa. Emilys kleine Hände legten sich um ihre Kehle. Charlie bekam sofort eine Riesenangst und stieß einen schrillen, panischen Schrei aus, der Emily derart überraschte, dass sie von ihr abließ. Charlie nutzte die Gelegenheit, ihr kräftig gegen das Schienbein zu treten.

»Was macht ihr zwei da?«

Die Stimme dröhnte durch den Raum. Die beiden sprangen auseinander, und Charlie fiel halb auf das Sofa. Emilys Vater stand in der Tür des Wohnwagens, dass kein Licht mehr durchdringen konnte. Obwohl sein Gesicht im Dunkeln lag, konnte Charlie sehen, dass er wütend war. Sein großes puterrotes Gesicht war schweißbedeckt, und seine Augen schienen aus den Höhlen zu treten.

»Antworte mir!«

Charlie stand auf und blickte zur Tür, die Emilys Vater versperrte. Sie wollte unbedingt aus dem Wohnwagen hinaus, aber dazu musste sie an Emilys Vater vorbeikommen. Emily starrte ihn an, die Hände zu Fäusten geballt.

»Nichts!«, schrie sie zurück. »Ich habe nichts getan!«

Er machte ein paar Schritte nach vorn. Charlie wich erschrocken zurück. Er war bestimmt verärgert, dass Emily sie mit hierhergebracht hatte, in den Wohnwagen. Er war immer verärgert. Doch dann schaute er sie an, und sie erkannte die Sorge in seinem Blick.

»Was machst du mit diesem Mädchen, Emily? Wo ist deine Mutter? Warum passt sie nicht auf dich auf?«

Emily schüttelte heftig den Kopf, und Charlie sah entsetzt, wie sie sich mit beiden Händen ins Gesicht zu schlagen begann, ein Geräusch wie Peitschenhiebe.

»Nichts!« Jedes Wort fiel mit einer Ohrfeige zusammen. »Ich! Habe! Nichts! Getan!«

Ihr Vater durchquerte den Raum mit einem einzigen Schritt, packte Emily am Arm und riss ihr die Hand vom Gesicht. Sein Blick wanderte noch einmal zu Charlie. In seinen Mundwinkeln hatte sich Spucke gesammelt.

»Raus mit dir.«

Charlie gehorchte ihm nur zu gern, doch als sie zur Tür ging, begann Emily wieder zu kreischen.

»Sie wird dich holen kommen!«, schrie sie, hielt inne, holte Luft und brach dann tatsächlich in Gelächter aus. »Du wirst bekommen, was du verdienst, du wirst deine gerechte Strafe erhalten!«

Entsetzt dachte Charlie einen Augenblick, dass Emily sie anbrüllte, doch dann sah sie, wie Emily nach ihrem Vater schlug, ihn trat, biss und kratzte, wie ein wildes Tier. Er hob sie an den Armen hoch und schüttelte sie heftig.

»Wovon redest du?«, fragte er scharf. »Emily, du gibt mir jetzt sofort eine Antwort.«

Aber Emily lachte nur. Charlie schlüpfte durch die Tür und rannte los, die Geräusche ihres Streits hallten in ihren Ohren wider, während sie zurück zu ihrem Wohnwagen floh. Als sie ihn ein paar Sekunden später erreichte, war sie erst einmal erleichtert, dass niemand auf der Treppe stand und nach ihr Ausschau hielt. Dann ging sie hinein und begriff, warum. Tante Marj saß auf dem Sofa und tupfte sich die Augen mit einem Taschentuch, während ihr Großvater mit verschränkten Armen dastand und den Kopf schüttelte.

»Oh, Charlie, mein Schatz«, sagte ihre Mum. Auch sie schien geweint zu haben. »Das arme, kleine Ding ist gefunden worden. Sie wurde an den Strand gespült.«

44. KAPITEL

Heute

Ich sagte Joseph, dass ich allein zurückgehen könnte, nicht weil ich seine Gesellschaft nicht wollte, sondern weil ich mir die Ranch genau ansehen wollte. Ich spazierte zwischen den Wohnwagen hindurch und stellte fest, dass ich den Weg nie wirklich vergessen hatte. Schließlich bog ich um eine Ecke und sah Haralds Bleibe. Die Wolken hatten sich verzogen, so dass der Himmel klar war. Der gespenstische Mond hüllte alles in einen silbrigen Schein. Der große Wohnwagen stand da, um ihn herum seine verschiedenen Schuppen und Bretterbuden, und ich zwang mich ausnahmsweise einmal, ihn richtig zu betrachten – nicht wie ein verängstigtes Kind oder ein abgelenkter Erwachsener.

Im Hauptteil der Ranch brannte Licht, stellte ich als Erstes fest. Die Fenster waren mit schweren Vorhängen oder Pappkartons verhängt, aber hier und da drang ein orangefarbenes Licht hindurch, als ob drinnen ein Feuer aus der Hölle loderte.

Hör auf, ermahnte ich mich. *Das Letzte, was deine Phantasie jetzt braucht, ist noch mehr Beschäftigung.*

Eine alte Lichterkette führte vom Wohnwagen zu einem der vier Schuppen. Einer von ihnen stand offen, und aus der Tür lugte etwas hervor, das wie eine riesige Gefriertruhe aussah. Der Lieferwagen parkte seitlich. Es war derselbe, mit dem ich den alten Mann in Hithechurch hatte herumfahren sehen. Seine aufgemalten Superhelden und die funkelnden Lichterketten hätten dem Ort eigentlich einen gewissen Charme verleihen müssen, taten es aber nicht. Im Gegenteil. Je länger ich die Ranch betrachtete, umso unbehaglicher wurde mir zumute. Ich dachte an den Schlüssel in meiner Tasche, der vielleicht, vielleicht aber auch nicht in das Schloss passte.

Ist sowieso egal, sagte ich mir. *Das Licht brennt ja, er ist also zu Hause. Geh zurück.*

Aber ich ging nicht zurück, nicht sofort. Ich wanderte um die Ranch herum, weil ich eine Vorstellung davon bekommen wollte, wofür all die Schuppen und Bretterbuden da waren. Ich entschied mich, den Schuppen, der am weitesten vom Wohnwagen entfernt war, unter die Lupe zu nehmen, und rüttelte vorsichtig an der Tür, die jedoch verschlossen war. Die Holzpaneele waren hier und da verzogen, so dass an einer Stelle ein schmaler Spalt blieb, durch den ich wenigstens einen sehr begrenzten Blick ins Innere werfen konnte. Ich holte mein Handy heraus und schaltete die Taschenlampenfunktion ein. Erst sah ich gar nichts, aber dann hielt ich das Licht etwas nach unten, und eine Reihe großer weißer zylindrischer Behälter tauchten auf. In solchen Behältern hatte mein Großvater die Zutaten zum Brauen seines eigenen Biers aufbewahrt, erinnerte ich mich. Beim genaueren Hinsehen konnte ich dann jedoch die Etiketten erkennen. Vaseline. Rieseneimer mit Vaseline. Daneben standen noch mehr merkwürdige Sachen: Plastikbehälter mit Latexhandschuhen, ein großer Bolzenschneider und, was vielleicht am sonderbarsten war, eine große Dose mit Lockenwicklern aus Plastik, die Art, wie meine Großmutter sie früher benutzt hatte. Ich stand einen Moment lang da und versuchte, mir auf all das einen Reim zu machen, aber das ganze Zeug konnte durchaus bei der Wartung und Instandhaltung eines Jahrmarkts zum Einsatz kommen, um ehrlich zu sein – außer den Lockenwicklern vielleicht.

Die hinteren Türen des Lieferwagens standen offen. Der Laderaum schien bis auf einen Haufen, der nach einem alten Teppich und Lappen aussah, leer zu sein. Ich schaltete wieder die Taschenlampenfunktion meines Handys ein und leuchtete hinein. Überall waren Flecken und Dreck, und das machte mich irgendwie unruhig. Da war auch so ein Geruch …

Meine Hand griff wie von selbst nach einem Lappen, und der Gestank nahm um das Zehnfache zu. Ich rang nach Luft, plötzlich panisch, denn er roch nach Salz und Fäulnis. Nach Schimmel und Erde. Nach Würmern und Verderben. Das war *ihr* Geruch. Ich ließ den Lappen fallen und machte ein paar Schritte nach hinten.

»Erinnerst du dich jetzt?«, fragte Katie, die plötzlich neben mir stand. Sie streckte mir ihr Gesicht entgegen, das in der Dämmerung klein und rund aussah, um mich genau zu betrachten. Sie kniff die Augen zusammen. »Erinnerst du dich, Charlie?«

»Nein«, antwortete ich. Eine glatte Lüge. »Nein, verdammt noch mal, lass mich in Ruhe.«

»Du musst dich erinnern.« Sie nahm meine Hand und drückte sie, ihre halbmondförmigen Fingernägel bohrten sich in meine Haut. Ein Licht ging in der Ranch an, dann bewegte sich ein Vorhang, und ich rannte los. Erst an der Tür meines Wohnwagens blieb ich wieder stehen und hielt mich an dem Geländer fest, das zur Tür führte. In meinem Kopf drehte sich alles.

»Die Höhlen«, sagte ich laut. »Die verdammten Höhlen.«

Später saß ich gegenüber von Katie an dem kleinen Esstisch. Ich hatte mir eine heiße Schokolade gemacht und war durch den großen Schluck Whisky, den ich ihr hinzugefügt hatte, müde und träge geworden, aber dieser Zustand hatte auch etwas Tröstliches an sich. In dem Augenblick hätte ich für immer in diesem Wohnwagen bleiben können, in diesem beruhigenden Kokon aus Wärme und Stille.

»Ich habe die Dose woandershin gebracht«, sagte ich. »Deshalb kann ich sie im Wald nicht finden. Sie ist nämlich gar nicht mehr da. Ich habe sie woandershin gebracht und es niemandem erzählt. Nicht einmal …«

Nicht einmal Emily.

Ich hatte die Dose in den Höhlen versteckt, aber wenn man mich das vor ein paar Tagen gefragt hätte, hätte ich geantwortet, dass ich bis vor kurzem nicht einmal gewusst hätte, dass sie existierten, geschweige denn, dass ich sie jemals von innen gesehen hatte. Wie gesagt, man kann sich auf seine Erinnerungen nicht verlassen. Vielleicht geht diesen kleinen Gremlins, die unsere Erinnerungen in unser Gedächtnis schreiben und dabei aber leicht verändern, ja auch die ein oder andere Sache gänzlich verloren. So ist es auf jeden Fall meiner Freundin ergangen, die sich an keine Beerdigung mehr erinnern konnte, auf der sie gewesen war. Dieser Teil deines Lebens ist zu schmerzlich, um ihn sich direkt anzuschauen? Kein Problem, wir lassen ihn verschwinden.

»Du hast aber nicht vergessen, was du mir angetan hast«, sagte Katie.

»Nein, aber ich wurde ja auch gezwungen, mich daran zu erinnern, nicht wahr? Immer und immer wieder.« Ich lachte zittrig. »Niemand hat mich das je vergessen lassen.«

In meinem Kopf schwirrte all das herum, was in jener Nacht, in der ich mich weggeschlichen hatte, passiert war. Das Ganze war noch sehr bruchstückhaft, ein Wandteppich voller Löcher. Die einzelnen Fäden bestanden aus Bildern, aus Geräuschen. Und aus Gerüchen. So, wie Stitch Face Sue roch, rochen auch die Höhlen. Und der Laderaum von Haralds Lieferwagen.

»Das alles ergibt keinen Sinn«, sagte ich. *»Stitch Face Sue war nicht real.* Ich habe sie erfunden.«

Katie zuckte mit den Achseln. »Du hast mich auch erfunden. Aber mich hat's auch gegeben, nicht wahr?«

»Diese Diskussion bringt jetzt gar nichts«, erwiderte ich. Aber ich musste immer wieder an die kalte Hand denken, die sich mir um die Kehle gelegt hatte. Und an die vernarbte, raue Haut, die meine gestreift hatte. In dieser Nacht war irgendetwas passiert, aber was? *Wer* hatte da in dem Wald nach mir gegriffen? Und wer konnte mir sagen, ob das, woran ich mich jetzt erinnerte, real war? Oder ob es stimmte? Ich nahm meine heiße Schokolade und trank sie aus, obwohl sie noch etwas zu heiß war. Der Whisky sorgte dafür, dass sich ein warmes, wohliges Gefühl in meinem Innern ausbreitete.

»Ich werde mich jetzt betrinken«, sagte ich.

45. KAPITEL

Juli 1988

Trotz der merkwürdigen Atmosphäre auf dem Campingplatz behielt Charlies Familie ihre übliche Urlaubsroutine bei: vormittags Strand, mittags zurück zum Wohnwagen, um zu duschen und zu essen, Abendessen in einem der kleinen Restaurants, Bier und Wein und Eis zum Nachtisch. Es war schon spät, als sie die unbeleuchtete Straße entlangliefen zurück zum Campingplatz. Die Felder auf beiden Seiten lagen bereits im Dunkeln. Die Nacht war klar, und die Sterne leuchteten am Himmel. Charlie ging still vor sich hin, den Kopf gesenkt, um sie herum die Gespräche ihrer Familie – ob das gute Wetter anhalten würde, wer gleich noch Karten spielen wollte, dass die Steak-und-Nieren-Pastete im Restaurant nicht so gut wie üblich gewesen war. Schließlich fiel das Wort »Polizei«, und Charlie blickte erschrocken auf. Sie hatten mittlerweile den Campingplatz erreicht und näherten sich ihrem Wohnwagen, aber alle waren stehen geblieben, die Blicke auf den Rasen neben dem Spielplatz gerichtet. Ein Polizeiwagen stand dort, das Blaulicht eingeschaltet, so dass die Duschanlage und die Gesichter der Schaulustigen im Sekundentakt bunt aufleuchteten. Die Polizisten standen zusammen mit Emilys Vater da und sprachen mit leiser Stimme.

»Was glaubst du, worum es da geht?«, fragte Tante Marj.

»Was *meinst* du wohl?«, erwiderte Charlies Großmutter ungehalten.

Charlie beobachtete die Szene mit weit aufgerissenen Augen.

Emilys Vater schüttelte gerade den Kopf, die Lippen so fest aufeinandergepresst, dass sein Mund zu verschwinden schien. Der Polizist zuckte mit den Achseln und deutete mit der Hand auf die offen stehende Hintertür des Wagens. Emilys Vater drehte sich um, sein Blick wanderte über die Menge, als wollte er sich ihre Gesichter für später merken, dann stieg er in das Polizeiauto.

»Also, das überrascht mich gar nicht«, sagte Charlies Großmutter und klang seltsam zufrieden. »Ich habe ihn nie gemocht.«

46. KAPITEL

1961

Schon beim ersten Schnitt wusste Harry, dass es schiefgehen würde.

Er führte das Skalpell über die Haut. Sofort trat Blut heraus und ergoss sich in einer Menge, dass er fast nicht mehr sehen konnte, was er tat. Als er es mit dem Handtuch aufzusaugen versuchte, war der Stoff sofort durchtränkt und hinterließ überall purpurne Schlieren. Um ihn herum lagen die Aufzeichnungen und Fotos aus dem Archiv seines Vaters, aber als er darauf schaute, um sich Rat zu holen, zitterten die Buchstaben und verschwammen vor seinen Augen. Verzweifelt setzte er das Skalpell erneut an, um einen glatten, geraden Schnitt hinzubekommen. Erst da bemerkte er, dass auch seine Hände zitterten.

»Oh Mist. *Mist.*«

Er machte weiter, bis er das Stück Haut mit der Narbe anheben konnte, auch wenn die Narbe selbst unter einer Blutschicht verschwunden war. Die Haut war nicht dünn und geschmeidig, wie er erwartet hatte, sondern ausgefranst und wulstig, und an der Unterseite klebte Fettgewebe – das durfte dort nicht vorkommen, wusste er. Als er das Stück Haut in die saubere Schale legte, setzte sein Herz einen Schlag aus: Er hatte vergessen, das Transplantat, das die vernarbte Haut ersetzen sollte, vorzubereiten. Ein paar Sekunden lang stand er regungslos da, während sich der Raum um ihn herum drehte wie auf einem Karussell. *Wie* hatte er das nur vergessen können? Er blickte auf und sah sich selbst in einem der vielen Spiegel. Statt einem erfahrenen, ruhigen Chirurgen, sah er einen Teenager mit Blut an den Händen und im Gesicht. Er hatte sich für diese *Operation* seines Hemds entledigt und stand in Unterhemd und Hosenträgern da, sein Gesicht kreidebleich vor Schreck. Er sah nicht aus wie sein Vater. Sie hätten nicht unterschiedlicher sein können.

Ich bin ein Metzger, dachte er und erinnerte sich an den Keller, in dem Nedry Bekanntschaft mit seinem Messer gemacht hatte. *Das bin ich.* Er fasste sich an die Narbe, an diesen harten Wulst hinter dem Ohr, und er hatte das Gefühl, als würde ihm aus all den dunklen Ecken im Raum zugeraunt werden.

In dem Augenblick stöhnte Rosa auf und bewegte den Kopf leicht unter dem Gurtband. Ihre Augenlider begannen gefährlich zu flattern.

»Nein, meine Liebe.« Er griff nach einem weiteren Handtuch und wischte ihr das Blut vom Mund. »Du musst noch ein bisschen länger schlafen.«

Egal, was er war, er musste die Sache, so gut er konnte, zu Ende bringen. Er nahm das bereits blutbeschmierte Skalpell in die Hand und machte sich an die Arbeit.

47. KAPITEL

Heute

Was sollte ich also jetzt tun? Das war die Frage.

Die Dose war nicht dort, wo ich sie vermutet hatte. Sie befand sich an einem Ort, zu dem ich kaum Zugang hatte. Aber ich musste wenigstens nicht noch einmal in das Waldstück, worüber ich sehr erleichtert war. Die Erinnerung an das, was in der Nacht dort geschehen war, als ich die Dose woandershin gebracht hatte, war viel zu schrecklich, als dass ich dort noch einmal hin wollte.

Am nächsten Tag trat ich in meiner dicksten Jacke hinaus in den trüben kühlen Morgen, die Kapuze auf dem Kopf. Ich hatte beim Zähneputzen im Bad in den Spiegel geschaut und bemerkt, dass mein fuchsrotes Haar schon wieder ein Stück herausgewachsen war. Ich musste mir noch einmal Farbe besorgen. Die Luft war feucht, aber es regnete noch nicht. Ich roch das Meer und machte mich in einem Zickzackkurs auf den Weg zur Ranch, weil ich nicht dem alten Mann oder Joseph in die Arme laufen wollte. Kurz vor meinem Ziel blieb ich bei einem Nachbarwohnwagen stehen und spähte um die Ecke. Die verschiedenen Schuppen, Zelte und Vordächer sahen an diesem Morgen besonders trist aus und waren nass von dem getauten Reif.

»Okay«, murmelte ich. »Jemand zu Hause?

Ich sah von der Stelle aus, an der ich stand, die Rückseite des Wohnwagens. Die Vorhänge waren dort noch alle zugezogen, also ging ich denselben Weg noch einmal zurück und näherte mich der Ranch aus der anderen Richtung. Von hier aus konnte ich die Eingangstür und die breiteren Fenster des Wohnbereichs sehen. Da war zumindest ein Vorhang zurückgezogen, und durch eine vergilbte Gardine drang der schwache Schein einer Lampe – nicht nur mir war es heute Morgen zu dunkel.

Ich wollte mehr über Harald erfahren, denn er lebte schon damals hier. Er hatte auf seine eigene Art in diesem schrecklichen Sommer eine Nebenrolle gespielt, und ich fand es interessant und beunruhigend zugleich, dass er noch immer in Hithechurch war. Ich begriff zwar selbst nicht, warum ich glaubte, dass alle den Ort nach 1988 hätten verlassen müssen, aber es störte mich trotzdem. Und noch mehr störte mich, dass zwischen ihm und April Rushbrook, dem Mädchen, das 1961 verschwunden war, eine Verbindung bestanden hatte. Sowohl er als auch April hatten auf dem Jahrmarkt gearbeitet – April nur als Aushilfe, aber sie müssten sich gekannt haben. Ich überlegte kurz, ob ich nicht einfach zu dem Wohnwagen gehen, an die Tür klopfen und meine übliche Buchrecherchennummer abziehen sollte.

Ich gewöhnte mich langsam daran, zu lügen, aber das konnte ich ja schon immer gut.

»Das wirst du nicht tun«, hörte ich Katie irgendwo hinter meinem linken Ohr sagen. »Du wirst einbrechen.«

Ich dachte darüber nach. »Das wäre wirklich dumm.«

»Richtig«, erwiderte Katie.

Ich musste gut zwanzig Minuten da gestanden haben, bis ich mir eingestand, dass ich darauf wartete, dass er den Wohnwagen verließ. Schließlich verschwand das schwache Licht im Fenster, und ein paar Sekunden später ging die Tür auf. Ich trat hinter den benachbarten Wohnwagen und spähte um die Ecke. Harald sah sich um, sein Blick war so trüb wie der Himmel an diesem Morgen. Sein Kinn war stoppelig, als hätte er sich ein paar Tage lang nicht rasiert. Dann stieg er in seinen bunten Lieferwagen und fuhr davon.

Ich blieb erst einmal unschlüssig stehen. In meiner Kindheit war die Ranch dafür bekannt gewesen, dass dort Menschen rund um die Uhr ein- und ausgingen. Damals vermuteten wir, dass sie alle zur Familie gehörten, aber jetzt fragte ich mich, ob sie nicht etwas mit den unseriöseren Geschäften der Rushbrooks zu tun gehabt hatten. In dem Wohnwagen schien sonst niemand zu sein. Andernfalls hätte er doch nicht das Licht ausgemacht und die Tür abgeschlossen, oder? Diese Schlussfolgerung erschien mir logisch. Außerdem konnte es durchaus möglich sein, dass der Schlüssel, den ich Joseph geklaut hatte, gar nicht der richtige war. Ich könnte es einfach ausprobieren. Und wenn er nicht passte, auch gut. Und wenn er doch passte …

Ich zählte bis sechzig, nur für den Fall, dass der alte Mann sein Mittagessen vergessen hatte, und plötzlich wieder um die Ecke gefahren kam. Dann ging ich zur Tür des Wohnwagens und klopfte ein paarmal laut dagegen, aber niemand öffnete. Ich hörte auch nicht, dass sich jemand darin bewegte. Also holte ich den Schlüssel aus meiner Tasche, ließ die Schultern kreisen, um mich locker zu machen, und steckte den Schlüssel ins Schloss. Er passte, und als ich ihn umdrehte, hörte ich, wie die Tür sich mit einem leisen Klicken entriegelte. So.

»So, und was jetzt?«, fragte Katie. Ich schob die Tür auf.

Das Erste, was mir entgegenschlug, war der feuchte Geruch von schimmeliger Kleidung, von Sachen, die vielleicht gewaschen, aber nicht richtig getrocknet worden waren. Es war dunkel im Innern, und da, wo meine Stiefel eigentlich auf eine Fußmatte treten sollten, lag Teppichboden, fadenscheinig und sehr abgenutzt. Ich blieb erst einmal stehen und horchte – draußen zwitscherte eine Amsel, aber im Wohnwagen war es still. Auf dem Tisch standen Tassen und Schüsseln, in der Spüle Abwasch, und hier und da lag ein Kleidungsstück herum. Alles deutete auf einen älteren, allein lebenden Mann hin. Und dann wanderte mein Blick auf die Wände …

Meine Finger umklammerten den Schlüssel. Da, wo in anderen Wohnwagen vielleicht billige Tapeten klebten, befand sich eine wilde, unzusammenhängende Collage aus Bildern, die jemand aus Zeitschriften, Plakaten und Zeitungen ausgeschnitten haben musste – Harald, vermutete ich –, und füllte jeden Zentimeter der Wand aus. Ich trat heran, um sie näher zu betrachten. Es waren ausschließlich Bilder und Fotografien von Frauen. Frauen mit perfekt geschminkten Gesichtern, frisch und jugendlich, die Lippen rosa, rot oder purpurn schimmernd, die Augen funkelnd mit dunklem Lidschatten. Sie trugen die unterschiedlichste Mode, und ich stellte mit wachsender Verwunderung fest, dass die Bilder alt waren, jahrzehntealt. Ich sah nudefarbenen Lipgloss und Frisuren im Ombré-Look, aber auch korallenrotes Rouge und eisige Blautöne aus den 1980er Jahren, blassrosa Lippen aus den 1960er Jahren und Bilder aus Filmen mit Farrah Fawcett aus den 1970er Jahren.

»Was in aller Welt …?«

Das musste das Werk vieler Jahre sein. Einige der Zeitungsausschnitte waren verblasst und vergilbt, andere glänzten noch. Ich folgte der Collage über die Wohnzimmerwände in den winzigen Küchenbereich. Einige Bilder hatten sich durch den Dampf, der beim Kochen vom Herd aufstieg, abgelöst, aber die Collage setzte sich weiter fort bis hin zu den Türen der Schlafzimmer. Hier blieb ich stehen. Auf dem Boden neben einer zweiten Außentür stand eine große orangefarbene Werkzeugkiste, und mir fiel der große stämmige Mann aus meiner Kindheit ein, der Mann von den Spielautomaten auf dem Jahrmarkt – der Mann, der vielleicht am Strand gestanden und Emily und mich dabei beobachtet hatte, wie wir uns die Hände im Meer gewaschen hatten. War er wirklich derjenige, der so akribisch Hunderte von Bildern glamouröser Models ausgeschnitten und an seine Wände geklebt hatte? Das kam mir sehr merkwürdig vor.

»Was machst du hier?«, fragte Katie, die Stimme kaum lauter als der Ton meines schnell schlagenden Herzens.

Ich wusste es nicht. Glaubte ich wirklich, dass Cheryl Yates hier sein könnte?

Genau da stieg mir dieser andere Geruch in die Nase. Ein äußerst widerlicher Gestank, ganz anders als dieser Mief, den ich beim Betreten des Wohnwagens bemerkt hatte. Ich hielt einen Moment lang die Luft an und horchte wieder, ob sich auf der anderen Seite der Schlafzimmertür etwas rührte.

»Hallo?«, rief ich, die Stimme so piepsig, dass ich mich räusperte und es noch einmal versuchte. »Ist da jemand?«

Keine Antwort. Ich drückte mit den Fingerspitzen gegen die Tür. Sie schwang auf und gab den Blick frei auf ein Bett in der Mitte des Raums, auf dem eine Leiche lag.

Ich zuckte zusammen, als hätte mich jemand gezwickt, und machte einen Satz nach hinten. Aber dann blieb ich stehen, still und halb geduckt. Mein Herz raste, als würde es gleich zerspringen, aber ich zwang mich, noch einmal hinzusehen. *Schau genau hin, du Idiot*, dachte ich. *Wir wissen ja alle, dass du ein Talent dafür hast, dir Dinge einzubilden.* Ich trat ein paar Schritte nach vorn und blinzelte in den düsteren Raum hinein.

Die Bilder aus dem vorderen Teil des Wohnwagens setzten sich auch an den Wänden in diesem Zimmer fort, aber nicht durchgängig. Sie wurden von fünf oder sechs verschiedenen Spiegeln unterbrochen, die staubig und verschmiert waren. Auf einem schmalen Schminktisch standen unzählige Glastiegel und Plastikdöschen, über die sich dicke Spinnweben zogen, und eine Spule mit dunklem Garn, aus der eine silberne Nadel ragte, lag auf einem der großen Vaselinetöpfe. Die Vorhänge waren zugezogen.

Auf dem Bett war eine dicke Daunendecke und darunter …

Ich biss mir so fest auf die Lippe, dass ich Blut in meinem Mund schmeckte.

Darunter lag eine uralt aussehende Frau. Sie trug ein Nachthemd mit langen, spitzenbesetzten Ärmeln. Die Hände zeigten mit den Handflächen nach oben, die Finger waren zu Krallen geformt. Die Handgelenke, die nur noch aus Haut und Knochen bestanden, sahen wund aus, und die Nägel, mehrere Zentimeter lang, waren so gelb wie Herbstlaub. Die Lippen rollten sich durch die langen Zähne nach innen, und das ausgemergelte Gesicht überzog eine dicke Schicht weißer Nachtcreme, die mich erst hatte glauben lassen, einen Schädel zu sehen. Aber es war ganz sicher Nachtcreme oder etwas Ähnliches. Ich konnte die Augen von dort aus, wo ich stand, nicht erkennen, nur die Augenhöhlen.

Der Geruch von Fäulnis in dem winzigen Raum war kaum auszuhalten.

Ich trat an das Bett, mein Gesicht zu einer Grimasse erstarrt, und zwang mich, den Blick auf ihren Brustkorb zu richten. Das Nachthemd reichte ihr bis zu dem knochigen Hals, und obwohl ich angestrengt hinschaute, konnte ich nicht erkennen, ob er sich bewegte.

Das ist nicht Cheryl. Das ist etwas anderes.

Ich hatte über Dinge dieser Art schon gelesen. Meist handelte es sich um zurückgezogen lebende Menschen, die nicht loslassen oder sich das Leben ohne einen geliebten Menschen nicht vorstellen konnten, so dass sie den Leichnam in einem Raum aufbewahrten, den sonst niemand betrat. So hatte zum Beispiel einmal eine Tochter Hunderte von Lufterfrischern um die Leiche ihrer Mutter aufgestellt. Eine alte Frau ließ den einbalsamierten Leichnam ihres Mannes ausgraben und in ihr Haus bringen, um ihm näher zu sein. Und Ed Gein, der berüchtigte Serienmörder aus Wisconsin, vermisste seine Mutter so sehr, dass er beschloss, eine Art Riesenschlafsack aus Teilen anderer toter Frauen zu machen, dessen Form der Figur seiner Mutter entsprach …

Hör auf, hör auf.

Ich hatte mich so weit vorgewagt, dass ich das Gesicht genauer sehen konnte. Eine vertrocknete, verdrehte Zunge in einem offen stehenden Mund. Die Augenlider, kleine faltige Säckchen, und das spärliche Haar schneeweiß.

Sie kann noch nicht so lange tot sein, dachte ich. *Oder war sie einbalsamiert worden?*

Ich betrachtete das, was einmal ihre Lippen gewesen waren, meine Neugier war kurz stärker als mein Ekel. Sie waren verschmiert. Die Schmiere sah rot aus, fast nass …

In dem Augenblick, in dem ich begriff, dass es sich um Lippenstift handelte, richtete die Frau sich schwankend auf, die Augen plötzlich weit aufgerissen und starr. Eine klauenartige Hand schloss sich um meinen Unterarm, und wir begannen beide zu schreien. Ich spürte, wie ihr übelriechender warmer Atem über meine Wange strich.

»O verdammt!«

Ich konnte mich mühelos von ihr losreißen, sprang zurück und stieß gegen den Schminktisch. Tiegel und Döschen kippten um und rollten auf den Boden.

»RAAAAAAA!«

Sie hatte sich aufgesetzt, der Kopf wackelte, als wäre er zu schwer für sie, die Hände lagen noch immer mit den Handflächen nach oben auf der Bettdecke.

»O verdammt, Mist, tut mir leid«, rief ich und ging rückwärts zur Tür, die Hände entschuldigend erhoben. »Ich dachte, hier wäre niemand.«

»HUUUUU!« Die Laute, die sie ausstieß, wurden immer grimmiger, und Sabber begann ihr über den Unterkiefer zu laufen. Die Bettdecke fiel zurück. Sie war mit einem Gürtel um die Taille ans Bett gefesselt.

»Tut mir leid!« Ich trat rückwärts aus der Tür, am liebsten hätte ich mich in Luft aufgelöst. Genauso plötzlich, wie die alte Frau sich taumelnd aufgerichtet hatte, sackte sie auch wieder zurück, der Blick verwirrt, verletzt. Ihre Laute wurden zu erstickten »Rurs« und »Guhs«. Ich bewegte mich weiter rückwärts, stolperte fast über den orangefarbenen Werkzeugkasten, und rannte los zur Eingangstür. Ich war mir plötzlich völlig sicher, dass Harald dort stehen und ich es nicht mehr nach draußen schaffen würde, und dann säße ich in der Falle zwischen ihm und dem Grauen im Schlafzimmer.

Ich schaffte es hinaus. Die kalte Morgenluft war wie ein Schlag ins Gesicht, und ich knallte die Tür hinter mir zu, die Augen weit aufgerissen. Was zum Teufel hatte ich mir nur dabei gedacht?

48. KAPITEL

Juli 1988

Ihr Urlaubsrhythmus hatte sich völlig verändert.

Jetzt lief ständig das Radio, und Charlies Großvater ging in der Frühe los, um das Lokalblatt zu kaufen. Auch ihre Tante Beverly war früh unterwegs, aber nur um eine Runde auf dem Campingplatz zu drehen und den neuesten Klatsch zu erfahren. Alle waren angespannt und nachdenklich und sprachen mit gedämpften Stimmen. Nur Charlies Cousin Darren und ihre Schwester Carol schienen unbeeindruckt – sie schmollten, wie nur Teenager es können, beschwerten sich darüber, dass sie nicht das tun konnten, was sie wollten, und öffneten immer wieder die Kühlschranktür. Charlie hing ihrer Mutter am Rockzipfel. Saß sie auf dem Sofa, setzte sie sich neben sie. Ging sie nach draußen eine Zigarette rauchen, hatte auch sie etwas da zu tun.

Bei einer dieser Zigarettenpausen kehrte Tante Beverly von ihrer Streife zurück, die Arme vor der Brust verschränkt trotz der brütenden Hitze. Charlie sah ihr an, dass sie Neuigkeiten hatte. Es brodelte nur so in ihr.

»Gibst du mir mal eine von denen, ja?«, sagte sie.

Charlies Mutter reichte ihr eine Zigarette aus der Schachtel und zündete sie mit ihrem Feuerzeug an. Beverly paffte ein paar Sekunden angespannt vor sich hin.

»Also«, sagte sie schließlich. »Die Cousinen des Mädchens haben sie wohl mit anderen Kindern gesehen. An dem Tag zuvor. Du weißt schon.«

Charlie, die ein paar Meter entfernt im Gras saß, spürte, wie der Boden unter ihr zu schwanken begann. Ihr persönliches Erdbeben.

»Na und?«, sagte ihre Mutter. »Die Kinder hängen hier alle zusammen herum.«

Beverly ließ sich nicht beirren. »Sie glauben aber, dass Katie mit ihnen zusammen war, als sie verschwand. Zwei andere Mädchen, in ihrem Alter.« Beverly drehte ihre Kippe zwischen Daumen und Zeigefinger. »Ich habe mit der Frau aus dem Wohnwagen gesprochen, der nur drei von dem der Hennesseys entfernt ist. Sie lässt ihre Kinder überhaupt nicht mehr raus. Ihrer Meinung nach ist das ein typischer Trick von Kindesentführern. Harmlos aussehende Kinder werden als Lockmittel losgeschickt, und wenn sie mit dem Opfer irgendwo allein sind, dann …« Sie schnippte die Asche auf den Rasen.

»Was ist mit dem Mann, den die Polizei abgeführt hat? Emilys Vater?«, fragte Charlies Mutter. »Das Mädchen hatte ein paar Mal blaue Flecke.« Sie schien sich zu erinnern, dass auch Charlie draußen war, denn sie senkte die Stimme. »Was das für ein Typ ist, wissen wir doch alle.«

Obwohl Charlies Kopf auf ihren Knien ruhte, spürte sie, dass sich die Aufmerksamkeit auf sie richtete.

»Wir sollten sehen, wie das Kind damit zurechtkommt«, sagte Beverly nachdenklich. »Charlie und sie sind doch dicke Freundinnen, nicht wahr? Vielleicht sollten wir der Familie einen Besuch abstatten.«

»Bev, du bist unmöglich«, entgegnete ihre Schwester.

»Nur um zu sehen, wie's ihnen geht.« Beverly ließ die Kippe fallen und drückte sie mit ihrer Sandale aus. »Möchtest du deine kleine Freundin besuchen, Charlie? Du kannst nicht den ganzen Tag hier hocken und Trübsal blasen.«

Charlie hob den Kopf und blickte in die erwartungsvollen Gesichter ihrer Mutter und ihrer Tante.

»Du hängst mir schon den ganzen Morgen am Rockzipfel«, sagte ihre Mutter schließlich. »Geh mit Beverly.«

Charlie stand auf. »Aber …«, begann sie.

»Braves Mädchen«, rief Beverly strahlend, trat zu ihr und nahm ihre Nichte am Arm. »Dauert keine fünf Minuten.«

Ihre Tante bugsierte sie vom Wohnwagen weg. Charlie wollte Emily nicht wiedersehen, und sie hatte auch keine Ahnung, wie ihre Tante wissen konnte, wo Emilys Wohnwagen war, aber sie war so ein Mensch, die anscheinend über geheime Kanäle verfügte. So wusste sie zum Beispiel auch, wann Darren seine erste Zigarette geraucht oder wer die hässliche Vase in Großmutters Wohnzimmer zerbrochen hatte. Die Tür von Emilys Wohnwagen stand überraschenderweise offen, als sie dort ankamen, und Emilys Mutter lehnte draußen an dem alten Auto, aber nicht lässig, sondern steif und unnatürlich wie ein Besen an einer Wand.

»Hallo«, rief Beverly fröhlich. Emilys Mutter blickte erschrocken. »Charlie wollte Emily besuchen, und da dachte ich mir, ich komme einfach mal mit. Nur um zu sehen, wie es Ihnen geht«, sagte Charlies Tante, ihre Miene freundlich und besorgt. Als Emilys Mutter nicht reagierte, bot sie ihr eine Zigarette aus einer Schachtel an, die hinten in ihrer Hose steckte. »Ich bin übrigens Beverly, Charlies Tante.«

»Katherine«, sagte Emilys Mutter. Sie nahm die angebotene Zigarette in die Hand und hielt sie zwischen den Fingern, als wüsste sie nicht, was sie damit anfangen sollte.

»Feuer?«

Katherine schüttelte langsam den Kopf.

»Wie geht es Ihnen?«

»Gut«, antwortete Katherine und nestelte an einer Franse ihres Rocks. »Ich warte nur darauf, dass John zurückkommt. Er wird bald wieder hier sein.«

»Ach ja?«, sagte Beverly und senkte die Stimme zu einem

freundschaftlichen Bleibt-unter-uns-Ton. »Die Polizei muss ziemlich verzweifelt sein, wenn sie einfach wahllos Leute mitnimmt. Finden Sie nicht auch?«

Katherine drehte den Kopf weg, und das lange dunkle Haar fiel ihr ins Gesicht. In dem Augenblick erschien Emily in der offenen Tür. Als sie Charlie erblickte, grinste sie breit.

»Na los«, sagte Beverly und gab ihrer Nichte einen kleinen Schubs. »Geh mit deiner kleinen Freundin spielen.«

Charlie überlegte kurz, ob sie sich umdrehen und weglaufen sollte, weg auf den Spielplatz, aber ihre Füße gehorchten ihr nicht. Sie schlurften über den Rasen in das düstere Wohnzimmer hinein. Tante Beverly startete einen neuen Versuch. »Hat die Polizei Ihnen etwas erzählt? Woher kommen Sie eigentlich?«

»Hast du's mitgekriegt?«, fragte Emily, als sie außer Hörweite waren. »Die Polizei hat ihn mitgenommen. Er ist *weg*.«

Charlie blieb stumm. Sie hatte das andere Mädchen noch nie so glücklich gesehen. Emily trug saubere weiße Shorts und ein rosa Oberteil mit Spaghettiträgern. Ihre Schultern glänzten von der Sonnencreme.

»Ich habe mit der Polizei gesprochen«, fuhr sie fröhlich fort. »Ich dachte mir, dass Stitch Face Sue etwas Hilfe braucht, um ihn allein zu erwischen. Mehr nicht. Ich habe ihnen erzählt, dass ich ihn mit einem kleinen Mädchen gesehen habe. Und dass er sie am Arm gepackt hat. Ganz fest.« Sie lachte. »Es war so einfach.« Nichts in ihrer Miene deutete darauf hin, dass sie sich bei ihrer letzten Begegnung fürchterlich gestritten hatten.

»Haben sie dir geglaubt?«

»Natürlich, die Polizei glaubt mir immer«, antwortete Emily und grinste. »Willst du ein Eis?«

Charlie blickte zu der offenen Tür. Da draußen wartete der Sommer. Jedes Mal, wenn er für sie zum Greifen nah war, schien sie mit Emily zurück in den Schatten gezogen zu werden.

»Emily, ich habe Angst. Das, was wir getan haben, war … schrecklich. Ich kann an nichts anderes mehr denken.«

»Aber mein Vater …«

»Dein Vater ist mir egal! Du bist mir egal! Ich will einfach, ich will einfach …« Charlie schossen die Tränen in die Augen. »Ich will einfach nur noch nach Hause. Ich will einfach, dass alles wieder so ist wie vorher.«

Emily war ganz still geworden. Das war der Augenblick, in dem sie Charlie plötzlich wie eine Puppe vorkam, wie etwas mit beweglichen Gliedmaßen und toten Augen. Charlie dachte an ihre letzte Begegnung, als Emily sich selbst zu schlagen begonnen hatte, dachte an das klatschende Geräusch ihrer Hände, wenn sie auf ihre Wangen trafen, immer und immer wieder.

Während die beiden Mädchen drinnen schwiegen, wurden die Stimmen draußen lauter, und eine männliche, kurz angebundene Stimme hob sich von den anderen ab. Emilys Kopf schnellte in die Richtung, aus der sie kam, und Charlie rannte zur Tür.

Emilys Vater war wieder da.

Er sah zerzaust und verärgert aus. Sein Haar war unordentlich, und unter den Achseln und auf seinem dunklen Hemdrücken zeichneten sich Schweißflecken ab. Er starrte die beiden Frauen zornig an, die an seinem Auto standen. Katherine hatte die Hände vors Gesicht geschlagen. Charlies Tante war zurückgewichen, ihre Miene misstrauisch.

»Was machst du denn hier?«, rief Emily entgeistert, die Charlie zur Tür gefolgt war.

Emilys Vater setzte sein kaltes Haifischlächeln auf.

»Tja, ich hatte nachweislich ein Alibi, du Dummkopf.« Das goldene Kreuz glitzerte so sehr in der Sonne, dass es die beiden fast blendete. »Mehrere Zeugen, für jede Stunde. Am Ende haben sie sich bei *mir* entschuldigt und bedauert, dass sie dir überhaupt zugehört haben. Eigentlich sollten sie dich holen kommen, weil du mich gebissen hast, du kleines Biest.«

Emily begann zu schreien. Wütend drängte sie sich an Charlie vorbei, dass diese von der Treppe fiel. Sie landete auf dem Boden und schürfte sich die Knie auf. Charlies Tante rief daraufhin etwas, aber ihre Worte wurden von Emily übertönt – das Mädchen hatte sich auf ihren Vater gestürzt und zerrte an seiner Kleidung. Sie stieß seltsame, kehlige Laute aus, wie ein Tier in einem Käfig, das bereit war, sein eigenes Bein abzunagen, um zu entkommen.

Charlie rappelte sich hoch und rannte weg.

Vielleicht wäre alles anders gekommen, wäre Charlie einem männlichen Polizeibeamten begegnet. Vielleicht wäre sie dann zu verängstigt oder zu eingeschüchtert gewesen.

Aber als sie um die Ecke bog, sah sie eine junge Frau in Polizeiuniform bei den Schaukeln stehen. Sie unterhielt sich mit einigen Jugendlichen, und ihr Haar, zu einem ordentlichen Bob geschnitten, war rot. Auch das erschien Charlie wie eine Art Zeichen, dass sie sich sicher fühlen konnte – auch wenn das Rot einen Tick dunkler war als ihres. Und plötzlich wollte sie nur noch ihren Kummer loswerden.

Die Jugendlichen bemerkten das Mädchen, das mit tränenüberströmtem Gesicht auf sie zukam, zuerst, und zogen die Augenbrauen hoch. Die Polizistin drehte sich um, ihr Blick war besorgt, woraufhin Charlie nur noch mehr weinen musste.

»Was ist los, meine Kleine? Was ist passiert?«

Charlie holte tief Luft. »Ich muss Ihnen etwas sagen. Ich muss Ihnen sagen, w-was Katie Hennessey zugestoßen ist.«

Später, aber nicht viel später, kehrte Charlie in Begleitung der Polizeibeamtin zu ihrem Wohnwagen zurück. Ihre Mutter stand noch immer draußen und unterhielt sich mit Charlies Großmutter, aber beide schauten auf, als die Polizistin sich ihnen näherte. Charlie sah, wie sich die Miene ihrer Mutter veränderte – von Verwirrung hin zu Überraschung und schließlich hin zu Furcht. Ihre Mutter erfasste den Blick der Polizeibeamtin, erfasste ihre Körperhaltung, und dann, als würde sämtliches Blut aus ihr weichen, nahm ihr Gesicht die aschfahle Farbe des Wohnwagens an.

Dieses Bild brannte sich für immer in Charlies Gedächtnis ein.

49. KAPITEL

Heute

Die Church Street stellte sich als die Straße heraus, die parallel zur Strandpromenade verlief, aber das Gebäude, das ich suchte, lag in einer Ecke, die ich nicht kannte – in meiner Kindheit hatte es dort keine Geschenkeläden oder Eisdielen gegeben, weshalb wir uns nie dorthin verirrt hatten. Es regnete an diesem Morgen, und ein salziger, böiger Wind fegte über den Gehweg, dass mein Haar trotz meiner Kapuze feucht wurde. Ich stand da und starrte auf das in die Backsteinmauer geschraubte kleine, mit Wassertropfen überzogene Messingschild.

HISTORISCH-GEOLOGISCHE GESELLSCHAFT
VON HITHECHURCH, GEGR. 1968.

Das hörte sich ziemlich bedeutend an, und ich wollte fast schon wieder umkehren, als ich klingelte, aber die Tür wurde fast augenblicklich aufgemacht. Die Frau, die ich in den Höhlen getroffen hatte, stand vor mir mit zwei leuchtend gelben Ringelblumen in der Hand.

»Oje, Sie sind ja pitschnass«, sagte sie. »Kommen Sie herein.«

Ich trat zögernd über die Schwelle, da ich befürchtete, dass das Regenwasser von meiner Jacke auf den Teppich tropfen würde. Die Räumlichkeiten sahen gemütlich aus, und es roch nach Politur. Auf einem Beistelltisch stand ein altmodisches Telefon mit

Wählscheibe, daneben ein Stapel Pappkartons mit den Broschüren, von denen ich eine bekommen hatte.

»Pat war ihr Name, oder?«, sagte ich. »Wir haben uns neulich kennengelernt.«

»Aber ja«, sagte sie und gab mir mit einer Handbewegung zu verstehen, ihr in einen Raum zu folgen, der vom Flur abging und eine Art Büro zu sein schien. Zwei Schreibtische standen dort, voll mit Papieren, und noch zwei Telefonapparate mit Wählscheibe. »Tut mir leid, meine Liebe, aber ich habe Ihren Namen vergessen. Wir sind uns in den Höhlen begegnet, nicht wahr?«

»Ich bin Sarah«, antwortete ich, wie immer erleichtert darüber, den Namen laut auszusprechen, bevor jemand auf falsche Gedanken kam. Oder auf die richtigen. »Ich hatte heute Vormittag Zeit …«, das Bild der alten Frau in Haralds Wohnwagen tauchte vor meinem inneren Auge auf, und ich musste mich räuspern, »… und, äh, habe über die Höhlen nachgedacht. Ich würde gern mehr über sie erfahren.«

»Da sind Sie hier genau richtig!« Pat strahlte mich an und knipste ihre Ringelblumen ab. »Entschuldigung, ich habe diese Woche Putzdienst.« Sie deutete auf den Schreibtisch am Fenster. »Nehmen Sie Platz, das ist der Geologietisch. Ich hole uns schnell eine Tasse Tee.«

Sie verschwand wieder in den Flur, und ich setzte mich auf den Stuhl vor dem Schreibtisch. Mein Blick wanderte über Karten, noch mehr Broschüren und etwas, das aussah wie ein Plakat, gemalt von einem Kind. In der Schreibtischablage befanden sich mehrere bunte Plüschtiere mit Kulleraugen – alle mit einem seidigen Anhängern worauf Dinge standen wie »Grüße aus Wookey Hole« oder »Ich war in der Smoo Cave«. In einem Zimmer nebenan hörte ich das Wasser kochen.

Pat steckte den Kopf zur Tür hinein. »Milch? Zucker?«

»Nur Milch, bitte.«

Sie verschwand wieder.

Ich ließ meinen Blick weiter durch den Raum schweifen. Auf einer Ecke des anderen Schreibtischs türmten sich Geschichtsbücher, und an einer Wand standen ein riesiges Bücherregal und ein Schrank, in dem sich noch mehr Bücher und andere seltsame Gegenstände befanden. Ich war fast schon im Begriff, aufzustehen und sie genauer in Augenschein zu nehmen, als Pat mit zwei Bechern ins Zimmer zurückkehrte und einen vor mir abstellte. Sie nahm auf der anderen Seite des Schreibtischs Platz.

»So«, sagte sie, nippte an ihrem Tee und sah mich über den Rand ihres Bechers hinweg an. Sie schien froh zu sein, eine Ausrede zu haben, nicht abstauben zu müssen. »Die Höhlen?«

»Ja«, antwortete ich und setzte ein schüchternes Lächeln auf. »Sie lassen mich einfach nicht los. Wahrscheinlich liegt's am miesen Wetter, aber ich muss ständig an diese anderen Höhlen denken, von denen Sie gesprochen haben. Diese Tunnel, die nicht für die Öffentlichkeit zugänglich sind.«

Eigentlich dachte ich an das Loch, in das ich die Dose versteckt hatte und in dem sie in die Tiefe gefallen war. Vielleicht war sie ja in einer anderen Höhle gelandet, in einem anderen Teil des Tunnels.

»Außerdem muss ich immer wieder an den Fluch denken«, fügte ich hinzu und lachte leicht verlegen. »Ich mag so etwas. Gruselige Heimatgeschichte. Ich schreibe ein Buch über Volkssagen, über seltsame schaurige Geschichten, das habe ich bestimmt schon erwähnt, oder?«

»Sie sollten mit meiner Kollegin Erin sprechen«, sagte Pat und deutete mit dem Kopf auf den anderen Schreibtisch. »Sie findet diese Sachen auch sehr spannend, je gruseliger, umso besser. Mein Mann meint, dass wir beide eine morbide Phantasie haben und uns zu sehr für dunkle Orte und alte Geheimnisse interessieren.«

»Du solltest ihr erzählen, in welche Schwierigkeiten einen solche Geschichten bringen können«, sagte Katie, die plötzlich neben mir war.

»Wie groß ist das Höhlennetz?«, fragte ich. »Also ich meine das, was Touristen nicht zu sehen bekommen.«

Pat kramte eine Karte aus ihrem Schreibtisch und legte sie vor mich. Ich erkannte so gut wie nichts darauf, aber sie tippte auf bestimmte Bereiche. »Sehen Sie die blauen Abschnitte hier, das sind die Höhlen von Hithechurch, die momentan für die Öffentlichkeit zugänglich sind. Und sehen Sie diesen roten Bereich?« Sie zeichnete ihn mit dem Finger für mich nach. Er schien stellenweise in den blauen Bereich hineinzureichen, hier und da überschnitten sie sich. »Der Teil, der noch nicht geöffnet ist. Keine Sorge – in diesem Fall bedeutet die Farbe Rot nicht, dass dort Gefahren drohen. Nur sieht es da ziemlich chaotisch aus, um ehrlich zu sein. Das liegt an all dem Gerümpel und Müll, der dort im Laufe der Jahre abgeladen wurde. Und das Aufräumen dauert eben. Jedenfalls, wenn man nicht viel Geld zur Verfügung hat.« Sie schniefte. »Wir haben einen Mann aus dem Ort damit beauftragt. Er tut, was er kann. Sehen Sie, wie weit der rote Bereich sich erstreckt? Bis hin zur Strandpromenade von Hithechurch, dort gibt es auch überall kleine Einschlüsse. Wir glauben, dass einige davon durch Menschenhand entstanden sind.«

Ich studierte die Karte genau, um die Lage der Höhlen zu erfassen.

»Könnte ich eine Kopie davon haben?«

»Sehr gern.« Sie nahm die Karte, ging damit in die Ecke des Raums zum Fotokopierer, öffnete den Deckel und starrte einen Augenblick auf die verschiedenen Tasten, der Blick leicht ratlos.

»Darf überhaupt jemand außer Ihnen dieses zweite Höhlensystem betreten? Ich würde es mir sehr gern anschauen.«

»Wir haben vor, es irgendwann für jedermann zu öffnen.« Sie

legte die Karte mit der Schriftseite nach unten auf die Glasplatte und schloss den Deckel. Dann drückte sie ein paar Tasten, die Miene unsicher. Doch als sie aufschaute, lächelte sie. »Wie lange bleiben Sie hier, meine Liebe?«

»Nur noch ein paar Tage.«

»Vielleicht können wir etwas für Sie arrangieren.« Der Fotokopierer erwachte zum Leben und spuckte mehrere Blätter Papier aus. »Dämliches Ding. Ich wollte doch nur eine Kopie.« Pat reichte mir ein Blatt und faltete den Rest auf ihrem Schreibtisch zusammen. »Ich hoffe, Sie können etwas damit anfangen.«

In dem Augenblick klapperte es an der Eingangstür, und eine Sekunde später waren schwere Schritte auf dem Flur zu hören. Ich steckte die Karte in meine Tasche, und als ich aufblickte, stand Harald in der Tür, eine schmutzige, schwielige Hand gegen den Rahmen gelehnt. Er sah mich direkt an.

»Oh, da bist du ja, Harry«, sagte Pat fröhlich. »Das ist Sarah. Es macht dir doch nichts aus, ihr heute Nachmittag das zweite Höhlensystem zu zeigen, oder? Ist es nicht schön, jemanden hier in der Stadt zu haben, der sich für die Geschichte von Hithechurch interessiert?«

50. KAPITEL

1989

Für die Dauer ihres Prozesses wurden Emily Elizabeth Haynes und Charlotte Watts als Kind A bzw. Kind B bezeichnet. Nicht zuletzt deshalb, weil der Fall große Wellen in der Öffentlichkeit schlug, wurden sie wie Erwachsene behandelt und vor ein Erwachsenengericht gestellt. Der Richter argumentierte, dass man von Kindern ab zehn Jahren erwartet könnte, Recht von Unrecht oder zumindest »bösartiges Verhalten« von Gewalttaten zu unterscheiden, die möglicherweise zu dauerhaften Schäden und Traumata führen könnten. So fand sich Charlie in einem Gerichtssaal wieder, saß auf der Anklagebank auf einem erhöhten Stuhl, um über die Absperrung blicken zu können, weit weg von ihren Eltern. Beide Mädchen wurden wegen Mordes und Entführung angeklagt, wenngleich die Anklage wegen Entführung später fallen gelassen wurde.

Es lief nicht gut für Kind A und Kind B.

Die Boulevardpresse hatte ihren großen Tag und stellte beiden Familien mit der für sie typischen Zielstrebigkeit nach. Auf allen Titelseiten prangten Fotos von Katie. Fotos, die ein glückliches, sanftes Kind zeigten, das liebevoll mit seinen jüngeren Geschwistern umging. Ein Bild, auf dem sie ihrem Bruder einen Kuss auf das flaumige Haar drückte, brannte sich während des Prozesses besonders in die Köpfe der Menschen ein, aber auch die düsteren Fahndungsfotos von Charlie und Emily erlangten gleichermaßen traurige Berühmtheit.

Charlie saß während der Verhandlung wie betäubt da, die Hände so fest im Schoß verschränkt, dass die Knöchel weiß hervortraten. Die anwesenden Journalisten beschrieben sie als »offenbar katatonisch«. Emily hingegen musste gebändigt werden. Sie brüllte die Geschworenen an, trommelte mit ihren kleinen Fäusten gegen die Anklagebank, und schrie, dass ihr Vater derjenige wäre, der ins Gefängnis gehen müsste. Ihr sonst so blasses Gesicht war ständig rot, und zu Charlies Entsetzen sprach sie immer wieder von der imaginären Freundin, die sie während ihres »Rituals« glaubte, »herbeigerufen« zu haben. Die anwesenden Journalisten bezeichneten sie als »geistesgestört«, »reuelos« und eindeutig gefährlich, während die Verteidigung vorbrachte, dass sie zweifellos psychisch krank wäre. Das war der öffentlichen Meinung egal, und schließlich wurden beide Kinder des Mordes für schuldig befunden und zu einer Strafe von nicht weniger als zwanzig Jahren verurteilt, zu verbüßen in einer psychiatrischen Anstalt, mit der Maßgabe, dass sie auch nach ihrer Entlassung, wann immer sie sein sollte, unter strengster Beobachtung blieben. Aufgrund einer Petition, eingereicht von einer der führenden Boulevardzeitungen, wurde das Urteil von zwanzig auf dreißig Jahre erhöht.

Charlie kam in die geschlossene Abteilung und lernte schnell, für sich zu bleiben. Jede Nacht quälten sie Albträume – sie war wieder in dem Abwasserkanal, konnte aber den Weg nach draußen nicht finden. Emily war auch dort und sprach leise. Oder sie träumte von Stitch Face Sue, die mit einer riesigen Schere Tausenden von Schnaken die zarten graue Beine abschnitt, dass sie auf ihren zerrissenen Röcken ein Muster bildeten, das wie Spitze aussah. Stitch Face Sue schnippelte und schnippelte, bis sie ihre eigenen Finger abschnippelte. Schnipp, schnapp, schnipp, schnapp.

Einmal in der Woche kamen ihre Eltern sie besuchen, irgendwann dann nur noch ihre Mutter. Charlie begann, diese Besuche zu fürchten – denn die Frau, die ihr gegenübersaß, sah nicht mehr aus wie ihre Mutter. Ihr fröhliches rotes Haar war grau geworden, ihr Gesicht schlaff und freudlos. Es sah aus, als trüge sie eine Maske. Sonst besuchte sie niemand aus der Familie.

Die Jahre vergingen, und an ihrem sechzehnten Geburtstag wurde Charlie in eine größere psychiatrische Anstalt verlegt. Dort hörte sie die ersten Gerüchte über Emily – Informationen, die im gut geölten Anstaltssystem weitergeleitet wurden. Emily war in eine andere geschlossene Abteilung verlegt worden, in der Jugendliche und junge Erwachsene mit schwerwiegenden Verhaltensproblemen untergebracht waren, aber sie stellte sich als zu unberechenbar heraus. In den ersten sechs Monaten griff sie sowohl ihre Betreuerin als auch eine andere Patientin an. Sie wurde verlegt und erneut untersucht. Eine Reihe von Persönlichkeitsstörungen wurden diagnostiziert. Als Charlie das hörte, musste sie lachen.

In dem Jahr, in dem sie sechzehn wurde, entführten und ermordeten zwei zehnjährige Jungen einen Zweijährigen, und wieder war der Hithechurch-Fall in sämtlichen Zeitungen – in allen Artikeln über den Mord wurden die beiden Mädchen am Ende erwähnt und es wurde die Frage gestellt, was bloß mit den jungen Menschen des Landes geschehen war. Getragen von der darauffolgenden Welle von Trauer und Wut führten Katies Eltern und deren Unterstützer eine erfolgreiche Kampagne, um eine Strafverlängerung für Charlie und Emily zu erwirken. Charlie sah die Schlagzeilen, und ihr fiel es schwer, sich um ihre eigene Freilassung zu bemühen.

Bei einem der Besuche ihrer Mutter, als sie alle üblichen Gesprächsthemen durchgegangen waren, öffnete sich plötzlich Charlies Mund und eine Frage zu Emily kam heraus. Erst saßen beide schweigend da, gleichermaßen verblüfft. Schließlich rückte

Charlies Mutter auf ihrem Stuhl vor und strich sich eine graue Strähne hinters Ohr.

»Wie es *ihr* geht, fragst du mich? Wieso willst du das wissen? Du solltest keinen Gedanken mehr an diese kleine Hexe verschwenden, Charlie.«

Charlie zuckte mit den Achseln. »Ich bin nur neugierig, das ist alles.«

»Nun, sie hält sich nicht zurück, so wie du.« Ihre Mutter beugte sich über den Tisch und senkte die Stimme. »Sie haben sie wieder in eine andere psychiatrische Anstalt verlegt. Es stand in allen Zeitungen.« Sie lehnte sich wieder zurück, ihre Hände zitterten. Emilys Eltern und ihre Schwester waren aus Angst vor Übergriffen in eine andere Stadt gezogen und hatten neue Namen bekommen. Charlie konnte sich gut vorstellen, wie schrecklich es für sie sein musste, dass der Kindermord von Hithechurch wieder auf den Titelseiten stand. »Sie ist noch immer gewalttätig.«

Etwa zwanzig Jahre nach dem Mord hatte Charlie ihren ersten Gutachtertermin. Die Ärzte schienen mit ihrer Entwicklung zufrieden zu sein, aber die Vorstellung, außerhalb der Anstaltsmauern zu leben, machte ihr Angst. Sie erzählte ihnen von den Albträumen und den Panikattacken, die sie bekam, wenn ein Geräusch oder ein Geruch sie an den Strand erinnerte. Die Ärzte nickten, machten sich Notizen und wirkten leicht enttäuscht.

Ein paar Jahre später verschwanden die Albträume langsam. Inzwischen hatte Charlie einige enge Freundschaften mit anderen Insassinnen geschlossen und begann, wieder Bücher zu lesen – anfangs verbrachte sie nur wenige Minuten in der Anstaltsbibliothek, dann war sie ständig dort. Sie ließ sich ein Tattoo stechen. Sie weinte immer noch in seltsamen Momenten oder konnte an einem ganz normalen Nachmittag auf einmal vor Panik kaum mehr atmen, aber sie ertappte sich auch bei dem Gedanken, wie es wohl wäre, einkaufen zu gehen oder zu schlafen, ohne das Schnarchen und Schnauben Hunderter anderer Frauen zu hören. Auch die öffentliche Meinung änderte sich, und die Resozialisierung rückte in der Diskussion stärker in den Vordergrund. Ein Dokumentarfilm über einen ähnlichen Fall in Schweden, in dem ein siebenjähriges Kind einen Schulfreund auf einem Spielplatz getötet hatte, gewann mehrere Preise. Darin wurde geschildert, wie man dem Kind Hilfe und Anonymität hatte zukommen lassen, statt es wegzusperren, so dass aus dem Jungen später offenbar ein ausgeglichener Erwachsener geworden war. Charlies Anwälte leiteten derweil still und leise ein Berufungsverfahren ein.

Etwa zu dieser Zeit erfuhr sie von einer anderen Insassin, dass Emily ihrem Leben offenbar eine neue Richtung gegeben hatte und einer seltsamen Kirche beigetreten war. Jene Art von religiöser Organisation, die die Resozialisierung der Schlimmsten in der Gesellschaft als Teil ihrer Mission betrachtete. Charlie hatte bei dieser Nachricht die Stirn gerunzelt. Sie erinnerte sich daran, dass Emilys Vater ein kleines goldenes Kreuz um den Hals getragen hatte.

Als sie sich ein paar Wochen später auf ihr nächstes Bewährungsgespräch vorbereitete – verbunden mit der Hoffnung auf einige begrenzte Freiheiten –, erhielt sie einen Brief mit der Post. Er stammte von der Kirche des Leuchtenden Hügels, wie ihr der Briefkopf verriet, aber er war blank, beziehungsweise fast blank.

Auf die Mitte des Blatts hatte jemand mit Bleistift sorgfältig eine Schnake gezeichnet.

Charlie scheiterte auch bei ihrem nächsten Gespräch auf Entlassung.

Dann tauchte eines Tages, etwa dreißig Jahre nach dem Sommer 1988, jemand auf, der darum bat, sie besuchen zu dürfen. Charlie schaute sich den Namen auf dem Zettel lange an, und als sie fragte, wer die Person wäre, wurde ihr gesagt, dass es sich um eine Anwältin handeln würde. Sie könnte den Besuch ablehnen, wenn sie wollte.

Als sie an diesem Tag das Besucherzimmer betrat, sah sie eine attraktive, braungebrannte Frau mit offenem lockigem Haar an ihrem Tisch sitzen. Sie trug ein taubengraues Kostüm mit einer silbernen Anstecknadel am Revers.

»Mein Name ist Becky Waller, Miss Watts. Ich bin im Auftrag einer gemeinsamen Freundin hier.« Ihr Lächeln war umwerfend, dahinter steckte jahrzehntelange, vorbildliche amerikanische Zahnmedizin. »Können wir uns kurz unterhalten?«

»Eine gemeinsame Freundin? Das kann kaum sein«, entgegnete Charlie, und ihr Blick wanderte durch den Raum, der an diesem nassen, grauen Novembertag weitgehend leer war. »Ich habe nicht viele Freunde außerhalb dieser Mauern.«

»Unsere Mandantin, Emily Haynes, hat vor kurzem …«

Selbst Charlie war überrascht von den Gefühlen, die in ihr aufstiegen, als sie den Namen hörte. Sie schlug mit der Hand auf den Tisch, dass die Frau zusammenzuckte, wenn auch nur ein bisschen.

»Sie – sie ist *nicht* meine Freundin«, fiel Charlie ihr ins Wort und unterdrückte ein ersticktes Lachen. »Warum sind Sie hier?«

Becky Waller faltete die Hände auf dem Tisch zusammen. »Miss Watts, Sie wissen es vielleicht schon, aber Emily wird voraussichtlich gegen Ende des Jahres entlassen werden.«

»Ja, das habe ich gehört. Lustigerweise komme auch ich bald hier heraus.« Charlies »psychische Instabilität«, die ihre Psychiater immer wieder beunruhigt hatte, und Emilys jahrelanges offenkundig gewalttätiges Verhalten hatten am Ende dazu geführt, dass sie fast die gleiche Strafe abbüßten.

»Während ihrer Zeit in der Psychiatrie hat sie ihre Memoiren geschrieben.«

»Was hat sie?«

»Sie hat einen Lebensbericht verfasst«, fuhr Becky fort.

»Ich weiß, was verdammte Memoiren sind.« Charlie holte kurz Luft. »Was hat das mit mir zu tun?«

»Sie hat einen Verleger für das Buch gefunden. Wie Sie sich vorstellen können, haben sich im Anschluss eine Reihe von rechtlichen und ethischen Fragen ergeben, die dazu geführt haben, dass bestimmte Klauseln in den Vertrag aufgenommen wurden – zum Beispiel, dass alle aus dem Buch erzielten Gewinne an Organisationen gehen werden, die sich für Opfer von Gewalt einsetzen. Emily hat diesen Bedingungen sehr gern zugestimmt. Sie empfindet große Reue für das, was in ihrer Kindheit geschehen ist.«

Charlie biss sich auf die Lippe. »Das kann ich nur schwer glauben.«

»Sie hält es für wichtig, dass die Menschen über das, was in jenem Sommer passiert ist, die Wahrheit erfahren. Sie sieht es als eine Art Dienst an der Öffentlichkeit.« Becky rutschte auf ihrem Stuhl hin und her und senkte den Blick. Charlie hatte plötzlich den Eindruck, dass die Anwältin sich unbehaglich fühlte. »Und sie möchte, dass Sie wissen, dass sie ihre Geschichte erzählen wird – deshalb bin ich hier.«

Charlie lehnte sich vom Tisch zurück. Sie spürte, wie ihr das Blut in den Adern gefror, und dachte an den Brief, den sie erhalten hatte, an die Schnake, die auf ein unbeschriebenes Blatt gezeichnet worden war.

»O Gott. Sie ist noch immer ein Monster.«

Becky blickte bestürzt. »Sie tut Ihnen einen Gefallen, Miss Watts. Sie gibt Ihnen die Möglichkeit, mit der Vergangenheit ins Reine zu kommen. Sie gibt Ihnen die Möglichkeit … Ihre

Familie zu informieren. Der Kindermord von Hithechurch wird wieder in den Nachrichten sein.«

»Einen Gefallen«, stieß Charlie aus und lachte. »Denken Sie das wirklich? O Gott, sind Sie so dumm. Sie will mich quälen.«

Becky Waller nickte einmal, dann stand sie auf, strich sich den Blazer glatt und zupfte einen unsichtbaren Fussel von ihrem Ärmel.

»Glauben Sie, was Sie wollen, Miss Watts. Wie auch immer, Emily wollte, dass Sie es wissen. Sie erzählt ihre Seite der Geschichte.«

51. KAPITEL

Heute

Ich verabredete mich mit Harald für den Nachmittag am Strand beim Liegestuhlverleih. Dort stand ich, nach dem Mittagessen, und wartete. Der Wind hatte aufgefrischt und peitschte den trockenen Sand mit einer Geschwindigkeit über den Strand, dass er gegen meine Jeans wirbelte. Ich wandte mein Gesicht davon ab und sah ihn kommen, eine dunkle große, drahtige Gestalt auf dem hellen Sand.

»Wirst du ihn nach der alten Frau in seinem Wohnwagen fragen?«, fragte Katie.

»Nach der lebenden Leiche?« Der Wind fegte mir die Worte von den Lippen. »Darauf kann ich ihn wohl schlecht ansprechen, oder?«

Meine Angst war größer, als ich zugeben wollte, aber ich hätte vor Pat kaum einen Rückzieher machen können. Außerdem wollte ich mir ja die Höhlen genauer ansehen – nur für den Fall, dass sie mir Zugang zu dem verschafften, wonach ich suchte –, doch ein Teil von mir glaubte, dass Harald mich nur anschauen musste, um zu wissen, dass ich in sein Zuhause eingebrochen war. Und vor allem, dass er mir nur einmal ins Gesicht schauen musste, um mich sofort zu erkennen, Charlie Watts, das Mädchen mit der dunklen Vergangenheit – so wie die alten Damen aus dem Café. Nur war jetzt kein Joseph da, der mir aus der Klemme helfen konnte. Aber als Harald mich erreichte, schaute er mir gar nicht lange ins Gesicht und machte eine müde Geste, als sei ich bloß eine langweilige Ablenkung an einem langen Tag voller langweiliger Aufgaben.

»Danke«, sagte ich laut, um den Wind zu übertönen. »Das weiß ich wirklich zu schätzen.«

Er grummelte und führte mich zu dem zweiten Höhlensystem, das sich gar nicht weit weg vom Eingang der offiziellen Höhlen befand. Jetzt begriff ich, warum mir diese anderen Höhlen entgangen waren. Sie lagen hinter mehreren bunten Holzbuden versteckt, in denen im Sommer Eis und Hot Dogs verkauft wurden und an die sich noch einmal schäbige Lagergebäude anschlossen. Auf der anderen Seite eines niedrigen Zauns führte ein rostig aussehendes Tor in die Felswand. Harald schloss es auf, und wir traten in das Innere der Höhlen.

»Ich habe überhaupt nicht gewusst, dass es die gibt. Können Sie sich das vorstellen?«, sagte ich, mein Ton aufgekratzt, weil meine Nerven so angespannt waren. Also räusperte ich mich und senkte die Stimme. »Ist dieser Teil des Höhlennetzes sicher?«

Ein leise brummendes Geräusch drang aus seiner Kehle, ehe er antwortete.

»Ziemlich sicher. Zwar voller Müll, wie Sie sehen werden, aber sicher.« Er griff nach einer Lampe, die von einem Balken herabhing, und knipste sie an. Das gelbe Licht fiel auf ihn hinab, und ich sah eine bläuliche Narbe hinter seinem Ohr, größtenteils verdeckt von seinem Haar. Je weiter wir hineingingen, je mehr Lampen Harald einschaltete, desto mehr konnte ich verstehen, was er mit dem Müll gemeint hatte. Überall türmten sich Berge von Abfall – Gegenstände, die dort offenbar weggeworfen worden waren, wie Glasflaschen, Plastikkisten, sogar ein alter tragbarer Fernseher, und Dinge, die der Wind hineingetragen hatte, Zeitungen, Chipstüten und Softdrinkflaschen. Ich fragte mich, was Harald eigentlich in den Höhlen machte, denn er schien zweifellos nicht viel Zeit damit zu verbringen, sie zu entrümpeln. Als hätte er meine Gedanken erraten, blickte er mich finster an.

»Das ist eine Menge Arbeit«, sagte er. »Sie glauben ja gar nicht, was die Leute hier alles zurücklassen. Und eine verdammt undankbare Aufgabe.«

Ich dachte an die fröhliche, nette Pat. Kaum vorstellbar, dass sie sich nicht bei Harald für seine Arbeit bedankt hatte. Trotzdem lächelte ich und nickte.

»Darf ich mich mal umsehen?«, fragte ich und zog das fotokopierte Blatt aus meinem Rucksack. »Ich habe eine Karte und möchte sie mit den Höhlen abgleichen.«

»Kennen Sie sich mit Höhlen aus?«

»O ja. Sie sind eine meiner Leidenschaften. Das habe ich Pat auch erzählt.« Ich musste fast lachen angesichts dieser aberwitzigen Lüge, aber Harald hielt es nicht für so unmöglich. »Ich finde es total spannend, Höhlen zu erforschen, die für die Öffentlichkeit noch nicht zugänglich sind.«

Harald zuckte mit den Achseln, trat an einen Felsen, auf dem ein Werkzeugkasten stand, holte eine große schwarze Taschenlampe mit einem leuchtend gelben Gummigriff heraus und reichte sie mir.

»Hier, nehmen Sie die. Behalten Sie den Boden im Auge und auch alles, was sich in Kopfhöhe befindet. Man kann sich beim Herumlaufen in diesen Höhlen sehr leicht die Birne stoßen. Rufen Sie mich, wenn Sie Hilfe brauchen.«

Ich nahm die Taschenlampe, hielt sie vor mich und marschierte los, um so schnell wie möglich aus seinem Blickfeld zu verschwinden. Nachdem ich um ein paar Ecken gegangen war, war ich allein. Ich sah, dass die Wände bekritzelt waren – helle Farbkleckse, dunkle Schriftzeichen. Graffiti haben mich schon immer fasziniert – man sieht sie häufig, auch in psychiatrischen Anstalten –, ich richtete den Strahl auf die verschlungenen und gezackten Linien und suchte nach Worten, die ich wiedererkannte, nach Sätzen, nach Bildern.

der rote wolf jagt
Tom 4 Lanie
Matt Haberly lutscht Schwänze!
Bango Skank war hier

Je weiter ich ging, umso sonderbarer wurden die Graffiti. Einige von ihnen wirkten seltsam kindlich, wie buntes Gekritzel auf einem Stück Papier, das an einem Kühlschrank geheftet ist. Mein Blick wanderte über Strichmännchen, Seevögeln mit ausgebreiteten Flügeln, große flammende Herzen und dem unvermeidlichen Phallus. Eins der Bilder sah aus wie ein Mann mit einem Hundekopf, und ich verzog das Gesicht bei seinem Anblick, ehe ich um eine weitere Ecke bog. Vielleicht waren Teenager hier in die Höhlen eingedrungen, um zu kiffen oder sich zu betrinken. Das schien ein geeigneter Ort dafür zu sein.

Ich schaute wieder auf die Karte und versuchte herauszufinden, wo ich mich gerade befand. Meinem Weg vom Eingang aus folgend, sah es so aus, als ob ich mich jetzt in dem Teil der Höhlen befand, der entlang des Hauptsystems von Hithechurch verlief. Ein paar Meter weiter sollte die Stelle kommen, an der sich der rote und der blaue Abschnitt überschnitten.

Ich setzte meine Erkundungstour fort, die Taschenlampe vor mir in der Hand. Schließlich tauchte auf der rechten Seite ein Spalt in der Felswand auf, und ich blieb stehen, um ihn genauer zu betrachten. Das war nicht der Abschnitt, nach dem ich suchte – der lag auf der linken Seite –, aber irgendetwas daran machte mich stutzig. Der Spalt im Felsen war hoch und schmal, aber trotzdem breit genug, dass sich ein Mensch hindurchzwängen könnte. Einen Haufen Müll füllte ihn zur Hälfte aus und stellte eine zusätzliche Erschwernis dar. Ich leuchtete mit meiner Taschenlampe über den Plunder, der aus alten Kleidern, Blechdosen und einem alten zerbrochenen Eimer bestand. Das ganze Zeug schien fast absichtlich dort hineingestopft worden zu sein.

Neugierig trat ich heran. Ein schwacher Windhauch drang durch den Spalt. Und dann hörte ich Stimmen.

Ich sprang zurück, seltsam panisch. Das musste Harald sein, der irgendwo vor sich hin murmelte, oder vielleicht waren es Stimmen vom Strand oder aus der Stadt, die durch die Luft übertragen wurden und von den Felswänden widerhallten.

Ich drehte mich um, Katie wartete auf mich.

»Was war das?«, fragte sie.

»Keine Ahnung. Deswegen bin ich nicht hergekommen.«

Ich folgte ihr den Rest des Wegs.

Ihre schlanke Gestalt bewegte sich durch die Finsternis, manchmal war sie nicht mehr als ein schwacher Umriss. Und manchmal, wenn sie sich umdrehte und mir einen ungeduldigen Blick zuwarf, erfasste meine Taschenlampe einen Teil ihres Gesichts, und es war so weiß wie Papier.

Schließlich erreichten wir einen Abschnitt, an dem die Decke sich plötzlich zu senken und der Boden zu neigen begann. Ich blieb stehen und schaute wieder auf meine Karte. Das musste die Stelle sein, an der sich eine blaue Schleife und eine rote Schleife begegneten. Katie musste nur den Kopf einziehen, um weiterzukommen, aber ich würde auf allen vieren kriechen müssen. Mir wurde mulmig zumute. Die Minihöhle, die vor mir lag, war, soweit ich das sehen konnte, völlig schwarz, eine undurchdringliche Dunkelheit, wie eine feste Masse. Ich hockte mich, fuchtelte mit meiner Taschenlampe herum und stellte fest, dass weiter hinten auch Müll lag.

»Wo bleibst du?«, fragte Katie. Sie war schon hineingegangen und schaute zu mir zurück. »Bist du den ganzen Weg hierhergekommen, um dann kurz vorm Ziel zu kneifen?«

Ich konnte ihr erst einmal keine Antwort geben. Ihr Gesicht, verborgen im Schatten der Felsen, der Geruch der Höhlen, der Sand unter meinen Fingern – all das rief ein äußerst ungutes Gefühl in mir hervor. Ich dachte an den Abwasserkanal, an die Krebse, die vor unseren schwerfälligen Schritten weggehuscht waren, an das Rauschen der herannahenden Flut.

»Wahrscheinlich liegt die Dose gar nicht da«, sagte ich schließlich, meine Stimme sehr leise, als wäre ich selbst ein Geist in den Höhlen. »Das ist eine dumme Idee.«

Katie sagte nichts darauf. Ich steckte die Karte zurück in meinen Rucksack, ging in die Knie und hielt die Taschenlampe unbeholfen in einer Hand. Dann kroch ich über den Boden und spürte, wie die kühle Feuchtigkeit in meine Hosenbeine drang. Ich nahm vor allem den Geruch von Müll wahr. Immer wieder ertappte ich mich dabei, dass ich den Atem anhielt, aber schließlich schien die Anspannung aus mir zu weichen. Ich war hier. Meine Kleider waren schmutzig und feucht. Da konnte ich genauso gut auch richtig nach der Dose suchen. Der Gedanke, dass Harald mir hinterherkommen und mich hier zusammengekauert finden könnte, ließ mich noch schneller weiterkriechen, trotzdem brauchte ich lange, um die kleine Höhle zu durchqueren, und je weiter ich vordrang, umso schwieriger wurde es, sich zu bewegen. Die Decke senkte sich immer weiter ab, bis ich sie schließlich bei jeder Bewegung an meinem Kopf spürte. Mir war auch heiß geworden, und der Schweiß sammelte sich unter meinen Achseln und auf dem Rücken.

»Verdammt«, fluchte ich. »Hoffentlich lohnt sich das hier wenigstens.«

Und dann klaffte plötzlich eine Lücke über meinem Kopf. Ich hielt an und richtete meine Taschenlampe nach oben. Viel erkennen konnte ich nicht, nur eine kaminartige Öffnung in der

Höhlendecke, ein Loch, das vielleicht zu den offiziellen Höhlen von Hithechurch führte.

Ich schaute nach unten, und da lag sie, die Dose, ramponiert und schmutzig, überzogen mit orange-grünen Sprenkeln, aber ich konnte an einer winzigen Stelle das Originalbild auf dem Deckel erkennen – das schwarze Auge des Schneemanns funkelte mir aus der Dunkelheit entgegen.

»Verflucht nochmal.«

Ich griff nach der Dose und krabbelte, so schnell ich konnte, rückwärts aus dem engen Raum. Jetzt, da ich das hatte, wofür ich gekommen war, wollte ich keine Sekunde länger als nötig in dieser winzigen Höhle eingezwängt sein. An einer größeren Stelle richtete ich mich wieder auf und steckte die Dose in meinen Rucksack, mein ganzer Körper kribbelte vor Angst. Ich wünschte mir nichts sehnlicher, als von dort wegzukommen und das Tageslicht und den weiten grauen Himmel zu sehen.

Auf meinem Weg zurück zu Harald blieb ich allerdings noch einmal an der schmalen, hohen Felsspalte stehen, aus der ich die Geräusche gehört hatte. Sie waren noch immer da, ein merkwürdiger klagender Ton, dann ein Klopfen …

Alle Geräusche hier drin sind seltsam, dachte ich. *Das kann alles Mögliche sein.*

Ich traf Harald am Eingang. Er musterte mich von oben bis unten und runzelte die Stirn. Ich sah ihm an, dass er sich fragte, was ich da drinnen gemacht hatte – meine Hände und Knie waren schmutzig, und ich roch nach Müll –, aber dann verfolgte er den Gedanken nicht weiter. Ich war für ihn nicht von Interesse. Er hatte überhaupt keine Ahnung, wer ich war.

»Sind Sie fertig?«, fragte er.

»Ja«, antwortete ich und lächelte, als ich merkte, dass ich es tatsächlich war. »Ich denke schon.«

52. KAPITEL

Heute

Ich ging auf die Promenade und setzte mich auf eine der Bänke. Auch wenn ich überall schmutzig war, fühlte ich mich trotzdem blendend, denn ich hatte allen Widrigkeiten zum Trotz die verdammte Dose gefunden, und laut Louise würde ihr Inhalt dazu führen, dass Emilys Buchvertrag – und ihr neues, glänzendes Leben, das sie nicht verdiente – ihr um die Ohren flöge. Ich grinste wie ein Idiot vor mich hin, leicht zittrig. Schon bald könnte ich zu meinem Neustart zurückkehren, zurück in das ruhige, bescheidene Leben von Sarah Hewitt – Sarah, die nie jemandem etwas zuleide getan hatte. Emily hingegen würde weiter damit leben müssen, dass die Welt wusste, was sie für ein Monster war.

»Jetzt wird sie die Wahrheit nicht mehr vertuschen können«, sagte ich laut. Katie saß am anderen Ende der Bank, das Gesicht verdeckt von ihrem braunen Haar. »Sie wird die Vergangenheit auskramen, nur um zum Schluss von ihr verdammt zu werden. Ha.«

Katie sagte immer noch nichts.

»Was ist los mit dir?«

Sie wandte sich mir zu, das Haar sandig, das Kinn blutig, der Blick leer.

»Na schön. Ich kenne auf jeden Fall eine Person, die sich darüber freuen wird«, sagte ich, holte mein Handy heraus und schrieb Louise eine Nachricht. Sie antwortete innerhalb weniger Sekunden – ich fragte mich, ob sie auf ihr Telefon gestarrt und darauf gewartet hatte, von mir zu hören.

Das sind ja unglaubliche Neuigkeiten! Ich würde sie gerne sehen, wenn das in Ordnung ist :D

Sie schickte eine SMS mit einer Adresse in Hithechurch, wo wir uns treffen könnten. Ich stutzte kurz – eigentlich dachte ich, wir würden den Ort meiden –, aber ich war zu aufgeregt, um mir darüber Gedanken zu machen. Und wahrscheinlich war auch sie zu aufgeregt, um sich daran zu stören. Ich griff nach meinem Rucksack und wandte dem Meer meinen Rücken zu. Wenigstens würde ich das Auto nicht holen müssen.

❦

Überrascht stellte ich fest, dass es sich bei der Adresse um ein leeres Ladenlokal handelte, das etwas abseits von der Hauptstraße von Hithechurch lag. Die Fenster waren verhängt, und auf der Fußmatte stapelte sich die Post, aber das war wohl eine der Immobilien, die ihre Chefin für diese komischen »Pop-up-Stores« nutzte. Die Tür war nicht verschlossen, und als ich eintrat, bimmelte eine Glocke.

»Hallo? Louise?«

Das Ladeninnere wirkte etwas unheimlich. Ein alter, verstaubter Schreibtisch befand sich weiter hinten neben einem Durchgang mit einem Perlenvorhang, und an den Wänden standen mehrere Schaufensterpuppen. Es war düster, aber im Raum hinter dem Perlenvorhang brannte Licht.

»Hallo?«

Es roch nach alten Kleidern und Staub. Ich sah hinter mich, durch die geweißten Fenster drang nur diffuses, mattes Licht.

Eine Sekunde später trat Louise durch den Perlenvorhang. Mein erster Gedanke war, dass sie steif aussah, wie ein Kind, das gezwungen wird, an einem Krippenspiel teilzunehmen, obwohl es viel lieber etwas anderes tun würde. Ihre Wangen waren ausnahmsweise einmal rot und nicht blass. Ich lächelte und hielt die Dose hoch.

»Bingo!«, stieß ich freudig aus und kam mir dann ein bisschen albern vor. »Du wirst nicht glauben, wo ich sie am Ende gefunden habe. Das ist das Ding, das wir damals vergraben haben. Kann …«

»Du solltest gehen.« Sie räusperte sich. »Geh«, sagte sie noch einmal. »*Jetzt.*«

»Was? Ich …«

Sie unterbrach mich, die Worte sprudelten nur so aus ihr heraus.

»Charlie, *geh*! Ich konnte nichts machen, ich hatte keine andere Wahl, du musst …«

Als die Gestalt durch den Perlenvorhang trat, glaubte ich erst, dass ihre Chefin gekommen war, um den Laden zu inspizieren. Doch dann sah ich das Gesicht deutlicher. In meinen Ohren begann es zu rauschen.

»Bravo, Schwesterherz«, sagte Emily und rückte so nah an Louise heran, dass sie das Kinn auf ihre Schulter legen konnte. Sie grinste, ihre Augen leuchteten. »Endlich bist du mal von Nutzen, auch wenn das nichts mehr daran ändert, dass du mich damals in der Scheiße hast sitzen lassen, aber es ist ein Anfang.«

»Ich …« Meine Kehle war plötzlich wie ausgedorrt. Emilys dunkles Haar war lang und zu eleganten Locken gestylt. Sie hatte sich geschminkt, und der warme, korallenrosa Lippenstift ließ ihre Augen noch grüner erscheinen. Auch ihre Jacke sah teuer aus. In dem Augenblick schoss mir nur ein einziger wirrer Gedanke durch den Kopf: *Wie kann sie bloß so gut aussehen, wenn sie doch eindeutig so krank ist?* Und dann bemerkte ich, dass sie in der Hand, die sie um Louises Hals gelegt hatte, ein langes Messer hielt, und ich konnte überhaupt nichts mehr denken.

»Stell die Dose da auf den Tisch«, sagte sie. »Oder glaubst du etwa, ich werde ihr nicht weh tun?«

Louise hatte ihre Augen fest geschlossen, ihre Lippen zitterten.

»Was machst du da? Hast du den Verstand verloren?«

Emily grinste nur noch breiter. »Ich bin nicht diejenige, die sich an dem Ding festhält, während eine Frau mit einem Messer ihr sagt, dass sie es hergeben soll.«

Ich ging zu dem Tisch und stellte die Dose darauf ab. Mein Körper fühlte sich taub an. Emily deutete mit dem Kopf auf den vorderen Teil des Ladens, und ich trat ein paar Schritte zurück.

»Okay. Alles erledigt.« Emily nickte. »Danke, Louise. Da ist nur noch eine letzte Sache, die du für mich tun kannst.«

Ihr Arm machte plötzlich eine ruckartige Bewegung, und erst konnte ich nicht begreifen, was ich da sah. Louises Knie gaben nach, sie sackte nach vorn und fiel auf den Boden. Ein dunkelroter Vorhang begann sich auf ihrer Kehle auszubreiten. Sie griff nach ihrem Hals, die Hände sofort blutverschmiert, als sie versuchte, das zurückzuhalten, was ihre Schwester in Gang gesetzt hatte. Emily stand über ihr gebeugt, das tropfende Messer in der Hand.

»Sie ist deine *Schwester*!«, rief ich entsetzt.

»Ach ja? Das, glaube ich, hatte sie vergessen«, entgegnete Emily und sah mich mit ihren meergrünen Augen an. In dem Augenblick wurde ich zurück in die Vergangenheit katapultiert. Ich war wieder in dem Abwasserkanal, neben mir Emily, der Geruch von Blut und Salz in meiner Nase, die Welt war gerade aus den Fugen geraten. Louise lag röchelnd zwischen uns auf dem Boden. »Schwestern lassen Schwestern nicht mit einem Monster im Haus allein zurück.« An Emily Jacke klebte Blut. Sie streifte sie ab, faltete sie zusammen und legte sie über einen Arm. Ich griff langsam in meine Tasche und holte mein Handy heraus. Emily lachte, ein fröhlicher, kindlicher Laut. »Was willst du machen, Charlie – die Polizei anrufen? Keine Sorge, das habe ich schon erledigt, vor etwa fünf Minuten. Ich habe ihnen gesagt, dass die berüchtigte Kindermörderin Charlotte Watts an den Ort ihres Verbrechens zurückgekehrt ist und dass sie Blut an den Händen hat. Übrigens finde ich es auch toll, dass du Fragen nach diesem Mädchen gestellt hast, nach dieser Cheryl. Was glaubst du, wie das für die Polizei aussieht, wenn sie dich hier findet? Mit der Leiche der Schwester von der Frau, die du am meisten auf der Welt hasst?«

»Das … das würdest du nicht tun.« Ich nahm verschwommen wahr, dass ich schwankte. Gut möglich, dass ich jeden Augenblick in Ohnmacht fiel. »Du solltest auch nicht hier sein.«

»Ich habe der Polizei natürlich nicht meinen *Namen* genannt.« Emily verdrehte die Augen, als hätte ich einen schlechten Witz gemacht. »Gott, bist du dumm.«

»Du warst das die ganze Zeit, nicht wahr? Die Textnachrichten. Der verdammte *Brief*.« Das Gefühl, gleich in Ohnmacht zu fallen, wurde immer stärker, und ich kniff mir fest in die Haut am Handgelenk. Der Schmerz ließ mich wieder klarer denken. Das Bewusstsein zu verlieren, während Emily im Raum war, wäre äußerst unklug.

»Ich habe schon selbst danach gesucht«, sagte Emily und stach mit dem Messer in Richtung der Dose. »Konnte das verdammte Ding aber nicht finden. Außerdem war's riskant, hier zu sein. Also hat Louise mir geholfen. Natürlich hat sie keine große Wahl gehabt.« Sie blickte auf ihre Schwester, die mittlerweile ganz still dalag. Eine dunkle Blutlache breitete sich auf dem staubigen Boden aus. Und dann durchbrach Sirenengeheul die Stille. Emily lächelte.

Ich rannte los, stürzte aus dem Laden, Emilys Lachen im Ohr, und lief blindlings die Straße hinunter, in der Hoffnung, mich von den Sirenen zu entfernen. Ich bog erst um eine Ecke, dann um eine zweite und fand mich in einer etwas heruntergekommenen Wohnstraße wieder, in der keine Autos parkten und auch niemand zu sehen war. Mein Herz raste. Ich trat in einen schmalen Durchgang mit vielen Mülltonnen und zückte mein Handy.

»*Verdammte Scheiße.*«

Ich dachte an Katie, an ihre Gestalt im Sand in der Dunkelheit, und daran, warum ich keine Hilfe geholt hatte. Weil ich Angst vor Emily hatte, aber auch, weil ich Angst hatte vor dem, was passieren würde. Ich wählte den Notruf, die Finger taub, und hielt den Atem an, während die Verbindung hergestellt wurde.

»Einen Krankenwagen bitte.« Erst wusste ich vor Schrecken nicht mehr, wie die Adresse lautete, doch dann fiel sie mir wieder ein. »89 Boswell Road, der alte Kleiderladen. Er sieht geschlossen aus, aber da drinnen wurde jemand verletzt, bitte beeilen Sie sich.«

Ich beendete das Gespräch, beugte mich vor und holte mehrmals tief Luft.

»Was wirst du jetzt tun?«

Katie stand wie eine stille graue Präsenz neben mir. Schwarze Flecken tanzten vor meinen Augen, aber sie verschwanden allmählich, als ich wieder zu Atem kam.

»Ich weiß es nicht. *Herrgott*. Louise ist wahrscheinlich tot. Emily wird bestimmt wissen, dass ich im Wohnwagen übernachte, also kann ich nicht dorthin zurück. Mein Auto steht auch da. Ich muss irgendwie aus Hithechurch rauskommen.«

»Ist das so?«

Ich schaute sie an, das Mädchen, das nicht da war. Sie starrte zurück.

»Du hast eine Ahnung«, sagte sie. »Und du wirst keine weitere Chance mehr bekommen, um nachzusehen, ob du recht hattest. Du musst dich beeilen.«

»Wenn ich erwischt werde …«

»Ist das wichtig?«

In der Ferne konnte ich Sirenen hören, die immer näher kamen. »Nein«, antwortete ich. »Eigentlich nicht.«

53. KAPITEL

Heute

Ich rannte zu den Höhlen.

Meine Kleider rochen noch immer nach ihnen, und es gab kaum ein geeigneteres Versteck. Inzwischen war später Nachmittag, und unheilvolle dunkle Wolken verdrängten das gelbe Januarlicht vom Himmel.

Harald hatte das Tor beim Verlassen der Höhlen wieder zugeschlossen, aber da es alt und klapprig war, schnappte es sofort auf, als ich mich mit meinem ganzen Gewicht dagegen warf. Danach stolperte ich erst einmal ein paar Schritte, ehe ich zum Stehen kam. Ich schob das Tor wieder zu und eilte in die Höhlen. Drinnen arbeitete ich mich so weit, wie ich konnte, im Dunkeln voran, dann schaltete ich eine der Hängelampen ein. In der Ferne war das Rauschen des Meeres zu hören. Der Geruch von Müll und Salz war so erdrückend, dass ich keuchte.

Katie war auch da. Sie stand etwas abseits im äußersten Lichtkegel der Lampe, halb im Dunkeln.

»Was bin ich doch für ein verdammter Idiot«, sagte ich.

Ich erwartete, dass sie mir zustimmen würde, aber sie zuckte stattdessen mit den Achseln. »Komm schon«, sagte sie. »Du musst weiter reingehen.«

»Vielleicht kann Joseph mir helfen …« Die Worte hingen verlegen im Raum. »Ich werde zu Fuß gehen. Das werde ich. Die ganze Nacht lang. Kein Problem. Und dann steig ich irgendwo in einen Bus oder einen Zug.« Als Katie nichts erwiderte, wurde ich leicht ungeduldig. »Was soll ich denn deiner Meinung nach tun?«

Sie zuckte wieder mit den Achseln. Ihr Pullover war nass vom Meerwasser, und in ihrem Haar hatte sich Seetang verfangen, wie ich in dem schwachen Licht sehen konnte.

»Du musst *tiefer* reingehen«, sagte sie wieder.

Irgendwo draußen war das *Tatütata* einer Polizeisirene kurz zu hören. Es klang zwar weit weg, aber ich erinnerte mich daran, dass Geräusche in Höhlen zwangsläufig verzerrt werden. Ich zog meinen Rucksack fester auf den Rücken und kämpfte mich weiter durch den feuchten salzigen Geruch voran. Katie stapfte vor mir her, die Hände zu Fäusten geballt – zumindest schien sie sich sicher zu sein, wohin sie gehen wollte.

In mir stieg Panik auf. Die Polizei würde bestimmt bald am Strand eintreffen und in kürzester Zeit herausfinden, wo ich war. Wenn ich Glück hatte, würde sie annehmen, dass ich mich im Meer ertränkt hatte – wahrscheinlicher war jedoch, dass sie meine Fußspuren im Sand entdeckten und mich in den Höhlen aufspürten. Bei dem Gedanken drehte sich mir der Magen um.

»Scheiße«, zischte ich. »Ich bin ein verdammter Idiot.«

Katie hörte nicht zu. Wir hatten die hohe, schmale Felsspalte erreicht, die mir schon bei meinem ersten Besuch aufgefallen und die zur Hälfte mit Müll vollgestopft war. Katie blieb davor stehen, stellte sich auf die Zehenspitzen und berührte mit ihren Fingerspitzen den Müllhaufen. Dahinter war eine Nische.

»Oh.«

Die Vorstellung war ekelhaft, aber ich hatte keine andere Wahl. Ich verzog das Gesicht und begann, den Müll aus dem Spalt zu ziehen – schwarze Müllsäcke, einen alten Drahtkorb aus dem Supermarkt und eine Art Kinderspielzeug aus Plastik, das aussah wie ein großer, fröhlicher Hund. Überrascht stellte ich fest, dass sich alles ganz leicht entfernen ließ und die Nische dahinter, auch wenn sie stank und im Dunkeln lag, weitgehend frei war. Ich schaltete die Taschenlampenfunktion meines Handys ein, trat hinein und zerrte dann den Müll zurück an seinen Platz. Vielleicht würde die Polizei diese Stelle in der Dunkelheit übersehen oder zu dem Schluss kommen, dass ich nicht dadurch hätte verschwinden können. Es war einen Versuch wert.

Die Felsspalte verengte sich sehr schnell, dass ich meinen Rucksack abnehmen, ihn in den Händen halten und mich kurz darauf sogar seitlich weiterbewegen musste, um voranzukommen. Aber auch in der Haltung drückte schon bald das kalte, feuchte Gestein vorn und hinten gegen mich. Das schleichende Gefühl der Panik, das allmählich in mir aufgestiegen war, machte einen plötzlichen Sprung in meine Kehle.

»Ich kann das nicht.«

Mir fielen all die grausigen Geschichten über Menschen ein, die unter der Erde eingeschlossen worden waren. Kinder, die sich in den unterirdischen Gängen von Paris verirrt hatten, Bergleute, die unter einem Steinschlag begraben worden waren. Kein Ausweg, kein Essen, keine Luft …

»Geh weiter.« Ich konnte Katie nicht mehr sehen, aber sie war noch vor mir. Irgendwo.

Ich streckte den rechten Arm aus und tastete mit der Hand in die Dunkelheit. Weiter vorn schien die Spalte wieder breiter zu werden. Die Stelle, an der ich mich gerade befand, war zu eng, als dass ich das Handy noch hätte hochhalten können, und so steckte ich es in die Hosentasche, schloss die Augen und quetschte mich durch die Lücke.

Jemand auf der anderen Seite griff nach meiner Hand und zerrte daran.

Es gab keinen Platz zum Schreien. Hier in diesem engen Raum war noch eine zweite Person, nicht Katie, sondern ein Mensch aus Fleisch und Blut. Ich zwängte mich durch das Nadelöhr. Die

Person packte mich und drückte mich eng an sich in der Dunkelheit. Ich versuchte, mich loszureißen, aber ihr Griff wurde nur noch fester, und eine kalte, knochige Hand fasste in mein Haar. Ein Gesicht presste sich an meins, die Haut rau, rissig, sonderbar. Dann nahm ich einen Geruch wahr, *ihren* Geruch, und ich wusste, wer die Person war. Nach all den Jahren war Stitch Face Sue gekommen, um mich zu holen.

»Nein!«, schrie ich.

Ihre Hand umklammerte mein Haar noch fester, und sie riss meinen Kopf zurück. Erst da bemerkte ich ein Licht, dessen Quelle ich aber nicht ausmachen konnte. Ihr langes graues Haar war hoffnungslos verfilzt und verknotet, und sie trug ein langes, altmodisches Kleid, das ihr bis zu den Hand- und Fußgelenken reichte. Ihr Gesicht, soweit vorhanden, bestand aus bläulichem Narbengewebe. Feuchte Augen starrten mich aus zwei dunklen Höhlen an.

Sie öffnete ihren lippenlosen Mund, sagte aber nichts. Stattdessen drang ihr Atem zu mir herüber, süß und ranzig zugleich.

Kaugummi, dachte ich, noch immer panisch vor Angst. *Ihr Atem riecht nach Kaugummi.*

Ich schrie und trat nach ihr, während sie mich, die Hand noch immer in meinem Haar, in einen größeren Raum zerrte, in dem Berge von alten Zeitungen und gestapelten Kisten waren. Gleich darauf traten wir in einen Flur mit roten Backsteinwänden und altmodischen eisernen Wandleuchten, in die Glühbirnen geschraubt waren. Ich versuchte, ihre Hand von meinem Kopf zu lösen, doch jedes Mal, wenn ich danach schlug, verletzte ich nur mich selbst. Sie schien fast nur aus Eisen- und Stahldraht zu bestehen, da war kein Fleisch an ihr. Absurderweise glaubte ich, in der Ferne Musik zu hören.

»Was zum Teufel treibst du hier?«

Die Stimme war laut und männlich, und bei ihrem Klang

lockerte sich der Griff von Stitch Face Sue in meinem Haar. Ich riss mich von ihr los, ein paar meiner dunklen Strähnen verfingen sich zwischen ihren skelettartigen Fingern. In dem Augenblick, in dem ich mich umdrehte, bog Harald um die Ecke. Er musste zweimal hinschauen, als er mich sah.

»Was tun *Sie* denn hier?«

Ich wich zurück und faselte, dass ich mich verlaufen hätte, aber er hatte mich in zwei Schritten eingeholt, packte mich am Arm und zerrte mich über den Gang. Unvermittelt stieß er mich durch eine Tür in einen Raum, und ich fiel auf den Boden. Stitch Face Sue tauchte hinter ihm auf, ihr wilder Blick auf mich gerichtet. Dann wandte er sich zu ihr um, die Augenbrauen hochgezogen.

»Und du«, stieß er wütend aus. »Du hast für heute genug Ärger gemacht. Geh da wieder rein.«

»Sie können Sie *sehen*?« sagte ich. Mir war klar, wie irre ich klingen musste.

Harald starrte mich nur grimmig an. Stitch Face Sue wanderte gelassen in den Raum, der hinter einem kleinen Durchgang lag, und erst dann rappelte ich mich hoch – genau in dem Augenblick schlug Harald die Tür zu. Ein Riegel wurde zugeschoben. Ich warf mich verzweifelt dagegen. Das verdammte Ding war verschlossen.

Jetzt trat Stitch Face Sue wieder zu mir, die knochigen Hände unter dem Kinn verschränkt. Sie sah mich an, als würde sie mich von irgendwoher kennen.

»Nein, nein, das geht nicht«, sagte sie dann. Ihre Stimme klang heiser und irgendwie eingerostet. Sie sprach langsam und vorsichtig und versuchte, die Worte über ihre verstümmelten Lippen zu bringen. »Dein *Gesicht*. Das geht überhaupt nicht.«

54. KAPITEL

1961

Eine Zeitlang war Harry davon überzeugt, dass Rosa sterben würde.

Er hatte alles desinfiziert, die Wunden sorgfältig gesäubert und verbunden, aber das Fieber ließ sie trotzdem nicht los, und die Infektion wütete in ihrem Körper. Ein- oder zweimal überkam ihn so viel Angst, dass er sie ins Krankenhaus bringen wollte, aber er erinnerte sich jedes Mal an sein Gesicht im Spiegel, das weiß und blutverschmiert gewesen war. Wenn ein Dritter sehen würde, was er getan hatte, würde das schlimme Folgen für ihn haben. Er kam über die Familie Rushbrook an eine Reihe von Pillen und Medikamenten heran, vor allem an Schmerzmittel und Antibiotika. Diese schienen jedoch so gut wie nicht zu wirken, und so bat er schließlich um die Dienste eines ihnen gefügigen Arztes – die Art von zwielichtigem Mann, der wusste, wie man Schusswunden nähte, und keine Fragen stellte.

Als der Arzt eintraf, ein kleiner Mann mit Rattengesicht und behaarten Händen, was Harry aus irgendeinem Grund störte, blieb er einen Augenblick in der Wohnungstür stehen, rümpfte die Nase und wandte sich kurz von dem ihm entgegenschlagenden Krankenzimmergestank ab. Harry führte den Arzt in das Zimmer, in dem Rosa lag. Der kleine Mann drehte sich zu Harry um und kniff die Augen zusammen.

»Was ist mit ihr passiert?«

»Das geht Sie nichts an. Wir bezahlen Sie dafür, dass Sie Leute in Ordnung bringen, nicht wahr? Also bringen Sie sie in Ordnung.«

Der Arzt trat ans Bett und murmelte ein paar Worte zu Rosa. Wenn sie ihm geantwortet hatte, musste es leise gewesen sein, denn Harry hatte nichts gehört. Der Arzt begann, die Verbände zu entfernen, und der beißende Geruch von Krankheit und Infektion nahm zu, dass Harrys Herz anfing, schneller zu schlagen. Wie hatte die Sache nur so schieflaufen können?

Du lernst noch, flüsterte ihm die Wachsfigur ins Ohr. *Glaubst du etwa, dass die anderen es beim ersten Versuch richtig hinbekommen haben? Glaubst du etwa, dass es bei deinem Vater so war?*

Nachdem der Arzt alle Verbände abgenommen hatte, hielt er inne, die schmutzigen Stoffstreifen noch immer in den Händen. Er saß da und starrte so lange auf Rosas Gesicht, dass Harry plötzlich wütend einen halben Schritt nach vorn machte.

»Wollen Sie einfach nur da rumstehen?«

Der Arzt sah ihn an, und entsetzt nahm Harry eine Mischung aus Abscheu und Wut in seinem Blick wahr.

»Bitte verlassen Sie das Zimmer und lassen Sie mich meine Arbeit machen. Mehr habe ich Ihnen nicht zu sagen.«

Der Arzt besuchte Rosa in der nächsten Woche noch dreimal, und was immer er auch tat, während die Tür geschlossen war und Harry im Flur wartete, es wirkte. Ihr Fieber sank, und sie kam allmählich wieder zu Kräften. Harry hatte nach seiner misslungenen Operation alle Spiegel aus dem Schlafzimmer entfernt, und das war das Erste, was Rosa auffiel, als sie wieder bei sich war.

»Wo sind all die Spiegel hin, Harry?« Sie saß aufrecht im Bett, das dunkle Haar aus dem Gesicht gebürstet.

»Ich habe sie auf Anweisung des Arztes hin abgehängt, mein

Schatz«, log er und zwang sich, ihr in die Augen zu schauen und zu lächeln. Sein Blick durfte nicht abschweifen, das war wichtig. »Eine Art Aberglaube, vermute ich. Er war ein seltsamer kleiner Kerl, oder?«

Rosa erwiderte sein Lächeln nicht. Ihr alter Trotz kehrte zurück. Harry merkte es daran, wie sie dasaß und ihn anstarrte, ohne einen Wimpernschlag.

»Zeig mir, was du getan hast, Harry.«

Später, nachdem sich Rosa ausgetobt hatte, saß Harry auf dem Wohnzimmersofa, die alte Zeitung, die er vor ihr hatte retten können, lag auf seinen Knien. Rosa hockte auf dem Boden, an das Sofa gelehnt. Dorthin war sie gefallen, nachdem sie sich auf ihn gestürzt und mit den Fäusten gegen seine Brust und seine Schultern getrommelt hatte. Sie atmete noch immer schwer, den Kopf so weit nach unten gesenkt, dass ihr das lange Haar ins Gesicht fiel. In das, was davon übrig geblieben war.

»Hör zu«, sagte er in die bedrückende Stille hinein. »Ich habe über diese anderen Verfahren gelesen, die mittlerweile durchgeführt werden. In Amerika. Da … da werden Teile vom Körper eines Menschen genommen, um den Körper eines anderen wieder in Ordnung zu bringen.« Er hielt die Zeitung hoch, aber sie sah ihn nicht an. »Das hat man in den fünfziger Jahren in Amerika mit einem *Herz* gemacht. Kannst du dir das vorstellen? Und ich glaube, dass das mit einem Stück Haut viel einfacher sein muss als mit einem Organ.«

In seinem Kopf flüsterte die kratzige Stimme des Wachsmodells immer und immer wieder: *Du schaffst das. Du bist dafür bestimmt. Du wirst Rosa wieder in Ordnung bringen.*

Als Rosa antwortete, klang ihre Stimme anders. Gebrochen. Er hatte plötzlich den Eindruck, dass sich ihr Verstand an einen anderen, düsteren Ort begeben hatte, nachdem sie sich im Spiegel gesehen hatte.

»Ja«, sagte sie und lachte. »Warum nicht? Besorg mir ein neues Gesicht, Harry.«

55. KAPITEL

Heute

»Sie meint dein Gesicht.«

Die Stimme, die zu mir sprach, war eine andere. Eine jüngere, weibliche. Ich hatte erst geglaubt, mich in einer Art Lagerraum zu befinden, aber hier drin schien altes Gerümpel abgestellt worden zu sein, um zu verrotten. Überall stapelten sich Kisten, und in den Ecken standen bedrohlich und düster Spielautomaten, wie Wachposten. Der Ort roch nach Spielautomaten – nach Münzen, überhitzten Elektrogeräten, Zigarettenrauch. Es gab keine Fenster. Und in der hintersten Ecke befand sich eine seltsame Art von Wohnzimmer. Ein uralt aussehender Fernseher mit einem klobigen Videorekorder darunter, stand dort und ein kleiner Schminktisch mit einem Spiegel, und überall lagen Decken und Kissen herum. Auf den Decken saß ein junges Mädchen, die Knie bis an die Brust gezogen. Ihr Gesicht war rund, ernst und sehr blass, und ihre Züge wirkten weich, fast geschwollen. Sie hatte geweint. Ihr Haar, streng nach hinten gekämmt und mit einem lila Haargummi zusammengehalten, war messingblond und glänzte unter der einzigen Glühbirne. Sie trug einen dicken Pullover, einen Cordrock und eine weiße Strumpfhose.

»Entschuldigung – was?«

»Ihr Gesicht«, wiederholte das Mädchen. Stitch Face Sue hatte sich hinter mir zwischen die Kisten zurückgezogen. Mein Nacken begann sofort kribbeln. »Sie sind zu alt.«

»Na, also das ist unhöflich, ich …« Und dann fiel es mir wie Schuppen von den Augen. »Cheryl. Du bist Cheryl Yates!«

Das Mädchen blinzelte mich langsam an. Sie zitterte.

»Können Sie mir das Wasser dort geben?«, sagte sie, und mein Blick folgte der Richtung, wohin sie mit dem Kopf deutete.

Auf dem Schminktisch stand ein Becher mit Wasser. Ich reichte ihn ihr, und Cheryl trank begierig.

»Du lebst«, stellte ich ziemlich überflüssigweise fest. »Verdammte Scheiße.«

»Tut mir leid«, sagte sie und stellte den leeren Becher neben sich ab. »Ich habe gerade zu Mittag gegessen, und da waren Beruhigungsmittel drin. Sie machen mich benommen, deshalb kann ich mich nur schwer konzentrieren.«

»Beruhigungsmittel? Was machst du hier? Wie lange bist du schon hier? Sechs Monate? Was ist passiert?«

Cheryl rutschte auf den Decken herum. Ihre Knöchel waren mit Kabelbinder gefesselt, die an einer Stelle ein Loch in die Strumpfhose gescheuert hatten, und an der die Haut wund aussah.

»Sechs Monate? Ich weiß es nicht. Hier drinnen bekommt man nicht mit, ob Tag oder Nacht ist. Ich habe immer wieder geschrien, aber nie ist jemand gekommen. Ich vermisse meine Mum …« Ihr versagte die Stimme, aber sie riss sich zusammen. Taffes Mädchen. »Wir müssen irgendwo unter der Erde sein, stimmt's?«

Ich erinnerte mich an die Musik, die ich draußen auf dem Gang glaubte, gehört zu haben. »Die Ufermauer. Wir sind im Innern der Ufermauer. Am Jahrmarkt.«

Ich kniete mich neben sie. Nach kurzem Zögern legte ich meine Hand auf ihren Arm. »War sie es?«, fragte ich leise und deutete mit dem Kopf auf Stitch Face Sue. »Hat sie dir weh getan?«

Cheryl machte ein entsetztes Gesicht und starrte auf meine Hand, bis ich sie wegnahm.

»Sie? Nein, natürlich nicht. Schau sie dir doch an. Schau dir an, was sie mit ihr gemacht haben!«

»Wie bitte?«

Ich blickte mich zu Stitch Face Sue um. Sie stand in der Ecke, den Kopf gesenkt, dass ihr das lange graue Haar ins Gesicht fiel. Ich zwang mich, sie anzuschauen. Sie war real. Nicht etwas, das sich ein Kind mit einer blühenden Phantasie ausgedacht hatte. Sie war ein realer Mensch, eine Frau aus Fleisch und Blut, und offensichtlich war ihr Schlimmes widerfahren.

»Wer ist sie?«

»Ich weiß es nicht.« Cheryl knetete ihre Hände. »Sie sagt nicht viel. Und ich denke nicht, dass sie sich an etwas erinnern kann. Die Beruhigungsmittel in meinem Essen … sie geben sie ihr auch, aber sie ist schon viel länger hier als ich. Sehr viel länger. Ich glaube, dass sie dadurch mit der Zeit alles vergessen hat.« Cheryl blinzelte. Ich sah ihr an, wie sie gegen die Mittel ankämpfte. »Du musst mir helfen!«

»Ja.« Ich stand auf und sah mich schnell im Raum um. Die Tür hatte sich nicht auf magische Weise selbst entriegelt, und hinter den Kisten versteckten sich auch keine Fenster. Ein Weg hinaus gab es offensichtlich nicht. Ich ging zu Cheryl und setzte mich neben sie auf die Decken. »Alles wird wieder gut«, beruhigte ich sie. »Ich heiße übrigens Charlie. Wer steckt hinter alldem hier? Dieser alte Mistkerl, Harald, klar. Sonst noch jemand? Du hast ›sie‹ gesagt.«

»Harry«, sagte Cheryl leise. »So nennt *sie* ihn. Er sagt nicht viel, wartet nur auf ihre Anweisungen.«

»Sie? Wer ist sie?«

Ich hörte, wie irgendwo eine Tür zugeschlagen wurde, und dann etwas, das wie hohe Absätze auf Betonboden klang. Ein tiefes Grummeln war zu hören, Haralds – oder Harrys – Stimme, wie ich inzwischen wusste. Jemand antwortete, der Ton war lauter und durchdringender. Cheryl schien daraufhin wie unter Strom zu stehen. Unbeholfen krabbelte sie mit ihren gefesselten Füßen zum Schminktisch.

»Ich hab's vergessen!«, keuchte sie. »Ich hab's heute Mittag vergessen! Schnell, hilf mir!«

»Wobei?«

Sie deutete mit dem Finger auf einen großen Glastiegel. Ich gab ihn ihr. Nachdem sie den Deckel heruntergerissen hatte, tauchte ihre Hand in etwas ein, das wie Feuchtigkeitscreme aussah. In Windeseile verteilte sie die Creme auf Gesicht und Hals. Ihre Hände zitterten.

»Dreimal am Tag«, sagte sie, in einem seltsamen Singsang, der mir gar nicht gefiel. »Aller guten Dinge sind drei.«

Der Riegel wurde zurückgeschoben, und die Tür schwang auf.

56. KAPITEL

Heute

Da die Lichter im Gang heller waren als die einzige Glühbirne in der Rumpelkammer, konnte ich erst nicht erkennen, wer die Tür aufgemacht hatte. Aber ich stand trotzdem auf, bereit, mich auf die Person zu stürzen oder sie aus dem Weg zu drängen. Zuerst trat jemand herein, der kleiner war als Harry, und die Silhouette verwirrte mich – der Kopf wirkte zu groß, die Taille zu schmal.

Ich räusperte mich. »Wer sind Sie?«

Die Gestalt trat ins Licht, Harry dicht dahinter. Die Frau trug einen großen schwarzen Sonnenhut mit einer weißen Schleife – das war es, was mich verwirrt hatte – und einen seidenen kimonoähnlichen Morgenmantel, der eng um ihre Wespentaille geschnürt war. Die Füße steckten in hübschen kleinen Pantoffeln, ebenfalls aus Seide. Das Gesicht lag im Schatten.

»Die gleiche Frage könnte ich auch Ihnen stellen«, antwortete sie, die Stimme affektiert und leicht heiser. Cheryl gab nervöse Geräusche von sich. Mir stellten sich die Nackenhaare auf. »Wie ist die denn hierhergekommen, Harry?«

»Durch das Loch, meine Liebe« sagte er. Er klang anders, wenn er mit dieser Frau sprach. Sein Ton war beschwichtigend und unterwürfig, ganz anders als seine übliche ruppige Gleichgültigkeit. »Laura hat sie dort erwischt.«

»Gut, die Freakshow ist beendet«, sagte ich laut und machte einen Schritt nach vorn. Ich hoffte, mir durch ein selbstbewusstes, polterndes Auftreten den Weg nach draußen zu bahnen. »Ich weiß, wen Sie hier versteckt halten, okay? Und Sie lassen sie jetzt gehen, sofort.«

Die Frau gluckste kehlig. Harry trat an ihre Seite, ein Messer in der Hand. Kein gewöhnliches Messer, das man in der Küche benutzte – sondern eins, das bei finstereren Angelegenheiten zum Einsatz kam, bei Angelegenheiten, die nicht am helllichten Tag erledigt wurden.

Er ist ein alter Mann, erinnerte ich mich. *Du musst nur an ihm vorbeikommen.*

Aber so etwas ist leicht gesagt, wenn man kein Messer vor sich hat. Dann denkt man vielleicht, dass ein Mann, der ein Messer in der Hand hält, nicht so beängstigend ist. Es kann einen nicht verletzen, es sei denn, man kommt ihm zu nahe. Es ist ja keine *Waffe*. Doch wenn man sich in einem schwach beleuchteten Raum befindet, aus dem es nur einen Weg hinaus gibt, zusammen mit einer verängstigten Jugendlichen, dann kann einem dieses Messer sehr gefährlich vorkommen. Und ich hatte schließlich schon gesehen, was Messer anrichten konnten.

Ich biss mir auf die Zähne und stand wie angewurzelt da.

»Soll ich sie aus der Welt schaffen, Rosa?«

»Lass mich sie zuerst anschauen.« Die beiden machten einen Schritt nach vorn, während ich zurückwich, doch Harry packte mich am Arm, und im nächsten Augenblick spürte ich die kalte Klinge an meiner Kehle. Ein Teil von mir, der Teil, der meine Arme und Beine kontrollierte, schien mir nicht mehr zu gehorchen.

»Bring sie in mein Ankleidezimmer«, sagte die Frau. »Dort ist das Licht besser«. Mit der Klinge an der Kehle, führte Harry mich hinaus auf den Gang. Ich gab mir alle Mühe, mich umzusehen und mir ein Bild von den Räumlichkeiten zu machen, aber innerhalb weniger Sekunden befand ich mich in einem anderen Zimmer, das kleiner und gemütlicher war als die Rumpelkammer.

Wie in Harrys Wohnwagen überzogen auch hier die Wände Hochglanzfotos von Frauen aus Modezeitschriften. Auch Filmplakate waren dabei. An einer Wand stand ein Schminktisch mit einer Lichterkette um den Spiegel. Lippenstifte, halbleere Make-up-Tuben und eine schmutzige Palette mit glitzerndem Lidschatten lagen darauf herum. Harry setzte mich auf den Stuhl vor den Schminktisch und die Frau namens Rosa trat hinter mich. Der große Sonnenhut verbarg noch immer ihr Gesicht, aber ihre langen Hände legten sich um meinen Hals und hielten mein Gesicht ins Licht.

»O nein«, sagte sie schließlich. »O Gott, nein. Wie alt sind Sie, vierzig? Ich hatte gedacht, etwa … Sie sind einfach nur klein. Und sehr schlank für eine Frau in Ihrem Alter. Sie sollten mehr auf Ihre Haut achten.«

»Wer sind Sie?«, fragte ich. »Warum haben Sie Cheryl entführt?«

Sie ließ mein Kinn los und zog stattdessen fest an meinem Haar. »Ein natürlicher Rotschopf. Wenigstens etwas. Wenn diese schreckliche Farbe rausgewachsen ist, kann ich eine sehr schöne Perücke daraus machen.«

»Warum haben Sie Cheryl entführt? Was ist mit Ihnen passiert?«

»Oh, Sie wissen, was passiert ist. Es passiert uns allen.« Die grässlichen Hände der Frau legten sich um mein Gesicht, umrahmten es und zwangen mich, direkt in den Spiegel zu schauen. »Jedenfalls uns Frauen. Unser Körper betrügt uns. Er wird älter. Wir gehen uns selbst verlustig.«

»Das macht überhaupt keinen Sinn«, sagte ich. »Sie haben den Verstand verloren.«

Sie schwieg einen Augenblick. Harry, der hinter ihr stand, schaute weg. Als sie sprach, war ihre Stimme tief und unsagbar alt.

»Es gab einen *Unfall.*«

Ich zwang meine Augen, nach oben zu sehen, um einen Blick auf das zu erhaschen, was sich unter ihrem Hut verbarg, aber sie erhöhte den Druck auf meinem Gesicht. Ich überlegte, ob ich den Spiegel zerbrechen und mir eine Glasscherbe greifen könnte. Aber Harry würde mich bestimmt vorher gepackt bekommen.

»Ich habe mir nur das zurückgeholt, was mir genommen wurde. Mehr nicht«, sagte die Frau.

»Sie haben den Verstand verloren, verdammt nochmal«, sagte ich laut.

Sie ließ meinen Kopf unvermittelt los und ging weg. Harry zerrte mich von dem Stuhl hoch, und ehe ich michs versah, war ich zurück in der Rumpelkammer bei den anderen beiden. Er verpasste mir einen kräftigen Stoß, dass ich fast in eine der Kisten fiel. Ich richtete mich auf. Die Frau, deren Gesicht noch immer unter dem riesigen Sonnenhut verborgen war, sprach erneut mit Cheryl.

»Schätzchen, dein Gesicht sieht ein bisschen fettig aus. Wenn du dich rechtzeitig eingecremt hättest, müsste jetzt alles eingezogen sein, nicht wahr? Was predigen wir dir immer? Dreimal am Tag und immer zur gleichen Uhrzeit. Das ist doch nicht so schwer, oder?«

In der Ecke neben der Tür hockte Stitch Face Sue, oder zumindest die Frau, die ich für Stitch Face Sue gehalten hatte. Ihre Arme waren über dem Kopf verschränkt, das lange graue Haar hing ihr ins Gesicht.

»Lassen Sie sie in Ruhe«, sagte ich. »Sie sind ja irre.«

»Okay, das reicht jetzt.« Die Frau trat zurück zur Tür, und ich konnte endlich einen Blick auf die untere Hälfte ihres Gesichts erhaschen. Weiß und seltsam feucht sah es aus. Ihre Lippen waren entzündet und geschwollen und leuchteten rot. »Harry spielt so gern mit seinen Messern herum. Vielleicht sollte ich ihn eine Weile mit Ihnen spielen lassen.«

Harry grunzte amüsiert.

»Komm schon«, sagte die Frau und trat durch die Tür. »Wir haben noch einiges zu tun.«

Die Tür schlug zu, und sie waren wieder weg. Ich stand da mit klopfendem Herzen und verfluchte mich. Erst Emily, und jetzt dieser Albtraum. Wie war es nur möglich, dass ein Schrecken dem anderen folgte?

»Es gibt ein tägliches Programm«, sagte Cheryl leise. Ich ging zu ihr und setzte mich neben sie auf die Decken. »Ich muss mein Gesicht jeden Tag auf eine bestimmte Weise waschen. Er bringt mir jeden Morgen eine Schüssel mit Wasser und verschiedene Lotionen, mit denen ich es reinigen soll. Alles auf ihre Anweisung hin. Und es gibt verschiedene Cremes, die ich zu bestimmten Zeiten auftragen muss.« Sie deutete mit dem Kopf auf den Schminktisch, auf dem mehrere Tiegel mit Feuchtigkeitscreme standen. »Das muss ich jeden Tag machen, oder … und nachts muss ich eine Maske tragen, eine Maske aus Papier, mit einer dicken Schicht Creme. Ich hasse sie, denn sie stinkt, löst sich auf und läuft mir dann am Hals hinunter.« Ihr Gesicht verzog sich, und ich befürchtete schon, dass sie gleich zu weinen beginnen würde, aber sie wischte sich stattdessen mit dem Handballen wütend über das Auge. »Ich darf nicht weinen«, sagte sie, und ein verärgerter Ton war in ihrer Stimme. »Wenn ich weine, werden meine Augen rot, und die Haut leidet. Sagt Rosa.«

»Aber warum?«, fragte ich. »Warum zwingt sie dich, all das zu tun?«

Cheryl antwortete nicht sofort. Sie blickte auf ihre Hände, und mir wurde schlagartig bewusst, wie jung sie war. Ein Kind, das seiner Familie entrissen und monatelang in einem dunklen Raum gehalten worden war, völlig verängstigt. Eine seltsame Mischung aus Panik und Wut drohte mir die Kehle zuzuschnüren.

»Als ich hierhergebracht wurde, habe ich anfangs um mich

getreten, geschrien und mich gewehrt. Harry schlug mich, damit ich Ruhe gab, aber Rosa wollte, dass er damit aufhörte, weil er mich so verletzen könnte. Sie sagte: ›Ich habe doch etwas Besseres da, um sie ruhigzustellen‹, und dann zerrten sie mich in dieses andere Zimmer …« Cheryl verstummte, machte ein seltsames würgendes Geräusch und schüttelte dann den Kopf. »In dem Raum waren lauter Gesichter.«

»Wie bitte?«

»Sie erntet«, sagte Stitch Face Sue aus der Ecke des Raums. »Sie erntet eure Gesichter. All meine Schwestern sind dort.«

»Was soll das denn heißen?«

Cheryl sagte nichts mehr, sondern schlang die Arme um die Knie und senkte den Kopf. Sie zitterte, zitterte vor Entsetzen, und ich fühlte mich schrecklich, weil ich sie überhaupt dazu gebracht hatte, darüber zu sprechen. Ich stand auf und rieb mir die Hände an der Hose. Ich war hier die Erwachsene, ich hatte die Verantwortung. Ich dachte, dass Katie gleich auftauchen würde, um sich über mich lustig zu machen, aber sie war seltsam still geblieben, seitdem ich mich durch diesen engen Spalt in der Höhe gezwängt hatte.

»Hier muss es doch etwas geben, das wir gebrauchen können«, sagte ich und begann, den Raum abzusuchen. Meine Hände wanderten über die alten Spielautomaten und die Kisten.

»Da ist nichts«, sagte Cheryl, die Stimme dumpf. »Ich habe schon nachgesehen.«

»Aber was ist denn in diesen Kisten hier?« Ich riss den Deckel der nächstbesten auf und hoffte, ein Brecheisen oder einen Flammenwerfer darin vorzufinden, aber stattdessen leuchtete mir eine Batterie von Tiegeln mit Feuchtigkeitscreme entgegen. In der nächsten Kiste befanden sich große Eimer mit Vaseline.

»Bemühen Sie sich nicht«, sagte Cheryl noch einmal. »Da ist überall das Gleiche drin.«

»Okay.« Ich trat zu den Spielautomaten, um nach Teilen zu

gucken, die man vielleicht wegreißen und zu einer Waffe umfunktionieren könnte, aber mir fiel nichts auf. Die andere Frau, die mit dem zerschundenen Gesicht, beobachtete mich durch das Haar, das ihr im Gesicht hing. »Es muss doch etwas geben.«

Schließlich blieb ich vor dem alten Fernsehapparat stehen und betrachtete ihn stirnrunzelnd, die Hände in die Hüften gestemmt.

»Wir könnten ihn zertrümmern.« Ich hatte keine Ahnung, wie glatt ein Fernsehbildschirm in Stücke zerbrach. Würden sie das Geräusch hören und sofort angerannt kommen? Ich müsste sehr schnell eine geeignete Scherbe finden. »Würde das funktionieren?«

Die andere Frau stand auf und kam herüber. Sie schaute Cheryl eindringlich an und knetete ihre knochigen Hände.

»Ähm«, sagte Cheryl. »Laura hätte lieber, wenn du den Fernseher nicht kaputt machen würdest. Das ist alles, was wir haben. Wir dürfen Fernsehen schauen. Oder uns zumindest Videofilme ansehen.« Sie deutete mit dem Kopf auf einen kleinen Stapel VHS-Kassetten neben dem Videorekorder. »Manchmal bringt Harry uns einen neuen Film mit.«

»Laura. Ihr Name ist Laura?«

Cheryl nickte. Irgendwie kam mir der Name bekannt vor. Aber mir fiel noch etwas ein. Ich sah mich nach meinem Rucksack um, den ich vorhin hatte irgendwo fallen lassen, und fand ihn gleich neben der Tür. Ich öffnete den Reißverschluss. Darin befand sich der Inhalt der Dose, die ich Emily gegeben hatte: ein Schlüsselring mit einem Teddybären, ein brauner Umschlag mit Fotos, ein Haargummi, eine alte VHS-Kassette – und die Schere von Katies Mutter.

»Du hast die Dose ausgeleert«, sagte Katie erstaunt in mein Ohr. »*Du hast ihr eine leere Dose gegeben.*«

Sie hat nie nach dem Inhalt gefragt, oder?

Katie lachte.

57. KAPITEL

Heute

Die Schere war natürlich der Hauptgewinn.

Ich setzte mich neben Cheryl und schnitt die Kabelbinder durch, die um ihre Knöchel befestigt waren, was länger dauerte, als ich erwartet hatte. Die Schere war zwar intakt, weil sie jahrelang in der Dose gelegen hatte, aber ziemlich rostig und nicht mehr scharf. Schließlich schafften es die Klingen, das Plastik zu durchtrennen, und Cheryls Füße waren frei. Sie rieb sich die Knöchel, und ich versuchte, nicht auf die wunden Stellen zu starren, die durch die Löcher in der Strumpfhose lugten. Ich hatte das Gefühl, einen kleinen Sieg errungen zu haben.

In dem Augenblick bemerkte ich, dass Stitch Face Sue – Laura, wie sich herausgestellt hatte – herübergekommen war und am Rand von Cheryls Decken saß. Ihr Blick war auf die VHS-Kassette gerichtet, die ich aus meinem Rucksack hervorgeholt hatte.

»Sie möchte sie sich ansehen«, sagte Cheryl. »Videos schauen ist ihre Lieblingsbeschäftigung.«

»Ach ja?« Ich legte die Schere neben mir ab. Mir war lieber, wenn sie in meiner Nähe blieb. »Laura? Du bist also Laura, ja?«

Die Frau drehte den Kopf zu mir. Sie ließ ihre Augen – die erstaunlich grün waren, wie ich jetzt feststellte – nicht höher als bis zu meinen Schultern wandern.

»Wie lange sind Sie schon hier, Laura?«

Ein Gefühl von Kälte breitete sich in mir aus. Ich dachte an diesen Raum voller Gesichter, von dem Cheryl gesprochen hatte.

Und an Rosas Worte, dass sie sich nur zurückhole, was man ihr gestohlen habe.

»Laura, wissen Sie noch, wo Sie waren, bevor Sie hierher verschleppt wurden?«

»Tun Sie das nicht«, sagte Cheryl eindringlich. »Sie wird wütend, wenn man sie danach fragt.«

Mein Blick blieb auf Laura gerichtet. »Erinnern Sie sich an Ihren Nachnamen? Wir können uns den Film gleich ansehen«, sagte ich und tippte mit den Fingern auf die VHS-Kassette. »Aber ich würde gern wissen, wer Sie sind. Woran erinnern Sie sich?«

Die Frau beugte den Oberkörper nach vorn, sie hatte die langen dünnen Arme um sich geschlungen.

»Ich weiß es nicht«, antwortete sie mit ihrer seltsamen, leicht undeutlichen Stimme. »Weiß es nicht.«

»Es ist schon Jahre her, nicht wahr? Viele Jahre. Sie sind hier aufgewachsen.« Ich verstummte kurz vor lauter Entsetzen. In diesem Raum, mit diesen beiden Monstern als Gefängniswärtern. »Sie werden hier gefangen gehalten.«

»Nein«, widersprach sie überraschend. »Ich gehe raus. Manchmal. Ich gehe raus. An den Strand. Den Strand.« Sie schüttelte den Kopf, offensichtlich frustriert, weil sie die Worte nicht richtig herausbekam. »Bäume. Ich sehe Bäume.«

»Sie ist nicht die ganze Zeit hier eingesperrt«, sagte Cheryl leise. »Ich denke, sie glauben, dass sie keine Gefahr mehr darstellt, weil …« Cheryl sah mich an und tippte sich mit einem Finger an den Kopf. *Sie halten sie für* verrückt. »Als sie mich am Strand mitgenommen haben, war Laura da. Aber sie war versteckt, unter einer Plane.«

»Laura, können Sie mir noch mehr erzählen?«

Die Frau nestelte an ihrer Tasche, und mehrere Kaugummipapiere fielen heraus. Ich erinnerte mich an den süßen Geruch ihres Atems in der Höhle.

»Laura, erinnern sie sich an Ihren Bruder Carl?«

Sie zuckte zusammen, als hätte ich sie gekniffen. Dann sah sie mich an, die Augen weit aufgerissen und voller Schmerz. Wann hatte sie zum letzten Mal diesen Namen gehört? Ich hatte das Gefühl, sie verletzt und beschämt zu haben.

»Tut mir leid …«

Weinend schlug sie die Hände vors Gesicht, wiegte sich schluchzend hin und her und stieß unverständliche Laute durch ihre geschundenen Lippen aus.

»Ich habe es Ihnen doch *gesagt.*« Und es klang, als würde Cheryl auch gleich anfangen zu weinen.

»Okay. Tut mir leid. Es tut mir leid, Laura.« Ich nahm die VHS-Kassette, ging zu dem alten Fernseher hinüber, schob sie in den Rekorder und griff nach der Fernbedienung. Surrend begann das Band zu laufen, und über den Bildschirm flimmerten die ersten Bilder. Laura war in dem Moment verstummt, in dem der Fernseher eingeschaltet worden war.

»Was ist das?«, fragte Cheryl und klang aufrichtig neugierig.

»Ich weiß es nicht genau«, antwortete ich, nahm die Schere wieder in die Hand und behielt mit einem Auge die Tür der Rumpelkammer im Blick. »Es soll *Stand by me* sein, ein Film aus den 1980er Jahren. River Phoenix spielt darin mit. Ähm, wenn du weißt, wer das ist.«

»Na klar«, antwortete Cheryl. »Das ist der Bruder von Joaquin Phoenix, richtig?«

Zuerst dachte ich, es würde überhaupt nicht funktionieren. Es gab ein statisches Rauschen, und das Bild wackelte. Mein Blick wanderte immer wieder zur Tür, und ich überlegte, was ich tun würde, wenn Harry und Rosa wieder auftauchten. Ich würde mich mit der Schere auf sie stürzen und hoffen, dass uns genug Zeit blieb, um zu fliehen. Was befand sich auf der anderen Seite dieses Gangs? Wahrscheinlich die Höhlen, von denen Pat gesprochen hatte – die verwünschten Höhlen, stellte ich ironisch fest –, aber einen Weg hinaus zum Jahrmarkt musste es auch noch geben.

»Das ist so was von retro«, sagte Cheryl.

Ich blickte wieder auf den Fernseher. Die Bilder wackelten nicht mehr und waren eindeutig mit einer Art Handkamera gefilmt worden. Ein weihnachtlich geschmücktes Wohnzimmer mit orange-braunen Tapeten tauchte auf. Neben einem beigefarbenen Samtsofa stand ein großer, mit blauem Lametta geschmückter Weihnachtsbaum vor orange-brauner Tapete. Cheryl hatte recht, das war sehr retro. Emily saß in einem Schlafanzug vor dem Baum, kleiner und jünger, aber unverkennbar sie – das dunkle Haar glänzte –, neben ihr lag ein Stapel Geschenke. Ein älteres Mädchen saß an ihrer Seite und strahlte in die Kamera. *Louise*, dachte ich. Sie öffnete den Mund, aber ich konnte nicht hören, was sie sagte.

»Wo kann ich den Ton lauter stellen?«

Cheryl beugte sich zum Fernseher und drehte den Lautstärkeknopf, und Louises Stimme drang aus der Vergangenheit zu uns herüber. Sie sagte etwas über eine Schachtel Pralinen, und die Person, die die Kamera hielt – Emilys Vater, wie ich mit einem Schaudern feststellte –, lachte.

Der Weihnachtsclip endete abrupt, eine neue Aufnahme begann – eine Szene aus einem Kinderzimmer, das Poster von New Kids on the Block und Bros an den Wänden hatte. Louise und Emily waren wieder zu sehen, diesmal stand die Kamera fest auf einem Tisch. Beide hatten einer Haarbürste in der Hand und sangen gemeinsam zur Musik, die aus einem alten Ghettoblaster kam. Louise lachte und machte Sperenzchen vor der Kamera, warf ihr falsches Mikro von einer Hand in die andere und ihr Haar vor und zurück, als wäre sie Kylie Minogue. Ich fragte mich, ob der Krankenwagen noch rechtzeitig Louise erreicht hatte, und meine Kehle schnürte sich zu. Emily sah neben ihrer älteren Schwester klein, blass und tollpatschig aus.

»Wer sind die beiden?«, fragte Cheryl. »Kennen Sie sie?«

»Nein«, sagte ich. »Ich glaube nicht, dass ich sie überhaupt kenne.«

In dem Video versuchte Emily, ihre Schwester nachzuahmen, und warf die Bürste von einer Hand in die andere, aber sie verfehlte sie, und so prallte ihr falsches Mikro gegen den unaufgeräumten Schminktisch. Eine Flasche Parfüm fiel auf den Boden. Louise krümmte sich vor Lachen. Emily erstarrte, und ich erkannte den wütenden Blick, der über ihr Gesicht huschte – selbst dreißig Jahre später lief mir ein kalter Schauer über den Rücken.

»Was für ein seltsames kleines Mädchen«, sagte Cheryl.

»Das ist nur ein Vorgeschmack«, sagte ich.

Louise lachte weiter, und Emily stürzte sich plötzlich auf sie, ihr kleinen Fäuste trommelten auf ihre Schwester ein. Ein Schrei ertönte, es wurde gebrüllt, im nächsten Augenblick tauchte Emilys Vater auf. Ich sah nur kurz sein weißes Hemd und seine gebräunten Unterarme, dann hob er die schreiende, strampelnde Emily in die Luft. Louises Gesicht war sehr blass geworden, und als sie zu der Kamera trat, offensichtlich, um sie auszuschalten, wirkte sie weder wütend noch schockiert, sondern traurig und seltsam resigniert. Das Bild flimmerte wieder.

Die nächste Szene auf dem Band zeigte einen kleinen Garten an einem strahlenden Sommertag. Die Kamera bewegte sich viel tiefer über dem Boden als in der Aufnahme zuvor. Louise war wieder auf dem Video zu sehen, aber sie schien es nicht zu wissen. Sie lag auf einer Sonnenliege in einem weißen Badeanzug und Shorts – ein Buch auf den Knien. Die Kamera kam immer näher, ganz langsam, als ob derjenige, der filmte, sich an das sonnenbadende Mädchen heranschleichen würde. Schließlich war die Kamera direkt neben Louises Schulter, und eine kleine Hand tauchte im Bild auf, in der sich eine Plastikflasche mit einem Spritzverschluss befand. Die Hand drückte die Flasche zusammen. Eine rote Flüssigkeit spritzte auf Louise und breitete sich wie ein Schwall Blut auf der Shorts und dem Badeanzug aus. Laura gab ein ersticktes Geräusch von sich, und Cheryl griff nach meinem Ärmel. Louise hatte sich mittlerweile in dem Video hochgerappelt und starrte entsetzt auf sich hinab.

»Ist das Blut?«, fragte Cheryl.

»Nein«, antwortete ich einen Tick zu schnell. »Das ist Haarfärbemittel, glaube ich. Ich kenne die Flasche.« Schließlich hatte ich vor nicht allzu langer Zeit selbst so etwas benutzt. Trotzdem fühlte ich mich unbehaglich bei diesem Video, denn da schwang ein Unterton mit, der über die übliche Feindseligkeit zwischen Geschwistern hinausging. Andere Aufnahmen folgten, fast alle mit Vorfällen, die ähnlich geartet waren – immer war Louise das Opfer, das Emilys Jähzorn zu spüren bekam. Allmählich wurde klar, dass Emily selbst einige der Clips gefilmt hatte, als wollte sie Protokoll führen. Einmal wartete sie in der Nacht vor dem Schlafzimmer ihrer Schwester und biss ihr ins Bein, als die sich ins Bad wagte. Ein anderes Mal legte sie ihrer Schwester Dreck unter das Kopfkissen, den sie von draußen mitgebracht hatte. Bei einer anderen Gelegenheit stieß sie einen Kuchen auf den Boden – der verziert war mit: »Happy Birthday Louise!« Und in einem Videoclip, der mir das Blut in den Adern gefrieren ließ, schlich sich Emily mit einer Schere in das Zimmer ihrer Schwester und schnitt ihr im Dunkeln, während sie schlief, dicke Strähnen ihres Haars ab.

»Das mag ich nicht«, sagte Cheryl. »Ich finde, wir sollten das ausschalten.«

»Ja«, sagte ich, aber ich ließ das Video weiterlaufen.

Ich dachte an die Fotos in dem braunen Umschlag. Emily hatte mir erzählt, dass ihr Vater ihre Schwester verprügelt hatte und dass sie, als »Beweis«, Fotos von den Verletzungen gemacht hatten. Jetzt sah ich die Polaroids mit Louises blauem Auge und den aufgeplatzten Lippen in einem völlig neuen Licht. Hatte Louise auf diesen Fotos trotzig oder ängstlich ausgesehen? Vor wem hatte sie Angst?

Bei der letzten Aufnahme stand die Kamera am Fuß eines Treppenabsatzes. Der obere Teil der Treppe war zu sehen, und weiter unten brannte ein Licht, der Treppenabsatz selbst lag aber im Dunkeln. Nach einer Weile tauchte Louise vor der Kamera auf, blieb oben an der Treppe stehen und drehte sich um, als hätte sie etwas gehört.

Geh zurück, dachte ich plötzlich angsterfüllt. *Geh zurück in dein Zimmer und mach die Tür zu.*

Emily trat ins Bild, in der Hand etwas Glitzerndes, und auf Louises Gesicht breitete sich Entsetzen aus. Das war der Moment, in dem ich aufsprang, um den Fernseher auszuschalten. Da war ein Geräusch, als würde etwas zerreißen, dann ein Schrei, und dann wurde das Bild wieder schwarz, als ich mit dem Finger auf den Ausschaltknopf drückte.

Ein kleines Mädchen, das seine Schwester mit einem Messer angreift. Kein Wunder, dass Emily die Veröffentlichung dieses Videos unbedingt verhindern wollte.

58. KAPITEL

Heute

Ich steckte die Kassette zurück in meinen Rucksack, und Cheryl stellte ein Video mit Zeichentrickfilmen an. Sie schienen Laura zu beruhigen. Friedlich saß sie auf den Decken, die Hände im Schoß gefaltet. Ich dachte an Louise, die von ihrer Schwester terrorisiert worden war. Hatte sie den Angriff im Laden überlebt? Es schien unwahrscheinlich.

»Cheryl«, sagte ich, »ich werde euch hier rausholen.«

Sie lächelte matt, und mir fiel ein, was sie über die Beruhigungsmittel gesagt hatte.

»Tun sie euch immer etwas ins Essen rein?«

Sie zuckte mit den Achseln. »Ich glaube schon. Nach dem Essen bin ich immer müde und manchmal auch richtig kaputt, als könnte ich meine Arme und Beine nicht heben. Ich habe lange überhaupt nichts von dem gegessen, was sie mir gegeben haben. Nichts habe ich angerührt. Aber ich war so hungrig. Ich dachte, ich würde vor Hunger sterben.«

Ich hatte bereits mein Handy überprüft, das nach dem Signal zu urteilen, das es empfing, genauso gut ein sehr teurer Ziegelstein hätte sein können. Jetzt lief ich in der Rumpelkammer herum, hielt es hoch an die Decke oder an den Spalt unter Tür, aber die Balken flackerten nicht einmal auf, und mein Akku war fast leer. Ich steckte es weg.

»Sie kommen dreimal am Tag? Bringen Essen und vergewissern sich, dass du …?« Ich deutete mit dem Kopf auf den

Schminktisch. Aus irgendeinem Grund wollte ich nicht über ihr tägliches Hautpflegeprogramm sprechen oder über das, was es bedeutete.

»Ja«, antwortete Cheryl. Sie sah müde aus und hatte Schatten unter den Augen. »Normalerweise bringt uns Harry das Essen, aber ab und zu kommt auch Rosa. Dann leuchtet sie mir mit einer Taschenlampe ins Gesicht. Fünf Flaschen Wasser soll ich täglich trinken, aber dann muss ich ständig pinkeln, und es gibt nur den Eimer, da an der Tür.« Sie zog die Zehen in ihrer fleckigen Strumpfhose ein. »Laura trinkt das Wasser für mich, wenn sie hier ist.«

»Okay«, sagte ich und bemühte mich, zuversichtlich zu klingen. »Laut meinem Handy ist es kurz nach sechs, also sollten sie später noch mit deinem Essen kommen, nicht wahr? Wir müssen also nur bis dahin warten.« Ich sagte nicht, was ich vorhatte zu tun, wenn sie auftauchten, und Cheryl fragte nicht. Auf dem verstaubten, alten Fernsehbildschirm schikanierte Top Cat einen Polizisten. Ich setzte mich auf den Rand der Decke, von wo aus ich die Tür im Blick hatte.

Sie tauchten an diesem Abend nicht mehr auf.

Ich steckte die Schere in meine Jackentasche, tastete regelmäßig danach und blickte zur Tür. Wenn ich sie brauchte, würde ich sie ziemlich schnell hervorgeholt haben. Ich nahm die Karte mit dem Höhlennetz aus meinem Rucksack und schaute mir die Stelle, wo die Höhlen unter der Ufermauer begannen, genau an, aber es gab nicht viele Details – die gewundenen Linien der Höhlen nahmen in diesem Bereich einen geraden Verlauf und bildeten Quadrate, das war alles. Ein Weg nach draußen war nicht ersichtlich.

Ich hatte schon viel Zeit in kleinen Räumen verbracht, mit und ohne Gesellschaft. Deshalb hielt ich mich für besonders erfahren darin, mit dem Eingesperrtsein in der Rumpelkammer fertigzuwerden, aber in den Stunden, die nach und nach vergingen, begann ich, Dinge zu bemerken, auf Dinge zu achten.

Ich bemerkte den Geruch von Urin aus dem Eimer neben der Tür. Ich dachte über die fehlenden Fenster nach, über den schmalen Spalt unter der Tür, durch den in diesen Raum einzig und allein frische Luft hereinkam, und darüber, dass wir zu dritt hier drin waren und fröhlich den Sauerstoff wegatmeten. Ich dachte darüber nach, dass die Rumpelkammer versteckt im Innern der Ufermauer lag und sich Tonnen von Stein über uns befanden. Ich dachte darüber nach, dass Cheryl hier seit Monaten gefangen gehalten wurde, und das ich angenommen hatte, dass sie tot wäre. Sollte ich nicht mehr hier herauskommen, würden man das auch von mir annehmen. Dann dachte ich an Laura, an das Mädchen, das 1984 verschwunden war. Die Welt hielt auch sie für tot.

»Laura«, sagte ich mit leiser, freundlicher Stimme. »Vor einer Weile haben Sie Ihre Schwestern erwähnt. Wer waren sie? Carl war Ihr Bruder, aber wer waren Ihre Schwestern?«

Cheryl warf mir einen beunruhigten Blick zu. Laura, die unablässig eine Videokassette in ihren knorrigen Händen drehte, schüttelte leicht den Kopf.

»Ich glaube, ich habe Sie einmal gesehen, als ich ein Kind war«, sagte ich und setzte ein Lächeln auf. »Auf jeden Fall sah die Person so aus wie Sie – aus dem Fenster meines Wohnwagens. Eigentlich kann das aber nicht möglich sein, denn Sie waren damals selbst noch fast ein Kind, doch diese Frau, sie sah aus …« Ich dachte an die schwankende Gestalt in jener Nacht mit der toten Schnake im Haar. »Sie war schon älter. Könnte sie eine Ihrer Schwestern gewesen sein?«

»Sie redet nicht gern darüber«, warf Cheryl ein, obwohl auch sie Laura genau beobachtete.

»Laura?«

Die ältere Frau senkte den Kopf. Wenn ich mit meiner Vermutung richtiglag und sie Laura Jennings war, dann musste sie jetzt um die fünfzig Jahre alt sein. Sie hatte jahrzehntelang ertragen müssen, Beruhigungsmittel verabreicht zu bekommen, eingesperrt zu sein und … und was immer es war, was sie mit ihrem Gesicht gemacht hatten.

Sie hob den Kopf, und ihr spitzes Kinn ragte durch das herunterhängende Haar.

»Alison«, flüsterte sie.

Alison Smith war 1976 verschwunden. Mir wurde schlecht. War sie es gewesen, die ich vor all den Jahren am Fenster des Wohnwagens gesehen hatte?

»Wo ist Alison jetzt?«

Laura stand auf und ging zu einem der Spielautomaten. Sie steckte ihre knochigen Finger in einen kleinen Spalt an der Unterseite des Geräts, stocherte kurz herum und zog dann etwas heraus, das wie ein dickes Stück Karton aussah. Dann kam sie herüber und legte es ganz vorsichtig auf den Teppich vor mich hin. Cheryl rutschte zu mir herüber, um mir über die Schulter zu schauen.

Zwischen zwei Lagen Kartonage steckten sieben alte Fotografien, die alle stark zerknittert und leicht verblasst waren, als wären sie jahrelang in einer Brieftasche aufbewahrt oder jeden Tag angefasst worden.

»Damit wir sie nicht vergessen«, sagte Laura. »Die hier.« Sie tippte mit ihren knochigen Fingern auf ihr Gesicht und zeigte dann auf das von Cheryl. »Unsere Gesichter.«

Vorsichtig trennte ich die Bilder voneinander. Eins von ihnen, das am ältesten aussah, war ein Schwarz-Weiß-Foto, aufgenommen in einem Garten. Auf der Leine hing Wäsche. In der Mitte des Fotos stand ein großes Mädchen von etwa dreizehn Jahren und grinste vergnügt in die Kamera, ihr glänzendes dunkles Haar war mit Schleifen zurückgebunden. Ich dachte an den Zeitungsausschnitt im *Black Horse*, auf dem das Mädchen am Tag der Eröffnung des Jahrmarkts zu sehen gewesen war. *Dieses Foto war irgendwo über uns aufgenommen worden,* dachte ich, und bekam Gänsehaut. *Als April Rushbrook verschwand, war sie hier unten versteckt.*

Das zweite Foto, ebenfalls schwarz-weiß, war am Strand aufgenommen. Das Meer war nur als eine dünne weiße Linie in der Ferne zu erkennen. Das Mädchen posierte mit einem Spaten neben einem älteren Jungen in Badehose. Auf der Rückseite des Fotos hatte jemand »Folksholme '66« geschrieben. Das dritte Foto war ein kleines farbiges Passfoto eines Mädchens mit einer Zahnlücke, dessen Haar zu einer in den siebziger Jahren modischen Fönfrisur gestylt war. Das nächste Foto betrachtete ich eine ganze Weile. Es war ein Farbfoto und zeigte ein lebhaftes Mädchen mit einem blonden Wuschelkopf und grünen Augen, das an einem Billardtisch lehnte und den Queue so hielt, als wolle es gleich jemandem damit einen Schlag verpassen. Laura. Laura Jennings.

»Das bist du, nicht wahr, Laura?«, sagte ich und tippte auf das Foto. »Ich bin froh, dass du hier bist.«

Es gab noch drei weitere Fotos, alle jüngeren Datums, zwei von ihnen stammten aus einem Fotoautomaten, eins zeigte ein Mädchen mit Sommersprossen und langem, glattem Haar. Auf dem anderen starrte ein Mädchen mit dick aufgetragenem Eyeliner und schwarzem Lippenstift in die Kamera. Ihr Haar war zerzaust, und ihre Wangen waren so eingefallen, dass man sich Sorgen machen musste. Auf dem letzten Foto standen mehrere Mädchen vor dem Millennium Dome – nach dem Style ihrer Jeans zu urteilen, musste es Anfang der 2000er Jahre entstanden sein.

»Die habe ich noch nie gesehen«, sagte Cheryl leise. »Sie hat sie mir nie gezeigt. Wo sind diese Mädchen jetzt?«

Mir fiel keine Antwort ein, die nicht beunruhigend gewesen wäre, und so holte ich mein Handy heraus, auf dem ich vor mehreren Tagen in der Bibliothek Fotos von vermissten Mädchen gemacht hatte. Ich scrollte durch die Namen und Bilder und verglich sie mit Lauras zerknitterten Fotos. April Rushbrook, Natalie Price, Alison Smith, Laura Jennings. Sophie Bennett konnte ich auf keinem von Lauras Bildern entdecken. Vielleicht hatte sie kein Foto von sich dabeigehabt, als sie entführt worden war. Ich fragte mich, ob Jugendliche heute noch Bilder von sich in der Tasche hatten. Wahrscheinlich nicht, dachte ich und schaute auf das Handy in meiner Hand, das voll war mit digitalen Bildern.

Und da waren noch all die anderen nicht identifizierten Mädchen. Mädchen, die vielleicht von zu Hause weggelaufen waren – ich blickte wieder auf das mit den eingefallenen Wangen – und einfach durch das Raster gefallen waren. Ich hatte ja nur nach Mädchen geguckt, die in oder in der Nähe von Hithechurch verschwunden waren. Wer wusste schon, wie weit Harald mit seinem Lieferwagen herumgefahren war?

»Was ist mit diesen Mädchen passiert, Laura? Wo sind sie hin?«

Ich nahm das Foto von April Rushbrook in die Hand. Wäre sie noch am Leben, würde sie jetzt zwischen siebzig und achtzig sein. Sie würde …

Das Foto glitt mir aus den Fingern. Die Ranch. Die alte Frau, die an das Bett gefesselt war. Mir wurde plötzlich schwindlig, und ich räusperte mich. Ich sah mich nach der Wasserflasche um, aber Laura wollte offensichtlich etwas sagen.

Sie griff nach den Fotos von Natalie Price und Alison Smith und wartete, bis sie meine Aufmerksamkeit hatte. Dann schüttelte sie langsam den Kopf.

»Wund«, sagte sie und tippte erneut auf ihr vernarbtes Gesicht. »Zu wund. Krank, Fieber, und dann …« Sie schüttelte erneut den Kopf.

»Und Sophie?«

Laura schaute weg. Ich fragte mich, ob Cheryl die Bedeutung von alldem mitbekommen hatte – ich hoffte nicht.

»Sie war hier? Mit Ihnen?«

Laura nickte traurig. »Hier, und dann haben sie sie weggebracht. Kam nicht zurück.«

Ich presste mir den Handrücken auf den Mund. Er zerschnitt ihre Gesichter. Wie leicht war es, etwas zu zerschneiden, das man nicht zerschneiden sollte? Ein Wunder, dass überhaupt eine von ihnen die Prozedur überlebt hatte, ungeachtet des Risikos einer Infektion.

»Wir müssen hier raus«, sagte ich heiser. »Ich bringe euch beide hier raus. Irgendwie.«

59. KAPITEL

Heute

Wir saßen eine Zeitlang schweigend da. Laura schien froh zu sein, dass sie sich die Fotos wieder ansehen konnte, jetzt, da sie sie preisgegeben hatte. Ich fragte mich, welche Erinnerungen sie in ihrem gebrochenen Gedächtnis noch hatte. Mir war klar, dass ich die Schere benutzen musste, wenn Harry oder Rosa das nächste Mal auftauchten – das war unsere einzige Chance. Wenn ich das nicht tat, wenn ich ausharrte und auf einen anderen glücklichen Zufall warten würde, könnten sie die Schere finden und mitnehmen, und das wäre das Ende. Außerdem musste ich Cheryl und Laura hier herausholen. Sie durften keine Sekunde länger als nötig mehr in diesem Raum bleiben. Um mich abzulenken, wandte ich mich Cheryl zu und lächelte.

»Ich habe neulich deine Mum getroffen.«

»Wirklich?«, sagte sie, und ihr Gesicht wurde fast augenblicklich traurig. Sie wischte sich wieder ungehalten über die Augen. »Geht's ihr gut?«

»Sie suchen nach dir«, antwortete ich. »Jeden Tag. Deine ganze Familie. Sie geben nicht auf.« Und ich auch nicht, dachte ich und schloss meine Hand fester um die Schere in meiner Tasche. »Du wirst sie bald wiedersehen.«

»Hast du nach mir gesucht? Hast du deshalb meine Mum getroffen?« Sie blinzelte mehrmals. »Bist du *Polizistin*?«, fragte sie ungläubig.

Das brachte mich zum Lachen. »Nein, ich, äh …« Die Wahrheit war viel zu kompliziert. »Ich hatte etwas verloren und es gesucht und dann dich gefunden.«

In dem Augenblick wurde der Bolzen in der Tür nach hinten geschoben. Ich rappelte mich hoch und umklammerte noch immer fest die Schere in meiner Tasche. Laura raffte die Fotos zusammen und legte sie zurück in ihr Versteck, während Cheryl sich die Decken über die Beine warf. Die Tür schwang auf, und Harry kam herein, ein Messer in der Hand. Rosa stand hinter ihm, versteckt im Schatten.

»Das gefällt mir nicht«, sagte Harry. »Alle zusammen hier drin. Das macht nur Ärger. Wie schon einmal.«

Ich war wieder wie gelähmt, als ich das Messer sah. Die verrostete Schere in meiner Tasche erschien mir auf einmal völlig lächerlich. Wahrscheinlich konnte sie nicht einmal ordentlich Papier schneiden, geschweige denn etwas anderes.

»Vielleicht hast du recht. Sie regen sich auf, und die arme Cheryl gerät in Stress. Und das ist das Letzte, was wir in diesem schönen Gesicht sehen wollen. Stress kann bleibende Schäden verursachen.« Sie trat um Harry herum. Diesmal trug sie keinen Sonnenhut, und das brutale Licht der nackten Glühbirne schien auf ihr Gesicht, als würde sie mitten auf einer Bühne stehen und darauf warten, dass ihr Einsatz kam. Sie trug eine steife, ledrige Maske mit Löchern für Nase, Mund und Augen. Groteskerweise hatte sie auf die wulstigen Schläuche, die in ihrem Gesicht die Lippen darstellen sollten, dick roten Lippenstift aufgetragen und Puder auf die gestohlenen Wangen. Sie sah mit ihrer Schreckensmaske aus wie eine Mumie aus einer Gruft, wie ein fürchterlich missratener Zerrspiegel in einem Geisterhaus. Und dennoch stand sie voller Stolz da, eine Hand auf die vorstehende Hüfte gelegt. Ihr Haar – eindeutig eine Perücke, wie ich eine Sekunde später feststellte – fiel ihr in üppigen braunen Locken über die Schultern. Ich starrte sie mit offenem Mund an.

Und dann lachte ich.

Ich weiß nicht, was in dem Augenblick in mich gefahren war. Aber manchmal wird man mit etwas so Düsterem, so Entsetzlichem konfrontiert, dass man nicht normal darauf reagiert.

Cheryl blickte mich erschrocken an, während Harry nur verwirrt aussah. Rosa legte den Kopf schief und musterte mich.

»Was ist so amüsant?« Ihr Ton war eisig.

»Ich glaube«, sagte ich und wischte mir eine Träne aus dem Augenwinkel, meine Hand zitterte, »ich glaube, dass Stress Ihr geringstes Problem ist, meine Liebe.«

Ihre Gesichtszüge verzogen sich wütend unter der Maske, und irgendeine Flüssigkeit lief an ihrem Hals hinunter. Ein weiterer hysterischer Lachanfall bahnte sich erneut seinen Weg durch meine Kehle, aber ich schluckte ihn hinunter.

»Harry«, sagte sie und ließ mich dabei nicht aus dem Blick, »wir nehmen jetzt unsere liebe Cheryl mit. Ich denke, ich habe lange genug gewartet.«

Ich musste handeln. Als Harry an mir vorbeiging, zog ich die Schere aus der Tasche und rammte ihm die Spitze in den Rücken, knapp unter das Schulterblatt. Er schrie auf, eine Mischung aus Wut und Schmerz, während Rosa wie eine wütende Katze fauchte und sich rückwärts hinausbewegte, auf den Gang. Ich riss die Schere wieder heraus, obwohl mich das sehr viel mehr Kraft kostete, als ich erwartet hatte, und stolperte unbeholfen über die Decken.

»Cheryl!«, rief ich. »Laura! Lauft, verdammt nochmal!«

Harry stürzte sich bereits auf mich und bleckte wütend die Zähne. Ich sah das Messer nicht einmal auf mich zukommen. Ein heißer, roter Schmerz zog sich über meine Taille, der unvorstellbar groß schien: Es fühlte sich an, als hätte er mich einfach in zwei Hälften geschnitten. Ich stieß wieder mit der Schere zu und dieses Mal erwischte ich ihn an den Augen. Er wandte sich schreiend von mir ab.

Raus hier, raus hier, raus hier, hörte ich Katies Stimme in meinem Ohr, kühl und distanziert.

Die Zeit bekommt ab hier Risse.

Cheryl zerrte mich am Ärmel hinaus auf den Gang, in eine verwirrende Umgebung, zu dunkel und zu hell zugleich. Wir öffneten Türen, aber sie führten nur in andere Lagerräume. Nirgendwo schien es einen Weg nach draußen zu geben, und in der Nähe schrie Rosa.

»Wir müssen nach einer Treppe suchen«, murmelte ich zu Cheryl. Mehr als ein Flüstern schaffte ich aus irgendeinem Grund nicht. »Wir sind unter dem Jahrmarkt.«

Ich blickte auf meine Hände, überall war Blut. Panik erfasste mich, und meine Sicht verengte sich. *Sie hat Katie* umgebracht, dachte ich. *Wir haben Katie umgebracht, und ihr Blut klebt an mir.*

»Welche Richtung?«, schrie Cheryl. »Ich weiß nicht, in welche Richtung ich gehen soll.«

Wir öffneten eine weitere Tür. Der Raum dahinter war anders. Sauber, weiß, seltsam, mit Regalen an den Wänden, auf denen Glasgefäße standen mit Gesichtern darin. Lauras Schwestern. Jedenfalls die Teile, die von ihnen konserviert worden waren. Cheryl war weinend gegen den Türrahmen gesackt. Ich packte sie am Arm und zog sie hoch, ohne auf den Schmerz zu achten, der die Mitte meines Körpers dabei durchfuhr.

»Wir sind fast da«, sagte ich in einem Ton, der selbst in meinen eigenen Ohren lächerlich fröhlich klang. »Nur noch ein kleines Stück.«

Ich hatte das Gefühl, als ob das warme Leben aus meinem Körper entweichen würde. Mein Hemd und meine Hose waren heiß und nass, sie schienen fast zu dampfen mit meinem Leben – während in meinem Inneren alles vor Schmerz pochte.

Wir kamen an einem anderen Zimmer vorbei, dessen Tür offen stand. Und irgendwie war Rosa bereits darin und auch Stitch Face Sue. Sie hatte ihre Schere zurück und schnitt Rosa in Stücke – all die Teile, die abfielen, waren trocken und alt, wie ein Herbstzweig oder ein Stück Dörrfleisch. Rosa schrie, aber Sue sah friedlich und entschlossen aus. Als würde sie endlich eine Arbeit erledigen, die sie schon so lange hatte machen wollen.

»Ist das real?«, fragte ich laut, obwohl ich mir nicht sicher war, wen ich das eigentlich fragte. »Ist das real?«

Ich wandte mich von dem schrecklichen Anblick ab und sah Laura vor mir, die uns zu einer anderen Tür führte. *Sie ist nicht Stitch Face Sue,* dachte ich in dem Moment. *Sie ist überhaupt kein Monster. Nur eine Frau, die schlimmen Schaden durch Harry und Rosa erfahren hat.*

Laura öffnete die Tür. Dahinter lag eine Treppe und ein Schacht im schmutzigen Morgenlicht. Wir gingen die Stufen hinauf nach draußen.

60. KAPITEL

Heute

Wir kamen im Hinterzimmer der Spielhalle auf dem Jahrmarktplatz heraus und stiegen über eine Feuerleiter ins Freie. Der Himmel über uns war blassgrau. Weit und breit war niemand zu sehen, und ich dachte eine Sekunde lang, dass wir in einer leeren Welt angekommen waren – dass wir die Hölle der Höhlen hinter uns gelassen hatten, nur um dann in einer seltsamen Art Vorhölle zu landen. Cheryl weinte leise, die Tränen liefen ihr über das Gesicht hinunter in den Kragen ihres Pullovers, während Laura sich an ihre Hand klammerte und mit großen Augen um sich blickte. Wir gingen zum Tor, das einen Spaltbreit offen stand, und traten hinaus auf die Straße. Auch dort war immer noch niemand zu sehen.

»Es muss noch sehr früh sein«, sagte Cheryl. Wir hatten einfach völlig das Gefühl für die Zeit verloren, mehr nicht.

»Kommt«, sagte ich, »Lasst uns so weit wie möglich von hier weggehen. Laufen wir die Straße hinauf. Ich möchte nicht in Sichtweite des Jahrmarkts sein.«

Wir humpelten die Straße hinauf. Nachdem wir um eine Ecke gebogen waren, holte ich mein Handy heraus und gab es Cheryl. Es war blutverschmiert, aber der Akku war noch nicht ganz leer.

»Ruf die Polizei an«, sagte ich. »Geht weiter auf dieser Straße, auch dann, wenn ich stehen bleibe. Auf der rechten Seite befindet sich ein Gebäude mit einem Messingschild daran. Darauf steht

›Historische Gesellschaft‹ oder so ähnlich. Die Damen dort sind sehr nett. Wartet da auf die Polizei.«

»Was ist mit dir?«, fragte Cheryl und schaute entsetzt.

In dem Augenblick kam ein Auto um die Ecke gefahren und hielt an. Ich erstarrte, weil ich mir sicher war, dass es Harry sein würde, um uns wieder einzufangen, aber es war Joseph. Er sprang aus dem Wagen und kam mit weit aufgerissenen Augen zu uns herübergelaufen,

»O Gott, Sarah, was ist passiert? Die Polizei sucht überall nach …«

»Joseph.« Ich hätte losheulen können, als ich ihn sah. »Bring dieses Mädchen zur Polizei, ja? Das ist Cheryl, Cheryl Yates, okay? Sie muss nach Hause. Und das ist Laura. Auch sie braucht Hilfe.«

Joseph schaute wie vom Donner gerührt. »Gütiger Gott, Cheryl? *Cheryl?*«

»Sie war die ganze Zeit unter dem verdammten Jahrmarkt, kannst du das glauben?« Ich lachte, außer Atem. Joseph hatte sein Handy herausgezogen und wählte den Notruf.

»Bleib bei Joseph, okay, Cheryl? Er ist ein guter Mensch. Er wird dich sicher nach Hause bringen.«

»Geh nicht«, Cheryl packte meinen Arm. »Du musst ins Krankenhaus!«

Behutsam nahm ich ihre Hand und streichelte sie.

Laura beobachtete uns drei mit großem Interesse, als wären wir sehr viel faszinierender als ihre Videokassetten.

»Ich muss nur das Meer sehen.« Der Gedanke, dass Cheryl mich in Handschellen sehen würde, war unerträglich für mich. Sie hatte schon genug schlimme Menschen kennengelernt, das reichte für ein ganzes Leben. »Mach dir um mich keine Sorgen.«

Ich riss mich von den dreien los und taumelte fast wie betrunken über die Straße. Irgendwo in der Ferne waren Sirenen zu hören. Joseph rief hinter mir her, aber ich ging weiter. Ich wollte das Meer sehen.

Der Sand war kalt und körnig unter meinen Fingern. Die Sirenen wurden lauter. Ich stellte mir vor, wie Cheryl in ein Polizeiauto stieg, stellte mir vor, wie eine freundliche Polizistin ihr eine Decke und einen Schokoriegel gab, stellte mir die Gesichter ihrer Familie vor, wenn sie später an diesem Morgen einen Anruf erhielten.

Ich fühlte mich gut. Ich war nur müde. Die Sonne war eine blasse Scheibe in der Ferne, und ich bestaunte sie. Hatte ich jemals zuvor so einfach in die Sonne schauen können? Es musste, so dachte ich, eine Wolkenschicht zwischen mir und ihr sein, etwas, das ihre Kraft streute. Mehr nicht. Die Branddung schwappte ans Ufer und wieder zurück, schwappte ans Ufer und wieder zurück, immer und immer wieder.

Ich öffnete meinen Rucksack und holte das Buch heraus, das ich bei Mr. Kastner gekauft hatte. Das über Heimatgeschichte und Volkssagen. Nachdem ich mehrfach vor- und zurückgeblättert hatte, fand ich schließlich die Seite über Susan Cartwright mit ihrer Geschichte über Piraten, Schiffswracks und Tapferkeit. Wie sich herausstellte, handelte es sich dabei gar nicht um ein Stück Heimatgeschichte, sondern um eine Geschichte, die in den 1950er Jahren von einer Autorin namens Roberta Thorne verfasst worden war. Sie hatte in der Gegend gelebt und war für ihre Schundromane bekannt gewesen. Die Legende um Susan Cartwright gehörte zu einer Sammlung von Geschichten über das Meer, einem Spezialgebiet von Thorne, von denen ein oder zwei in Hollywood verfilmt worden waren. Hithechurch freute sich über die fiktive Geschichte der tapferen Susan Cartwright, weil die Stadt ihre Chance auf kostenlose Werbung sah, und verkaufte das Buch in den örtlichen Souvenirläden, zusammen mit Zuckerstangen, die in Papier eingewickelt waren mit Vogelscheuchen darauf.

So hatte es letztendlich beides nicht gegeben, weder eine Stitch Face Sue noch eine Susan Cartwright.

Roberta Thorne muss wohl wie ich gewesen sein – eine geborene Lügnerin, die einer grausigen Geschichte nicht widerstehen konnte. Sind nicht alle, die schreiben, geborene Lügner? Wahrscheinlich schon. Ich ließ das Buch neben mir im Sand liegen, auf den Seiten waren überall blutige Fingerabdrücke. Ich sah Katie, weiter unten am Strand. Ihr Haar wehte im Wind, und sie hatte die Arme ausgestreckt, als könne sie sich jeden Moment in die Lüfte schwingen und davonfliegen, wie eine Möwe. Sie kam auf mich zu, langsam, sehr langsam.

Ich hob meine Hand, winkte ihr und lächelte.

61. KAPITEL

Heute

Sarah Hewitt hat dann doch nicht lange durchgehalten. Die Presse war außer sich über die Entdeckung von Cheryl und Laura – ganz zu schweigen von dem überraschenden Auftauchen von Emily Haynes –, was bedeutete, dass sowohl mein richtiger Name als auch mein neuer Name wochenlang auf den Titelseiten standen. Laura ist jetzt in einem Heim. Sie bekommt die Hilfe, die sie braucht, und ihr Bruder Carl besucht sie regelmäßig. Auch Cheryl ist wieder bei ihrer Familie. Harry hat die Verletzungen, die ich ihm mit der Schere zugefügt habe, überlebt, auch wenn er, soweit ich weiß, auf dem rechten Auge nicht mehr so gut sieht. Das bereitet mir nicht sehr viel Sorgen, denn im Gefängnis gibt es sowieso nicht viel für ihn zu sehen. Rosa wurde in den Räumen unter dem Jahrmarkt gefunden, offensichtlich war sie an einem Herzinfarkt gestorben, und Emily … Emily ist wieder da, wo sie hingehört, um für das zu bezahlen, was sie Louise angetan hat.

Ich bin noch einmal umgezogen, diesmal in eine Stadt. Und ich habe einen ganz neuen Namen, von dem Joseph behauptet, dass er zu mir passt, auch wenn ich mir nicht sicher bin, ob ich ihm glauben kann. Auch Cheryl kennt den Namen – sie hat gefragt, ob wir in Kontakt bleiben können, und so bekomme ich gelegentlich E-Mails von ihr. Ich lese sie wieder und wieder, bis ich sie auswendig kann und diese kleinen Schnappschüsse aus dem Leben eines Teenagers, das aus Schule, Jungs und Prüfungen besteht, abgespeichert habe. Und ich frage mich, ob ich sie für mich lese oder für das andere Mädchen, das damals, 1988, jegliche Chance auf so ein Leben verlor.

Ich sehe Katie nicht mehr. Sie ist weg. Sie ist dorthin zurückgegangen, wo schlechte Erinnerungen bleiben sollen. Manchmal vermisse ich sie. Dann nehme ich Josephs Hand und schlage vor, dass wir irgendwohin fahren oder ins Kino gehen. Man kann schließlich nicht ewig mit Geistern herumspazieren.